W0223571

ullstein

FRIDA GRONOVER, geboren 1969, verbrachte die Sommer ihrer Kindheit auf Falster und ist der dänischen Insel seither besonders verbunden. Heute lebt sie mit ihrer Familie in Nordrhein-Westfalen, schreibt sich aber mit ihren Gitte-Madsen-Krimis immer wieder an den Ort ihrer Träume zurück.

Von Frida Gronover sind in unserem Hause bereits erschienen:
Ein dänisches Verbrechen · Dänische Schuld · Dänische Gier

Frida Gronover

DÄNISCHE GIER

Kriminalroman

Ullstein

Besuchen Sie uns im Internet:
www.ullstein.de

MIX
Papier
FSC® C083411

Originalausgabe im Ullstein Taschenbuch
1. Auflage April 2021
© Ullstein Buchverlage GmbH, Berlin 2021
Umschlaggestaltung: zero-media.net, München
Titelabbildung: © Stuart Black / Alamy Stock Foto (Landschaft);
© FinePic®, München (Himmel, Haus, Fahne)
Gesetzt aus der Quadraat Pro powered by pepyrus.com
Druck und Bindearbeiten: CPI books GmbH, Leck
ISBN 978-3-548-06283-9

Für Babsy und Andreas
und unsere gemeinsamen schönen
Kindheitserlebnisse in Marielyst.

1

Der Juni war zwar kühl, aber Gitte konnte den Sommer schon riechen. Der Duft der Tannen vor ihrer Tür war würzig, und immer, wenn die späte Nachmittagssonne mal kurz zwischen den Wolken hervorschlüpfte, konnte man ihre wärmende Kraft auf der Haut spüren. Gitte lebte bereits ein gutes Jahr in Marielyst, einem kleinen Ort auf der dänischen Insel Falster, der vor allem durch seinen herrlichen Sandstrand bekannt geworden war.

Gitte schloss das Fenster und warf einen Blick in den Spiegel. In ihrem langen schwarzen Mantel sah sie aus wie eine Figur aus dem Märchen, hatte Malthe, ein guter Freund Gittes, gesagt. »Wie ein Totengräber aus dem Mittelalter«, hatte Kommissar Ole Ansgaard dagegen geknurrt, als er sie um die Weihnachtszeit mit ihrer neuen Errungenschaft im Ortskern von Marielyst getroffen hatte. Das war schon einige Monate her, und der hiesige Kommissar hatte damit nicht ganz falschgelegen, denn Gitte arbeitete seit ihrer Übersiedlung nach Dänemark in dem Bestattungsinstitut von Paul Larstsen.

Ein Blick zur Uhr, und Gitte wusste, dass sie zu spät

kommen würde. Sie war zu einem Richtfest am anderen Ende der Stadt eingeladen. Eine schöne Unternehmung, wäre nicht gerade eine Kaltfront herbeigezogen, die dem nördlichen Land alle Ehre machte. Der Sommer stand so knapp vor der Tür, dass kaum noch jemand der Sinn nach warmer Kleidung stand. Doch Gitte kannte Richtfeste auch aus Deutschland, und sie wusste, dass sie heute den ganzen Abend draußen verbringen würde. Also hatte sie noch einmal den Wintermantel hervorgeholt.

Zum Essen blieb ihr keine Zeit mehr, aber sie konnte sicher sein, gut bewirtet zu werden. Arne Hansen, der Bauherr, liebte extravagante Auftritte, weshalb Gittes Chef Paul ihn für überheblich hielt. Gitte fand Arne amüsant, charmant und nur ab und zu etwas gönnerhaft. Das neue Haus, das er baute, lag in Strandnähe, aber ein paar Kilometer vom Ortskern entfernt, genau dort, wo die beiden Hauptstraßen Bøtø Ringvej und Bøtøvej aufeinandertrafen. Eine schöne Waldgegend schloss sich in dieser Kurve an, ein Naturschutzgebiet mit einer abwechslungsreichen Vegetation, Wildpferden und einem kleinen Hundewald. Daneben baute sich Arne nun einen kleinen Palast.

»Das wird mein Rentnerdomizil«, hatte er verkündet, als er persönlich eine Einladung zu dem Richtfest ins Bestattungsinstitut gebracht hatte.

»Dieser Angeber, jetzt soll ich auch noch seinen Prunkbau bewundern und unnötig teuren Sekt verkosten.« Mit diesen Worten hatte Paul die Einladung zunächst in den Papierkorb geworfen. Aber schließlich hatte er sich von Gitte überreden lassen und war sogar bereit gewesen, sich um ein

Geschenk zu kümmern. Es kamen viele Leute, die er gut kannte. Die Anzahl an Unternehmern und Alteingesessenen in Marielyst war überschaubar. Außerdem ließ sich kein Däne ein Fest entgehen, bei dem es gutes Essen und genug Bier geben würde. Und gesungen wurde bei so einem Richtfest auch ausgiebig, denn für diese Leidenschaft waren die Nachfahren der Wikinger bekannt.

Gitte holte ihr klappriges Fahrrad aus dem Schuppen. Die Luft war würzig und feucht, aber es regnete nicht, und die Fahrt bis zu Arnes neuem Anwesen dauerte nur eine knappe halbe Stunde. Gitte radelte am Bøtøcenter, wo eine Spielhalle einige Jugendliche anlockte, und dann am Campingplatz vorbei weiter die Hauptstraße entlang. Von dort zweigten die vielen kleinen Gassen ab, in denen die Feriensiedlungen lagen. Langsam kehrte das Leben in die Häuser zurück. Die Sommerferien standen bevor, was bedeutete, dass in den nächsten Monaten bis zu fünfzigtausend Touristen nach Marielyst kommen würden, um ihren Urlaub am schönsten Sandstrand Dänemarks zu verbringen.

Schon lange bevor sie am Ziel eintraf, hörte Gitte Seemannslieder laut und ziemlich schief gesungen durch die Nadelbäume hallen. Sie stellte ihr Fahrrad an einem der Bäume ab und verließ sich auf die Ehrlichkeit der Besucher, denn ihr altes Schloss funktionierte nicht. Von hier aus konnte sie bereits den großen, herrschaftlichen Rohbau sehen, der mit allerlei bunten Bändern und Girlanden geschmückt war.

»Das wurde aber auch Zeit, ich stehe schon seit zehn Minuten hier an dieser Fichte herum.« Paul tauchte wie aus dem Nichts neben ihr auf. Groß und schlank, mit einer dunklen Stoffhose mit Bügelfalte und einem schwarzen langen Mantel bekleidet, hatte er genau wie Gitte etwas von einem mittelalterlichen Totengräber. Seine Haare trug Paul Larstsen perfekt gescheitelt, und das Gesicht war stets so glatt rasiert, als gäbe es bei ihm gar keinen Bartwuchs.

»Du hättest doch ruhig schon vorgehen können.«

»Arne wollte, dass wir gemeinsam auftauchen. Er habe eine Überraschung für uns, hat er mir am Telefon mitgeteilt, der alte Wichtigtuer. Außerdem haben wir ein Geschenk zusammen, schon vergessen?« Paul trug, gut verpackt, die schöne Vase, die er am Morgen noch bei der Glasbläserin Ann Brixen erstanden hatte. Während sie sich zu der Gruppe der singenden Gäste gesellten, machte er ein betont gelangweiltes Gesicht, brummte dann aber doch die letzte Strophe des Liedes mit.

Zu Gittes Erleichterung hatte Arne Hansen überall Feuerkörbe aufgestellt, denn trotz des Wintermantels war ihr ein wenig kalt. Der Rohbau des großen Hauses wurde von Strahlern angeleuchtet, dabei war es noch gar nicht dunkel. Viele Leute hatten sich bereits versammelt und hielten Gläser mit Bier, Sekt oder Schnaps in den Händen.

Gitte wollte sich gerade um ihre Getränke kümmern, als Arne ihnen mit ausgebreiteten Armen entgegenkam. Er war groß und sportlich und trug seinen langen Trenchcoat mit einer gewissen Nonchalance. Seine grau melierten Haare verliehen ihm den Anblick eines dänischen George Clooney.

»Hej, ihr Lieben«, rief er gut gelaunt. »Ihr seht großartig aus, wie ein echtes Totengräberpaar.« Einige der Anwesenden blickten bei seinen Worten in ihre Richtung und unterdrückten ein Grinsen. Gitte fragte sich, ob sie bereits zu viel Alkohol intus hatten. Paul überreichte dem Gastgeber artig ihr Geschenk. Seine Glückwünsche zum Haus hätte man auch als Beileidsbekundungen verstehen können, so missmutig trug er sie vor. Doch Arne klopfte ihm nur auf die Schulter, während er Gitte in den Arm nahm und ihr einen dicken Kuss auf die kalte Wange gab.

»Kommt näher und schaut euch um.«

Während sie auf den Eingang zusteuerten, hörte Gitte ein paar Gäste laut lachen. Doch erst als Paul empört ausrief: »Arne, jetzt gehst du aber zu weit«, sah sie die Überraschung, die der Gastgeber für sie bereithielt. Im Inneren des Rohbaus waren zwei Särge aufgestellt, in denen die Getränke standen. Ihr Holz war schon arg zerschrammt, vermutlich hatten sie schon häufiger für bizarre Scherze herhalten müssen.

Paul schüttelte den Kopf und ließ sich von Arne eine Flasche Bier geben.

»Ein Richtfest soll Glück bringen und das Haus segnen. Ist es nicht ein schlechtes Omen, wenn du schon vor dem Einzug Särge im Haus hast?«, konnte Gitte sich nicht verkneifen zu fragen.

Arne lachte und schüttelte den Kopf. »Nein, ganz im Gegenteil. Ich zeige dem Tod, wer hier der Herr im Hause ist. Mein Polier August hat die Särge aus den Lagerbeständen seines Onkels mitgebracht. Ist doch witzig und sehr praktisch. Gitte, was willst du trinken?«

»Gerne einen Sekt.« Arne schenkte ihr ein Glas Sekt ein, der eine wunderschöne goldene Farbe besaß.

Dann blickte er in die Runde und hob den Arm. »So, ich denke, die meisten sind da, und wir sollten nun dem Richtspruch zuhören.«

Aus der Menge, die sich mittlerweile im Inneren des Hauses versammelt hatte, löste sich ein mittelgroßer Mann mit breiten Schultern und Beinen wie ein Bär. Er trug einen roten Bauhelm und hielt sein Schnapsglas empor, offenbar war er der Polier. In seiner kleinen Rede dankte er dem Architekten und dem Bauherrn und erbat Gottes Segen für das Haus. Es wurde erneut ein kleines Lied angestimmt, das Gitte als Kind oft von ihrem dänischen Vater gehört hatte, und dann kletterte der Mann überraschend flink auf das Dachgerüst, wo ein bunt geschmückter Richtbaum stand. Dort trank er in luftiger Höhe sein Schnapsglas leer. Er ließ seinen Blick schweifen, und Gitte bemerkte, wie er für einen kurzen Moment den Strandabschnitt hinter dem Haus fokussierte. Dann wandte er sich wieder dem Publikum zu. Doch irgendwie geriet er plötzlich aus dem Gleichgewicht und musste sich an einem Balken festhalten. Dabei entglitt ihm das Schnapsglas und fiel in die Tiefe.

Unter den Gästen trat betretenes Schweigen ein, als das Glas auf einer zusammengefalteten Abdeckplane landete und dabei nicht zerbrach. Kein Sprung war zu sehen, am Rand fehlte kein einziger Splitter.

»Das ist ein ganz schlechtes Omen«, erklärte Paul leise, als er Gittes erschrockene Miene bemerkte. »Er hätte das

Glas herunterschmeißen müssen. Bei einem Richtfest muss es Scherben geben, sonst bringt es kein Glück.«

Arne räusperte sich kurz. »Der Wurf gilt nicht, das war ein Versehen. Also lass es krachen, August.« Er griff nach dem Glas, das dem Polier abermals nach oben weitergereicht wurde.

Verschämt grinste der Bauleiter und schmiss das Glas diesmal mit Wucht auf den Estrich, wo es nun in kleinste Scherben zersprang. Der Beifall hielt sich jedoch in Grenzen.

Zwei Särge und ein missglückter Schicksalswurf, dachte Gitte. Man sollte an diesem Tag besser nicht abergläubisch sein.

Sie nippte an ihrem Sekt und schaute dem Polier zu, der nun vom Dach herunterkletterte, seinen Helm zur Seite legte und mit Arne zusammen einen Aquavit trank. Auf seine wilde Art sah der Mann recht gut aus, stellte Gitte fest. Er hatte dunkle Augen, einen blonden Vollbart und dunkelblonde lange Haare, die er zu einem Zopf zusammengebunden hatte. Mit seinen kräftigen Pranken konnte er einen Mann sicher mit einem Schlag vom Feld räumen. Nun trat jemand Drittes zu ihnen, und Gitte beobachtete, wie der Polier eine Sekunde lang die Mundwinkel verzog. Beste Freunde trafen da nicht aufeinander.

Arne jedoch begrüßte den Neuankömmling mit Handschlag und winkte Gitte zu sich. »Das hier ist mein Architekt Louie Svendsen. Er hat ein paar Semester in Deutschland studiert, in deiner alten Heimat. Das ist Gitte Madsen, die Bestatterin der Insel.«

Louie gab ihr die Hand und lächelte charmant. »Freut mich. Dann hast du also diese Särge mitgebracht?«

»Klar. Wir vermieten unsere Särge an die Lebenden und verkaufen sie an die Toten.« Gitte lachte und erinnerte sich daran, dass Paul und sie im letzten Sommer einmal beim Einfangen eines Krokodils aus dem Zoo hatten mithelfen müssen und dabei einen Transportsarg benutzt hatten.

»Das sind meine Särge«, stellte der Polier beinahe trotzig klar.

Louie Svendsen blickte den Mann kalt an. »Ja, das hätte ich mir denken können. Du bist heute wohl für das Unglück zuständig, was, August?«

»Tu nicht so, als würdest du daran glauben.«

»Das hier ist ein gut geplantes und gut gebautes Haus«, mischte Arne sich ein. »Also kein Grund zur Sorge. Lasst uns heute feiern und morgen wieder über die Arbeit sprechen.«

Arne wandte sich gemeinsam mit August ein paar Gäste zu, die gratulieren wollten, und Gitte fand sich plötzlich allein mit Louie wieder. Paul hatte sich schon zuvor zum Buffet verabschiedet.

»Was gefällt dir daran, als Bestatterin zu arbeiten?«, brach der Architekt das kurze Schweigen. Er hatte ein markantes Kinn mit einem Grübchen wie Kirk Douglas und war deutlich größer als Gitte. Sein Haar trug er kurz geschnitten, und um seine Nase sammelten sich zahlreiche Sommersprossen.

»Meine Kunden quatschen mich nicht zu. Außerdem solltest du mich mal in meinem schwarzen Hosenanzug sehen, der steht mir ausgezeichnet.« Gitte grinste ihn an und merkte, dass ihr der Sekt bereits leicht zu Kopf gestiegen war.

»Also jetzt gerade siehst du ein bisschen blass aus um die Nase. Lass uns mal zum Grill gehen und etwas Warmes essen«, schlug Louie vor. Wie selbstverständlich nahm er Gitte am Arm und führte sie zum Buffet. Gitte fragte ihn derweil nach der Planung des Hauses und welche Projekte er als Architekt sonst noch betreute.

»Meist sind es Bauvorhaben von Privatkunden, ab und an plane ich auch für ein paar Ferienhausketten wie *Novasol* und *Sol og Strand*. Aber die Privatkunden zahlen besser. Mit Arne kann man gut zusammenarbeiten. Er freut sich über die meisten Vorschläge und lässt mir freie Hand. Das ist für einen Architekten ein Traum. Arne wird ein gutes Haus bekommen mit einer einmaligen Aussicht aufs Meer. Zumindest von der oberen Etage aus. Und hier hinten am Strand gibt es auch nicht so viele Touristen wie im Zentrum oder am Campingplatz.«

Sie waren inzwischen am Buffet angekommen. »Willst du einen Burger oder eine Wurst?«, fragte Louie sie höflich.

Gitte war ein wenig irritiert darüber, wie schnell Louie sie zu seiner persönlichen Begleitung auserkoren hatte. Er kannte hier sicher eine Menge Leute, vermied jedoch jeden Blickkontakt zu den anderen Gästen, obgleich er häufig gegrüßt wurde. Sie entschieden sich beide für Burger und stellten sich an einen Stehtisch in der Nähe eines Feuerkorbes. Da man in Dänemark für gewöhnlich früh zu Abend aß, zierte sich niemand, auch schon um sechs Uhr herzhaft zuzulangen.

Während des Essens erzählte Louie: »Ich habe in Köln studiert und bin dort mal in eine Sauna gegangen. Kannst du dir mein Entsetzen vorstellen, als ich mit meiner grünen Badehose vor einer Horde völlig nackter Frauen und Männer stand? Ich wusste gar nicht, wo ich hingucken sollte. Und gleich darauf setzte das Gekeife ein. Ich solle verschwinden, man buhte mich aus und beschimpfte mich als Spanner.«

Gitte lachte. Die Dänen gingen in Badesachen saunieren. Immer. Es überraschte sie also nicht, dass Louie dies auch im Ausland für ganz selbstverständlich gehalten hatte. Sie konnte sich lebhaft vorstellen, wie das ausgerechnet bei den munteren Rheinländern angekommen war.

»Und bist du dann schnell deine Badehose losgeworden?«

»Nein, nie im Leben würde ich einen engen Raum mit lauter schwitzenden nackten Menschen betreten. Wo denkst du hin? Ich bin nach Hause gefahren und wurde diese schlimmen Bilder im Kopf gar nicht mehr los.«

»Waren die nackten Kölner denn so hässlich?«, stichelte Gitte.

»Ich war vierundzwanzig Jahre alt, ich war noch nicht so weit.« Er blickte sie in gespielter Empörung an und brachte sie damit laut zum Lachen.

Im selben Moment trat Arne zu ihnen an den Tisch. Bei ihm eingehakt hatte sich eine sympathisch aussehende Blondine mittleren Alters, die Arne als Lærke vorstellte.

»Wenn alles gut läuft, zieht sie mit in dieses Haus ein«, fügte er hinzu und gab ihr einen Kuss.

Gitte wusste, dass Arne bereits die dritte Scheidung hinter sich hatte, und hätte ihm daher einen anderen Frauengeschmack unterstellt: jünger als er und mit viel Schminke im Gesicht. Doch Lærke wirkte natürlich und selbstbewusst und war sicher schon über vierzig.

»Bau du erst mal dein Haus fertig, und ich schau dann, ob es mir überhaupt gefällt. Ich habe nämlich auch ein schönes in Sakskøbing, wie du weißt«, konterte sie keck.

Sakskøbing, die lächelnde Stadt, dachte Gitte und plauderte eine Weile mit der sympathischen Frau über den Tourismus in Sakskøbing und Marielyst. Irgendwann ließ sich auch Paul wieder blicken und führte Gitte in den bereits eingezäunten Garten, von wo aus ein Pfad zum Meer führte. Hier standen vereinzelt Nadelbäume auf dem sandigen Boden und es duftete würzig nach Kiefern und Meer. Wäre der Partylärm nicht so laut, könnten sie von hier aus das Rauschen der Dänischen Ostsee hören.

Paul musste sich mal wieder den Ärger über seinen alten Schulkameraden von der Seele reden. »Wie kommt dieser Angeber bloß an so eine Frau? Die sah doch viel zu nett aus für ihn.«

Gitte lachte. »Ich nehme an, mit guter Laune und einer gewissen Selbstzufriedenheit. Außerdem verstehe ich deinen Missmut nicht. Arne ist doch bis auf seinen Hang zur Prahlerei wirklich sympathisch. Ich glaube, du bist nur neidisch, mein Lieber. Ihr beiden solltet mal eure gemeinsame Schulzeit aufarbeiten.«

Paul grummelte empört vor sich hin und wechselte dann zu einem Thema, das Gitte wiederum unangenehm war. »Ich habe Ole schon lange nicht mehr gesehen. Kommt der Herr Kommissar nur zu dir, wenn du ihm ein Mordopfer präsentierst? Nach deiner Geburtstagsparty im September dachte ich, da wäre mehr zwischen euch.«

Ja, das hatte Gitte auch gedacht. »Mit Ole ist es eben nicht so einfach«, antwortete sie ihrem Chef. »Du weißt ja, dass er verheiratet ist und seine Frau seit einem Autounfall als Pflegefall in einem Heim lebt. Ole besucht sie oft dort, und so richtig frei fühlt er sich noch nicht.«

Paul nickte nachdenklich. »Aber vor dem Unfall hatte Ole doch allen Grund gehabt, sich zu trennen. Seine Frau hatte immerhin ein Verhältnis. Warum also fühlt er sich ihr jetzt noch verpflichtet?«

Gitte zuckte mit den Achseln. »Ich habe beinahe den Eindruck, dass Anita immer dann schwierig wird, wenn es zwischen Ole und mir besser läuft. Sie verweigert dann die Nahrung, redet gar nicht mehr oder streitet mit dem Pflegepersonal. Woraufhin Ole sich dann immer wieder von mir zurückzieht.«

Sie blies die Backen auf, als sie an ihren letzten Streit dachte. Er hatte einen gemeinsamen Kinoabend kurzfristig abgesagt, weil Anita im Heim eine Szene gemacht hatte und er zu ihr fahren musste. Für so ein Theater hatte Gitte nicht ewig Zeit. Sie war inzwischen fünfunddreißig Jahre alt. Wenn also ein netter Architekt mit ihr flirten wollte, nur zu.

Mit einem Zug trank Gitte ihr Glas leer.

»So viele Mordfälle haben wir hier in unserem kleinen

Ferienort nicht, dass ich Ole bis zur Rente bei der Stange halten kann. Es sollte einem erwachsenen Mann doch möglich sein, sich eine neue Beziehung aufzubauen, ohne dass ich ihm dauernd irgendwelche Mordopfer präsentieren muss.«

Bereits bei ihrer Ankunft in Marielyst hatte sie einen toten Mann vor ihrer Verandatür gefunden. Und ein paar Wochen später war ein Gast im Restaurant am Nachbartisch an einer Vergiftung gestorben.

Paul grinste zum ersten Mal an diesem Abend.

»Mir ist es auch lieber, du kümmerst dich um meine Leichen, daran verdienen wir schließlich. Ich soll dich übrigens schön von der Glasbläserin grüßen. Sie hat wieder hübsche Sachen in ihrer Werkstatt stehen. Kaum zu glauben, dass diese charmante Frau die Schwester von Ole ist.«

Paul hatte recht, sowohl Ann als auch ihre Glaskunst waren etwas ganz Besonderes. Gitte nutzte die Eselsbrücke, um von Ole abzulenken.

»Wo wir gerade über Glas sprechen, was hatte das vorhin zu bedeuten? Die meisten haben ein Gesicht gezogen, als habe der Polier das Haus mit einem Fluch belegt.«

»Himmel, das habe ich noch nie erlebt, dass bei einem Richtspruch das Glas nicht kaputtgeht. Der arme Mann«, meinte Paul mitfühlend. »Alles, was am Bau fortan schiefgeht, wird nun ihm zur Last gelegt. Das kommt davon, wenn man mit Särgen kokettiert und sie zweckentfremdet.«

»Chef, ich wusste gar nicht, dass du so abergläubisch bist.«

Trotz ihres Wintermantels wurde Gitte fern von den Feuerkörben langsam kalt, und so wanderten sie zurück zum Rohbau. Gitte schaute sich nach dem Polier um und entdeckte ihn in einer Gruppe Handwerker, die lebhaft gestikulierend einige Schnäpse kippten. Sein Gesicht war gerötet und die Augen bereits glasig.

»Na, der hat aber ordentlich was intus«, bemerkte Paul. »Und fürs Protokoll: Ich habe nicht gesagt, dass ich abergläubisch bin. Aber ich weiß, dass viele Handwerker es sind. Ich glaube, dieser smarte Architekt sucht dich schon wieder. Dann werde ich mich nun verabschieden, Gitte. Ich bin mit dem Auto da, und nüchtern wird mir das hier zu anstrengend. Ich wette, Arne feiert im Winter noch eine Einweihungsparty, zu der wir dann auch wieder antanzen dürfen.«

»Ach Paul, so eine Einladung ist meist nett gemeint. Freu dich doch darüber! Oder sag ab.«

Das glatte, schmale Gesicht des Bestatters verdüsterte sich. »Wenn ich absage, denkt Arne womöglich, ich sei neidisch. Ich wünsche dir noch einen schönen Abend, meine Liebe.«

Gitte blickte ihm nach. Während die anderen Gäste mittlerweile allesamt eine ordentliche Schicht Baustaub auf ihren Schuhen mit sich herumtrugen, glänzten Paul Larstsens Schuhe noch immer im Schein der vielen Laternen, als sei er gerade erst gekommen. Wie machte er das nur?

Zwei Stunden später und mit einem kleinen Schwips, machte auch Gitte sich auf den Rückweg. Sie hatte noch eine Weile mit Louie Svendsen an einem offenen Feuerkorb gesessen und sich angeregt unterhalten. Dabei hatte ihr der

Architekt beiläufig, aber sicher ganz bewusst erzählt, dass seine langjährige Lebensgefährtin vor wenigen Wochen mit einem schottischen Arbeitskollegen durchgebrannt sei.

»Mein Wikingerblut kam nicht gegen diese schottischen Wurzeln an«, meinte er schließlich doch ein wenig wehmütig. »Seitdem alle Welt *Braveheart* gesehen hat, stehen die schottischen Männer hoch im Kurs. Dabei waren wir Dänen früher einmal die geborenen Eroberer. Ich habe mich nach der Trennung nur noch in die Arbeit gestürzt, und heute ist der erste Tag, an dem ich mal aus dem Büro herauskomme, um zu feiern. Wie gut, dass Arne mich gezwungen hat, herzukommen.« Er lächelte sie verschmitzt an, und das Grübchen in seinem Kinn vertiefte sich.

Zum Abschied hatte er Gitte einen zarten Kuss auf die Wange gegeben und war dann in Richtung der geparkten Autos verschwunden. Er wusste, wo sie arbeitete, mehr aber nicht.

Gitte war gespannt, ob sie noch einmal von Louie hören würde.

Obwohl ihr etwas schwindelig war, stieg sie auf ihr Fahrrad, um die etwa fünf Kilometer bis zum Ortskern zurückzulegen. Die kühle Luft kroch ihr die Beine hoch. Die Schafskälte hatte zugeschlagen und würde hoffentlich dafür sorgen, dass sie mit einem klaren Kopf zu Hause ankam. Im Schein ihres schwachen Fahrradlichts war der Straßenrand nur zu erahnen.

Sie war die Hauptstraße gerade ein paar hundert Meter hinuntergefahren, als ihr Vorderreifen mit einem Rums gegen ein Hindernis stieß und sie selbst unsanft mitsamt ihrem Fahrrad zur Seite ins Gestrüpp fiel. Sie spürte dabei, wie ihr ein Ast die Wange aufritzte, während sie sich am Lenkrad heftig die Rippen prellte.

Schwer atmend lag sie auf dem feuchten Boden, ihr Puls raste, und alles tat weh. Weit und breit war kein Auto zu sehen, und eine Straßenlaterne gab es auch nirgends. Mühsam befreite sie sich von ihrem Fahrrad und rappelte sich hoch. Ihre Rippen schmerzten, auch wenn sie durch den dicken Wintermantel einigermaßen geschützt gewesen waren. Als sie ihr Fahrrad zurück auf die Straße schob und dabei trotz der Dunkelheit ausmachen konnte, was ihren Sturz verursacht hatte, ließ sie es gleich wieder achtlos zu Boden fallen. Der Schreck fuhr ihr durch die Glieder.

Vor ihr am Straßenrand lag ein Mensch. War es ein Spaziergänger, den sie übersehen und angefahren hatte? Nein, die Person musste schon zuvor dort gelegen und sie zu Fall gebracht haben. Wäre sie nüchterner gewesen und weniger verträumt durch die Gegend gefahren, hätte sie das große Hindernis durchaus erkennen können. Die Person lag quer auf dem Grasbett neben der Fahrbahn. Wer weiß, wie viele Autofahrer sonst bereits über den Körper gefahren wären. Mit fahrigen Händen schaltete Gitte die Taschenlampenfunktion ihres Handys ein und leuchtete die Person an. Es war ein kräftiger Mann, so viel erkannte sie gleich. Das Gesicht war abgewandt, doch Gitte sah, dass die Haare zu einem kleinen Zopf zusammengebunden waren. Sie kniete sich zu ihm und fühlte am Hals nach dem Puls, konnte aber nicht sofort einen finden. Immerhin fühlte sich die Haut noch warm an.

»Der Mann ist wahrscheinlich angefahren oder überfahren worden«, berichtete sie atemlos, als sie im nächsten Moment die Polizei anrief. »Ich kann nicht genau sagen, ob er noch lebt oder wie schwer die Verletzungen sind. Licht habe ich hier nur an meinem Handy, also beeilt euch bitte. Mein Name ist Gitte Madsen.«

Als sie auflegte und sich den leblosen Körper genauer ansah, wusste sie, was sie so erschreckt hatte. Sie kannte den Mann. Vor ihr lag Arnes Polier August. An seinen Nachnamen konnte sie sich nicht mehr erinnern. Sie ließ ihr Handylicht langsam über sein Gesicht wandern und fuhr entsetzt zurück. Sein Blick war starr.

Jetzt wäre sicher auch jeder rational denkende Gast der Party überzeugt davon, dass mit dem nicht zerbrochenen Glas bei dem Richtspruch Unglück über den Bau gekommen war. Und was für eines! Der Mann war tot.

Sie müsste jetzt eigentlich Ole anrufen. Er würde als ermittelnder Kommissar sowieso davon erfahren. Aber der letzte Streit und das lange Schweigen seither ließen sie zögern, und sie war gerade nicht bereit, über ihren Schatten zu springen. Also harrte sie aus, bis nach knapp fünf Minuten schon das Martinshorn der Polizei ertönte. Sie hatte ihr Fahrrad mittlerweile als sichtbaren Schutz vor den leblosen Körper gestellt. Erleichtert schwenkte sie ihr leuchtendes Handy den Polizisten entgegen.

Es waren gleich zwei Fahrzeuge, die sich nun auf der Straße in beiden Richtungen mit Warnblinklicht aufstellten. Schneller, als sie »hier« rufen konnte, eilte mit langen Schritten Ole Ansgaard auf sie zu. Sie kannte viele Variationen seines mürrischen Gesichtsausdrucks, doch so verstimmt und gleichzeitig besorgt hatte sie ihn noch nicht gesehen. Er packte sie bei den Schultern und suchte ihren Körper mit hektischen Blicken ab. Sehen konnte er bei den spärlichen Lichtverhältnissen sicher nicht viel.

»Oh, Gott sei Dank, es geht dir gut. Bist du verletzt? Ich habe nur etwas von einer leblosen Person am Straßenrand und dann deinen Namen gehört.« Er blickte ihr forschend ins Gesicht. »Du blutest. Schnell, ich brauche Licht«, rief er den beiden anderen Beamten zu. Einer trug eine große Baustellenleuchte und stellte sie neben Gitte auf. Erst jetzt fiel auch Licht auf die Person am Boden.

»Mir geht es einigermaßen, ich bin gegen den Mann hier gefahren und dann mit dem Fahrrad gestürzt«, beruhigte Gitte ihn. »Ich bin nicht das Opfer, ich habe nur die Meldung gemacht.« Der Lärm einer weiteren Sirene schnitt ihr das Wort ab. Der Krankenwagen erschien, und zwei Sanitäter sprangen sogleich heraus.

Oles Haltung änderte sich augenblicklich, und er fragte scharf: »Hast du etwa jemanden mit dem Fahrrad angefahren?«

»Nein, also ja, schon, aber er lag bereits da«, stammelte Gitte.

Einer der Sanitäter beugte sich jetzt über den Mann und prüfte die Vitalzeichen. Seine schnellen Bewegungen erschlafften, und er schüttelte den Kopf. »Wir kommen zu spät, der Mann ist tot.«

Ole runzelte die Stirn. »Wie lange schon?«

Der Sanitäter erhob sich und schüttelte empört den

Kopf. »Das kann ich dir unmöglich sagen. Das wird die Gerichtsmedizin klären. Am besten, ihr ruft einen Bestatter, der ihn dorthin bringt.«

Gitte fühlte sich beklommen. Sie war mit diesem Mann auf dem Richtfest gewesen, und nun lag er tot vor ihrem Fahrrad auf der Erde.

»Eine Bestatterin haben wir schon hier«, knurrte Ole. »Aber mit deiner Fahne fährst du heute besser gar nicht mehr. Bist du dir sicher, dass du ihn nicht umgefahren hast und er dabei unglücklich gestürzt ist? Ich werde bei dir jedenfalls eine Alkoholkontrolle durchführen müssen.«

Jetzt wurde Gitte wütend. »Mein Promillewert nützt dir gar nichts. Hier in Dänemark gibt es überhaupt kein Fahrradfahrverbot, wenn man Alkohol getrunken hat. Man muss sich nur auf seinem Rad halten können, und das schaffe ich noch sehr wohl. Du kannst ja hinter mir herlaufen und zuschauen, wie gut ich fahren kann!«

Sie machte Anstalten, nach ihrem Rad zu greifen, zuckte aber vor Schmerz zusammen. Ihre Rippen taten höllisch weh, und der Schnitt an ihrer Wange brannte an der kalten Luft zunehmend. Sie musste furchtbar aussehen. Der Notarzt, der inzwischen eingetroffen war, schien ihren Zustand ebenfalls zu bemerken, denn er fragte sie: »Sollen wir deine Wunde reinigen, wenn wir schon mal hier sind?«

Ole bejahte für sie und schob Gitte zum Krankenwagen. Dann kehrte er um und nahm ihr Rad.

»Ich packe es in meinen Wagen. Du fährst heute nirgendwo mehr hin. Ist Paul erreichbar?«

Er stellte das Rad neben seinen Wagen und holte sein Handy heraus.

»Wir waren zusammen beim Richtfest von Arne Hansen, aber er ist schon lange vor mir nach Hause.«

»Kann er wenigstens noch fahren, oder hat er auch zu tief ins Glas geschaut?«

»Ich bin nicht betrunken«, protestierte Gitte schwach. »Ja, du kannst ihn anrufen.«

Dann stieg sie in den Rettungswagen und setzte sich auf die Pritsche, doch der Arzt, ein älterer Mann mit Vollbart und schütteren Haaren, bat sie, sich hinzulegen.

»Wo tut es denn sonst noch weh?«

Als er nach ihrer Erklärung ihren Pullover und das Unterhemd anhob, sah Gitte, dass sich ihr gesamter Oberbauch- und Brustbereich bereits bunt färbte. Der Arzt schnalzte mit der Zunge, und sein Sanitäter, der ebenfalls zugestiegen war, zog das mobile Ultraschallgerät heran.

»Ich hoffe, das ist nur eine Prellung. Hast du dir den Lenker in den Bauch gerammt?« Gitte nickte, aber eigentlich fühlte sie sich recht fit. Sie glaubte nicht an eine innere Verletzung, war aber trotzdem froh, dass der Arzt sie nun untersuchte.

Zehn Minuten später hatte sie ein Klammerpflaster über dem fünf Zentimeter langen Schnitt an ihrer Wange und die Bestätigung, dass es außer ein paar blauen Flecken an ihrem Bauch und Brustkorb keine Verletzungen gab. Da hatte dieser kleine Rettungsring um ihre Taille immerhin auch mal etwas genutzt und ihre Organe geschützt.

Als sie wenig später in Oles Wagen saß, fühlte sie sich

deutlich weniger wohl. Der Kommissar war sichtlich verstimmt und warf ihr vor, dass sie ihn nicht angerufen hatte. Dann trommelte er mit den Fingern auf dem Lenkrad herum und starrte durch die Windschutzscheibe in die Nacht.

An Ole war ein echter Westfale verloren gegangen, dachte Gitte zum wiederholten Male. Stur und wortkarg, über Gefühle redete er bloß, wenn es sein musste, und auch dann nur in alkoholisiertem Zustand. Äußerlich war er der typische Skandinavier: groß gewachsen, blaue Augen und blonde Haare. Er hatte ein markantes Kinn und schöne Lippen, und sein Lächeln war einnehmend, aber das gab es nicht oft und schon gar nicht gratis, wie sie ihm noch vor Kurzem an den Kopf geworfen hatte.

»Willst du nicht losfahren?«, fragte sie ihn schließlich.

»Nein. Ich muss jetzt erst deine Aussage aufnehmen, und dann fahre ich zum Fest von Arne Hansen. Dich lass ich gleich von meinem Kollegen nach Hause bringen. Also: Was ist passiert?«

Gitte erzählte ihm von dem missglückten Richtspruch, von den Särgen, die der Polier mitgebracht hatte, und schloss mit den Worten: »Ich kannte die meisten Leute dort nicht, aber es wurde reichlich Bier und Schnaps getrunken.«

Ole holte sein Notizheft heraus und schrieb in großen Buchstaben mit. Seine Kurzsichtigkeit ignorierte er wieder einmal geflissentlich, eine Brille hatte sie an ihm noch nie gesehen.

»Gitte, du warst nun schon zweimal in einen Mordfall verwickelt und stolperst ständig über irgendwelche Leichen. Das ist mir in höchstem Maße suspekt, und deine Berufswahl macht die Sache auch nicht gerade besser. Und jetzt raus mit dir, Jensen wartet schon.«

Peter Jensen besaß das Phlegma eines gutmütigen Beamten kurz vor der Pension, nur dass er bis zum Ruhestand noch locker fünfundzwanzig Jahre vor sich hatte.

Er winkte Gitte fröhlich zu und hielt ihr die Autotür auf. »Seit du hier in Marielyst lebst, haben wir viel mehr Spannendes zu tun und einen Chef, der sich nicht mehr permanent in die nächstgrößere Stadt flüchtet. Nykøbing hat natürlich mehr zu bieten und vielleicht auch bessere Restaurants als Marielyst. Aber seit einem Jahr hängt Ole fast nur noch auf unserer kleinen Polizeistation herum.«

Peter Jensen stieg ein und unterhielt sie auch gleich weiter, während er seinen beträchtlichen Bauch hinter das Lenkrad hievte. »Ich tippe ja auf einen Unfall mit Fahrerflucht. Bei der Dunkelheit auf der Straße herumzulaufen, ist ein bisschen zu viel Risiko, nicht? Aber Betrunkene glauben ja immer, ihr Rausch schütze sie vor allem. Ich kannte mal einen, der ist nach seiner Zecherei immer auf sein Dach geklettert und hat Arien geschmettert. War nur eine Frage der Zeit, bis er mal abstürzen würde. Und in der Silvesternacht 2016 war es dann so weit. Er plumpste seiner Nachbarin direkt vor die Füße und war tot. Dabei wollte die sich nur wegen des Lärms beschweren. Hätte sie mal lieber Ohrstöpsel genommen und wäre ins Bett gegangen. Dann wäre ihr der Anblick erspart geblieben. Aber, Gitte Madsen, betrunken auf dieser dunklen Straße Fahrrad zu fahren, das war auch keine gute Idee. Der Chef ist ja richtiggehend ausgeflippt, als er dachte, du würdest da liegen. Das hätte ebenso gut passiert sein können.«

Immerhin war sie Ole also nicht ganz egal, wenn er sich gleich solche Sorgen machte, dachte Gitte befriedigt.

»Ich bin nicht betrunken, lass dir von Ole mal nichts einreden«, versicherte sie Peter. »Ole ist nur sauer, weil ich nicht bei ihm persönlich angerufen habe. Ich hatte Licht am Fahrrad und kann ganz gut auf mich selber aufpassen.«

Sie blickte auf die Uhr am Armaturenbrett. Es war halb elf. Ihr war es viel später vorgekommen, da an diesem Abend so viel passiert war.

Peter Jensen räusperte sich. Sie waren nun im Ortskern von Marielyst angekommen, und sie navigierte ihn zu ihrem Häuschen.

»Ich muss gestehen«, sagte Jensen, »ich hatte Ole die Informationen wohl nicht ganz richtig wiedergegeben. Ich habe ihm gesagt, dass es da einen Unfall am Bøtøvej gab und jemand eine leblose Person am Straßenrand gefunden hat. Da dein Name dabei aufgetaucht ist, wollte ich ihn informieren. Weiß ja jeder auf dem Revier, dass ihr befreundet seid. So, hier ist es, nicht wahr? Ach Mist, wir hätten dein Fahrrad ja besser aus Oles Wagen genommen und in meinem untergebracht.«

Gitte reagierte nicht. Dass Peter Jensen immer nur die Hälfte einer Mitteilung verstand, hatte sie oft genug erlebt. Wenn Jensen nicht ein so freundlicher, harmloser Mensch wäre, hätte Ole ihn sicher schon nach Grönland versetzen lassen.

Erst als Gitte zu Hause auf ihrer blauen Couch saß, einen

warmen Kakao zwischen den Händen und eine dicke Decke über den Knien, nahm sie sich Zeit, die Ungeheuerlichkeit des Abends auf sich wirken zu lassen. Ausgerechnet der Mann, der bei dem Fest für ein schlechtes Omen gesorgt hatte, hatte wenig später tot am Straßenrand gelegen. Gitte ging davon aus, dass es ein Unfall gewesen war. Oder aber der Mann hatte einen Herzinfarkt erlitten. So selten kam das bei Männern zwischen vierzig und fünfzig Jahren ja gar nicht vor. Aber wieso nur war er allein auf der Straße unterwegs gewesen? Einige Männer hatten sich von ihren Frauen abholen lassen. Er war als Polier der Chef seiner Truppe und hätte doch bestimmt eine Mitfahrgelegenheit organisieren können.

Sie dachte an Ole, der als ermittelnder Kommissar nun noch spätabends auf dem Richtfest nach Zeugen und Alibis fragen musste. Und das, obwohl sie wusste, dass er das Arbeiten nach Feierabend hasste und meist auch erfolgreich vermied. Daher rechnete sie auch nicht damit, dass er ihr heute noch das Fahrrad zurückbringen würde. Sie würde morgen wohl zu Fuß zur Arbeit gehen müssen. Das war kein großes Problem, denn ihr Häuschen befand sich nur wenige Straßen vom Ortskern entfernt, wo das Bestattungsinstitut lag.

Sie arbeitete seit Juli letzten Jahres bei Paul, nachdem sie ihren Job bei der Opferhilfe in Münster und zugleich ihren Freund und ihre Wohnung dort aufgegeben hatte, um nach Dänemark zu ziehen, der Heimat ihres Vaters. Dass es ausgerechnet der Ferienort Marielyst geworden war, beruhte auf einer lange zurückliegenden Tragödie. Hier war vor knapp zwanzig Jahren Mads Madsen, ihr Vater, spurlos verschwunden.

Viele Jahre lang hatte Gitte den Vermutungen ihrer Mutter geglaubt, Mads habe sich eine andere Frau gesucht und sei mit ihr durchgebrannt. Auch ein tödlicher Unfall im Meer wurde in Betracht gezogen, während Gitte als Ursache für das Verschwinden ihres Vaters immer ein Verbrechen befürchtet hatte. Und so war sie seit ihrer Ankunft in Marielyst den Spuren ihres Vaters gefolgt. Das Graben in alten Erinnerungen hatte nicht jedem in Marielyst gefallen, und erst ihr Kontakt zu einer älteren Dame, die man nur »die Russin« nannte, hatte Gitte im September die ungeheuerliche Information geliefert, dass ihr Vater noch lebte.

Jedes Mal, wenn Gitte daran dachte, stieg Wut in ihr auf. Angeblich lebte ihr Vater mit einer russischen Frau zusammen in Kiew. Die Umstände waren mehr als fragwürdig, sodass alle von einer Kontaktaufnahme abgeraten hatten.

Das hätte Gitte sicher nicht daran gehindert, sofort dorthin zu reisen, aber ihre Tante Stine, die Schwester von Mads, hatte sie erfolgreich davon abhalten können, indem sie selbst das Ruder in die Hand nahm.

»Ich reise zu ihm«, hatte sie energisch verkündet. Doch das Vorhaben hatte sich hingezogen, und nun war es bereits mehr als ein halbes Jahr her, dass Gitte die Neuigkeiten über ihren Vater erfahren hatte.

Erst hatte ein Herzinfarkt Tante Stines Pläne durchkreuzt und sie für eine ganze Weile außer Gefecht gesetzt. Danach folgte die Reha, und schließlich war Weihnachten gewesen. Im Winter wollte Stine nicht in den Osten reisen, und irgendwie ergaben sich immer wieder neue Verzögerungen. Eines Tages im Mai hatte Gitte sich einen neuen Koffer und einen Sprachführer für die Ukraine gekauft, und dies überall im Ort kundgetan. Von da an war Tante Stine entschlussfreudiger geworden.

»Das Kind«, wie sie in ernsten Angelegenheiten zu sagen pflegte, wolle sie »auf gar keinen Fall auf eine Reise mit ungewissem Ausgang schicken«. Vor drei Tagen schließlich war sie dann mit dem Zug nach Kiew gereist. Denn in ein Flugzeug stieg Stine nicht mehr, seit es vor Jahren bei einem Flug mit ihrem Gatten zu einem peinlichen Zwischenfall gekommen war, bei dem er die halbe Maschine vollgekotzt hatte. Als ihr Mann wenige Monate später starb, hatte sich ihre Trauer in Grenzen gehalten. Gut verstanden hatte sich das Ehepaar schon seit Langem nicht mehr.

So war Tante Stine vor wenigen Tagen mit ihrem alten grünen Lederkoffer nach Kopenhagen und von dort weiter nach Kiew aufgebrochen, um es mit der Russenmafia, mit einem abtrünnigen Bruder und mit den Weiten eines unbekannten Landes im Osten aufzunehmen.

Gitte schüttelte den Kopf. Wenn ihre Tante, die im Nachbarort Nykøbing wohnte, wüsste, dass ihre Nichte schon wieder über eine Leiche gestolpert war, würde sie die Hände überm Kopf zusammenschlagen und ihre Reise abbrechen.

2

Am nächsten Morgen lag ein feuchter Dunst über der Wiese und kündigte endlich Sonne an. Gittes Häuschen besaß, wie viele andere auch, ein großzügiges Grundstück und eine gemütliche Veranda, auf der sie sich ein schnelles Frühstück genehmigte.

Zehn Minuten früher als sonst verließ sie das Haus und spazierte die Straße hinunter, die zum Ortskern führte. Bis auf eine verschlafen wirkende Frau, die ihren Labrador ausführte, begegnete ihr niemand. Erst als sie die mit Holzplanken belegte Plattform mit dem Aussichtsturm im Zentrum erreichte, zeigte sich mehr Leben. Einige Urlauber waren schon unterwegs und bewegten sich langsam Richtung Strand, auch ein Rollstuhlfahrer mit seinem Dackel an der Leine nutzte die vormittägliche Ruhe auf der Straße. Im Sommer standen auf dem Marktplatz, Torv genannt, zahlreiche Liegen, die ein wenig aussahen wie Tortenstücke. Gitte überquerte den Platz und ging an einigen Restaurants, Boutiquen und den zwei Supermärkten vorbei. Das Bestattungsinstitut befand sich unweit der kleinen Polizeistation am Strandvej und lag direkt neben der Touristeninformation.

Gittes Chef bot an diesem Morgen einen mitleiderregenden Anblick. Sein ohnehin schmales Gesicht war eingefallen, die Hautfarbe blass bis auf die dunklen Augenringe. Vor sich hatte er einen großen Becher Kaffee, ein Glas Aquavit und einen Waschlappen, der nach Pfefferminzöl roch und den er sich nun an die Stirn hielt.

»Chef, ist alles in Ordnung?«

»Wohl kaum, und ich denke auch nicht, dass ich so aussehe, als sei alles in Ordnung. Meine einzige Mitarbeiterin ist wieder in einen Mordfall verwickelt und zieht meine Wenigkeit gleich mit hinein. Ich habe eine grässliche Migräne und konnte kaum schlafen, und gleich kommt meine Schwiegertochter, um sich eine Bohrmaschine auszuleihen.«

»Ich dachte, sie wohnt in Kopenhagen und hat sich von deinem Sohn getrennt.« Gitte hängte ihren Mantel auf und ging zum Kaffeeautomaten.

»Ich fürchte, die treffen sich schon seit einer ganzen Weile wieder. Jedenfalls will Svenja heute bei Axel zu Abend essen und ihm helfen, ein paar Bilder aufzuhängen. Der Junge wird mir noch rückfällig, und das Ende vom Lied ist, dass meine Schwiegertochter wieder bei ihm einzieht. Unser gemeinsames Angeln sehe ich schon auf ihrer Verbotsliste, dicht gefolgt von unseren Fußballabenden, an denen wir mehr Bier trinken, als Tore fallen.«

Paul machte ein Gesicht, als sollte er enteignet werden.

Gitte musste grinsen. »Du solltest dich über das Liebesglück deines Sohnes freuen. Wieso hast du Migräne?« Sie runzelte die Stirn. »Ich glaube übrigens nicht, dass sich Alkohol mit den Tabletten verträgt.«

»Ich habe es heute Nacht ohne Alkohol versucht, mit einem traurigen Ergebnis. Die Tabletten haben kaum geholfen. Nun schreite ich zu einer anderen Strategie. Bei Migräne geht es ja darum, dass man innerlich locker wird, entspannt.«

Mit diesen Worten kippte er den Aquavit herunter.

Gitte setzte sich mit einem Cappuccino zu ihm und fragte: »Hast du gestern noch irgendwelche Verletzungen bei dem toten Polier feststellen können, die auf einen Unfall hindeuten? Ich konnte bei der Dunkelheit nichts erkennen.«

»Jedenfalls ist er nicht durch den Zusammenstoß mit deinem Fahrrad gestorben.«

Pauls Gesicht, an dem man trotz Migräne und schlechtem Schlaf nicht das geringste Anzeichen eines Bartschattens erkennen konnte, hellte sich auf.

Gitte sah ihm an, dass er etwas wusste. Doch bevor er weitersprechen konnte, öffnete ein Mann in seinen Vierzigern die Tür und ließ einer Frau den Vortritt. Er war leicht untersetzt mit breiten Schultern und einem kurzen Hals, während die Frau an seiner Seite sehr sorgfältig zurechtgemacht war. Trotz der vielen Schminke sah man die scharfen Falten an den Mundwinkeln.

»Ich will meinen Bruder sehen«, verlangte der Mann ohne Umschweife.

Kein »Guten Morgen« oder eine kleine Vorstellung seiner Person, der Satz wurde ohne jedes Lächeln in den Raum geworfen. Die blonde Frau streichelte beruhigend den Arm des Mannes und nickte.

»Guten Morgen«, grüßte Gitte ein wenig streng. Ihr Chef verschränkte die Arme vor der Brust und ließ Gitte machen. »Wie kommst du darauf, dass er hier ist?«, fragte sie dann.

»Der da«, und der Mann zeigte auf Paul, »hat ihn gestern Abend angeblich abgeholt. Mein Bruder ist tot am Straßenrand gefunden worden. Irgendeine betrunkene Tussi hat ihn gefunden.« Gitte schluckte und entschied sich, diese Bemerkung zu ignorieren.

»Dann weißt du doch sicher auch, dass dein Bruder erst in die Rechtsmedizin gekommen ist, damit man die Todesursache klärt«, wies sie ihn stattdessen zurecht.

»Das ist doch Blödsinn. Irgendein Autofahrer hat ihn über den Haufen gefahren und sich dann davongemacht. Vielleicht hat diese blöde Radfahrerin ihm dann den Rest gegeben.«

Nun trat ihr Chef hinter seinem Schreibtisch hervor und baute sich vor dem kräftigen Mann auf. Paul war zwar größer als der ungehaltene Besucher, aber er wog sicher nur die Hälfte. Gitte konnte nur hoffen, dass hier nichts eskalierte.

»Mein Name ist Paul Larstsen, und ich bin beauftragt worden, den Leichnam deines Bruders in die Rechtsmedizin zu fahren«, stellte Paul sich sachlich vor. »Wenn ich mich auch um die weitere Beerdigung kümmern soll, so benötige ich einen Auftrag der Familie. Wir können das gerne vereinbaren. Üblicherweise stellen sich fremde Leute allerdings bei mir vor und teilen mir dann ihre Wünsche mit. Sie beginnen nicht mit einer Beleidigung und abfälligem Gerede.

Die Radfahrerin hätte schlimm stürzen können, denn in der Dunkelheit konnte sie nur schwer einen am Boden liegenden Mann am Rand des Gebüsches erkennen. Nun zur Todesursache. Da ich August Borg persönlich transportiert habe, kann ich dir sagen, dass er nach meiner zugegeben laienhaften Einschätzung stranguliert wurde. Sicherlich nicht von einem Autoreifen.«

Die Verwandlung, die nun mit dem Bruder des Poliers vor sich ging, war bemerkenswert. Er stieß beinahe ruppig die Hand seiner Begleitung von sich, starrte Paul Larstsen kurz an und setzte sich dann auf einen der Stühle am Fenster. Dort strich er mit beiden Händen immer wieder über sein Gesicht.

Gitte selbst konnte das Gehörte kaum fassen und blickte von dem Mann zu Paul, der noch mal bestätigend nickte.

Die Frau stand mit hängenden Armen da. »Ich bin Maja Borg, und mein Mann heißt Hans«, sagte sie schließlich und streckte dabei ihre rechte Hand aus. Sie sah so verloren aus, dass Gitte die zwei Schritte auf sie zuging und ihre Hand ergriff.

»Gitte Madsen«, stellte sie sich vor. »War dein Schwager verheiratet? Wenn wir uns weiter kümmern sollen, muss seine Frau uns den Auftrag erteilen.«

Paul schob Maja ebenfalls einen Stuhl hin.

»Stranguliert, sagst du? Dann kann es wohl kaum eine Frau gewesen sein, oder?« Hans Borg blickte auf.

»Das wird die Polizei klären müssen. Hatte dein Bruder denn Feinde?« Gitte lehnte sich an Larstsens Schreibtisch.

»Solche Feinde? Die ihn erwürgen? Sicher nicht. Wir arbeiten doch nicht im Untergrund.« Er schien wirklich betroffen zu sein. Sein wuchtiges Kinn zitterte, und die dunklen Augen glänzten feucht. Er sah seinem Bruder nur entfernt ähnlich, er war dicker, besaß ein volleres Gesicht und trug die Haare kurz geschnitten.

»Und ja, ich möchte, dass ihr die Beerdigung übernehmt. Auf eine Entscheidung meiner Schwägerin zu warten, macht keinen Sinn, sie ist völlig überfordert und ... unpässlich. Ich möchte auf keinen Fall, dass er verbrannt wird. August soll ganz klassisch beerdigt werden, nicht heidnisch.«

»Die Beisetzung einer Urne kann auch in einem christlichen Rahmen geschehen, falls gewünscht.« Gitte wunderte sich, denn in Dänemark hatte sich die Urnenbestattung in weiten Teilen durchgesetzt. Der Mann tat ja so, als würden sie die Leichen auf einem brennenden Floß auf die hohe See hinausschicken.

»Nein, auf keinen Fall wird August verbrannt.« Hans Borg regte sich schon wieder auf. »Den Täter, den könnt ihr verbrennen oder an den nächsten Baum knüpfen, oder besser noch beides.« Er sah Paul an. »Hat er sehr gelitten? Wie sah sein Gesicht aus?«

»Nun, ich kann dir nicht sagen, ob er sehr gelitten hat. Wenn jemand stirbt, erschlaffen die Gesichtszüge, und jeder sieht irgendwie friedlich aus, da kann er vorher noch so gelitten und gekämpft haben. Die Polizei wird sich um den Fall kümmern und den Mörder schon finden. Da bin ich mir sicher.« Sein Blick streifte dabei Gitte.

»Können wir etwas für deine Schwägerin tun?«, fragte

Gitte fürsorglich. »Braucht sie vielleicht einen geschulten Seelsorger oder gar ärztliche Unterstützung? Der Tod eines geliebten Menschen kann sehr traumatisch erlebt werden.«

»Seelsorger? Nicht schlecht, aber eigentlich braucht sie einen Therapeuten.« Hans blickte zu seiner Frau und stand dann seufzend auf. »Die Frau meines Bruders säuft. Entschuldigung, aber anders kann man das nicht nennen. Seit zwei Jahren ist es immer schlimmer geworden, sie hat ihren Job verloren, den Führerschein und leider auch ihre Anmut. Deshalb konnte sie meinen Bruder auch nicht vom Fest abholen. Ich fürchte, der Tod von August wird ihr den Rest geben. Er hat sie nie lange allein gelassen. Manchmal war er auf Montage, dann haben wir schon mal nach ihr gesehen.« Er machte ein genervtes Gesicht, und Gitte ahnte, dass er dies seinem Bruder zuliebe getan hatte.

»Ich würde jetzt gerne einen Sarg für August aussuchen.«

Paul führte das Ehepaar nach nebenan, denn Kommissar Ole Ansgaard tauchte soeben mit Gittes Fahrrad vor dem Schaufenster auf und winkte. Er schloss das Rad offenbar mit einem neuen Schloss ab und betrat mit langen Schritten den Laden. Trotz der morgendlichen Kühle trug er bloß ein leichtes T-Shirt. Es war noch nicht lange her, da hatte sie mal eine Umarmung oder sogar einen Kuss bekommen, doch nun nickte er ihr lediglich zu und reichte ihr den Fahrradschlüssel.

Dann blickte er auf ihre Wange mit der langen Schramme. »Du siehst aus, als hättest du eine bösartige Katze oder eine Furie als Nachbarin. Aber nein, du holst dir so eine Macke beim Überfahren einer Leiche. Das ist unglaublich, was dir immer passiert.«

Hans Borg stand noch in der offenen Tür zum Nebenzimmer und horchte auf.

»Du bist also die betrunkene Radlerin, die meinen Bruder über den Haufen gefahren hat. Hast du wenigstens geprüft, ob er noch lebte?«, wandte er sich an Gitte.

»Ich war nicht betrunken. Und natürlich habe ich sofort einen Krankenwagen gerufen, weil ich mir nicht sicher war, was mit ihm los war«, antwortete Gitte empört.

»Ich kann bestätigen, dass dein Bruder schon tot war, als Gitte über ihn stolperte«, mischte Ole sich ein. »Ich bin der ermittelnde Kommissar, und ich kann dir versichern, dass die Körpertemperatur bereits deutlich abgesunken war, als er in der Rechtsmedizin ankam. Wir gehen davon aus, dass er etwa eine Stunde, bevor Gitte auf ihn stieß, ermordet wurde. Das deckt sich auch mit den Aussagen der Gäste, wonach August Borg das Fest nach neun Uhr verlassen hat. Der Anruf von Gitte beim Notdienst erfolgte um zwanzig nach zehn. Kann ich dich gleich noch auf der Wache sprechen?«

»Das war ja klar, dass wir als Angehörige verdächtigt werden. Ich will jetzt erst in Ruhe die Beerdigung meines einzigen Bruders besprechen. Geht das? Danke.« Und damit drehte er sich um und schloss die Tür.

»Zu dir war er freundlicher, mich hat er eben schon eine blöde Radfahrerin genannt.« Gitte grinste.

»Nun, ich bin mir sicher, dass du für das Radfahren ein paar Schnäpse zu viel getrunken hattest. Wie dem auch sei.

Ist dir auf dem Fest jemand aufgefallen, der den Polier nicht leiden konnte oder mit ihm gestritten hat?«

Ole verschränkte seine gebräunten, sehnigen Arme vor der Brust und ließ wieder mal den Kommissar raushängen, wie Gitte genervt feststellte.

In diesem Moment fiel ihr der charmante Architekt wieder ein. Louie Svendsen und der Polier schienen sich nicht sonderlich gemocht zu haben. Aber das kam ja häufig vor, dass der Theoretiker sich auf der Baustelle nicht gut mit dem Praktiker verstand, weil jeder meinte, es besser zu wissen. Sie nagte an ihrer Unterlippe.

»Auf dem Fest war ein sehr netter Architekt namens Louie Svendsen, bei dessen Anblick August Borg kurz das Gesicht verzogen hat. Er schien ihn nicht leiden zu können. Aber Louie selbst war ihm gegenüber freundlich«, entschied sie sich schließlich für die Wahrheit.

»Louie, aha. Seit wann kannst du dir so gut Namen merken?«

»Ich habe den Mann kennengelernt. Er deutete an, dass der Polier ein kompetenter und fleißiger Bauhandwerker sei.«

Ole verzog das Gesicht. »Na ja, wegen seiner guten Fähigkeiten ist der Mann sicher nicht umgebracht worden.«

»Vielleicht war es auch eine einseitige Antipathie, was weiß ich. Louie war vielleicht etwas herablassend zu ihm. Hast du die Ehefrau des Toten schon kennengelernt? Angeblich ist sie Alkoholikerin.«

Eine tiefe Stirnfalte erschien auf Oles Gesicht. »Nein, sie war noch nicht vernehmungsfähig. Arne Hansen wollte sich um sie kümmern. Sie ist seit heute Morgen im Krankenhaus, und ich werde später nach Nykøbing fahren, um sie zu besuchen. Wieso weißt du schon wieder mehr als ich?«

»Weil die meisten Menschen einer freundlichen Bestatterin mehr erzählen als einem schlecht gelaunten Kommissar.«

Sie blickte ihn triumphierend an.

»Gitte, du wirst nicht immer so viel Glück haben wie bisher. Deine ›Ermittlungen‹ haben in der Vergangenheit dazu geführt, dass man dich in einem dunklen Keller gefangen gehalten hat und einmal sogar auf dich geschossen wurde. Das Umfeld dieses Bauarbeiters besteht zu großen Teilen aus rauen Gesellen, einer anscheinend alkoholkranken Ehefrau und einem Bruder, der in seinem Jähzorn zu allem fähig sein könnte. Halt bitte die Füße still.«

Plötzlich verdrehte er genervt die Augen. Gitte blickte aus dem Fenster und erkannte den Grund dafür. Dem Beerdigungsinstitut näherte sich ein Mann Mitte bis Ende vierzig. Er trug einen selbst gestrickten Pullover, der ihm zwei Nummern zu klein war, eine ausgebeulte Hose und eine Jeanstasche mit lauter Applikationen darauf, die an einem Dreißigjährigen schon zu jungenhaft gewirkt hätte. Seine kurzen Haare sahen heute überraschend blond aus und standen wie bei einem Igel in alle Richtungen ab. Man sah förmlich die Tube Haargel, die dafür aufgewendet worden war.

Gitte musste breit grinsen. Nils Jansen verlor keine Zeit. Er arbeitete bei der hiesigen Zeitung *Sydfalsternyt*, und er wusste um Gittes private Ermittlertätigkeit Bescheid. Mit dem Instinkt des Reporters ahnte er offenbar, dass das örtliche Bestattungsinstitut auch jetzt Neuigkeiten für ihn bereithielt.

Er öffnete die Tür und lächelte mit seinen rauchergelben Zähnen erst Gitte und dann Ole an.

»Hej, ihr beiden. Habt ihr ein paar Informationen zum jüngsten Todesfall? Unfall mit Fahrerflucht? Es ist der Polier von Arne Hansen, nicht wahr? Ich habe mir den Prachtbau erst neulich noch angesehen, den er sich da in die beschauliche Einsamkeit setzen will. Sehr nett dort.«

Ole Ansgaard schwieg. Vermutlich durfte er aus dienstlichen Gründen nicht mit der Presse sprechen, aber für Gitte galt das schließlich nicht.

»Er ist ermordet worden, zumindest weist der Leichnam Spuren einer Strangulation auf.«

»Wow, danke. Der Tote ist von einer Radfahrerin gefunden worden. Du weißt nicht zufällig, wer das war? Ich würde die Dame gerne interviewen.«

Er zückte sein kleines Notizbuch, auf dem ein Faultier zu sehen war.

Ole stöhnte laut auf und wandte sich zur Tür. »Für das, was jetzt kommt, ist meine Laune definitiv zu schlecht. *Hej hej*.« Mit einem kurzen Winken verließ Ole das Beerdigungsinstitut.

Gitte lächelte Nils verschwörerisch zu und bot ihm einen Platz an. Als sie ihn letztes Jahr kennengelernt hatte, war er ihr zunächst etwas suspekt vorgekommen, doch mittlerweile wusste sie den Lokalreporter zu schätzen. Er war ein netter und hilfsbereiter Kerl, der selbst auch immer wieder bereitwillig sein Insiderwissen mit ihr teilte. Außerdem kannte er beinahe jeden hier im Ort.

Nils starrte sie mit offenem Mund an, als ahnte er bereits, was nun folgen würde.

»Ich war die Radfahrerin«, ließ Gitte die Bombe platzen. »Ich habe August Borg beim Richtfest von Arne kennengelernt und bin dann später auf dem Nachhauseweg mit meinem Fahrrad in der Dunkelheit gegen ihn gefahren und gestürzt.«

»Du bist ein Leichenspürhund, weißt du das, Gitte? Die erste Leiche lag auf deiner Terrasse, die zweite starb an deinem Nachbartisch im Restaurant, und nun fährst du gar in eine hinein. Ich nehme an, dein Schmiss im Gesicht zeugt von diesem Abenteuer. Marielyst ist ein Urlaubsort, meine Liebe. Die Touristen hier schätzen Ruhe und Gemütlichkeit und lange Strandspaziergänge. Das alles passt so wenig zu Mord und Totschlag, dass man glauben könnte, du organisierst dir diese plötzlichen Kriminalfälle selbst.« Neugierig blickte er sie an und fuhr fort: »Ist Ole deshalb so schlecht gelaunt? Weil du ihm wieder die Schau stiehlst? Ich dachte im Sommer noch, ihr wärt ein Paar.«

Gitte machte eine gereizte Handbewegung.

»Es gab Zeiten, da dachte ich das auch, aber lassen wir dieses Thema. Paul hat den Leichnam gestern Nacht in die Rechtsmedizin gebracht, und dort hat man am Hals deutliche Würgemale festgestellt. Alles deutet darauf hin, dass der Polier stranguliert worden ist.«

Gitte erzählte Nils auch von dem Richtfest und dem Missgeschick mit dem Schnapsglas beim Richtspruch. Sie konnte sich allerdings nicht vorstellen, dass jemand deshalb den armen Unglücksraben, der das böse Omen verursacht hatte, umbringen würde. Damit würde ein vermeintlicher Fluch, der nun auf dem Rohbau lag, wohl kaum getilgt werden. Sie erkundigte sich bei Nils, ob er den Verstorbenen gekannt habe.

»Nein, der Mann ist nicht von hier. Er wohnte, glaube ich, in Nykøbing. Am Bau haben ein paar Männer Andeutungen gemacht, dass er es mit der ehelichen Treue nicht so genau genommen hat.«

»Er war auf seine nordmännisch kernige Weise ganz attraktiv, und einige Frauen werden es ihm daher nicht schwer gemacht haben«, warf Gitte ein und sah, dass der schlaksige Nils die Augen verdrehte.

»Es ist doch unglaublich, dass ihr Frauen immer noch auf diese Muskelnummer hereinfallt. Heute müssen schließlich keine Mammuts mehr gejagt werden. Das Hirn ist wichtig.« Er tippte sich an die Schläfe.

Gitte lachte. »Na ja, aber ich finde es trotzdem ganz attraktiv, wenn mein Partner noch immer theoretisch ein Mammut bezwingen könnte, und, ganz praktisch, sehe ich ihm das dann gerne auch an.« Im Stillen musste sie daran denken, dass der gut gebaute Ole damit bei ihr durchaus seine anstrengende Launenhaftigkeit zu kompensieren vermochte.

Nils winkte ab. »Dafür kann ich dir das Brutverhalten des Bartgeiers erklären und dir sogar einen anlocken, damit du ihn gut beobachten kannst. Ich finde einen solchen Anblick wesentlich erhebender als den eines geschlachteten

Mammuts mit traurigen Augen und niedergestreckten Stoßzähnen.«

Gitte wusste, dass der Journalist Hobbyornithologe war und gerne mit seiner Kamera im Vogelschutzparadies Bøtø Nor herumstreifte. Eine Freundin hatte sie noch nie an Nils' Seite gesehen, aber seine Worte ließen vermuten, dass er sich durchaus für einen geeigneten Partner hielt.

»Jedenfalls könnte sich aus seiner Liederlichkeit ein Motiv ergeben. Ein betrogener Ehemann, der von dem Richtfest wusste und ihm anschließend auflauerte. Denn es erscheint mir recht unwahrscheinlich, dass eine Frau diesen kräftigen Mann erwürgt haben könnte«, überlegte Gitte laut.

Nils blickte auf die Uhr und ging kopfschüttelnd zur Tür. »Du steckst schon wieder mitten in neuen Ermittlungen ... Pass auf dich auf, Gitte. Ich muss los. *Mange tak!*«

Damit verabschiedete er sich und verschwand nach draußen.

Gitte blieb zurück und lauschte an der Tür zum Nachbarzimmer. Das Gespräch mit Hans Borg und seiner Gattin dauerte lange. Gitte hörte einige Male, wie sich die Stimme von Hans Borg erhob, doch Paul hatte alles unter Kontrolle und verabschiedete das Paar schließlich mit einem zufriedenen Lächeln.

»Also, Gitte, wenn du mich fragst, dann hat Hans Borg seinen kleinen Bruder wirklich geliebt, obgleich ich mir sicher bin, dass seine Frau mit ihm ein Verhältnis gehabt hat«, berichtete er Gitte, sobald die Tür hinter den Borgs ins Schloss gefallen war.

»Mit dem? Ahnt Hans etwas davon?«

»Nein. Ein Mann wie Hans Borg glaubt nur das, was er glauben will. Und da er an die Auferstehung glaubt, will er ein anständiges Begräbnis und einen pfleglichen Umgang mit den sterblichen Überresten seines Bruders. Ich weiß nicht, ob ihm bewusst ist, was in der Rechtsmedizin mit dem Leichnam alles so geschieht. Jedenfalls hat er sich einen sehr schönen Sarg ausgesucht. Sobald der Leichnam freigegeben wird, sollen wir uns um die Trauerkarten kümmern, er schickt mir eine Adressenliste zu. Das muss er natürlich mit der Witwe absprechen, aber zurzeit sei die kaum ansprechbar.«

Pauls glatt rasiertes Gesicht nahm einen mitleidigen Ausdruck an.

Gitte ahnte, dass sie sich in Teufels Küche bringen könnte, wenn sie die Ehefrau des Ermordeten auf eigene Faust im Krankenhaus besuchen würde, um von ihr mehr über den Toten zu erfahren. Aber ihre Neugierde war geweckt, und sie wollte den Hintergründen der Tat auf die Spur kommen. Immerhin war sie es gewesen, die den toten August Borg gefunden hatte. Sie fand, dass sie ihm das nun schuldig war.

Sie überlegte kurz, ob sie ihren Chef nach einem geschäftlichen Grund fragen sollte, mit dem sie ins Krankenhaus marschieren könnte, doch er kam ihr zuvor: »Nach der Beerdigung will Hans Borg mit gezücktem Sax nach dem Mörder suchen.«

»Was ist ein Sax?«, fragte sie neugierig.

»Gitte, wo sind deine dänischen Gene?«, tadelte Paul sie. »Sax, so nennt man die Streitaxt unserer Wikinger-Vorfahren. Ole kann sich warm anziehen, wenn er zusätzlich zu dir auch noch einen rachsüchtigen Bruder neben sich hat, der seinen Fall aufklären möchte. Eins kann ich dir prophezeien. Dieser Hans neigt zur Gewalt. Und wenn er herausfindet, dass seine Frau mit seinem kleinen Bruder eine Affäre hatte, dann wird es noch mehr Todesfälle in dieser Familie geben.«

3

Am Nachmittag stieg Gitte in ihren alten Volvo und fuhr die zwölf Kilometer nach Nykøbing. Auf der Hauptstraße kamen ihr viele vollgepackte Autos entgegen, denn die Ferien hatten begonnen, und begeisterte Strandurlauber strömten zur dänischen Südsee. Auch Erik, der Schwede, Gittes Lieblingsnachbar, hatte sich angekündigt. Er würde dieses Jahr zusammen mit seiner Frau ein paar Wochen in Marielyst bleiben. Gitte hoffte sehr, dass Kate ihren Mann auch wirklich begleitete, denn sie mochte die etwas exzentrische Künstlerin gerne. Beim letzten Mordfall in dem Ferienörtchen war sie mit Kate zusammen in eine Schießerei geraten, und die Schwedin hatte eine würdige Begleiterin abgegeben.

Jetzt parkte Gitte ihren Wagen vor dem lang gestreckten Gebäude des Krankenhauses. Die zahlreichen Fenster wirkten wie Waben. Innerhalb des Gebäudes herrschte eine ruhige, eingespielte Routine. Patienten in bequemer Kleidung oder gar im Bademantel begleiteten ihre Besucher zum Ausgang oder in die Cafeteria, während sich das Personal eiligen Schrittes durch die Gänge bewegte. Überall hing der typische Geruch nach Linoleum und Desinfektionsmitteln in der Luft. Gitte fragte an der Rezeption nach einer Frau Borg, die am Tag zuvor eingeliefert worden war, und erfuhr, dass sie auf der Abteilung für Innere Medizin zu finden sei.

Mit wichtiger Miene marschierte Gitte zur Station, wohl wissend, dass die nächste große Hürde die Stationsschwester sein würde. Es konnte schließlich sein, dass Frau Borg keinen Besuch empfangen wollte, durfte oder konnte. Doch sie hatte Glück und erreichte unbeachtet das Krankenzimmer. Gitte klopfte vernehmlich, wartete und trat dann ein, obgleich sie kein Wort gehört hatte.

Sie betrat ein Dreibettzimmer, aber nur zwei Betten waren belegt. In dem Bett am Fenster las eine alte Dame in einem Gedichtband. Sie blickte auf, nickte Gitte kurz zu und widmete sich dann wieder ihrem Buch. Ihr gegenüber lag eine etwas jüngere Frau, deren aufgedunsenes Gesicht eine ungesunde graue Farbe hatte. Die rot gefärbten Haare zeigten einen dunklen Ansatz und umrahmten das Gesicht wie ein Heiligenschein. Die Augen der Frau waren geschlossen, aber sie schien nicht wirklich zu schlafen. Gitte trat an ihr Bett und griff nach der Hand der Frau. Sie war warm und feucht, und auch auf der Stirn sah Gitte kleine Schweißperlen. Es ging der Patientin offenbar nicht gut.

»Nora Borg? Ich bin Gitte Madsen. Dein Schwager Hans hat mich und meinen Chef beauftragt, die Beerdigung deines Manns zu übernehmen. Mein herzliches Beileid.«

Nun hob Nora Borg mühsam die Lider und schaute Gitte aus graublauen Augen an.

»Er ist also tatsächlich tot?« Die Stimme klang schleppend, und Gitte vermutete, dass Nora Borg unter dem Einfluss starker Medikamente stand.

Sie nickte und drückte ihr noch einmal sanft die Hand, bevor sie sie losließ.

»Ich denke immer wieder, dass ich das nur geträumt habe. Immer, wenn ich aufwache, hoffe ich, dass es ein Albtraum war. Ich kann nicht ohne August leben, weißt du?« Nora Borg griff nach der Fernbedienung auf ihrer Bettdecke und stellte die Rückenlehne höher. Jetzt blickte sie Gitte eindringlich an. »Du bist die Bestatterin? Hans hat mir erzählt, dass er sich um alles kümmern wird. Er ist ein guter Bruder.« Ihr Blick ging in die Ferne. »Wenn der Bau fertig ist, wollten August und ich verreisen, in den Süden, weil ich doch immer so friere.«

Dicke Tränen rollten ihr über das fahle Gesicht.

»Es tut mir so leid. Das ist ein schrecklicher Verlust, und die Polizei setzt alles daran, das Verbrechen aufzuklären. Vielleicht hilft es dir und auch der Polizei, wenn du über August redest.«

Nora Borg blickte sie müde an.

»Ich würde dir gerne ein paar Fragen stellen, wenn es nicht zu viel für dich ist«, fuhr Gitte fort. »Hatte dein Mann Feinde? Hatte er in letzter Zeit Ärger?«

Gitte beugte sich ein Stück vor und nickte aufmunternd. Die Frau brauchte eher einen Seelsorger als eine neugierige Bestatterin, die gerne Mordfälle aufklärte, dachte Gitte schuldbewusst, aber ihre Neugier obsiegte.

Nora Borg starrte aus dem Fenster und sagte lange Zeit nichts. Dafür lugte die alte Dame immer öfter über den

Buchrücken zu ihnen herüber und hatte die Ohren auf Empfang gestellt. Nach einer gefühlten Ewigkeit lächelte Nora Borg Gitte zaghaft an.

»Nach Gran Canaria wollten wir. Das hat er mir versprochen.« Mit langsamen Bewegungen strich sie sich mit beiden Händen die schulterlangen Haare glatt, so als wollte sie einen ordentlichen Eindruck machen.

»Hat man den Unfallfahrer schon gefunden? Den August hat keiner absichtlich umgebracht. Der war ein guter Arbeiter und auf dem Bau beliebt.«

Gitte schluckte. Also war Ole noch gar nicht bei ihr gewesen, und keiner hatte ihr bislang erzählt, dass ihr Mann aller Wahrscheinlichkeit nach ermordet und nicht etwa überfahren worden war. Sie selbst würde sich in Teufels Küche bringen, wenn sie nun damit anfinge. Nicht auszudenken, wenn die labile Frau plötzlich einen hysterischen Anfall bekäme.

»Natürlich«, sagte sie schnell. »Gibt es etwas, das dir bei der Bestattung wichtig ist? Einen Sarg hat Hans ja schon ausgesucht.«

Nora Borg griff nach Gittes Hand. »Ja, da gibt es etwas. August war kein Kirchgänger, er interessierte sich für die andere Religion. Aber davon will Hans nichts wissen. Sie haben sich oft darüber gestritten.«

»Welche andere Religion?«, fragte Gitte.

»Er interessierte sich für Odin und diese ganzen germanischen Götter. Ich kenne mich darin nicht gut aus, aber kann man das irgendwie berücksichtigen? Ihm etwas in den

Sarg legen, oder so? Allerdings sollte Hans das besser nicht wissen.«

Gitte wusste nun, was Nora Borg meinte. Forn Siðr, die Alte Sitte, war eine Religion, die mittlerweile in Dänemark anerkannt war. Ihre Anhänger huldigten den nordischen Gottheiten und fühlten sich überhaupt der Natur und ihren Zyklen mehr verbunden als einem christlichen Gott. Sie wusste, wen sie danach fragen konnte.

»Ich weiß, was du meinst. Ich habe einen guten Freund, der dieser Alten Sitte angehört. Den werde ich fragen, ob es einen Ritus für Beisetzungen gibt.«

»Du bist lieb.« Nora Borg drückte Gittes Hand. »Sag mal, kannst du mir eine kleine Flasche Korn mitbringen? Ich weiß, ich trinke zu viel, aber gerade jetzt brauche ich das.«

Sie lächelte Gitte unter Tränen an.

»Nora, ich denke, deine Versorgung überlassen wir hier den Ärzten. Um alles andere kümmere ich mich gerne. Hatte August einen guten Freund? Jemanden, dem er sich anvertraut hat? Eventuell könnte dieser Freund ein paar Worte auf der Beerdigung sagen.«

Nora Borg blickte zur Decke. Man sah ihr an, dass sie enttäuscht war. Doch sie war offenbar klug genug, um Gitte keine trotzige Szene zu machen, und nannte ihr einen Namen: »Malthe war sein Freund. Seinem Vater gehört ein Restaurant in Marielyst.«

Damit hatte Gitte nicht gerechnet. Natürlich kannte sie Malthe. Er hing der Alten Sitte an und hatte Gitte auch schon mehrfach zu überreden versucht, mal zu einem Treffen mitzukommen. Sicher hatten die beiden Männer sich darüber kennengelernt. Umso besser. Mit Malthe zu reden war für Gitte kein Problem. Der freute sich immer, wenn Gitte sich bei ihm meldete. Und seinen Vater kannte Gitte bereits aus Kindertagen, als sie mit ihren Eltern oft im *Schou's* essen gewesen war. Sven Træborg zog sie noch heute gerne damit auf, dass sie immer nur nach seinem Kartoffelpüree verlangt hatte. Mittlerweile wusste sie auch die anderen Leckereien seiner dänischen Küche zu schätzen.

Gitte verabschiedete sich von der Witwe und nickte auch der Bettnachbarin zu, die sie inzwischen ungeniert beobachtete. Kein Wunder. In einem Krankenhauszimmer gab es nicht besonders viel Abwechslung. Sie war bereits an der Tür, als Nora ihr nachrief: »Kommst du noch mal wieder?«

Gitte blieb kurz stehen und überlegte. »Ich werde es versuchen«, versprach sie dann.

Leise schloss sie die Tür hinter sich und atmete tief durch. Das war ja ganz gut gelaufen. Doch dann geschah, was sie befürchtet hatte, seit sie wusste, dass der Kommissar noch nicht bei Nora Borg aufgetaucht war. Groß und breitschultrig kam ihr Ole Ansgaard im Flur entgegen, als sie sich gerade in Richtung der Fahrstühle wandte. Ein Verstecken oder Entkommen war aussichtslos, und so begrüßte sie ihn mit einer Harmlosigkeit, die einem niedlichen Welpen alle Ehre gemacht hätte.

»Hej, Ole, ich habe mich schon gewundert, dass du noch gar nicht mit Nora gesprochen hast. Ich hatte ein paar Fragen bezüglich der Beerdigung.«

Man konnte Ole einiges nachsagen, doch blöd war er nicht, und naiv auch nicht. Seine Brauen zogen sich zusammen. Die Arme, die in einer schwarzen Lederjacke steckten, verschränkten sich vor seiner Brust.

»Blödsinn. Ich war schließlich dabei, als der Bruder des Toten mit Paul die Beerdigung besprochen hat. Du schnüffelst wieder herum und missbrauchst deinen vertrauenswürdigen Beruf schamlos, um deine Nase in die Abgründe der Gesellschaft zu stecken. Das aber ist mein Job. Kannst du dir nicht wie alle anderen braven Bürger Krimis im Fernsehen anschauen, dabei Schokolade futtern und zufrieden sein mit diesen fiktiven Abenteuern?«

Dabei zwinkerte er ihr allerdings leicht amüsiert zu, was sie beruhigte. So richtig wütend schien er nicht zu sein.

»Nein. Denn es gibt einen Umstand, der mich stets in deine Mordfälle hineinzieht: Ich treffe auf die Opfer. Für mich haben die Toten ein Gesicht, sie sind nicht nur eine Notiz in der Zeitung.«

Er schien kurz darüber nachzudenken. Dann nickte er nur und fragte: »Weiß deine Tante schon von diesem neuen Fall?«

»Nein, ich habe sie noch nicht gesprochen. Sie ist doch vor wenigen Tagen nach Kiew gereist, um meinen Vater zu suchen. Ich habe noch nichts von ihr gehört.«

»Ich bin heilfroh, dass du die alte Dame hast reisen lassen und nicht selbst losgestürmt bist«, meinte Ole. »Ich wäre innerhalb weniger Tage ergraut.«

»Nun, wenn ich bald nichts von ihr höre, muss ich aber etwas unternehmen.«

Ole stöhnte und blickte auf eine Uhr im Korridor.

»Wir reden heute Abend darüber, ich komme um sechs Uhr vorbei.«

Gitte nickte, obwohl sie sich eigentlich lieber so schnell wie möglich mit Malthe getroffen hätte. Aber vielleicht reichte fürs Erste auch ein Telefonat.

Unterwegs hielt sie kurz beim Supermarkt, der sich am Rand von Nykøbing befand, und kaufte ein paar Flaschen Bier, herzhafte Knabbereien und tiefgekühlte Pasteten mit Huhn und Spargel, die sie schnell in den Backofen schieben konnte, falls Ole später Hunger bekäme, oder sie selbst.

Zu Hause angekommen, machte sie sich erst einmal frisch und räumte ihr Häuschen auf. Als schließlich auch das Feuer im Kaminofen brannte, wählte sie die Nummer von Malthe.

Sie wollte nach dem zehnten Tuten gerade auflegen, als er sich meldete und sie außer Atem grüßte. »Hej, Gitte. Schön, von dir zu hören.«

»Hej. Wo habe ich dich weggeholt?«, fragte sie ihn.

»Aus der Dusche. Ich war joggen und stehe nun pitschnass und nackt in meinem Wohnzimmer. Ich hoffe nicht, dass meine alte Nachbarin jetzt mit ihrem Hund an meinem Fenster vorbeigeht.«

»Bei mir im Bad hängen immer Handtücher.«

Dazu konnte Malthe nur lachen. »Ach so. Aber ein echter Wikinger rubbelt sich mit Heu ab oder wälzt sich im Gras trocken.«

»Na, dann bekommt deine Nachbarin ja auf jeden Fall regelmäßig etwas geboten. Und genau wegen deiner Wikingergeschichten rufe ich auch an. Du warst doch mit Hans Borg befreundet, nicht?«

Malthes Stimme wurde misstrauisch. »Wieso *war* ich das? Ich bin meiner Meinung nach noch immer mit ihm befreundet. Er arbeitet zurzeit auf diesem Prachtbau von Arne Hansen.«

Gitte schluckte. Es war keine gute Idee, ihm nun am Telefon vom Tod seines Freundes zu berichten, aber jetzt war es zu spät. Vorsichtig erzählte sie ihm von dem gestrigen Abend.

»Einen Augenblick«, meinte Malthe, als sie geendet hatte. »Ich hole mir jetzt doch mal ein Handtuch und einen Bademantel.«

Als er wenig später wieder am Apparat war, klang seine Stimme gepresst. »So ein Mist. Das muss ich erst mal verdauen. Kannst du vorbeikommen? Können wir reden?«

»Tut mir leid, Malthe, Ole kommt jeden Moment zu mir.«

Malthe und Ole waren zusammen zur Schule gegangen, und sie wunderte sich häufig über die angespannte Stimmung, die, warum auch immer, zwischen den beiden herrschte. Natürlich konnte sie sich mit Ole verabreden, wann immer sie wollte, aber dennoch setzte sie zu einer Erklärung an: »Er will mich noch mal zu dem Abend auf dem Richtfest befragen.«

»Abends um sechs Uhr? Erzähl mir nicht, unser smarter Kommissar arbeitet noch nach Feierabend, Gitte.«

»Wir können uns gerne morgen sehen«, schlug sie vor,

ohne auf seinen Vorwurf einzugehen. »Sollen wir die Mittagspause zusammen verbringen?«

Sie verabredeten sich für ein Uhr im Café *Tante Karla* am Strandvej. Gitte hatte kaum das Gespräch beendet, als Ole auch schon mit seinem Audi vorfuhr.

Sie beobachtete, wie er seine langen Beine aus dem Auto streckte und dann auf dem Beifahrersitz nach einer Tüte griff. Gitte ließ ihn durch die Terrassentür herein und wurde mit einer kurzen, unbeholfenen Umarmung begrüßt. Danach marschierte Ole an ihr vorbei zur Küchenzeile.

»Ich habe uns Pizza mitgebracht, für dich mit Schinken.« Er stellte die Kartons ab.

Es war kurz nach sechs Uhr. »Danke, das ist nett, Ole, aber so richtig kann ich mich an das frühe Abendessen nicht gewöhnen«, meinte Gitte. »Ich nehme mir vielleicht später was. Aber nun erzähl schon, was hältst du von Nora Borg? Sie kann einem leidtun, nicht wahr? Auf mich wirkte sie so unglaublich hilflos. Und sie trinkt. Hat sie dich auch gebeten, ihr Alkohol zu besorgen?«

»Ich habe eigentlich immer Hunger«, erwiderte Ole, ohne auf ihre Fragen zu antworten, ein wenig beleidigt und stellte zunächst schweigend zwei Teller auf den kleinen Tisch in der offenen Küche. Dann holte er aus der Essenstüte nicht nur zwei Pizzen, sondern auch vier Flaschen Krenkerup. Er ließ die Pizzen aus den Kartons auf die Teller gleiten und reichte Gitte eine Flasche Bier.

Erst dann antwortete er. »Ja, man sieht es ihr auch an, finde ich. Mit mir hat sie nicht viel geredet. Sie schien Angst vor mir zu haben. Ich hätte besser eine Kollegin hinschicken sollen.«

»Oder mich. Aber ich bin bereit, mein Wissen mit dir zu teilen.« Sie setzte sich ihm gegenüber und freute sich, mehr als sie geahnt hatte, dass er hier war. »Hast du Nora erzählt, dass ihr Mann wahrscheinlich ermordet worden ist?«, fragte sie ihn.

Ole schüttelte den Kopf. »So kenne ich dich. Du bietest mir gönnerhaft an, dein Wissen mit mir zu teilen, und beginnst stattdessen mit einer Frage. Ja, ich musste es ihr natürlich sagen. Erst konnte sie es nicht glauben. Dann ist sie panisch geworden und hatte Sorge, sie könnte das nächste Opfer sein.«

Gitte nickte und erzählte Ole, dass Nora Borg gemeint hatte, ihr Mann sei sehr beliebt gewesen. »Aber ich weiß von Nils, dass der gute August es mit der ehelichen Treue nicht so genau genommen haben soll. Und Paul ist sogar davon überzeugt, dass auch die Schwägerin, also die Frau von Hans Borg, etwas mit August hatte. Vielleicht hat irgendein betrogener Ehemann, als August allein und angetrunken die Straße entlangmarschierte, die Gunst der Stunde genutzt und sich gerächt. Es war schließlich noch taghell, als August das Fest verlassen hat.« Gitte nahm sich nun doch ein Stück Pizza und biss hinein.

Ole blickte skeptisch drein. »Vielleicht wollte August per Anhalter fahren, Ehefrau und Bruder sagen jedenfalls aus, dass sie ihn nicht abgeholt haben. Das sei auch nicht ausgemacht gewesen. Ein Alibi haben sie nicht, aber abends haben die meisten Menschen nur dürftige Alibis.« Er grinste sie schief an und war dann zunächst mit Kauen beschäftigt.

Gitte fand ihre Pizza nur mäßig, der Käse schmeckte nach nichts, und der Schinken war auch billiges Beiwerk. Dafür schmeckte ihr das dänische Bier gut. Es stammte aus einer Brauerei in der Nähe von Sakskøbing.

»Wer hat Nora Borg vom Tod ihres Mannes berichtet, und wie hat sie da reagiert?«, erkundigte sie sich bei Ole.

»Es war keiner von uns, habe ich dir doch schon gesagt. Arne Hansen hat als Erstes mit ihr gesprochen, danach wollte sich der Bruder von August um sie kümmern. Eine Kollegin von mir hat Arne angeboten, ihn zu begleiten, aber er wollte nicht. Er ist gleich zu Nora gefahren, nachdem ich ihn auf dem Richtfest gesprochen hatte. Mit dem Taxi, auch wenn ihn die Nachricht vom Tod seines Poliers schlagartig nüchtern hat werden lassen. Er blieb bei der Witwe, bis der Bruder des Toten auftauchte und sich weiter um seine Schwägerin kümmerte. Sie sei labil, und er befürchtete das Schlimmste. Offenbar war seine Sorge berechtigt, denn sie ist dann ja auch ins Krankenhaus gekommen. Mir ist es noch nicht gelungen, mit ihr über den gestrigen Abend zu sprechen. Arne Hansen berichtete mir, sie habe vor dem Fernseher gesessen und auf ihren Mann gewartet. Ob sie angetrunken war, darüber hat er nichts verlauten lassen. Ich habe an dem Abend in erster Linie die Gäste des Richtfestes befragt, also die, die noch da waren.«

Gitte betrachtete das durchweichte Stück Pizza in ihrer Hand. Sie biss nur Ole zuliebe weiter davon ab und dachte nach. Im Grunde genommen brauchten sie doch nur noch herauszufinden, ob jemand August Borg gefolgt war, dann hätten sie den Täter. Das sagte sie auch laut, als ihr Mund wieder leer war.

Ole öffnete sich eine zweite Flasche Bier, und Gitte beschloss, ihm auch die dritte Flasche zu lassen. Sie kannte kaum einen Mann, der so groß und kräftig war wie Ole und dabei so wenig Alkohol vertrug. Und wenn Ole angetrunken war, fand er manchmal den Mut, sie zu küssen.

Doch Ole schien gar nicht daran zu denken und schüttelte den Kopf. »Keiner hat etwas gesehen. Es ist also gut möglich, dass er mit jemandem zusammen das Fest verlassen hat, es kam zum Streit und er wurde erwürgt. Danach hätte der Täter schnell wieder auf dem Fest erscheinen können. Die Leiche lag ja nur ein paar hundert Meter entfernt, und jeder ist mal in die Büsche gegangen, um zu pinkeln.«

Gitte blickte ihn mit hochgezogenen Augenbrauen an. »Ich nicht.«

»Okay, die meisten Frauen wohl eher nicht. Ich will damit nur sagen, dass jeder der Anwesenden mal für zehn Minuten nicht gesehen worden ist. Länger wird es nicht gedauert haben, ihn umzubringen. Ich tappe noch völlig im Dunkeln und muss nun das Leben von August Borg auseinandernehmen. Und wenn du einen guten Draht zu Nora Borg hast, dann hast du ab sofort meine exklusive Einwilligung, diesen Kontakt zu nutzen. Aber von Hans Borg hältst du dich bitte fern. Ich traue ihm nicht.«

Ole hielt inne und starrte auf Gittes Teller. »Magst du deine Pizza nicht?«

»Ich bin nicht hungrig. Nimm ruhig noch.«

Das ließ Ole sich nicht zwei Mal sagen. »Na, dann schieb mir ein paar Stücke rüber. So, und jetzt erzähl mir noch mal genau die Geschichte mit deinem Vater und Tante Stine. Mads lebt also wirklich in Russland bei einer anderen Frau?« Genüsslich streckte er seine Beine aus und lächelte sie mit seinen blauen Augen an. Ganz der charmante Däne, den er ansonsten so gut verbergen konnte.

Als Gittes Vater Mads vor knapp zwanzig Jahren in Marielyst verschwand, war er als Immobilienmakler in Geschäfte mit einem russischen Kunden verwickelt gewesen. Nach einem gemeinsamen Essen mit einigen Russen im Restaurant *Schou's* war er nur noch flüchtig am nächsten Morgen auf dem Campingplatz gesehen worden. Danach hatte es kein Lebenszeichen mehr von ihm gegeben. Dabei hatte Mads seiner Familie, die zu jener Zeit in Münster lebte, versprochen, dass er in wenigen Tagen wieder nach Hause käme. Während Gittes Mutter nie ganz ausgeschlossen hatte, dass Mads sie betrogen hatte und nun bei einer anderen Frau lebte, waren Gitte und auch all diejenigen, die Mads gekannt hatten, sich sicher gewesen, dass er seine kleine Familie niemals aus heiterem Himmel verlassen hätte.

Seit ihrer Ankunft in Marielyst hatte Gitte Nachforschungen angestellt. Nur mühsam hatte sie die letzten Stunden ihres Vaters im Ort rekonstruieren können. Mads' Sekretärin aus dem Immobilienbüro hatte Gitte mehr als einmal darauf hingewiesen, dass er sich wohl in Schwierigkeiten gebracht haben musste, denn der russische Kunde von damals sei ihr nicht geheuer gewesen. Ausländer durften so ohne Weiteres auch damals schon keine Häuser in Dänemark kaufen – es hatte sich also nicht um ein legales Geschäft handeln können.

»Pass auf«, begann Gitte. »Ich habe dir von Mathilda erzählt, der Frau, die man in Sakskøbing nur ›die Russin‹ nennt. Du erinnerst dich?«

Mit einem fragenden Blick hielt Ole ihr die dritte Flasche Bier hin, doch sie schüttelte den Kopf. Sie hatte noch genug, denn die Flaschen waren recht groß.

»Als du mir die Geschichte erzählt hast, hatten wir gerade eine Mörderin überführt und kurz zuvor hatte jemand auf dich und Eriks Frau geschossen«, entschuldigte Ole sich schmunzelnd. »So richtig aufnahmefähig war ich damals verständlicherweise nicht. Fang ruhig noch mal von vorne an. Ich höre immer wieder begeistert zu, wenn du von deinen Rechercheerfolgen erzählst. Auch wenn mein kriminalistisches Ego daneben blass wird.«

Er rekelte sich auf dem schmalen Küchenstuhl und schaute sehnsüchtig zum Sofa. Gitte fand es merkwürdig, dass er heute in solch aufgeräumter Stimmung bei ihr saß. Sie erhob sich.

»Okay, aber dann lass uns mal umziehen, im Wohnzimmer ist es bequemer.«

Als sie es sich gemütlich gemacht hatten, erzählte Gitte von Mathilda, einer dänischen Frau in den Sechzigern, mit rabenschwarzen Haaren, wachen blauen Augen und unzähligen Lachfältchen. Doch zugleich verbreitete sie auch eine düstere, mysteriöse Aura. Eines ihrer Geheimnisse hatte Gitte nur mit Mühe und Hartnäckigkeit herausgefunden.

Mathildas Ehemann, Wladimir Wolkow, war derjenige

gewesen, mit dem ihr Vater Mads kurz vor seinem vermeintlichen Tod Geschäfte gemacht hatte. Wladimir saß mittlerweile seit einigen Jahren in einem russischen Gefängnis. Seinem Sohn, einem blassen Mann mit der Ausstrahlung eines altertümlichen Vampirs, war Gitte einmal in Mathildas Haus begegnet. Angeblich hatte sein Vater Wladimir Wolkow unbedingt ein Haus an der dänischen Küste kaufen wollen, weil der damals knapp zehnjährige Junge schwer unter Asthma litt und ihm die Luft guttat. Durch die Heirat mit der waschechten Dänin Mathilda war dies möglich geworden. Als Immobilienmakler hatten sie Gittes Vater Mads engagiert. So weit, so gut. Doch irgendetwas war bei diesem Geschäft gründlich schiefgelaufen, was dazu geführt hatte, dass Mads seit zwanzig Jahren verschollen war.

Gitte kuschelte sich in die Sofaecke und erzählte weiter: »Ein paar Tage zuvor, nach dem erfolgreichen Kaufabschluss, hatte Wolkow eine Feier in diesem Haus gegeben, zu der auch seine Schwester und seine Mutter angereist kamen. Es wurde viel getrunken. Die Russen spucken nicht ins Glas, und viele Dänen genießen ebenso gern einen guten Schluck, wie du weißt. Mads muss also ziemlich angetrunken gewesen sein und ließ sich von Galina, so heißt die Schwester von Wladimir, zurück nach Marielyst ins Hotel bringen. Ich habe keine Ahnung, wer dann wen verführte, jedenfalls blieb die Dame über Nacht bei meinem Vater, und sie tat dies wohl ausgesprochen diskret. Schließlich hatte man ja damals auch das Hotelpersonal befragt. Niemand hatte sie gesehen. Am nächsten Morgen muss mein Vater wieder bei Verstand gewesen sein, denn er erzählte Galina, er habe in Deutschland eine Familie und der Ausrutscher täte ihm außerordentlich leid. So etwas hören Frauen natürlich immer sehr gerne, das kann ich dir versichern«, spottete Gitte. »Die Worte ›Ausrutscher‹ und ›leidtun‹ klingen nach einer stürmischen Liebesnacht ja so unglaublich romantisch. Jedenfalls war die stolze Russin tief gekränkt und reiste sofort nach Russland zurück.«

Gitte seufzte tief. »Selbst jetzt hätte die Geschichte noch gut ausgehen können, doch leider fuhr Galina nicht allein in die Heimat zurück. Sie war, wie sie kurz darauf feststellte, schwanger. Und das war der Grund, warum Wladimir Wolkow sich einmischte. Er fand, dass ein Kind seiner Familie einen Vater brauchte. Und da Mads' Familie in Deutschland, wie er meinte, auf ihn verzichten konnte, ließ er ihm keine andere Wahl. Er bedrohte Mads und benutzte dabei mich und meine Mutter als Druckmittel. Entweder mein Vater ziehe zu Galina nach Russland, oder seine eigene Familie in Münster sei nicht mehr sicher. Das klingt wie in einem billig produzierten Gangsterfilm, und Mathilda deutete an, dass Mads über den Vorschlag erst nur gelacht habe. Doch je mehr er über Wladimir Wolkow herausgefunden habe, desto weniger sei ihm zum Scherzen zumute gewesen. Also begann er ein neues Leben in Russland. Er wusste, dass meine Mutter sofort nach Russland gefahren wäre, wenn sie ein Lebenszeichen von ihm bekommen hätte. Und ich kann dir dabei nicht mal sagen, ob meine Ma dann ihm, Galina oder Wladimir selbst den Marsch geblasen hätte.«

Ole hatte bis dahin aufmerksam zugehört. »Das kann alles so sein, wie du vermutest, aber es ist ebenso gut möglich, dass Mads die Vorstellung reizte, ein neues Leben in Russland zu beginnen – eine schöne Frau an seiner Seite, und nicht zu vergessen, die Macht und der Reichtum dieses Wladimir«, gab er zu bedenken. »Wenn mich eine Kanadierin verführen und mich in die urigen kanadischen Wälder mitnehmen würde, an einen großen Anglersee vor einer gemütlichen Blockhütte, dann würde ich auch nicht lange überlegen, sondern mich nach Kanada absetzen.«

Das war nicht unbedingt das, was Gitte hatte hören wollen. Offenbar würde Ole weder sie noch seine schwer kranke Noch-Ehefrau, geschweige denn seinen Beruf vermissen.

»Aber du hättest zumindest keine Tochter, die du so einfach ohne Nachricht zurücklässt«, erwiderte sie trocken.

»Nein, aber meinen Boxclub.« Ole nickte mit wichtiger Miene. Er schien sich über sie lustig machen zu wollen.

»Ich wusste gar nicht, dass du so unzufrieden mit deinem Leben hier in Dänemark bist.«

Beinahe sah es so aus, als wolle Ole amüsiert kontern, doch dann legte sich ein ernster Schatten über sein Gesicht.

»Nein, Gitte, ich bin nicht unglücklich, aber oft frustriert. Ich bin verheiratet und bin es auch wieder nicht. Ich hätte gerne Kinder, und selbst mir als Mann läuft allmählich die Zeit davon. Alles in meinem Leben scheint zu stagnieren, es geht nichts vor und nichts zurück. Ich habe oft Angst, dass Anita sich etwas antut. Aber dann ertappe ich mich wieder bei dem Wunsch, sie würde tatsächlich einfach friedlich einschlafen.«

Gitte war überrascht über seine plötzliche Offenheit. Sie wusste nicht, was sie darauf erwidern sollte. Ole stand auf und legte ein Stück Holz in ihrem Ofen nach, dabei war es eigentlich schon viel zu warm in dem Raum. Er blieb vor dem Ofen stehen und wärmte sich die Hände.

»Das mit uns ist auch so eine Sache, mit der ich nicht zurechtkomme. Ich wage mich zwei Schritte vor und genieße es, mit dir zusammen zu sein, und dann weiche ich mindestens fünf Schritte zurück. Ich dachte nach deinem Geburtstag, ich brauche einfach noch etwas Zeit, um mit Anita einiges zu regeln. Aber ich bekomme gar nichts geregelt.« Abrupt drehte er sich um und setzte ein schiefes Grinsen auf. Der Moment der Offenheit war vorbei.

»Also, eine gut aussehende Kanadierin mit Eigentum in einem Anglerparadies und mit viel Einfluss, um auch einem dänischen Mann einen Job zu besorgen, wäre jetzt genau das Richtige für mich«, fuhr er lakonisch fort. »Ich könnte Kopfgeldjäger werden.« Er setzte sich wieder hin und streckte die langen Beine aus. »Aber zurück zu deinem Vater Mads und zu Tante Stine.«

Gitte war gekränkt und hatte einen Kloß im Hals, den sie mühsam hinunterschluckte. Nun, es gab schließlich auch noch andere gut aussehende Dänen in Marielyst und Umgebung. Louie Svendsen war so einer, dachte sie trotzig.

»Meine Tante Stine erlitt, kurz nachdem sie sich zu der Suche nach ihrem Bruder entschlossen hatte, einen Herzinfarkt, und dann bekam sie Angst vor ihrer eigenen Courage. Jedenfalls ist sie erst jetzt nach Kiew gereist, wo Mads angeblich mittlerweile lebt. Und ich mache mir allmählich Sorgen um sie, wenn sie sich nicht bald meldet.«

»Kiew ist aber nicht in Russland, sondern liegt in der Ukraine. Und was ist überhaupt Stines Plan?«

Gitte blickte ihn ratlos an. In der Tat hatten sie und ihre Tante nicht wirklich darüber gesprochen, wie Stine in Kiew vorgehen wollte. Sie musste Mads ja auch erst einmal dort ausfindig machen.

»Wie meinst du das? Sie wird ihn einfach aufsuchen. Außerdem weiß ich durchaus, dass Kiew in der Ukraine liegt. Mads und seine neue Familie haben Russland angeblich schon vor einigen Jahren verlassen.«

»Weißt du, wie groß Kiew ist? Diese Stadt hat beinahe drei Millionen Einwohner.«

Ganz so blauäugig waren Gitte und ihre Tante natürlich nicht vorgegangen. Gitte erinnerte sich an ihr letztes Gespräch mit Mathilda, der Ehefrau von Wladimir Wolkow. Sie hatte Gitte erzählt, welche Supermarktkette ihrem inhaftierten Mann gehörte, und ihr gesagt, er habe seine Geschäfte schon früh in die Ukraine verlegt. Wolkow habe zwar auch in Russland immer noch viel Einfluss, er kenne wichtige Leute, doch er habe es dort übertrieben und anscheinend den Tod eines Regierungsbeamten auf dem Gewissen. Ganz offen war Mathilda diesbezüglich nicht gewesen. Die Ukraine schien für Wolkow jedenfalls größere Sicherheit für seine weiteren Geschäfte zu bieten. Laut Mathilda sei deshalb auch seine Schwester mit Mads nach Kiew gezogen, schloss Gitte ihren Bericht ab.

»Weißt du eigentlich, wer der Bürgermeister von Kiew ist?«, fragte Ole unvermittelt.

»Ich kenne keine Ukrainer.«

»Den kennst du. Vitali Klitschko, der Profiboxer. Ich habe zig Kämpfe von ihm und seinem Bruder gesehen.« Ein schwärmerischer Ausdruck legte sich über das Gesicht des Kommissars, doch dann wurde seine Miene wieder ernst.

»Ich bin mir nicht sicher, ob es eine gute Idee war, zu einem Mann zu reisen, der seit fast zwanzig Jahren nicht gefunden werden will. Das dürft ihr nicht vergessen. Mads hätte nach all der Zeit ja auch mal Kontakt zu euch aufnehmen können. Das Kind, das er damals leichtsinnig gezeugt hat, ist doch schon erwachsen. Du bist ebenfalls schon groß, und deine Mutter lebt nicht mehr. Dieser Wolkow sitzt im Gefängnis, also die meisten Gefahren scheinen mir gebannt zu sein. Wie ich deine Tante einschätze, geht sie einfach in einen der Supermärkte und verlangt nach dem Geschäftsführer.«

»Sie kann kein Wort Russisch oder gar Ukrainisch, daher wird es nicht so einfach werden. Aber wahrscheinlich hast du recht, sie wird es auf dem direkten Weg versuchen. Immerhin ist sie Mads' Schwester. Sie könnte sich aber auch einen Anwalt nehmen und Mads unter irgendeinem Vorwand suchen lassen. Es gibt doch Anwälte, die öfter mal wegen einer Nachlassangelegenheit Erben ausfindig machen müssen. Ich wundere mich nur, dass sie mich nicht auf dem Laufenden hält, und mache mir Sorgen. Ich habe keine Ahnung, wie weit Wolkows Einfluss auch aus dem Gefängnis heraus reicht. Mathilda hat jedenfalls große Angst davor, dass ihr Mann irgendwann entlassen wird. Sie lebt noch immer in dem Haus, das sie damals gemeinsam mit ihm gekauft hat.«

Gitte hielt inne, denn in diesem Moment vibrierte ihr

Handy auf dem Küchentisch. Sie rechnete damit, dass Malthe sich noch einmal meldete, doch wie sie aufgeregt feststellte, war es Tante Stine. Da hatten ihrer Tante in der Ferne offenbar die Ohren geklingelt.

»Hej, Tante Stine, wo steckst du?«

Ole setzte sich bei ihren Worten sofort gerade hin und lauschte gespannt.

»In der Ukraine, Kind, das weißt du doch. Himmel, ist das alles groß hier, mir tun die Füße weh. Also, ich bin gut angekommen, hatte die letzten Tage allerdings einen leichten Blues. Ich musste mal für mich sein und mich fürs Erste zurechtfinden. Ich habe jemanden beauftragt und denke, dass der Mann mir morgen oder übermorgen etwas über Mads sagen kann. Er spricht ein wenig Deutsch, da seine Großeltern Wolgadeutsche waren. Ist bei dir alles in Ordnung?«

Stine hatte eine laute Stimme, und so verstand auch Ole die Frage, die ihn zum Grinsen brachte.

»Ja, alles bestens«, beteuerte Gitte. »Ich bin nur sehr aufgeregt, dass wir Mads nach so vielen Jahren nun tatsächlich näherkommen. Bitte melde dich sofort, wenn du etwas weißt. Ich mache mir sonst Sorgen. Hält dein Herz all die Aufregung aus?«

Ein Lachen war zu hören. »Mein Herz hält das aus, aber eventuell wird es für Mads zu viel, wenn ich ihn erst einmal zwischen meine lackierten Fingernägel bekomme. Ah, da kommt der Zimmerservice, *hej hej*, Gitte.«

Gitte starrte auf ihr Handy, verwundert über die kurz angebundene Art ihrer Tante.

Ole erhob sich nun und sammelte die leeren Flaschen ein. »Ich werde mich mal wieder auf den Heimweg machen. Wenn du also Nora Borg noch mal sprichst, gib mir bitte Bescheid.«

»Ich treffe mich morgen mit Malthe«, berichtete Gitte nach kurzer Überlegung. »Er ist, vielmehr war, ein Freund von August Borg. Ich habe Malthe ganz schön geschockt, als ich ihn über den Polier ausfragte, denn er wusste noch gar nicht, dass August tot ist.«

»Mmh«, meinte Ole und runzelte die Stirn. »Der alte Hippie ist doch sonst immer so gut informiert über die örtlichen Angelegenheiten.«

»Nur weil er lange Haare hat, ist Malthe doch kein Hippie. Wenn überhaupt ist er ein alter Wikinger.«

»Wie dem auch sei. Woher kannte er August? Ich dachte, die Borgs leben in Nykøbing.«

»Sie gehören beide der Alten Sitte an, und sie waren oft gemeinsam in Odense bei ihren Festen. Sollte Malthe interessante Details über August parat haben, werde ich dir davon berichten, versprochen.«

Sie nahm die Teller vom Tisch und folgte Ole in die Küche, die so schmal war, dass sie einander im Weg standen. Er hatte die Flaschen abgestellt, fasste sie jetzt zart um die Taille und schob sich an ihr vorbei. Gitte spürte seinen Mund an ihren Haaren, er hielt kurz inne, aber dann war der Moment vorbei, und Ole griff nach seiner Lederjacke.

Gitte räusperte sich verlegen. »Kannst du noch fahren?«, fragte sie ihn.

Er drehte sich an der Terrassentür noch mal um und

sagte empört: »Zwei Bier für einen so großen Kerl wie mich, was glaubst du wohl? Deine Fahrradtour gestern Abend war deutlich riskanter. Also, bis morgen, oder so.«

Genau, oder so. Immer wenn es einen Mordfall gab, wurde Ole anhänglich und ließ sie kaum mehr aus den Augen.

Gitte schaute ihm hinterher, wie er in sein Auto stieg und aus der Einfahrt fuhr. Erst jetzt kam ihr der Gedanke, dass sie dem Mörder auch direkt in die Arme hätte fahren können, als er sein Opfer gerade erwürgte. Der Täter hätte sie durchaus noch gesehen haben können. Was, wenn er sich im Dunkeln versteckt gehalten hatte und sich nun fragte, wie viel Gitte über ihn wusste und was sie mitbekommen hatte?

Die Krimiserie *Kommissarin Lund* konnte Gitte anschließend auch nicht mehr so recht ablenken, sondern verstärkte noch ihr Gefühl der Bedrohung, bis sie vor dem Fernseher in einen unruhigen Schlaf fiel.

4

Am nächsten Morgen, es war ein Freitag, fand Gitte ihren Chef Paul mit einem dümmlich grinsenden Gesichtsausdruck am Schreibtisch vor. Er hielt sich mit der einen Hand an seinem Becher Kaffee fest, während die andere auf einer Unterlage lauter Kringel malte, die sehr nach missglückten Herzen aussahen. Gitte schloss vernehmlich die Tür und hängte ihre Jacke an die Garderobe. Sie hatte den Eindruck, dass Paul sie noch gar nicht richtig wahrgenommen hatte. »*Godmorgen*, Chef. Geht es dir gut? Du siehst aus, als hättest du einen völlig neuen und genialen Lebensplan gefasst.«

Paul blickte auf. »Hej, Gitte. Arne will gleich kommen. Er sagt, er sei vollkommen fertig, und er möchte mit uns reden.«

»Und warum freust du dich plötzlich über den Besuch deines alten Schulkameraden, den du für so viele Schmähungen in deiner Schulzeit verantwortlich machst?«

Gitte ging zum Kaffeeautomaten und stellte eine Tasse unter die Düse. Mit einem krächzenden Geräusch tat die Maschine ihre Arbeit und verströmte dabei den köstlichen Duft nach frisch gemahlenen Kaffeebohnen.

Gitte war neugierig auf Arnes Besuch. Er hatte bestimmt jede Menge Informationen über seinen ermordeten Bauleiter. Und er würde wissen, ob sich Nora Borg noch immer im Krankenhaus befand.

»Ich habe ausnahmsweise einmal Mitleid mit Arne«, sagte Paul. »Mit hoher Wahrscheinlichkeit ist einer seiner Handwerker oder gar sein Architekt ein Mörder. Und ob er sein Haus nun pünktlich fertig bekommt, steht auch in den Sternen.«

»Es kann ja auch irgendein anderer Bekannter von August gewesen sein, oder vielleicht sogar sein Bruder? Hast du mir nicht selbst gesagt, du vermutest eine Liaison zwischen der Frau von Hans und seinem kleinen Bruder August?«

Paul nickte und rahmte seine herzförmigen Kringel ein. »Ja, aber ich bin mir auch sicher, dass der große Bruder noch nichts davon weiß. Du hast diesen Hans erlebt. Das ist kein Mann, der sich verstellen kann und der es schafft, vor seiner Frau den Unwissenden zu spielen.« Gitte stellte sich mit ihrem Kaffeebecher in der Hand neben Pauls Schreibtisch. »Gibt es sonst noch etwas, das du mir sagen willst?«

»Du kennst doch Tilda Knutsen«, begann Paul.

Ah, daher wehte der Wind!, dachte Gitte. »Natürlich. Das ist die Dame, die die Asche ihres Mannes mit uns zusammen im Bisongehege vom Knuthenborg-Park verstreut hat. Ich erinnere mich auch daran, dass du danach auffallend oft zu der Witwe nach Nykøbing gefahren bist, sogar zum Frühstück.« Ihre Sorge, dass sich eine Schwärmerei für eine Frau, die gerade erst ihren Mann verloren hatte, zu einer Geduldsprobe entwickeln könnte, hatte sie Paul gegenüber nie erwähnt.

»Sie hat mich heute Morgen gefragt, ob ich mit ihr an ihrem Geburtstag zusammen essen gehe.« Pauls Gesicht strahlte versonnen.

»Oh, ich wusste gar nicht, dass ihr schon so vertraut miteinander seid. Glückwunsch!«, freute Gitte sich ehrlich. »Du gehst natürlich hin, oder?«

»Es gibt nichts, was ich lieber täte. Aber meine Tochter Lea hat am gleichen Tag Geburtstag und lädt uns zu sich ein. Wir haben noch nicht darüber gesprochen, aber ich denke, dass sie enttäuscht sein wird, wenn ich nicht komme. Ende August kommt ihr Baby, und ich will nicht schon vor der Geburt als unzuverlässiger Großvater dastehen. Was mache ich nur?«

»Ruf deine Tochter an, erzähl ihr von deiner Einladung und frag sie, was sie dir rät. Eventuell kannst du ja zum Frühstück zu Lea gehen und abends führst du Tilda zum Essen aus. Man kann doch über alles reden. Vielleicht kannst du Tilda aber auch zu deiner Tochter mitbringen.«

Paul nickte und setzte nun Ausrufezeichen neben seine Kritzeleien. »Ich werde heute mal ein paar Telefonate machen«, murmelte er. »Ach herrje, da kommt ja unser unglücklicher Großgrundbesitzer.«

Gitte blickte durchs Schaufenster nach draußen und sah Arne Hansen in einem teuer aussehenden Sommermantel mit aufgestelltem Kragen und Sonnenbrille vor den Augen auf die Tür zugehen. Er sah aus, als komme er von einem Fototermin für ein Modejournal und nicht von einer Baustelle, deren Bauleiter gerade ermordet worden war, dachte Gitte. Sie begrüßte Arne herzlich, während Paul so tat, als müsste er noch dringend seine Unterlagen sortieren. Gitte bot Arne auch einen Kaffee an, doch der schüttelte den Kopf.

»Ich hatte gehofft, hier einen Norkap zu bekommen.«

Jetzt wurde Paul hellhörig. Wenn es um seinen Lieblingsaquavit ging, ließ er seine Vorbehalte selbst gegenüber Arne beiseite. »Ich hole uns die Flasche, warte.«

Er eilte mit langen Schritten in den Nachbarraum, und Gitte platzte beinahe vor Neugier. Kaum war Paul wieder da, nutzte sie die Gelegenheit. »Arne, was gibt es Neues? Du kanntest deinen Polier doch gut, wer könnte ihn umgebracht haben?«

Arne setzte sich, schob die Sonnenbrille hoch in die grau melierten Haare und seufzte tief.

»Ach, das ist vielleicht ein Durcheinander auf der Baustelle. Jeder verdächtigt jeden. Plötzlich wollen alle von einem Streit gewusst haben. Mein Architekt ist stocksauer, weil einige ihn im Verdacht haben. Und einer meiner Maurer rief mich gestern an und fragte, ob ich gewusst hätte, dass August ein Verhältnis mit seiner Frau gehabt habe. Die sei nur noch am Weinen, seit sie von Augusts Tod erfahren habe. Jetzt gilt der Mann in den Augen der Polizei ebenfalls als verdächtig.«

Gitte unterbrach ihn. »Und warum wird Louie verdächtigt?«

Trotz seiner Klagen legte sich ein Grinsen über Arnes Gesicht. »Stimmt, du hast ihn ja kennengelernt. Ein gut aussehender Mann, nicht? Er ist ja gar nicht mehr von deiner

Seite gewichen. Leider kamen August und Louie nicht gut miteinander aus. Als Polier war August ein guter Mann, aber er schoss oft übers Ziel hinaus, wusste alles besser und machte einfach ohne Absprache sein Ding. Louie fühlte sich von ihm nicht ernst genommen. Erst letzte Woche hat er ihm deswegen eine Szene gemacht, und zwar vor den anderen Handwerkern. August war stocksauer. Aber ich dachte, die beiden würden auf meinem Fest ein Bier zusammen trinken, und dann wäre die Sache erledigt.«

Also erledigt war der Streit nun tatsächlich, dachte Gitte und überlegte, ob der Architekt sich wohl unbeobachtet vom Fest entfernt haben könnte. Sie hatte ihn nicht den ganzen Abend über gesehen, aber das galt auch für viele andere.

Paul schwenkte die Flasche Aquavit und hielt drei Gläser hoch. Er warf Gitte einen fragenden Blick zu. Als sie vehement den Kopf schüttelte, goss er zwei Gläser voll und verkündete: »So ein Norkap hilft dir über so manches Leid hinweg, seelisch wie körperlich. *Skål*, Arne. Und jetzt erzähl mal, was da auf deiner Baustelle los ist. Erst sehen wir einen Sarg als Getränkebox, dann folgt ein misslungener Richtspruch, und schließlich gibt es gar einen Toten, der von meiner Mitarbeiterin aufgefunden wird. So etwas Schräges kann man sich gar nicht ausdenken.«

Gitte war sich nicht sicher, ob Paul das Dilemma seines alten Schulkameraden nicht sogar ein wenig genoss und ihn aufzog. Sie warf ihm einen empörten Blick zu. Doch Arne, der sich im Gegensatz zu ihrem Chef immer so benahm, als seien er und Paul tatsächlich gute Freunde, schien nichts bemerkt zu haben.

»Ich bin eigentlich nicht abergläubisch, das wisst ihr, aber ich fürchte, die Presse wird sich auf diese unglückliche Abfolge von Ereignissen stürzen.« Er wandte sich an Gitte und berührte sanft ihre Schulter. »Gitte, es tut mir so leid, dass mein Fest für dich ein solches Ende genommen hat. Du musst dich doch furchtbar erschrocken haben. Ist dir auch wirklich nichts passiert? Ich ersetze dir natürlich das Fahrrad, wenn es kaputtgegangen ist.«

Paul verdrehte die Augen. Gitte fand Arnes Angebot dagegen sehr nett. »Quatsch, mein Fahrrad ist ein alter Drahtesel. Das klappert kein bisschen mehr, nur weil es mal in den Graben gerutscht ist«, beteuerte sie und hielt einen Moment inne, bevor sie fortfuhr: »Ich habe Augusts Frau im Krankenhaus besucht, und sie meinte, ich solle noch mal wiederkommen. Eigentlich haben wir den Auftrag für die Beerdigung ja von Augusts Bruder bekommen. Aber ich würde gerne noch mal mit ihr sprechen. Liegt sie immer noch im Krankenhaus?«

»Du spielst also wieder mal Detektivin und wunderst dich, dass Ole wütend wird«, warf Paul ein und schenkte vom Aquavit nach. Dann setzte er sich auf seinen Schreibtisch und schlug die langen, dünnen Beine übereinander. Diese lässig wirkende Haltung passte so wenig zu ihrem überkorrekten Chef, dass Gitte beinah laut herausgelacht hätte. Offenbar wollte er Arne mit seiner Lässigkeit beeindrucken.

»In diesem Fall habe ich sogar einen Auftrag von Ole, mich mit Nora zu unterhalten«, beteuerte Gitte.

Arne drehte sein neu gefülltes Glas zwischen den gepflegten Fingern, trank aber noch nicht. »Sie liegt noch in der Klinik, und meiner Meinung nach sollte man sie zur Sicherheit auch noch etwas dortbehalten. Sonst fängt sie gleich wieder an zu trinken.«

Gitte nickte. »Ja, ich weiß. Sie hat mich sogar gebeten, ihr eine Flasche Korn mitzubringen. Und ich fürchte, sie holt sich selbst etwas, sobald der erste Schock überwunden ist. Sie ist ja nicht wirklich bettlägerig.«

»Ich werde nicht ganz schlau aus dem Bruder von August, diesem Hans«, überlegte Arne laut. »Erst dachte ich, er kümmere sich gut um seine Schwägerin, doch ich bin mir da gar nicht mehr so sicher. Er will nicht, dass sie Besuch bekommt. Wenn er merkt, dass du im Krankenhaus auftauchst, könnte er das missverstehen und ausfallend werden. Er ist ein etwas schwieriger Charakter.«

Arne schaute sie vielsagend an und kippte seinen Schnaps runter. Dann rieb er sich die Hände und fragte Paul: »Und was sagst du zu meinem Strandhaus? Ich bin mir noch nicht ganz schlüssig, ob ich den Whirlpool auf der Terrasse haben will oder doch besser neben der Sauna.«

»Luxusprobleme«, knurrte Paul und stand vom Schreibtisch auf. »Einen Whirlpool draußen zu beheizen, ist noch mehr Energieverschwendung, als wenn er sich im Haus befindet, denke ich. Und so viel erkennen konnte man ja von dem Rohbau bisher gar nicht. Ich muss so ein Haus immer mitsamt der Einrichtung sehen. Aber vielen Dank für das gute Essen.«

»Ich denke, das Haus wird toll«, beteuerte Gitte versöhnlich. »Und die Lage am Strand ist wunderbar, wenn man es gerne noch ruhiger haben will als der Durchschnittsdäne.«

»Durchschnittsdäne«, Arne schüttelte den Kopf. »Was du dir für Wörter rausschraubst. Das muss an deinen deutschen Wurzeln liegen. Wir Dänen sind auf jeden Fall absolute Genussmenschen, und als solcher freue ich mich auf meine heutige Einladung zu einem Grillfest in Nykøbing. Mein Kollege fährt immer alles auf, was es an neuesten Grillkreationen gibt. Und seine Frau ist eine Künstlerin in Sachen sündiger Süßspeisen.« Arne schien seinen Kummer vergessen zu haben und schlug Paul zum Abschied auf die Schulter. »Pass auf dich auf, alter Freund. Und wenn ihr etwas herausfindet« – dabei schaute er Gitte an –, »dann lasst es mich bitte wissen. Die ganze Sache geht mir wirklich sehr nahe.«

Gitte nickte und begleitete Arne zur Tür. Danach beobachtete sie einige Touristen, die nach dem Frühstück Richtung Strand aufbrachen. Allmählich füllte sich der Ort. Sie schloss die Tür hinter Arne und war überrascht, als Paul ihr anbot, sie könne jetzt gleich ins Krankenhaus zu Nora fahren. »Immerhin sind wir die Bestatter ihres Mannes. Das ist dann ja wohl Arbeitszeit«, erklärte er. »Aber ich würde dich bitten, etwas für mich zu erledigen. Kannst du bei einem alten Ehepaar vorbeifahren und mit ihnen den Katalog mit den lieferbaren Särgen durchgehen? Der Mann ist schwer herzkrank, und er möchte mit seiner Frau zusammen seine Beerdigung planen. Ich kann ihm schlecht zumuten, in mein Geschäft zu kommen, deshalb habe ich den beiden versprochen, dass wir dieser Tage bei ihnen vorbeikommen.«

Gitte nickte, blickte dann aber auf die Uhr. Bis zur Mittagspause mit Malthe hatte sie noch knapp drei Stunden. »Dann fahre ich jetzt erst zu dem Ehepaar und danach ins Krankenhaus.« Sie schnappte sich den Katalog und die Autoschlüssel für den großen schwarzen Leichenwagen, zog trotz der Sonne ihre Jacke an. Im Schatten war es immer noch kühl draußen.

Wenig später hielt Gitte vor einem kleinen Haus mit alten Fenstern und einer verwitterten Holztür, vor der ein großer Blumentopf mit orangefarbenen Tagetes stand. Sie schrak zusammen, als eine dicke rote Katze um ihre Beine schlich und offenbar hoffte, dass nun auch für sie die Tür aufginge.

Gitte klingelte, und wenig später öffnete eine kleine Frau mit wachen braunen Augen die Tür und bat sie herein, nachdem Gitte sich vorgestellt hatte. Die Katze wurde jedoch mit sanfter Hand wieder hinausgeschoben. Im Haus roch es nach Zimt und Desinfektionsmitteln. Eine wahrlich bizarre Mischung, dachte Gitte und war gespannt, in welchem Zustand sich ihr der kranke Gatte präsentieren würde.

Jan Nielsen saß aufrecht in einem Krankenbett, das man im Wohnzimmer aufgestellt hatte. Er wurde offenbar durch einen Sauerstoffschlauch beatmet, doch ansonsten schien er munter zu sein und freute sich über den Besuch. In der nächsten Stunde besprach Gitte den Ablauf der Beerdigung, bei dem das Paar angenehm unaufgeregt genaue Vorstellungen vortrug.

»Ich möchte nicht mehr aufgebahrt werden, und das Anziehen für die Einsargung übernimmt meine Frau.« Sie lächelte ihn liebevoll an. »Es soll eine kleine Messe geben, die wir mit dem Pfarrer schon besprochen haben. Eine Liste der Leute, die eine Einladung erhalten sollen, gebe ich dir gleich mit«, ergänzte Margrethe Nielsen und ließ die Hand ihres Mannes los, um die Liste zu holen. Bei der Wahl des Sarges ging es um praktische Überlegungen. Er sollte günstig und umweltschonend sein.

»Unser Geld geben wir lieber für die Bewirtung unserer Gäste aus. Und ich möchte bei der Beerdigung Tina Turner hören. Die hat Power, egal, in welchem Lebensalter und in welchen Krisen sie feststeckte, immer war da Power«, erklärte Jan Nielsen. »Wir hatten ein schönes Leben, ich wüsste nicht, was ich da noch reinpacken sollte. Nun macht mein Herz nicht mehr lange mit. Aber es ist noch nicht zu schwach, um sich für die jüngsten spannenden Ereignisse zu interessieren. Du kommst aus Marielyst, und dort ist doch vor zwei Tagen ein Toter gefunden worden, nicht? Nach einem Richtfest, bei dem es eh schon nicht mit rechten Dingen zuging.« Jan lehnte sich bequem in seine Kissen zurück und wartete begierig auf den neuesten Klatsch.

Seine Frau verdrehte die Augen und lächelte entschuldigend. »Der Sohn unserer Nachbarin ist Maurer und gerade auf diesem Bau beschäftigt. Er hat seiner Mutter natürlich alles erzählt. Aber ich glaube, die Gute hat einiges durcheinandergebracht. Jemand habe beim Richtfest Särge aufgestellt und Unheil prophezeit. Einen Fluch auf den Bau soll es auch gegeben haben.«

Margrethe stellte Gitte, während sie sprach, ein Glas Tee und einen Teller mit selbst gebackenen Küchlein auf den kleinen Beistelltisch am Bett hin. Schon beim ersten Bissen wusste Gitte, woher der Zimtgeruch in der Wohnung kam, und die Apfeltörtchen schmeckten hervorragend.

Sie trank einen Schluck und lächelte dann dem Ehepaar verschwörerisch zu. »Nein, ganz so mystisch ging es auf dem Richtfest nicht zu, ich war nämlich auch dort.« Und dann erzählte sie, was sie wusste. Dabei ließ sie aber nicht verlauten, dass ihr Institut auch diese Beerdigung übernahm und sie daher die Angehörigen des Toten kannte. So etwas gehörte für Gitte zur selbstverständlichen Verschwiegenheitspflicht in ihrem Job, auch wenn Bestatter genau genommen nicht der Schweigepflicht von Ärzten und Therapeuten unterlagen. »Der Mann ist wohl stranguliert worden, und die Polizei sucht nun einen Mörder in unserem beschaulichen Ferienort, noch dazu in der Hochsaison. Hat denn der Sohn eurer Nachbarin auch einen Verdacht geäußert?« Mit dieser Frage schloss Gitte ihren Bericht.

Margrethe wiegte ihren Kopf mit den grauen Locken. »Nun ja, es klang eher nach Klatsch und Tratsch. Der Junge meinte, dass der Bauherr selbst dahinterstecken könnte.«

»Was?« Diese Antwort überraschte Gitte doch sehr. Ausgerechnet der joviale, großzügige Arne sollte seinen Polier umgebracht haben? Das konnte sie kaum glauben. »Warum?«, erkundigte sie sich sogleich.

»Angeblich sei es bei dem Kauf des Grundstücks nicht mit rechten Dingen zugegangen. Aber wie gesagt, das alles klang sehr weit hergeholt.«

Genüsslich biss auch die Gastgeberin in ein Stück Gebäck, und Gitte konnte kaum fassen, dass die beiden alten Herrschaften sich noch so interessiert mit einem Mord beschäftigten statt mit ihren eigenen Sorgen.

Mit Blick auf die Uhr verabschiedete sich Gitte bald darauf und fuhr den kurzen Weg zum Krankenhaus. Sie parkte den langen schwarzen Wagen und besorgte für Nora am Krankenhaus-Kiosk noch schnell eine Flasche Orangensaft. Schnaps wäre der Witwe zwar sicher lieber gewesen, aber das war keine Option für Gitte.

Vor Noras Zimmer herrschte ungewöhnlich reger Betrieb. Ein Arzt rannte gerade über den Flur, eine Schwester eilte hinter ihm her und hatte dabei ein Handy am Ohr. Aus dem Zimmer selbst drangen lebhaftes Stimmengewirr und laute Geräusche, die Gitte nicht einordnen konnte.

»Steh doch nicht im Weg herum«, wurde sie schließlich von einer kräftigen Schwester angeherrscht. »Hier kannst du nicht rein. Das ist ein Notfall.«

»Ich heiße Gitte Madsen, und ich war mit Nora verabredet.« Allmählich machte Gitte sich Sorgen. Entweder ging es um Nora oder um die ältere Bettnachbarin.

In diesem Moment vernahm sie eine laute, zornige Stimme hinter ihrem Rücken, die über mangelnde Sorgfalt und Verantwortung den Patienten gegenüber schimpfte. Gitte drehte sich um und stieß dabei beinahe mit Hans Borg zusammen. Der Mann brummte erst ungehalten, dann erkannte er sie und packte sie am Ärmel. »Was machst du denn hier? Das ist doch nicht zu fassen! Wie die Aasgeier seid ihr Bestatter. Noch lebt meine Schwägerin!«

Gitte versuchte sich seinem Griff zu entwinden. »Entschuldigung, ich wollte Nora nur besuchen. Der Kommissar hat mich gebeten, mich etwas um die Witwe und um die Bestattung zu kümmern. Er macht sich Sorgen.«

»Der Herr Kommissar hätte ihr mal besser einen Polizisten vor die Tür gesetzt statt einer überforderten Bestatterin. Nora ist angegriffen worden. Es geht ihr nicht gut.«

Nach diesen Worten ließ er sie los und stürmte zurück ins Zimmer, die Tür schloss er mit einem lauten Knall hinter sich zu. Mit offenem Mund starrte Gitte ihm nach.

Noch ehe sie sich von der Nachricht erholt hatte, wurde sie von Ole an den Schultern gepackt.

»Gitte, gut, dass du da bist. Warst du schon bei Nora?« Er sah müde aus.

»Ich bin gerade erst angekommen, und nun lässt mich keiner ins Zimmer«, berichtete Gitte. »Angeblich ist Nora angegriffen worden. Hans Borg war gerade hier und ist vor zwei Sekunden ins Zimmer gestürzt. Ein Pfleger muss ihn angerufen haben oder vielleicht auch Nora selbst. Und was machst du hier?«

»Du bist gut. Ich ermittle und hatte gehofft, dass du hier bist und mit der Witwe gesprochen hast. Wenn die Frau allerdings tätlich angegriffen wurde, ist das ein Fall für die Polizei, also für mich.«

Mit diesen Worten hielt er eine junge Schwester auf, die gerade aus dem Zimmer kam. »Was ist hier los? Ich bin Kommissar Ole Ansgaard, und Nora Borg ist eine wichtige Zeugin bei der Aufklärung eines Falles. Ich muss zu ihr.«

Die Schwester nickte nur und sagte: »Ich kann und darf

dazu nichts sagen. Du kannst da jetzt nicht rein. Es ist ein Notfall.«

»Bitte verständige den behandelnden Arzt oder schick mir Hans Borg raus. Ich muss wissen, ob wir eine Fahndung einleiten müssen«, sagte Ole.

Die junge Frau blickte ihn verwirrt an. In diesem Moment hörten sie die erzürnte Stimme von Hans Borg, den man offensichtlich ebenfalls gerade des Zimmers verwies. Als er durch die Tür trat und Ole erblickte, wurde sein Gesicht noch röter, und er stürmte wütend auf den Kommissar zu.

»Wenn du deinen Job gemacht hättest, dann müsste Nora jetzt nicht um ihr Leben kämpfen«, rief er und wischte sich mit dem Handrücken den Schweiß von der Stirn. »Wer weiß, ob sie je wieder aufwacht.«

»Ich würde ja gerne meinen Job machen, wenn ich wüsste, was hier passiert ist.«

Ole überragte den stämmigen Hans Borg noch um einige Zentimeter. Er hielt seine Arme vor der Brust verschränkt und blickte Hans herausfordernd an. Gitte hatte das Gefühl, dass der arme Mann im Moment eher Zuwendung brauchte. Sanft fasste sie ihn am Arm und bat: »Erzähl doch erst mal, was du weißt.«

»Nicht viel. Ich habe eine Nachricht bekommen, dass es Nora sehr schlecht geht. Und zwar von ihrem eigenen Handy abgesendet, aber Nora selbst hat sie nicht geschickt. Jemand muss sich ihr Handy genommen haben. Also bin ich sofort gekommen, aber ich war zu spät. Sie rührte sich nicht.«

»Und was sagen die Ärzte?«, fragte Ole.

»Sie versuchen, sie zu reanimieren.« Hans Borgs Gesicht wurde plötzlich aschfahl, und ein bedrücktes Schweigen breitete sich zwischen ihnen aus.

Mit bedächtigen Schritten trat kurz darauf ein schlanker Mann im Arztkittel aus Noras Zimmer, die Hände in den Taschen seines Kittels vergraben, als habe er etwas zu verbergen. Er blickte Hans an und schüttelte den Kopf.

»Es tut mir leid, wir müssen abwarten. Sie ist jetzt stabil, wacht aber nicht auf, und ich fürchte, sie ist in ein Koma gefallen.«

»Was genau ist passiert?«, fragte Ole und zückte seinen Dienstausweis.

»Es sieht so aus, als hätte jemand versucht, sie zu strangulieren. Mit ihrem eigenen Halstuch. Der Täter wurde offenbar gestört und ist geflohen. Ihre Konstitution ist leider grundsätzlich nicht besonders gut. Sie kommt jetzt auf die Intensivstation.« Er starrte nachdenklich auf seine Füße, bis Ole ihn unsanft aus seiner passiven Haltung holte.

»Dieses Zimmer ist jetzt ein Tatort, und Nora Borg muss dringend rund um die Uhr bewacht werden. Der Täter könnte es ein zweites Mal versuchen, wenn er erfährt, dass sie noch lebt. Ich werde die Spurensicherung in den Raum schicken. Bis dahin darf dort keiner etwas verändern. Und ich möchte, dass sich die Schwestern und Pfleger bereithalten, die heute Morgen Dienst hatten und etwas gesehen haben könnten«, befahl er. »Und hast du Hans Borg angerufen?«

Der Arzt runzelte die Stirn. »Wieso? Ich habe doch erst vor zehn Minuten davon erfahren.«

Gitte kombinierte schnell. »Eigentlich kann doch nur der Täter selbst so früh Alarm geschlagen haben. Oder ein enger Vertrauter des Täters. Aber warum das alles?«

»Um diese Frage muss ich mich später kümmern. Jetzt geht es erst einmal darum, die Spuren sicherzustellen«, erwiderte Ole.

In diesem Moment wurde das Bett mit einer blassen, regungslosen Nora darin aus dem Zimmer zu den Fahrstühlen geschoben. Ole warf Gitte noch einen ratlosen Blick zu, dann hielt er eine vorbeieilende Schwester am Arm fest und bat sie, dafür Sorge zu tragen, dass das Zimmer nun nicht mehr betreten wurde. Unter keinen Umständen und von niemandem außer der Spurensicherung. Ole selbst folgte dem Arzt zur Intensivstation und zog im Laufen sein Handy heraus.

Gitte blieb mit Hans Borg zurück, der vor sich hin starrte und an seiner Unterlippe nagte. Am Ende des Gangs standen zwei Krankenschwestern und tuschelten. Die eine hatte hektische rote Flecken im Gesicht, und die andere kaute an ihren Fingernägeln. Einen Mordversuch im Krankenhaus hatten die beiden sicherlich noch nicht erlebt.

Gitte ging zu ihnen. »*Hej.* Ich bin Bestatterin und soll Noras Mann beerdigen, und das ist Hans, ihr Schwager. Wisst ihr, was passiert ist?«

»Sie ist angegriffen worden«, berichtete die Jüngere von beiden, und die andere schimpfte sogleich: »Wir dürfen nichts sagen, und du hast doch gar nichts gesehen.«

»Stimmt das? Oder hast du doch etwas gesehen?« Gitte gab noch nicht auf.

Hysterisch lachte die junge Schwester auf. »Nein, aber immerhin hatte sie Würgemale am Hals, und die habe ich sehr wohl gesehen. Da hat es jemand ernst gemeint«, ergänzte sie beinahe trotzig, als sie ein strafender Blick ihrer Kollegin traf.

Gitte merkte erst jetzt, wie geschockt sie selbst von der Nachricht war. Ihr wurde ganz flau im Magen, als sie im Geiste wieder das blasse spitze Gesicht von Nora vor sich sah, die doch gerade erst ihren Mann verloren hatte. Nun war sie selbst an einem Ort attackiert worden, an dem sie eigentlich gesund werden sollte. Sie bat die Schwestern um ein Glas Wasser.

Aus einem anderen Krankenzimmer hörte man plötzlich und völlig unpassend Geklatsche und Gelächter. Die jüngere der beiden Schwestern führte Gitte und Hans zu einer Sitzgruppe am Ende des Flurs, und Gitte ließ sich in einen Sessel plumpsen. Sie überlegte, ob sie den Angriff auf Nora hätte verhindern können, wenn sie zuerst ins Krankenhaus gefahren wäre und nicht zu dem alten Ehepaar. Sehr wahrscheinlich.

Vormittags war ein ständiges Kommen und Gehen in den Krankenzimmern. Es wurde Fieber gemessen, nach Essensbestellungen gefragt, die Physiotherapeuten gingen zu ihren Patienten, ärztliche Visiten fanden statt. Wenn der Täter sich geschickt angestellt hatte, hätte er in die Rolle des Klinikpersonals schlüpfen können. Ein Fremder in einem Arztkittel oder in Pflegebekleidung fiel da nicht weiter auf. Aber Nora hatte auch noch eine Mitpatientin im Zimmer liegen gehabt. Was war eigentlich mit der älteren Dame? War sie nicht mehr auf dem Zimmer gewesen?

Himmel, was für ein Dilemma. Gitte wollte gerade nicht in Oles Haut stecken. Dabei hatte natürlich keiner ahnen können, dass auch Nora in Gefahr schwebte. Nun würde Ole das ganze Leben der Borgs unter die Lupe nehmen müssen. Mit Gliedern schwer wie Blei erhob sie sich und reichte Hans ihr Glas mit Wasser.

Doch der schüttelte den Kopf. »Ich brauche etwas Stärkeres.«

Gitte brachte das Glas ins Schwesternzimmer zurück. »Nora lag doch gar nicht allein im Zimmer. Was ist denn mit ihrer Bettnachbarin?«, erkundigte sie sich.

»Die ist vor etwa einer Stunde entlassen worden. Sie hatte es auf einmal sehr eilig, von hier zu verschwinden.« Die Schwester nahm Gitte das Glas ab und drehte es zwischen ihren Händen.

Hans war inzwischen schwerfällig hinzugetreten. »Ich hatte gestern noch erwähnt, dass ich Nora für selbstmordgefährdet halte und dass man auf sie aufpassen müsse. Doch nichts ist unternommen worden«, polterte er unwirsch.

Die Schwester zog unwillkürlich den Kopf ein und blickte sich hilfesuchend um. Gitte stellte sich vor sie.

»Nun beruhige dich erst einmal, Hans. Zum jetzigen Zeitpunkt kann man noch gar nichts sagen. Nora war keine Gefangene. Auf so einer Station kann niemand rund um die Uhr bewacht werden. Dazu hätte sie in die psychiatrische Abteilung verlegt werden müssen. Auch die Polizei konnte nicht ahnen, dass Nora in Gefahr schwebt«, verteidigte sie die Schwester. »Aber damit nicht noch mehr passiert, solltest du endlich alles auspacken, was du über das Leben deines Bruders weißt. Alles. Lass uns beide nach unten gehen, einen starken Kaffee trinken und auf den Kommissar warten.« Mutig lächelte sie ihr Gegenüber an und war überrascht, als Hans nickte.

Gitte wandte sich nochmals an die Krankenschwester: »Sag bitte dem Kommissar, wo wir sind.«

Dann griff sie nach Hans' Arm und schob ihn in Richtung Fahrstuhl, bevor er es sich anders überlegte. Auf der Fahrt nach unten und bis zum Kiosk schwieg er und starrte auf den Boden. Er schien stark zu schwitzen, und auf seiner Stirn glänzten ein paar Schweißtropfen. In der Cafeteria angekommen, hatte er sich wieder gefasst.

»Setz dich, ich hole uns etwas zu trinken«, kommandierte er. Kurz darauf kehrte er mit zwei großen Tassen Cappuccino zu ihrem Tisch zurück. Er setzte sich hin und kramte nach einer Packung Zigaretten.

»Hans, wir sind in einem Krankenhaus. Hier darfst du doch nicht rauchen.« Gitte war beinahe amüsiert über so viel Gedankenlosigkeit. Hans Borg schien sich von dem Schock noch nicht erholt zu haben. Er nickte und steckte die Packung wieder ein.

Gitte musste ihn irgendwie bei Laune halten, bis Ole kam und sicher ein paar Fragen an ihn hatte. Sie erzählte Hans nun, dass sie gestern bereits, einem Impuls folgend, bei Nora gewesen war und mit ihr ein gutes Gespräch geführt hatte.

»Ich bin als Bestatterin eine Vertrauensperson, mit der die Leute gerne auch über ihre Sorgen reden«, fügte sie erklärend hinzu. »Anscheinend hatte sie zu Recht Angst. Weißt du, ob August und sie Probleme mit irgendjemand gehabt haben?«

Hans schüttete jede Menge Zucker in seinen Kaffee und trank dann in einem Zug den halben Becher leer. Er schüttelte missmutig den Kopf. »Nein. Sie hatten halt untereinander ihre Schwierigkeiten. Nora trinkt seit zwei Jahren zu viel. Das belastet eine Ehe sehr.«

»Du weißt, was man sich am Bau über deinen Bruder erzählt?«, tastete sich Gitte vorsichtig vor, auch wenn sie selbst sich nicht vorstellen konnte, dass der Polier deshalb umgebracht worden war. »Er soll einige Affären gehabt haben.«

»Das kann ich ihm nicht verdenken.« Hans' Augen waren so dunkel wie Kohlenstücke. Gitte dachte, dass sein Verständnis sich sicherlich in Grenzen hielte, wenn er von einem Verhältnis zwischen August und seiner eigenen Frau Maja erfahren würde.

»Allerdings glaube ich nicht«, fuhr Hans fort, »dass sein Fremdgehen etwas mit dem Mord zu tun hat. Dann hätte man doch Nora nicht auch noch ins Visier genommen.«

»Es sei denn, sie ahnt, wer der Täter ist, und hat ihm das zu verstehen gegeben.«

Hans blieb skeptisch. »Hätte Nora einen Verdacht gehabt, dann hätte sie mir sofort davon erzählt. Sie hat August geliebt und will ganz sicher seinen Mörder gefasst wissen. Die beiden müssen in irgendwelche Schwierigkeiten geraten sein.« Er fuhr sich mit beiden Händen über die kurzen Haarstoppeln und sprang dann so plötzlich auf, dass Gitte erschreckt ihren Cappuccinobecher sicherte.

»Ich brauche ein Bier.« Und schon stürmte er mit langen Schritten zur Theke und kehrte mit einer Dose Tuborg zurück.

»Warum hatten August und Nora eigentlich keine Kinder?« Gitte wunderte sich, dass ihr erst jetzt diese Frage einfiel.

Hans schüttelte den Kopf. »Tja, das hat leider nicht geklappt. Aber die beiden haben sich immer rührend um unsere Jungs gekümmert. Ich habe zwei Söhne, sie sind im Teenageralter. Vor allem August war ganz vernarrt in seine Onkelrolle. Wahrscheinlich, weil er selbst gerne Kinder gehabt hätte. Aber nach drei Fehlgeburten haben er und Nora aufgegeben. Gut möglich, dass sie deshalb mit dem Trinken angefangen hat. Das macht man ja nicht, weil man so verdammt zufrieden mit seinem Leben ist.«

Diese Idee schien ihm heute zum ersten Mal zu kommen, das sah Gitte seinem erstaunten Gesicht an. Man tat Leute oftmals zu schnell als Säufer ab und rümpfte die Nase, ohne das Leid dahinter zu sehen, so viel wusste Gitte noch aus ihrer Arbeit in Münster.

Hans trank einen großen Schluck, knallte die Dose auf den Tisch und sagte dann: »Ich werde August beerdigen und für Nora beten. Aber ich werde auch den Mörder suchen.«

»Das lässt du mal lieber schön die Polizei machen.« Hinter ihnen stand plötzlich Ole und sah so müde aus, dass Gitte aufstand und ihm an der Theke einen Kaffee mit viel Zucker und Milch besorgte. Wortlos stellte sie ihm die Tasse hin. Er war bereits mit Hans Borg ins Gespräch vertieft und lächelte sie nur dankbar an.

Gitte hätte gerne noch mehr erfahren, aber Ole machte ihr ein Zeichen, und sie verabschiedete sich von den beiden Männern. Doch sie fand, dass Ole ihr etwas schuldete, weil sie sich so professionell um Hans Borg gekümmert und ihn beruhigt hatte. Dieser sture Kommissar musste doch einsehen, dass sie als Bestatterin wirklich ein Gewinn für seine Ermittlungsarbeit war.

Auf dem Rückweg nach Marielyst war sie tief in Gedanken versunken. Wer hasste ein Ehepaar so sehr, dass er sich gleich zu einem Doppelmord hinreißen ließ? Um Geld schien es hier nicht zu gehen. Eher um Rache. August hatte wohl mehrere Affären gehabt, wie auch sein Bruder bestätigt hatte. Aber Nora? Um sie umzubringen, war der Täter ein hohes Risiko eingegangen. Gitte konnte sich nicht vorstellen, dass eine Frau für die Taten verantwortlich war. Man brauchte einiges an Kraft, um jemanden zu erwürgen.

Mit Blick auf die Uhr gab sie die letzten Kilometer Gas. Gleich war sie mit Malthe verabredet. Zum zigsten Male fuhr sie an den Tierfiguren und Skulpturen vorbei, die an der Landstraße nach Marielyst zum Verkauf angeboten wurden, und überholte einen schwedischen Wagen, der sich im Schneckentempo vorwärts bewegte. Der Fahrer hinter ihr hupte daraufhin wild los. Idiot! Er musste doch damit rechnen, überholt zu werden, wenn er so die Straße entlangschlich. Gitte schüttelte den Kopf und blickte nicht einmal in den Rückspiegel. Sie hatte es eilig.

Wenige Minuten später stellte sie den Wagen vor dem

Beerdigungsinstitut ab und eilte hinein. Paul saß schon auf heißen Kohlen.

»Du warst aber lange weg. Tilda hat mich spontan zum Mittagessen eingeladen. Hätte ich das gewusst, wäre ich gleich selbst nach Nykøbing gefahren.«

Gitte holte tief Luft, gab ihm den Autoschlüssel und platzte dann heraus: »Ich bin zu spät gekommen. Nora Borg ist heute Vormittag attackiert worden, während ich mit dem Ehepaar Särge angeschaut habe. Jemand hat versucht, sie zu erwürgen, und nun liegt sie im Koma.«

»Was?« Paul, der gerade erst von seinem Bürostuhl aufgestanden war, ließ sich wieder hineinfallen. »Ich dachte, sie wäre noch im Krankenhaus.«

»Sie ist in ihrem Krankenbett gewürgt worden. Unser Mörder ist ganz schön halsbrecherisch unterwegs. Beide Male hat er seine Opfer so überfallen, dass er jederzeit hätte gesehen werden können.«

Gitte spürte, wie ihre Wangen noch immer glühten, und sie legte erst den Prospektordner auf Pauls Schreibtisch ab und dann ihre kalten Hände an ihr Gesicht.

»Also war es doch kein betrogener Ehemann oder eine verlassene Geliebte?«, fragte Paul.

Gitte zuckte mit den Schultern. Sie hatte schon vorher nicht an diese Version geglaubt. Eine Affäre oder eine verschmähte Liebe rechtfertigte für sie keinen Mord, auch wenn ihr Exfreund vor einem Jahr ebenfalls recht drastische Maßnahmen ergriffen hatte, um sie zurückzuerobern. Mord aber war eine andere Hausnummer. Irgendjemand musste das Ehepaar Borg abgrundtief gehasst haben.

Paul kam nun hinter seinem Schreibtisch hervor, trat zu ihr und legte ihr die Hand auf die Schulter. »Gitte, du siehst richtig mitgenommen aus. Manchmal frage ich mich, ob das hier nicht alles zu viel für dich ist. Ständig hast du es mit Leichen zu tun, dann noch die Sorge um deinen Vater und kaum Rückhalt durch Familie oder einen verlässlichen Partner. Nach diesem Fall hier werde ich unserem smarten Kommissar so auf die Füße treten, dass es unangenehm für ihn wird.«

Gitte musste lachen. »Pass bloß auf, Ole ist ein aktives Mitglied im Boxverein.«

»Das erklärt seine muskulöse Statur, nicht aber sein pubertäres Verhalten dir gegenüber. Er hat die Wahl zwischen einer mutigen, hübschen Halbdänin und einer verbitterten, treulosen und kranken Ehefrau. Was glaubt er, wie viele Leben er noch hat, um mal etwas richtig zu machen?«

Ihr Chef hatte sich in Rage geredet. Gitte war es ein wenig unangenehm, dass offenbar jeder zu wissen schien, dass sie ihrer unerfüllten Beziehung mit Ole nachtrauerte. Daher mimte sie die Gelassene und winkte ab.

»Lass ihn nur, es gibt auch noch andere charmante Männer. Jetzt gehe ich jedenfalls mit Malthe essen. Und wer weiß, vielleicht meldet sich ja auch der nette Architekt von Arne wieder.«

Sie stutzte, als Pauls Lider flatterten und er verlegen aus dem Fenster blickte. »Ach ja. Bevor ich es vergesse, ich glaube, der hat vor einer Stunde hier angerufen und wollte dich sprechen. Er hat aber keine Nummer hinterlassen. Und ich gebe natürlich nicht so einfach deine Handynummer weiter.«

»Sehr fürsorglich, Paul«, sagte Gitte und konnte ein freudiges Lächeln nicht unterdrücken. »Also, falls er sich traut, noch mal bei dir anzurufen, kannst du ihm gerne meine Nummer geben. Hast du denn deine Geburtstagsangelegenheiten regeln können?«

Jetzt strahlte Paul wieder über sein ganzes perfekt rasiertes Gesicht. »Ja. Wir treffen uns erst bei Lea zum *morgenmad* in Kopenhagen, und den Abend verbringe ich dann ganz romantisch mit Tilda, die uns etwas Schönes kochen möchte.«

Mit Blick auf die Uhr erwiderte Gitte: »Du musst mir unbedingt noch von Tilda und dir erzählen, aber jetzt muss ich los und du sicher auch.«

Damit war sie auch schon zur Tür hinaus verschwunden.

5

Gitte eilte schnellen Schrittes zum Café *Tante Karla* und sah Malthe bereits vorm Eingang auf und ab gehen. Dabei hatte er die Hände tief im Mantel vergraben. Die langen, dunklen Haare hatte er locker zu einem Zopf gebunden, und der Dreitagebart sah heute eher nach sechs Tagen ohne Pflege aus.

Er umarmte Gitte, und zusammen betraten sie die gemütliche Stube, die gleichzeitig auch Verkaufsraum für allerlei Kleidung und Hausrat war. Hier gab es außerdem selbst gebackene Kuchen, und Gitte zog automatisch den Bauch ein, um sich Platz für ein süßes Teilchen vorzugaukeln. Sie wählten einen Platz in der Nähe der Theke, und Gitte sprach Malthe erneut ihr Beileid aus.

Er nickte traurig. »Mann, ich war gestern Abend ganz schön fertig nach deinem Anruf. Da denkst du nichts Böses, und plötzlich ist dein Freund tot. Du bist immer wieder für sehr skurrile Überraschungen gut, Gitte Madsen. Aber eigentlich kann ich auf die Hälfte davon verzichten, nimm's mir nicht übel.«

Seine Augen glänzten. Sie wollte ihm Zeit geben, sich

zu fangen, und bestellte an der Theke einen großen Kaffee und ein Milchbrötchen mit Käse für Malthe sowie für sich selbst einen Tee und ein Stück Schokokuchen. Wie sollte sie Malthe nun auch noch den Mordversuch an Nora erklären?

Sie setzte sich wieder zu ihm und fragte vorsichtig: »Wie lange kanntest du August schon? Seine Frau bat mich, dass wir bei der Beerdigung seinen Glauben an die Alte Sitte respektieren sollen. Gibt es da irgendwelche Bräuche? Sein Bruder besteht allerdings auf einer konventionellen Beerdigung. Insofern darf es nicht zu auffällig sein.«

Malthe dachte einen Moment nach. »Am schönsten wäre es, wenn August in Odense begraben würde. Mittlerweile sind auf unserem Friedhof dort eine Reihe von Steinen in Form eines Wikingerschiffs errichtet worden. Ich kann mir jedoch vorstellen, dass sein Bruder und vor allem seine Frau Augusts sterbliche Überreste in ihrer Nähe haben möchten. Sie werden das also kaum zulassen. Aber wir könnten ihm ein paar Gegenstände mit ins Grab geben, und wir könnten Opfer darbieten. Das lässt sich durchaus mit einer christlichen Beerdigung kombinieren, denke ich. Ich kann auch ein paar Worte sagen, wenn seine Frau das wünscht.«

Gitte schluckte und nickte zunächst. Wie sollte sie Malthe nun schonend vom Angriff auf Nora erzählen? Sie war froh, dass gerade das Kuchenstück und das Brötchen an den Tisch gebracht wurden, und wartete ab, bis Malthe ein paar Bissen gegessen hatte.

»Malthe, ich war heute Morgen im Krankenhaus in Nykøbing, um Augusts Frau zu besuchen«, begann sie. »Es kam leider zu keinem Gespräch, denn auf Nora ist ebenfalls ein

Anschlag verübt worden, und nun liegt sie im Koma. Jemand hat versucht, sie zu erwürgen.«

Sie zuckte zusammen, als Malthe heftig hustete. Er hatte sich vor Schreck verschluckt. Um über Mord und Totschlag im engeren Bekanntenkreis zu berichten, dafür gab es einfach keine geeignete Gelegenheit, solche Nachrichten lösten immer einen Schock aus.

»Hast du eine Ahnung, wem das Ehepaar so sehr im Weg gestanden haben könnte?«, fragte sie, als Malthe sich beruhigt hatte.

»Nein«, antwortete Malthe mit tränenden Augen und krächzender Stimme. »Augusts Frau kannte ich gar nicht persönlich. Er tauchte immer allein auf und ist ein paar Mal über das Wochenende mit nach Odense gefahren, wenn wir dort unsere Feste gefeiert haben. Wenn dabei Arbeit anfiel, hat er stets mit angepackt. Er war vom Bauhandwerk ja an harte Arbeit gewöhnt und ein kräftiger Kerl. Es gab auch immer wieder mal eine Frau, die ein Auge auf ihn warf. Wie weit er sich allerdings darauf einließ, da will ich mich nicht festlegen.«

»Vielweiberei gab es ja bei den Wikingern durchaus, soweit ich weiß. Und ich habe schon von anderer Seite gehört, dass August es mit der Treue nicht so genau genommen hat. Aber deshalb bringt man ja nicht die betrogene Ehefrau gleich mit um«, überlegte Gitte laut.

»Nein, bestimmt nicht. Ich hatte auch den Eindruck, dass es von Augusts Seite aus nie mehr als ein lockeres Flirten war, denn er kehrte immer zu seiner Frau zurück.«

»Seine Frau ist Alkoholikerin«, bemerkte Gitte zwischen

zwei Bissen. »Vermutlich ist ihre Suchterkrankung eine Folge von mehreren Fehlgeburten, die die Arme erlitten hat. Ole wird sich wohl tief in die Familie Borg einarbeiten müssen, wenn er den Mord aufklären will. Kannst du dir vorstellen, warum Nora angegriffen wurde?«

Malthe rührte gedankenverloren in seinem Kaffee, in dem es nichts mehr zu rühren gab. »Ich weiß es nicht, Gitte. Weil sie ahnt, wer es war? Weil sie eine falsche Frage gestellt hat? Wer weiß, ob ihr Besucher am Morgen nicht einfach im Affekt gehandelt hat und sie ursprünglich nur besuchen wollte?«

»Gab es vielleicht bei euren Treffen jemanden, der August nicht leiden konnte?«

»Nein, nicht dass ich wüsste. Aber ich könnte mir vorstellen, dass es auf dem Bau mal den einen oder anderen Streit gab. Er war als Polier derjenige, der das Sagen hatte.«

»Zumindest bis der Architekt oder der Bauherr kamen«, bestätigte Gitte und schob sich noch ein Stück von dem herrlichen Schokokuchen in den Mund. Dann erzählte sie Malthe noch einmal genauer von dem Richtfest und ihren bisherigen Ermittlungen. »Es spricht jedenfalls vieles dafür, dass es ein Mann gewesen sein muss. Du hast August gekannt, Malthe. Er war ein kräftiger Kerl, der hätte sich nicht so einfach von einer zarten Frau erwürgen lassen.«

Malthe überlegte. »Trotzdem muss es nicht zwingend ein Mann gewesen sein. Wenn es eine Person war, der er vertraute, und sie sehr nah an ihn herankam, brauchte sie nicht viel Kraft. Eine Schlinge so zuzuziehen, dass jemand keine Luft mehr bekommt, ist nicht so schwer. Und soweit ich weiß, war August nicht mehr nüchtern. Womit ist er denn überhaupt erdrosselt worden?«

»Keine Ahnung. Die Ergebnisse der Obduktion sind mir nicht bekannt.«

Draußen wurde es plötzlich laut. Drei junge Männer mit kurzen Hosen, Muskelshirts und bunten Flipflops liefen johlend auf das Café zu. In den Händen hielten sie diverse Getränke, sicherlich mit einigen Umdrehungen. Man erkannte rudimentär einen Geburtstagssong, der aber immer wieder im Gelächter unterging.

Malthe runzelte die Stirn, während Gitte sich eher über die unbeholfene Art der drei Männer amüsierte, die sich bei dem Versuch, das Café zu betreten, gegenseitig im Weg standen. Ihre Getränke ließen sie immerhin davor im Mülleimer verschwinden. Das junge Mädchen hinter der Theke blickte besorgt drein, nickte den neuen Gästen aber grüßend zu.

»Wir brauchen Bier und etwas zu essen«, rief einer laut, und alle drei ließen sich auf die Stühle des Nachbartisches fallen. Allerdings standen sie wenig später wieder auf, denn bestellen und bezahlen musste man an der Theke.

»Kennst du die?«, fragte Gitte, weil Malthe noch immer besorgt dreinschaute.

»Nein, aber ich mag es nicht, wenn derartig betrunkene Männer zusammen unterwegs sind und meinen, ihnen gehöre alle Aufmerksamkeit.«

»Hej, willst du dich nicht mit deiner hübschen Begleitung zu uns setzen?«, fragte einer der Männer prompt, als er an ihrem Tisch vorbeikam.

»Siehst du, das meine ich«, murmelte Malthe und beachtete den Rüpel gar nicht.

Die Gruppe bestellte eine Runde Bier und Brötchen, dann redeten die Männer über ihre Pläne für den Abend, die sich nicht sonderlich von ihrem aktuellen Programm unterschieden. Sie passten nicht hierher in dieses gemütliche Café mit Polstermöbeln statt Biertischen. Warum waren sie nicht ins *Larsens Plads* gegangen? Dort konnte man fröhlich trinken und den harten Kerl mimen.

Einer der Männer begann plötzlich lautstark von dem Mordfall zu erzählen. Alle fanden es spektakulär, dass in einem solch kleinen Ferienort ein Mord auf offener Straße geschehen war. Worte wie »krass«, »Hammer« und »trinken wir, solange wir es noch können« fielen. Dann wurden sowohl Gitte als auch Malthe hellhörig.

»Der Tote kam von einem Richtfest, lass uns da heute Abend mal hingehen und Fotos machen«, schlug einer der Männer vor. »Die stellen wir dann ins Netz. Die letzten Minuten des toten Zimmermanns. Hier begegnete er seinem Mörder.« Der Sprecher prostete in die Runde.

Mit einem Ruck stand Malthe auf, seine dunklen Augen richteten sich drohend auf die Männer, und eine tiefe Falte grub sich senkrecht in seine Stirn. Er wandte sich an die drei, von denen zwei eine recht kräftige Statur besaßen, wie Gitte mit Besorgnis feststellte.

»So, ihr Spaßvögel, sollte heute Abend jemand von euch auf diesem Baugrundstück aufgegriffen werden, habt ihr keine Zeit mehr, euren Geburtstagsrausch auszuschlafen. Dann werdet ihr einkassiert, und bis die Polizei festgestellt hat, dass ihr keine Täter seid, sind eure Urlaubstage weg. Wir erwarten hier ein bisschen mehr Respekt.«

Gitte sah, wie die Bedienung um Verstärkung aus dem Nebenraum bat. Eine ältere Frau erschien und zückte ihr Handy, während der kleinste der drei Männer aufstand und Malthe spöttisch anblickte. »Und wer bist du, dass du uns drohen kannst? Etwa der Sheriff?«

»Schlimmer noch«, erwiderte Malthe. »Ich bin ein Freund des Toten. Und ich habe daher überhaupt kein Verständnis für euer dummes Gequatsche oder für irgendwelche sensationsgeilen Manöver.«

Die beiden anderen Männer, die aussahen wie Brüder, hoben beschwichtigend die Hände. »Das tut uns leid, wir reden nur so daher«, sagte einer von ihnen.

Doch der Maulheld unter ihnen blickte Malthe weiter provokant ins Gesicht und ballte die Hände zu Fäusten. »Es geht dich trotzdem nichts an, was wir reden und machen. Also setz dich wieder zu deiner Perle, und lass meine Freunde in Ruhe«, sagte er. Seine Begleiter sahen zu Gitte hinüber.

»Setz dich an deinen Tisch zurück, habe ich gesagt«, wiederholte der Provokateur.

Malthe nickte. Gitte hatte ihn noch nie so wütend gesehen. »Sobald du dich hingesetzt hast und dich respektvoll benimmst.«

Im nächsten Moment hatte der Typ, schneller, als Gitte gucken konnte, Malthe gegen einen Tisch geschubst. Der strauchelte, fing sich aber wieder und verpasste dem Angreifer daraufhin eine schallende Ohrfeige. Ein älteres Ehepaar am Nachbartisch zuckte alarmiert zusammen. So etwas hatte es in diesem hübschen Café sicher noch nicht gegeben. Auch Gitte war erstaunt, musste aber zugeben, dass sie beeindruckt war. Der Geschlagene hielt sich völlig perplex die Wange und sah offenbar seine Chancen auf Rache schwinden, denn seine Begleiter grinsten nur verlegen. Also stürmte er auf den Ausgang zu, rempelte Malthe dabei an und verließ das Café mit lautem Türenknallen.

»Puh, das hätte auch schiefgehen können«, stöhnte Gitte, als Malthe sich wieder setzte und grinsend bemerkte: »Das hat mal richtig Spaß gemacht.«

»Malthe, ich kenne dich bislang nur als charmanten Freund und tollen Gitarristen, und stets beteuerst du das Friedliche deiner Religion. Du bleibst sogar ruhig, wenn Ole dich mal foppt, aber diese Seite von dir gefällt mir auch gut. Respekt!« Gitte unterstrich ihr Kompliment mit einem Lächeln, während Malthe mit ihrem vorherigen Gespräch seelenruhig fortfuhr.

»August hat sich vor etwa einem Jahr ein Haus am Strandpark gekauft.« Er stellte seine leere Tasse zurück und bekam zu seiner Verwunderung einen neuen Kaffee an den Tisch gebracht, zusammen mit einem kleinen Eis.

Die Bedienung lächelte ihn an. »Vielen Dank für deinen Einsatz. Wenn es hier in meinem Laden eine Schlägerei gibt, kann ich für eine Weile zumachen.«

Sie hatte recht. Hier standen so viele Gläser, Porzellangegenstände und Spiegel herum, das hätte einen enormen Scherbenhaufen gegeben.

Gitte naschte von Malthes Eis. »Ich dachte, August lebt

in Nykøbing, wie sein Bruder«, meinte sie dann. Sie kannte die Ferienhaussiedlung kaum, die sich links vom Kreisverkehr befand, wenn man von Nykøbing aus nach Marielyst fuhr.

»Ich wusste nicht, dass dort auch Häuser verkauft werden und Leute dort sogar dauerhaft leben. Mitten in einer Ferienhaussiedlung.«

»Aber bei dir ist es doch ähnlich, Gitte. Du lebst ebenfalls in einem ehemaligen Ferienhaus. Und hast du mir nicht erzählt, du würdest darüber nachdenken, es zu kaufen?«, fragte Malthe. »August wollte aus der Stadt raus, das hat er mir mal gesagt. Warum es dann der Ferienpark geworden ist, weiß ich nicht. Aber er deutete mal an, Nora würde sich dort wohlfühlen. Sie hatte in der Nachbarschaft eine Freundin gefunden.«

Gitte machte sich gedanklich eine Notiz, später Ole von dem Umzug der Borgs zu berichten. Sie selbst nahm sich vor, mit dieser Freundin zu sprechen.

»Weißt du, wer diese Freundin ist?«

Malthe grinste. »Nein, leider nicht. Aber ich kann dir Augusts Adresse geben«, bot er an und sah direkt auf seinem Smartphone nach. »Strandpark einunddreißig. Frag einfach in der Nachbarschaft herum. Ich war nie bei ihm zu Hause, aber ich habe die Adressen der meisten unserer Mitglieder.«

Mit einem Blick auf die Uhr zog Gitte sich ihre leichte Jacke an. Sie musste zurück ins Beerdigungsinstitut. »Danke dir, Malthe. Ich werde Hans nach der Bestattung fragen und sage dir Bescheid, wenn die Angehörigen einverstanden sind, dass du zusätzlich eine kleine Zeremonie abhältst.«

Sie verließen zusammen das Café. An der Plattform vor dem Aussichtsturm trennten sich ihre Wege.

Den Rest des Tages verbrachte Gitte mit Schreibarbeit. Als sie am Nachmittag mit dem Rad nach Hause fuhr, sah sie einen neuen Wagen mit schwedischem Kennzeichen vor dem Nachbarhaus stehen. Und tatsächlich, kaum hatte sie ihr Rad in den Schuppen gestellt, kam die große, schwere Gestalt ihres schwedischen Lieblingsnachbarn auf sie zugelaufen.

Erik lachte fröhlich und zog sie in seine Arme. »*Hej*, Gitte«, sagte er auf Englisch. »Ich bin heute schon vor dir hergefahren, aber du hast mich nicht erkannt, sondern mich mit zornigem Gesicht überholt.« Er strich sich vergnügt über seinen buschigen Schnurrbart.

»Du warst aber auch so langsam unterwegs wie ein Sonntagsfahrer. Außerdem kenne ich dieses Auto von dir gar nicht. Ist es neu? Und wo steckt Kate?« Sie blickte neugierig zum Haus.

Er winkte ab und zeigte auf den dunkelgrünen, nicht mehr ganz neuen Saab. »Ja, ich musste mir ein neues Auto kaufen, Kate hat unseren alten Wagen gegen einen Zaun gesetzt, der stabiler war, als er aussah. Sie hat das übrigens mit voller Absicht getan.« Eine tiefe Stirnfalte grub sich in sein Gesicht.

Gitte kannte Erik als einen gelassenen und meist gut gelaunten Mann, doch nun blickte er frustriert drein. »Du kennst meine Frau, Gitte, exzentrisch, morbid und in Ansätzen auch kriminell veranlagt. Habe ich dir mal erzählt, dass mein alter Herr Vater bei der Stadtverwaltung gearbeitet hat und so regelkonform wie eine deutsche Politesse ist? Ich schwitze immer Blut und Wasser, wenn er uns für ein paar Tage besuchen kommt. Meist geht es nicht gut mit Kate und ihm.«

Gitte nickte belustigt. Eriks Frau war Künstlerin und entwarf Cover für düstere Horror- und Kriminalgeschichten. Kate verreiste eigentlich nicht gern, aber Gitte und ihre merkwürdigen Todesfälle hatten sie dann doch hergelockt. Die beiden Frauen hatten sich auf Anhieb gemocht, auch wenn ihr Altersunterschied gut fünfzehn Jahre betrug. Eine Geschichte, in der Kate mit einem Auto absichtlich in einen Zaun gefahren war, versprach interessant zu werden.

»Das musst du mir genauer erzählen. Ich komme gleich rüber«, versprach Gitte.

Zu Hause zog sie schnell einen dickeren Pullover an, da es zum Abend hin frisch wurde und Erik nur allzu gerne draußen auf der Veranda saß. Dann schnappte sie sich ein paar Dosen Tuborg und eine Packung Käsecracker und rannte wieder hinüber. Erik zündete gerade eine große Kerze auf dem Tisch an und hielt ihr eine Decke hin.

»Ist es okay, wenn wir draußen bleiben?«, erkundigte er sich. »Sommerferien in Marielyst. Ich freue mich so darauf, Gitte. Kate kommt in den nächsten Tagen nach.«

Nach dem ersten Schluck Bier, den Gitte in einem langen Zug genoss, führte Erik den Bericht über seine Frau fort.

»Kate hat neulich eines ihrer Bilder verkauft. Es sah sogar ganz nett aus, eine Winterlandschaft in Island, im Hintergrund die Nordlichter. Für Kate ein überraschend friedliches Motiv. Doch der Kunde hat ihr nur die Hälfte des vereinbarten Preises überwiesen. Auf ihre Anrufe hat er nicht reagiert, und als sie zu ihm nach Hause gefahren ist, hat seine Frau nicht einmal aufgemacht, obwohl Kate sie hinter der Scheibe gesehen hat. Als Kate gerade wieder wegfahren wollte, kam der Käufer mit seinem SUV und fuhr direkt auf sie zu. Die Straße ist dort sehr eng, und er wollte Kate zum Rückwärtsfahren zwingen, damit er vor seinem Haus parken konnte. Es gibt ja Fahrer, die meinen, weil sie das größere Auto besitzen, hätten sie immer Vorfahrt. Dieser Mann besaß so einen Angeberzaun mit Türmchen darauf, und da ist Kate ihm dann mit voller Absicht reingefahren. Danach hat sie in aller Seelenruhe die Polizei gerufen und ist nach Hause gefahren, wo es mit meiner Seelenruhe schnell vorbei war. Der Wagen klapperte bereits laut und vernehmlich, als sie vorfuhr. Die Achsen waren völlig verzogen, ganz zu schweigen von dem Blechschaden. Also haben wir das Auto verschrottet. Den Zaun zahlt sie natürlich nicht, solange sie den Preis für das Bild nicht vollständig erhalten hat. Rechnen kann sie jedenfalls nicht, denn der Zaun wird teurer ausfallen als der fehlende Geldbetrag für das Bild. Einer Anzeige ist sie nur dadurch entkommen, dass sie mit viel Charme behauptet hat, eine Wespe im Auto habe sie erschreckt. Das war im Mai, da habe ich noch nie in Schweden eine Wespe gesehen!«

Gitte freute sich ehrlich auf die unkonventionelle schwedische Künstlerin, die sie rein äußerlich immer an die Schauspielerin Hannelore Elsner erinnerte. »Wann kommt sie denn?«, fragte sie ungeduldig und fügte geheimnisvoll hinzu: »Wir haben wieder einen Mord in Marielyst. Ole ermittelt.«

Erik hätte sich beinahe an seinem Bier verschluckt. »Ole ermittelt? Deinem Gesicht sehe ich an, dass du selbst mittendrin steckst. Was ist passiert?«

Gitte berichtete dem Schweden nun ausführlich von dem Richtfest, dem unglückseligen Richtspruch und ihrem Stolpern über die Leiche am Bøtøvej. Der Mordversuch an der armen Nora ging ihr immer noch nach, und bei diesem Teil der Geschichte klang sie ernsthaft betroffen.

Erik machte ein betrübtes Gesicht. »Wenn Kate davon erfährt, kann ich meinen *hyggeligen* Strandurlaub vergessen. Richte Ole bitte aus, er muss den Mord noch vor ihrer Anreise aufklären. Kate kommt in drei Tagen. Ich soll schon mal alles schön herrichten und den Kühlschrank füllen. Sie hilft jetzt noch einer Kollegin bei ihrer Vernissage und kommt dann mit dem Zug her.«

Erik blickte plötzlich auf die Straße. Die Grillen zirpten, und man konnte davon ausgehen, dass morgen ein schöner Sommertag sein würde. Ein Auto fuhr langsam die Straße entlang und suchte offenbar eine Hausnummer. »Du bekommst neue Nachbarn, Gitte. Aus Deutschland, wie ich sehe«, bemerkte er dann.

Gitte reckte den Kopf, um zu sehen, wer im Nachbarhaus Urlaub machen würde. Sie fragte sich, ob in Deutschland wohl schon die Schulferien begonnen hatten.

»Wie geht es denn eigentlich meiner anderen Lieblingsdänin?«, fragte Erik nun schmunzelnd, und Gitte verstand sofort, wen er meinte.

»Meine Tante Stine weilt zurzeit in Kiew und sucht dort ihren Bruder.«

»Holla, das ist ja noch spannender als deine Mordfälle. Kannst du überhaupt noch schlafen? Nach so langer Zeit hast du tatsächlich deinen Vater gefunden!«

Der so lange vermisste Vater, der an seinem knapp zwanzigjährigen Verschwinden wohl zumindest eine Teilschuld trug, war mittlerweile deutlich von seinem Thron gestürzt. Gitte war selbst überrascht, wie gut sie dieses Thema gedanklich in den Hintergrund drängen konnte. All die langen Jahre hatte sie ihren Vater tot auf dem Meeresboden vermutet, dicke Betonklötze an den Füßen. Oder vergraben in einem Waldstück, im besten Fall von den russischen Agenten entführt und zur Zwangsarbeit gezwungen. Die Erkenntnis, dass er damals, wenn auch unfreiwillig, mit einer Russin in ihre Heimat gezogen war und mit ihr in der Fremde lebte, hatte sie schwer erschüttert.

Seine Schwester Stine, die ihm nun auf den Fersen war, würde ihn nicht schonen, wenn sie Mads tatsächlich zwischen die Finger bekäme. Gitte fand es klug, dass Stine jemanden professionell beauftragt hatte, ihn zu suchen.

Eriks Handy klingelte. Es war seine Frau Kate, wie Gitte an der Stimme erkannte. Das, was sie ihm erzählte, regte Erik ganz offenbar auf. Gitte konnte kein Schwedisch, doch den nächsten Satz verstand sie gut, denn er klang ähnlich wie auf Dänisch. »Dann komme ich sofort zurück.«

Erschrocken blickte sie Erik an. In diesem Moment rief eine helle Frauenstimme: »Hallo.«

Gitte sah eine junge Frau mit kräftiger Statur und kinnlangen braunen Haaren vor ihrer Haustür stehen. In der einen Hand trug sie eine Flasche, in der anderen ein Stück selbst gebackenen Kuchen auf einem bunten Porzellanteller. Das konnte nur die neue Nachbarin sein. Gitte seufzte, winkte Erik zu und machte eindeutige Handzeichen, dass er sich gleich bei ihr melden solle.

Dann ging sie zu ihrer Haustür hinüber und grüßte die Frau auf Deutsch.

»*Hej*, ich bin Gitte Madsen und wohne hier. Kann ich euch helfen?« Mittlerweile hatte Gitte sich auch bei den Deutschen angewöhnt, das dänische »Du« zu benutzen.

»Oh, hallo, ich heiße Heike Werner, und wir machen hier für drei Wochen Urlaub«, stellte sie sich eifrig vor. »Das ist doch eine ganz schön lange Zeit, nicht? Also haben wir deutschen Wein und selbst gebackenen Kuchen für unsere Nachbarn dabei. Bitte schön.«

Mit einem gewissen Nachdruck, der Gitte Sorge bereitete, reichte die Frau ihr die Flasche und den Teller mit deutschem Apfelkuchen darauf.

»Danke, das ist sehr lieb von dir. Ich hoffe, ihr habt eine schöne Zeit hier.«

Mit einem entschuldigenden Lächeln wandte sie sich zur Flucht in ihr Häuschen. Diese Frau stellte sich offenbar einen Urlaub mit Familienanschluss vor. Kaum war Gitte im Haus, als ihr Telefon klingelte.

»Alles gut, ich bleibe doch hier«, teilte Erik ihr mit. »Kate bekommt das hin. Mein alter Herr hat seinen Koffer zu uns geschickt. Das macht er immer, damit er sich bei der Zugreise nicht mehr darum kümmern muss. Er sollte aber nicht uns besuchen, sondern ein paar Tage bei seiner Schwester verbringen. Das hatte er wohl durcheinandergebracht. Mein Dad ist immerhin achtundachtzig Jahre alt.«

Gitte lachte und verabschiedete sich erleichtert. Danach ließ sie sich erschöpft auf ihr Sofa fallen. Im Fernsehen lief jede Menge Urlaubswerbung, und Gitte gab sich dem wohligen Gefühl hin, dass die schöne Sommerzeit nun endlich begann. Das bedeutete kurze Röcke, Eisessen und Strandspaziergänge. Morgen würde sie zu einem echten dänischen Betriebsfest von Sofie gehen und sich so richtig der Völlerei hingeben. Sofie war eigentlich eine Freundin ihrer Tante Stine, aber Gitte und die gleichaltrige Sofie hatten sich auf Anhieb gemocht. Gitte entschied, sie würde morgen mit einem Taxi zurückfahren und sich einen Schwips antrinken. Und mit den Kellnern flirten. Oder mit dem Koch oder mit wem auch immer.

Als ihre Gedanken bei Ole hängen blieben, schaltete sie entschlossen um zu einer Krimiserie. Sollte der Kommissar doch im Pflegeheim bei seiner frustrierten Ehefrau sitzen und von alten Zeiten träumen oder sich in die kanadische Wildnis wünschen. Sie würde von jetzt an ihre Beziehung rein aufs Geschäftliche begrenzen und ihm morgen nur von dem Gespräch mit Malthe berichten.

6

Am Samstagmorgen schlief sie aus. Als sie die Gardinen aufzog, schien schon die Sonne. Der Himmel war strahlend blau, und die Vögel zwitscherten fröhlich um die Wette, als Gitte sich nach dem Frühstück zunächst zum Strand zu einem Spaziergang aufmachte. Sie krempelte ihre Jeanshose bis zu den Knien hoch und zog zum ersten Mal in diesem Jahr offene Sandalen an, die sie am Wasser aber auszog.

Sie genoss den nassen Sand, der sich so schön zwischen die Zehen schob, während die nächste Welle die Füße dann wieder sauber wusch. Eine Weile plätscherte sie so am Wasserrand herum und zog sich dann die Sandalen für den nächsten Fußmarsch wieder an. Sie wollte auch noch zum Strandpark und hoffte, dort Nachbarn von August und Nora sprechen zu können.

Keine Viertelstunde später war sie bei dem großen Areal mit den hübschen Blockhütten angelangt. Als sie durch einige Fenster blickte, konnte sie dicke Holzbalken erkennen, gemütliche Dielenböden und große Bäder mit Whirlpool und oft auch einer Sauna. In der Mitte des Ferienparks befand sich ein großer See, auf dem einige Enten sich die

Sonne auf die Federn scheinen ließen. Ein imposanter Schwan fauchte wie eine Katze, als sie zu nahe heranging.

Vor Haus 31 stand ein roter VW Golf. Die Unordnung, die im Wohnzimmer herrschte, fiel Gitte sofort auf. Auf dem Esszimmertisch stand ein welker Blumenstrauß, daneben ein halb leeres Weinglas und ein Brett mit einer Scheibe Brot, die sich vor Trockenheit wellte. Vor dem dänischen Kaminofen hatte schon lange niemand mehr gefegt, und die Holzspäne verteilten sich bis zum Teppichrand. Sie erschrak, als eine durchdringende weibliche Stimme hinter ihr rief: »Kann ich helfen? Das Haus befindet sich in Privatbesitz. Das ist nicht zu vermieten.«

Gitte drehte sich um. Auf dem Schotterweg stand eine schlanke Frau Anfang fünfzig mit kurzen rotblonden Haaren und den schönsten grünen Augen, die Gitte je gesehen hatte. Sie erinnerten an kleine Smaragde. Das erkannte Gitte aber erst, als sie näher an die Frau herantrat. Ihr Gesicht mit der schmalen Adlernase war apart trotz einer Narbe, die quer über der rechten Augenbraue verlief. Die Frau blickte sie eher belustigt als erbost an.

»Ich bin Gitte Madsen, die Bestatterin von August Borg. Ich hoffte, hier eine Nachbarin oder Freundin von Nora zu finden.«

»Weil ihr jemanden braucht, der die Beerdigung bezahlt?« Die Frau steckte ihre Hände in ihre Parkataschen und grinste Gitte herausfordernd an.

Gitte lachte. »Du hältst wohl nicht viel von ihrer Verwandtschaft. Natürlich kommt sein Bruder Hans für die Beerdigung auf. Er hat mich beauftragt, Nachforschungen anzustellen. Ihm ist sehr daran gelegen, dass der Mord aufgeklärt wird. Daher möchte ich gerne mehr über Nora und August erfahren. Bist du eine Nachbarin?«

Jetzt streckte die Frau eine Hand in Gittes Richtung aus und kam ihr einen Schritt entgegen. »Ich bin Lene, eine Nachbarin und Freundin von Nora. Ich wohne ein paar Häuser weiter. Es ist furchtbar, was August passiert ist. Wir sind hier alle sehr erschüttert.«

Sie wurden von einer Horde Kinder unterbrochen, die fröhlich lärmend den Weg entlangkam. »Lass uns zu mir gehen, da haben wir mehr Ruhe«, schlug Lene vor.

Gitte folgte der Frau, die drei Häuser weiter eine schlichte Eingangstür aufschloss und Gitte eintreten ließ. Das Haus war innen komplett aus Holz, und der Geruch von Waschmittel und Natur vermittelte eine schöne Behaglichkeit.

»Lebst du hier allein?«, erkundigte sich Gitte, sobald sie im Wohnzimmer Platz genommen hatten.

»Nein, aber mein Mann ist Fernfahrer, also ist er oft nicht da. Hier in dieser Siedlung haben wir unsere Ruhe, aber auch jederzeit Gesellschaft, wenn mir danach ist.«

Während Lene in der Küche nebenan die Kaffeemaschine startete, zwei Tassen aus dem Schrank holte und Milch und Zucker im Wohnzimmer auf den Tisch stellte, erzählte sie munter weiter. »Im Sommer sind hier immer einige Familien mit Kindern, die ein Handicap haben. Für diese besonderen Kinder sind einige Häuser behindertengerecht gebaut worden. Wir haben hier eine sehr engagierte deutsche Frau, der selbst auch eins dieser Häuser gehört und die diese Reisen sehr erfolgreich organisiert.«

Lene blickte aus dem Fenster, während sie darauf wartete, dass der Kaffee fertig wurde, und fuhr fort:

»Nora leidet darunter, dass sie keine Kinder bekommen hat. Sie wurde schwanger, hatte aber jedes Mal vor dem dritten Monat eine Fehlgeburt. Weißt du, ich würde mich nicht wundern, wenn Nora sich etwas antut. Die sollen im Krankenhaus bloß gut auf sie aufpassen.« Lene biss sich auf die Lippen, als habe sie zu viel gesagt.

Gitte schluckte, schwieg aber. Lene holte den Kaffee und reichte ihr eine Tasse. Dann rief sie plötzlich, nach einem Blick durchs Fenster, verwundert aus: »Das gibt es doch nicht, eine der Frauen aus der neununddreißig geht gerade die Straße entlang. Einfach so. Da muss etwas passiert sein.«

Gitte fragte sich verwundert, warum das so außergewöhnlich sein sollte, und versuchte an Lene vorbei nach draußen zu schielen. Sie sah eine Person in einem gelben Regenmantel und hochgeschlagener Kapuze den Weg hinuntereilen. Der Mantel erschien ihr für diesen sonnigen Tag absurd. Und man konnte auch gar nicht mit Sicherheit sagen, wer sich unter dem Mantel verbarg, dachte Gitte.

»Woher willst du überhaupt wissen, wer das ist?«, fragte sie.

Lenes grüne Augen funkelten. »Ich erkenne den Mantel. Den trägt die Frau sicher nicht, um nicht nass zu werden. Du musst wissen, in der neununddreißig wohnen zwei junge Frauen, die so gut wie niemals das Haus verlassen. Bisher habe ich sie, wenn überhaupt, nie außer dienstags draußen gesehen, und das auch nur sehr selten. Das Haus, vielmehr die Fenster, sind so dicht verhängt, dass du nirgends hineinschauen kannst. Es gibt Spekulationen darüber, dass die Bewohnerinnen kein Tageslicht vertragen und nur nachts über das Gelände tanzen«, fuhr sie aufgeregt fort. »Seit einem Jahr geht das schon so, und es gibt immer wieder Anlass zu den wildesten Vermutungen. Wir kennen nicht einmal ihre Namen, aber sie sehen sich angeblich ähnlich. Anscheinend sind es zwei verschrobene Schwestern.«

»Vielleicht werden sie polizeilich gesucht und verstecken sich hier in einer harmlosen Ferienhaussiedlung«, schlug Gitte vor.

Lene drehte sich vom Fenster weg und setzte sich wieder hin. »Interessante Vermutung, da ist bislang noch keiner drauf gekommen. Also, Gitte, was willst du wissen?«

Gitte beobachtete Lenes innere Anspannung. Sie sah aus, als wollte sie gleich wieder aufspringen.

»Ich bin eigentlich Bestatterin«, begann Gitte, »aber ich recherchiere auch sehr gründlich und gehe den Dingen gern auf den Grund. Hier läuft ein Mörder frei herum. Du kennst Nora und August. Kannst du dir vorstellen, dass jemand ein Motiv hatte, sie umzubringen?«

Lene wich ihrem Blick aus. »Ich will keinen Ärger machen. Eventuell sind sie jemandem auf die Füße getreten.«

»Wer? August? Oder Nora? Bitte, Lene, es ist wichtig. Ich mache dir einen Vorschlag. Du erzählst mir alles, was du weißt, und wir überlegen gemeinsam, ob und wie die Polizei davon erfahren muss.«

Zu ihrem Erstaunen nickte Lene. »Sie haben mit Cannabis gehandelt. Da begibst du dich immer in falsche Kreise.« Lene schob Gitte nervös eine Schale mit Haferkeksen hin.

Gitte blieb für einen Moment der Mund offen stehen, aber nicht, um einen Keks hineinzuschieben.

Lene verkündete diese schockierende Neuigkeit, als wollte sie endlich ihr Herz erleichtern. Dann trank sie ihren Kaffee hastig und nahezu in einem Zug aus, wie nach einer Wanderung durch die Wüste.

Gitte fasste sich. »Du willst mir sagen, die beiden haben mit Drogen gehandelt? Haben das noch mehr Leute gewusst? Und sind sie mal bedroht worden?«

»Sie haben nicht mit Drogen allgemein gehandelt, sondern nur mit Cannabis. Wir reden hier von dem Zeug, das es legal mittlerweile sogar auf Rezept gibt und das privat angebaut werden darf, wenn man chronischer Schmerzpatient ist. Unser einstiger Tomaten-König Mads Pedersen hat die Zeichen der Zeit erkannt und kümmert sich jetzt um die Vormachtstellung in diesem neuen Wirtschaftszweig. In Odense entsteht gerade einer der größten Produktionsstandorte für medizinisches Cannabis. Daher ist es ja auch kein Verbrechen, wenn Nora und August ein paar Nachbarn und Kollegen ab und an damit bedienten. Es gab hier eine Familie mit einem körperbehinderten Sohn, der sehr gern mal einen Joint geraucht hat. Da seine Rückenschmerzen nicht als chronisch anerkannt waren, bekam er das Zeug nicht auf Rezept.«

»Du willst mir also erzählen, dass Nora und August in erster Linie als Samariter unterwegs waren? Ich denke, die beiden wollten einfach zusätzlich Geld verdienen, oder? Woher hatten sie denn das Cannabis? Haben sie es selbst angebaut?«

Lene schüttelte den Kopf. »Sie haben das Zeug eingekauft, irgendwo in Kopenhagen. Mehr weiß ich nicht. Hör mal, mehr als ein bisschen Taschengeld ist da nicht bei rumgekommen.«

Gitte nickte. »Danke. Ich denke, du hilfst Nora mit der Aussage mehr, als dass du ihr schadest. Da ist noch eine andere Sache. Ich habe gehört, dass August es mit der Treue nicht immer ganz genau nahm?«

Lene setzte sich auf die Kante des Sofas. »Ja, das stimmt leider, und Nora hat auch jedes Mal darunter gelitten. Leider hat sie ihren Kummer im Alkohol ertränkt, statt ihm die Leviten zu lesen.« Lene unterstrich ihre Aussage mit einer Geste des Bedauerns.

»Wie war denn das Verhältnis zu seinem Bruder Hans?«, fragte Gitte neugierig weiter. »Ich habe den Eindruck, dass er seinen Bruder sehr geliebt hat.«

Lene nickte heftig. »Das hat er. Er war zwar etwas bevormundend, aber er hat seinen jüngeren Bruder ehrlich geliebt, und ich kann mir vorstellen, dass er nun mit einer Streitaxt hinter dem Mörder herjagen will. Es ist besser, Hans erfährt nichts von Augusts kleinem Nebenerwerb. August konnte sein Bruder manchmal zu viel werden, aber das hat ihn nicht daran gehindert, seine Schwägerin zu verführen, als Nora auf Kur war. Ich habe es Nora nie erzählt, da ich mir sicher bin, dass es eine einmalige Sache war. Grundsätzlich war ihm das gute Verhältnis zu seinem Bruder immer mehr wert als Frauengeschichten. Aber frech ist es schon, nicht?«

Gitte bewunderte einmal mehr die Menschenkenntnis ihres Chefs, der mit seiner Vermutung also richtiggelegen hatte. Als sie selbst August auf dem Richtfest kennengelernt hatte, war er ihr einfach wie ein kräftiger Handwerker erschienen, mit schrägem Humor und etwas Pech beim Richtspruch. Nun offenbarten sich immer mehr andere Charakterzüge.

August schien ein Mann gewesen zu sein, der schlecht Nein sagen konnte und allzu gerne mit dem Feuer spielte. Das Dealen mit Cannabis und das Verführen verheirateter Frauen waren nicht gerade Angewohnheiten, die Gitte an einem Mann schätzte. Hatte ihm diese Unverfrorenheit auch den Tod gebracht? Sie aß noch einen süßen Marzipankeks und beendete dann das Gespräch mit dem Hinweis, dass Kommissar Ole Ansgaard sicher auch noch mit ihr reden wolle.

»Gut, das muss wohl sein«, erwiderte Lene seufzend, »aber ich hoffe, es ist in Ordnung, wenn ich den Cannabishandel nun August allein in die Schuhe schiebe, nicht? Du weißt schon, Nora ist meine Freundin.« Dann lächelte sie spitzbübisch. »Sieht er gut aus, der Herr Kommissar?«

»Nein«, sagte Gitte und ließ sich vom Teufel reiten, als sie Ole absichtlich falsch beschrieb. »Er ist klein und rundlich.« Auch wenn sie sich bei dieser Flunkerei kindisch vorkam und Lene durchaus sympathisch fand, ließ sie die Behauptung so stehen und verabschiedete sich.

Dem angeblich kleinen und rundlichen Ole erzählte sie dann eine Stunde später von ihrem Treffen mit Lene von Haus 31. Sie saß gemütlich auf ihrer Veranda und beobachtete beim Telefonieren ihre Schildkröte Hieronymus, die sich genüsslich an einem Löwenzahn satt fraß.

»Was für ein Zufall«, meinte Ole schließlich. »Ich bin heute Morgen schon ganz früh zu einem Haus am Strandpark gerufen worden. Dort leben zwei Frauen, die sich massiv bedroht fühlten. Jemand hatte versucht, in ihr Haus einzubrechen. Sie haben gehört, wie am Türschloss hantiert wurde, und sofort die Polizei gerufen. Später stellte sich heraus, dass ein junger Mann mit einer psychischen Erkrankung in einem der Ferienhäuser untergebracht war, damit er sich erholen konnte. Das war bestimmt eine nett gemeinte Idee, aber sein Zustand wurde völlig falsch eingeschätzt und er war von der neuen Umgebung vollkommen überfordert. Er hat nach einem langen Morgenspaziergang sein Haus nicht mehr wiedergefunden und es dann bei verschiedenen Türen probiert, in die sein Schlüssel nicht passte, was ihm wohl fürchterliche Angst einjagte. Nun ist er erst mal mit einer Panikattacke ins Krankenhaus gebracht worden, der arme Kerl.«

»Die beiden Frauen, die du heute Morgen aufgesucht hast, wohnten die in Haus Nummer neununddreißig?«, fragte Gitte aufgeregt.

Eine Zeit lang war es still am anderen Ende der Leitung, dann fragte Ole: »Was weißt du über die Bewohnerinnen der Hausnummer neununddreißig?« Sein Ton war so misstrauisch, dass Gittes Neugier geweckt wurde.

»Was stimmt mit diesen Frauen nicht? Ich habe Gerüchte gehört, sie leben wie Vampire. Immer sind alle Vorhänge zugezogen und alles ist abgedunkelt. Außerdem sieht man sie selten draußen.«

»Liebe Gitte, es steht in unserem – wie sagst du immer so nett? – regelkonformen Land nicht unter Strafe, die Vorhänge tagsüber zuzuziehen. In welchem Haus wohnt diese Lene?«

Gitte sagte es ihm, und Ole brummte ein kurzes *»tak«* – danke. »Sicher befrage ich jetzt auch Malthe, wenn er, wie du sagst, ein Freund von August war«, überlegte er weiter. »Vielleicht hängt der Mord ja mit der Alten Sitte zusammen?«

»Ich glaube, du hast völlig falsche Vorstellungen von dieser Religion. Fühlst du dich denn deinen Wikingervorfahren so gar nicht mehr verbunden?«

»Doch, deshalb kämpfe ich ja auch regelmäßig in einem Boxverein und darf als Polizist sogar Waffen tragen. Ich wäre also für jeden Beutezug deutlich besser vorbereitet als Malthe mit seiner Gitarre.«

Gitte verdrehte die Augen, auch wenn Ole das nicht sehen konnte.

»Außerdem hat König Blauzahn schon Ende des zehnten Jahrhunderts hier im Norden das Christentum eingeführt. Für den Handel war das politisch viel besser. Hast du am Wochenende etwas vor?«

»Willst du mich auf einen Beutezug mitnehmen? Ich bin heute Abend auf einer Feier in Nykøbing eingeladen.«

»Was für ein Zufall. Unser sommerliches Betriebsgrillfest findet auch heute in Nykøbing statt. Ich weiß noch gar nicht, wie ich nach Hause kommen soll. Sollen wir uns ein Taxi teilen?«

Gitte überlegte nicht lange. Sie hatte sich ja sowieso ein Taxi nehmen wollen. Zusammen wurde es günstiger. »Ich will aber nicht die ganze Nacht auf dich warten«, wandte sie ein.

»Lass uns zwölf Uhr anpeilen, abgemacht?«, schlug Ole vor. »Ich habe heute noch gar nichts gegessen, nur vier Tassen Kaffee getrunken. Ich werde mich also fröhlich durch das gesamte Buffet fressen, und dann können wir uns auf den Heimweg machen.«

Gitte dachte bei sich, dass Ole immer so viel Milch und Zucker in seinen Kaffee tat, dass er zumindest nicht unterzuckern konnte. Als sie auflegte, war sie überrascht, wie sehr sie sich plötzlich auf den Abend freute. Mit einem Blick nach draußen entschied sie, sich am Strand noch ein wenig die Sonne auf den Körper scheinen zu lassen.

Von ihrem Haus waren es nur knappe zehn Minuten Fußweg bis zum Meer. Sie schritt zügig über die Holzbohlen und gelangte an der Minigolfanlage und dem Spielplatz vorbei zu den Dünen.

Es herrschte bereits ziemlich viel Betrieb, und die ersten Sonnenanbeter, vorwiegend junge Leute, trugen eine Menge Haut zur Schau. Das war Gitte nun doch noch zu kalt, nachdem sie gerade erst die Schafskälte überstanden hatten. Sie brauchte auch heute noch eine Strickjacke, zumindest im Schatten.

Auf der Terrasse vom *Larsens Plads*, »dem größten Lokal

hier im Ort«, saßen einige Urlauber und ließen sich bei Livemusik das Mittagsbuffet schmecken. Gitte lief hinunter bis zum Wasser und erfreute sich an den Blautönen von Himmel und Meer. Bei Sonnenschein und warmen Temperaturen fand sie es wie die meisten Menschen wunderbar, auf die glatte, weite Fläche des Meeres zu schauen und die Füße in die Brandung zu halten. Im Frühsommer war das Wasser noch sehr kalt, doch der frische Meeresduft, das lebhafte Schreien der Möwen und das stetige Rauschen der Wellen erschienen Gitte wie eine wahre Verheißung auf den Sommer. Wie schön, dass sie noch ganz am Anfang der Saison standen.

Sie dachte an die beiden Frauen, die so gut wie nie das Haus verließen. Da wohnten sie an einem der schönsten Strände Dänemarks und verbarrikadierten sich wie Bären im Winterschlaf. Waren sie krank? Irgendetwas war merkwürdig daran, sonst hätte Ole nicht nachgehakt. Gitte ließ ihre Sandalen weiter oben am Strand liegen und lief so nah am Wasser entlang, dass ihre Füße von den Wellen umspielt wurden. Leider wurden derzeit viele Algen angeschwemmt, die den Strand ein wenig schmutzig aussehen ließen.

Als sie eine Weile gelaufen war und gerade umdrehen wollte, sah sie Nils, der ihr mit knallgrünen Shorts und Gummisandalen entgegenlief. Die Nase und die Ohren des Journalisten waren von der Sonne bereits knallrot.

»*Hej*, Gitte, brauchst du auch Bewegung?«, begrüßte er sie vergnügt.

»*Hej*, ja. Ich bin heute zu einer kleinen Betriebsfeier eingeladen und muss mich dringend sportlich betätigen, sonst wird das schiefgehen. So viel Essen auf einmal.«

»Gitte, so etwas darf schiefgehen. Ich glaube, fast alle Welt ist heute zum Grillen eingeladen. Das gute Wetter ließ ja etwas auf sich warten, und nun will jeder nach draußen. Ich bin heute Abend auch unterwegs. Was meinst du, Gitte? Klärt Ole die Morde noch auf, noch bevor die vielen Touristen den Ort überschwemmen? Oder machst du das?« Er grinste breit.

Gitte hatte bereits ihre Richtung gewechselt und lief nun mit dem Journalisten zusammen zurück. Sie überlegte, ob es Sinn machte, Nils davon zu erzählen, dass August und seine Frau offenbar mit Cannabis gehandelt hatten, und entschied sich dafür. Nils kannte viele Leute im Ort und verfügte über eine Menge Hintergrundwissen.

Doch die Reaktion von Nils enttäuschte sie. »Ja, das habe ich auch schon gehört. Es gibt hier in Marielyst schon ein paar Leute, die bei August eingekauft haben. Und da ich die meisten Bewohner dieses hübschen Ortes kenne, verfüge ich über gewisse Informationen.«

Nils legte ein ordentliches Tempo vor, er schien sportlicher zu sein, als er aussah, und Gitte japste nach Luft. Stockend fragte sie: »Dann weißt du doch bestimmt auch, woher August das Zeug hatte, oder?«

»Ich tippe auf Christiania. Da werden die Pflanzen ganz offen angebaut und Cannabis verkauft, es ist halt nur schwer, es von dort rauszubringen.«

Gitte guckte ihn fragend an, bis der Groschen fiel. »Ah, du meinst diese Siedlung in Kopenhagen?«

»Es ist viel mehr als eine Siedlung. Es ist eine Freistadt, die unabhängig von den dänischen Behörden agiert und ihre eigenen Gesetze hat. Die knapp neunhundert Bewohner regieren sich selbst, und das klappt auch ganz gut. Wenn es Probleme gibt, werden Versammlungen einberufen, und es wird demokratisch abgestimmt.«

»Und Cannabis darf dort einfach angebaut und verkauft werden?« Gitte konnte nicht glauben, was sie da hörte.

Als sie plötzlich über ein Stück Treibgut stolperte, griff Nils blitzschnell nach ihrem Arm und verhinderte, dass sie vornüber ins kalte Wasser fiel.

»Danke, du hast ein gutes Reaktionsvermögen.«

»Nur bei Frauen und Wildvögeln.« Nils grinste verschmitzt, bevor er weiter über Christiania erzählte: »Also, du kannst zwar Cannabis an den Ständen dort kaufen, aber wenn du damit aus dem Ort marschierst, passiert es oft schneller, als du dich über das Zeug freuen kannst, dass du von der Polizei kontrolliert wirst. Wenn dieser Borg und seine Frau also ihre Pflanzen aus Kopenhagen bezogen haben, müssen sie ziemlich geschickt gewesen sein, um sie in großen Mengen aus dem Bezirk zu schmuggeln. Ich frage mich nur, wer ihnen hier in Marielyst das Geschäft streitig machen wollte, falls August deshalb umgebracht worden ist. Der Markt hier ist ja nun nicht wirklich interessant für größere Fische.«

Gitte musste ihm zustimmen. Wer interessierte sich schon für zwei Kleindealer in einem Ferienort?

»Vielleicht haben sie sich in Christiania Feinde gemacht«, überlegte sie laut. »Ich würde mich jedenfalls nicht allein in diese merkwürdige Stadt trauen, wenn dort die dänischen Gesetze gar nicht greifen.«

Nils nickte. »Stimmt, wenn sie dort mit jemandem Probleme bekamen, wäre es viel einfacher gewesen, die beiden auch dort verschwinden zu lassen. Stattdessen sind beide Taten so verübt worden, dass es sogar sehr schnell auffiel. Nun gut, ich mag mir über all diese kniffligen Fragen nicht weiter den Kopf zerbrechen, ich bin zwar für die Berichterstattung über die Ermittlungen zuständig, aber heute kümmere ich mich nur noch ums Feiern.«

Sie waren an dem Holzsteg angekommen, der zurück über die Dünen zum Ortskern führte, und Nils verabschiedete sich von Gitte. »Viel Spaß heute Abend und pass auf deinen Magen und die Leber auf!«

Gitte nickte und lief in Richtung Aussichtsturm weiter. Vor *Larsens Plads* sah sie die drei Männer, mit denen Malthe im Café *Tante Karla* aneinandergeraten war. Sie standen draußen mit einem Bier in der Hand und unterhielten sich lautstark. Die drei hatten sich offenbar vorgenommen, die Urlaubszeit komplett alkoholisiert zu erleben.

Gitte hoffte, dass sie nicht erkannt würde, und schritt zügig und mit gesenktem Kopf vorbei. Doch kaum war sie mit ihnen auf gleicher Höhe, kamen die Männer näher, und einer hielt ihr sein Bierglas zum Trinken hin. »*Hej*, bleib doch mal stehen und trink mit uns auf den schönen Tag. Dein schlecht gelaunter Begleiter braucht es ja nicht zu wissen.«

»In Sachen schlechter Laune stehe ich ihm in nichts nach, ich brauche keine Saufkumpane.« Sie schob den Arm des Mannes weg und wollte weitergehen, doch der Maulheld stellte sich ihr in den Weg und packte sie an der Schulter. »Du brauchst nicht gleich beleidigend zu werden. Entspann dich mal.«

»Lass mich verdammt noch mal sofort los«, rief Gitte extra laut, damit jeder sie hören konnte. Die Strandpromenade von Marielyst war schließlich nicht ein Hinterhof auf der Reeperbahn. Angst hatte sie daher nicht, aber sie war wütend und der freche Kerl machte keine Anstalten, sie vorbeizulassen.

Als sie einen Kellner aus dem Lokal kommen sah, verabreichte sie dem Typ, der sie immer noch festhielt, mit voller Wucht eine Ohrfeige, so, wie sie es bei Malthe gesehen hatte. Der Zeitpunkt war gut abgepasst, denn als der Mann sie zornig beim Kragen packte, wurde er von hinten in den Schwitzkasten genommen. Der herbeigeeilte Kellner war mindestens einen Kopf größer, und er hielt den Streitbold mühelos mit einem Arm fest.

»Wie blöd muss man sein, sich mit einer Bestatterin anzulegen? Das führt immer zu einer fiesen Pechsträhne, wisst ihr das nicht? Und jetzt ab durch die Mitte. Für heute habt ihr genug getrunken«, befahl er. Mit diesen Worten sammelte er die Gläser ein und kippte sie aus.

Gitte kannte zwar nicht den Namen des Kellners, aber sie hatte ihn schon häufig gesehen, und er schien sie gut zu kennen. Als die drei Männer verschwanden, bedankte sie sich mit einem breiten Grinsen und lief nach Hause. Im Hintergrund hörte sie das Lied »Summer in the City« aus den

Boxen von *Larsens Plads*, und vor sich hin summend, lief sie nach Hause.

Leider stürzte, kaum dass Gitte ihr Grundstück betreten hatte, die neue Nachbarin auf sie zu. »*Hej*, Gitte, was läufst du denn so allein in der Sonne herum? Willst du heute Abend zum Essen zu uns kommen? Mein Mann Markus macht seine Spezialität, vegetarische Lasagne mit Tofu und Avocado. Köstlich.« Heike stand mit rotem Gesicht und einem T-Shirt und Stoffhose vor ihr und verströmte Vanilleduft. »Ich backe gerade einen Kuchen nach dänischem Rezept. Es wird mein erster *Drømmekage*. Meine Güte, was hauen die Dänen Zucker in ihre Rezepte«, ergänzte sie kopfschüttelnd.

»Danke schön, aber ich bin heute Abend schon eingeladen.«

Man sah dem Gesicht der Deutschen an, dass sie keineswegs mit einer Absage gerechnet hatte.

»Aber Erik würde sich sicher freuen«, fügte Gitte daher schnell hinzu. »Er ist Schwede und die nächsten Tage noch allein hier, bis seine Frau kommt. Er hat eigentlich immer Hunger.«

Das war ihr in ihrer Bedrängnis so herausgerutscht, und sie war besorgt, wie Erik auf eine Lasagne mit Tofu reagieren würde. Sie kannte ihn nur als ausgesprochenen Fleischliebhaber.

»Oh wunderbar, da kann unser Leon ja gleich sein Englisch üben, ich frage ihn mal. Und wir beide bekommen sicher auch noch ein Treffen hin. Wir sind ja noch so lange hier.«

Ja, stöhnte Gitte innerlich. Sie würde wohl nicht drum herumkommen, einmal bei Heike und ihrer Familie einzukehren.

7

Um fünf Uhr wurde Gitte von Ole abgeholt. Da sie beide mit dem Taxi zurückfahren würden, machte es Sinn, nur ein Auto dort stehen zu lassen. Gitte hatte sich schick gemacht. Sie trug einen kurzen bunten Rock und einen roten Pullover. Ihr Lippenstift war darauf abgestimmt, und auch die Augen hatte sie dunkler als sonst geschminkt. Ole blickte sie lange an, sagte aber nichts.

Als sie im Auto saßen und am Kreisverkehr aus dem Ort herausfuhren, begann Ole zu berichten:

»Ich war gerade bei dieser Nachbarin, du weißt schon. Die Frau, die mit Nora befreundet ist. Die ist ein bisschen merkwürdig, nicht? Sie wollte mich erst nicht reinlassen, hielt mich für einen Betrüger und wollte meinen Dienstausweis sehen. Den hatte ich natürlich zu Hause liegen lassen. Also musste ich erst zur Wache fahren und den guten Jensen holen, der bestätigte, dass ich als Kommissar mit der Mordermittlung beauftragt bin. Was für eine Zeitverschwendung. Ich dachte, du hättest ihr gesagt, dass ich sie aufsuche? Nachdem ich dann alle möglichen Tricks der Verhörtechnik angewandt habe, hat sie mir jedenfalls erzählt, August habe mit Cannabis gehandelt. Ich bin mir sicher, dass sie selbst davon am meisten profitiert hat. Ihre Augen waren auffällig gerötet, und ich glaube nicht, dass sie geweint hatte.«

»Ja, das habe ich auch schon gedacht, aber für eine echte Kifferin hat sie zu viel Energie.«

»Energie? Du verwechselst das. Die Dame wird von einer immensen inneren Unruhe angetrieben. Ich weiß jedenfalls nicht, ob mir diese neue Spur gefällt. Das bisschen Stoff, das die beiden im Ort vertrieben haben, ruft doch keinen Drogenboss auf den Plan. Ich schätze, die meisten Urlauber hier sind brave Familientiere, die sich allenfalls mal trauen, die Geschwindigkeitsbegrenzung zu überschreiten, oder?«

Gitte drehte sich mit einem Lächeln zu ihm. »Erzählst du mir von den Frauen in Hausnummer neununddreißig?«

»Nein. Was gibt es bei euch heute zu essen?«

»Ich habe keine Ahnung, was Bäcker so auf den Grill tun, aber ich nehme an, das Baguette dazu wird frisch sein. Und sicher gibt es jede Menge Torten zum Nachtisch und *Smørebrød* in allen Variationen vorweg.«

Ole fuhr zügig über die Hauptstraße. Heute kamen ihnen wieder viele deutsche und dänische Wagen, vollgepackt mit Koffern und Fahrrädern, entgegen.

»Bei uns gibt es viel Fleisch. Die Polizeibeamten sollen offenbar groß und stark werden, die meisten gehen allerdings vor allem in die Breite. Die Wache in Marielyst ist heute geschlossen, wenn etwas passiert, muss jemand aus Nykøbing kommen. Also mach keinen Blödsinn, Gitte.«

Zehn Minuten später setzte Ole Gitte bei dem kleinen Lokal ab, in das Sofie sie eingeladen hatte. Eine rundliche Frau führte Gitte in eine Art Wintergarten. Die breite Flügeltür stand offen und gab den Blick auf einen Hof mit einem großen Grill frei. In dem kleinen Raum brannten Kerzen auf dem schön gedeckten Tisch, und die Servietten waren mit Bäckerbrezeln verziert. Sofie umarmte Gitte und strahlte sie mit ihren blauen Augen an. Sie sah heute Abend wunderbar aus, fand Gitte. Ihre blond gelockten Haare standen kurz geschnitten in alle Richtungen ab, und sie trug ein orangefarbenes enges Kleid mit einer langen Kette, an deren Ende ein Glasanhänger baumelte, der so aussah, als käme er aus der Werkstadt von Ann Brixen.

Die anderen Mitarbeiter saßen bereits am Tisch und prosteten Gitte mit Sekt zu. Gespannt blickte Gitte in die Runde, sie kannte das kleine Team der Bäckerei nur flüchtig. Mit Liam, einem ihrer Bäcker, war Sofie nach langem Werben liiert. Gitte war als Letzte der Gäste eingetroffen, und kurz nachdem sie sich gesetzt hatte, wurde auch schon das Essen serviert.

Sie konnte kaum fassen, was da so nach und nach auf dem Tisch erschien. Als sie es tapfer bis zu den Hauptgerichten geschafft hatte und sowohl gegrillten Schweinebauch als auch Lachs und diverse Steaks mit karamellisierten Kartoffeln probiert hatte, hoffte sie, die Völlerei so weit überstanden zu haben und dass der Knopf an ihrem Rock noch nicht ganz im Bauchfett verschwunden war. Jetzt noch einen Kaffee und ein bisschen Nachtisch, das würde sie schaffen.

Doch erbarmungslos wurden drei Torten auf den Tisch gestellt, dazu Mandelreispudding, Pflaumenzimtkompott und Eis. Ihr Kopf glühte von drei Gläsern Weißwein und zwei Aquavit. Ein neuer Song lief an, und sie wurde plötzlich von ihrem Nachbarn, einem jungen Mann mit kleinem Schnauzbart und blonden Stoppelhaaren, in die Höhe gerissen und ausgelassen zum Schunkeln animiert. Dazu sang die ganze Truppe jetzt lauthals dänische Volkslieder. Selbst der schüchterne Liam hatte Sofie im Arm und drückte ihr einen Kuss nach dem anderen auf die glühende Wange. Als Gitte sich gerade vornahm, nun nur noch Wasser und Cola zu trinken, kam die Kellnerin mit einem Tablett Kakao und Milchkaffee zurück.

Mittlerweile zog durch die offene Tür kühle Luft herein. Auch gut, etwas zum Wärmen, fand Gitte und stieß mit der Gruppe an. Leider befand sich in der schönen Tasse mehr Rum als Kakao, und Gitte lächelte tapfer, während sich der Schwips in ihrem Körper weiter ausbreitete. Die stete Bewegung von rechts nach links war wenig lindernd, und Gitte war froh, als sich alle wieder hinsetzten.

Während sich die Gäste auf die Torten stürzten, setzte Sofie sich zu Gitte und erkundigte sich nach Tante Stine.

»Sie ist gut in Kiew angekommen«, berichtete Gitte. »Aber ich hatte den Eindruck, dass die Reise sie körperlich und auch seelisch mitgenommen hat. Sie meinte, sie braucht ein paar Tage für sich. Nun hockt sie im Hotel und hat einen Anwalt oder Detektiv damit beauftragt, Mads zu finden.«

Sofie nahm Gittes Hand und drückte sie kurz. »Jetzt

kann ich es dir ja sagen. Stine ist ziemlich ratlos über diese merkwürdige Geschichte. Sie weiß nicht, ob sie in Mads einen Täter oder ein Opfer sehen soll. Also, sie weiß nicht, hat er das Ganze getan, um euch, dich und deine Mutter, zu beschützen, oder hat ihn der Sprung in ein neues Leben gereizt? Sie hat mir gebeichtet, dass sie nicht weiß, zu was sie fähig wäre, wenn sich Letzteres herausstellen würde.«

Sofie machte ein verschwörerisches Gesicht, und Gitte lachte. »Sie wird ja wohl keine Waffe in die Ukraine geschmuggelt haben, oder?« In diesem Moment fiel ihr siedend heiß ein, dass Stines Mann ein passionierter Jäger und Waffennarr gewesen war.

Sofie senkte ihre Stimme: »Mir hat sie gesagt, sie würde jedenfalls nicht ohne Waffe in ein solches Land reisen.«

Da Gitte ihre Tante gut kannte, war sie mit einem Schlag maximal besorgt.

Sofie ergänzte schnell: »Sie hat eine Gaspistole mitgenommen, damit kann sie deinen Vater ja wohl kaum erschießen. Aber sie fühlte sich sicherer, sie bei ihrer Mission dabeizuhaben.«

Gitte schüttelte ungläubig den Kopf. Es war überraschend, wie schnell man nüchtern werden konnte.

»Komm entspann dich, Gitte, und hab Spaß. Sie wird schon keinen Blödsinn machen. Wie kommst du heute Abend zurück? Schläfst du bei Stine im Haus?«

Daran hatte Gitte überhaupt nicht gedacht. »Nein, Ole ist auch auf einer Grillfeier ganz in der Nähe eingeladen, und wir fahren gemeinsam mit dem Taxi nach Hause.«

Den prüfenden Blick von Sofie übersah Gitte, stattdessen erzählte sie ihr von den aktuellen Mordfällen. Die Bäckerin war so sehr von ihrer Arbeit und ihrer Beziehung eingenommen, dass sie davon bislang noch kaum etwas mitbekommen hatte. Als Gitte mit ihrem Bericht von vorne begann und die Ereignisse auf dem Richtfest schilderte, hörten plötzlich alle zu. Für eine gute Geschichte waren die Bäckergesellen immer zu haben.

Über den aufgestellten Sarg als Bar regte sich keiner weiter auf, und auch die Tatsache, dass der Richtspruch missglückt war, traf auf wenig Besorgnis. Unter Bauhandwerkern war dieser Aberglaube anscheinend weiter verbreitet. Doch einem betrunkenen Mann feige an der Straße aufzulauern und ihn zu erwürgen, darüber echauffierten sich vor allem die dralle Bäckereifachverkäuferin sowie der zweite Bäckergeselle Poul.

Liam hatte bislang geschwiegen, und Gitte bemerkte, dass er eine Cola vor sich stehen hatte, während alle anderen weiterhin an alkoholischen Getränken nippten. Als Gitte dann auch noch den Mordversuch an Nora Borg schilderte, meldete er sich auf einmal zu Wort.

»Ich kenne Nora von der Schule. Bis vor Kurzem haben sie und ihr Mann noch in Nykøbing gewohnt. Vor ein oder zwei Jahren geriet Nora in Schwierigkeiten, sie bekam eine Anzeige. Ich glaube, es war wegen Körperverletzung, aber sicher bin ich mir nicht.«

Gitte bekam große Augen. Diese zarte Frau sollte jemanden verletzt haben? Das konnte doch nur ein Versehen gewesen sein. Vielleicht hatte sie jemanden mit dem Auto angefahren.

Liam sprach ruhig weiter. »Aber dann wurde die Anzeige wieder zurückgezogen. Warum weiß ich nicht mehr. Meine Mutter hat es mir nur knapp erzählt.«

»Das klingt ja so, als sei jemand bedroht worden und habe deshalb seine Anzeige zurückgezogen«, meinte Poul.

Liam blickte skeptisch drein. »Es kann auch ganz harmlos gewesen sein, und das Verfahren wurde wegen Geringfügigkeit eingestellt. Oder man einigte sich gütlich. Nora war immer schon eine sehr emotionale Person. Sie konnte von einer Minute zur anderen aufbrausen, war aber auch in der Lage, sich zu entschuldigen. Sie tut mir ehrlich leid. Was muss sie nun für eine Angst haben.«

Er trank seine Cola leer und streichelte Sofie sanft über den Rücken. Auch Gitte hing nun eine Weile ihren Gedanken nach.

In den nächsten beiden Stunden wurde munter weiter getrunken und gegessen, und um elf Uhr war Gitte übel und schwindelig und sie brauchte dringend frische Luft. Mit viel Selbstbeherrschung und einigen Pausen suchte sie den Weg nach draußen, um frische Luft zu schnappen. Der Himmel war sternenklar, morgen würde es ein schöner Sonnentag werden. Gitte dachte an Nora, die sie offenbar unterschätzt hatte.

Als sie an den Tisch zurückkehrte, drückte ihre Nachbarin ihr ein Glas Aquavit in die Hand und stieß mit ihr auf diese herrliche Nacht an. Gitte lächelte tapfer, nippte nur an ihrem Glas und bestellte bei der nächsten Gelegenheit einen starken Kaffee.

Ole kam um Viertel vor zwölf und wurde mit Buhrufen

begrüßt, als klar wurde, dass er Gitte mitnehmen würde. Er hatte seine Lederjacke nur locker über die Schulter gelegt und sah sehr entspannt und auch sehr gut aus, wie Gitte fand. Vergnügt, und sicher ebenfalls nicht nüchtern, winkte er in die Runde.

»Unser Taxi liegt in Sakskøbing in einem Graben, aber Emma, die Frau eines Kollegen, ist so nett und bringt uns nach Hause. Sie spielt schon den ganzen Abend Taxi und hat hart verhandelt. Ich muss ihrem Mann dafür die kompletten nächsten vier Wochenenden freigeben. Ich weiß noch gar nicht, wie ich das organisiert bekomme, aber nun sollten wir sie nicht länger warten lassen.«

Gitte verabschiedete sich herzlich von Sofie und war froh, nun dem Alkohol- und Essensdunst zu entkommen. Vor der Gaststätte lehnte eine große Frau mit der kräftigen Statur einer Wikingerin an der Tür ihres alten Fords und rauchte. Noch bevor Gitte ihr die Hand geben konnte, stolperte sie, und Ole schaffte es gerade noch, sie vor dem Hinfallen zu bewahren. Im Auto roch es nach nassem Hund und Zigarettenqualm, beides Gerüche, die Gittes Befindlichkeit wenig zuträglich waren.

Emma fuhr sehr souverän und zügig. »Wie war es bei dir, Gitte? Die Dänen feiern üppig, nicht wahr?«, erkundigte sie sich.

»Ja, und ich muss sagen, meine westfälische Seite kam mit dem vielen Essen nicht gut zurecht. Ich werde mich nie wieder über ein gutes Stück Fleisch freuen können, und ich habe nun auf ewig einen Ekel vor Marzipan und Torten entwickelt.«

Emma lachte laut. Gitte aber brummte der Kopf, die Straße bewegte sich zusätzlich zum Auto, und ihre Koordination war auf ein Minimum reduziert. Ole dagegen schien zwar beschwipst und mächtig guter Laune, aber man merkte ihm keine unsichere Bewegung oder gar eine lallende Sprache an. Er erzählte, was es alles zu essen gegeben hatte und wie dem Kollegen Peter Jensen schon vor dem Nachtisch der Knopf an seiner Hose abgeplatzt sei.

Als sie kurz darauf in Marielyst ankamen, erkundigte sich Emma, wo Gitte wohnte, und spöttelte dann: »Bei diesen Schühchen, die du an den Füßen hast, trägt Ole dich besser direkt zur Haustür.«

»Mit meinen guten Turnschuhen möchte ich aber auch nicht durch nasses Gras laufen und daher sehr gern bis mindestens zur Haustür gefahren werden. Dafür gebe ich deinem Mann nahezu den ganzen Sommer frei, und das während einer Mordermittlung, Emma.« Ole gab sich Mühe, empört zu klingen.

Emma lächelte Gitte im Rückspiegel verschwörerisch zu, und Gitte erwiderte trotzig, sie käme ohnehin sehr gut alleine klar. In dem Moment gab es einen lauten Knall und das Auto geriet ins Trudeln.

Gittes Kopf wurde erst nach vorne geschleudert, dann zurück gegen die Polster, dann nach rechts gegen die Scheibe. Das Auto schlingerte weiter, Emma schien die Kontrolle komplett verloren zu haben. Es war gespenstisch, dass keiner im Auto schrie oder etwas sagte. Alles geschah so lautlos, dass Gitte sich hinten auf dem Rücksitz schrecklich allein fühlte. Dort, wo sie eben noch durch die Frontscheibe auf die Straße hatte gucken können, war jetzt nur noch zersplittertes Glas zu sehen.

Gitte schloss die Augen und schlug die Hände vors Gesicht, um den Kopf besser zu schützen. Schließlich kam der Wagen zum Stehen, doch Gitte rührte sich noch nicht. Sie spürte etwas Feuchtes an den Händen, aber sie hatte Angst vor dem, was sie sehen würde, wenn sie die Augen öffnete.

Plötzlich packte sie jemand fest am Arm und Oles besorgte Stimme drang zu ihr. »Um Himmels willen, Gitte, bist du okay?«

Sie richtete sich auf und sah, dass er sich bereits abgeschnallt und nach hinten zu ihr umgedreht hatte. Emma blickte sich ebenfalls um. Sie war um die Nase etwas blass und rieb sich das Schlüsselbein.

»So ein verdammt doofes Reh, als Braten sind sie mir wirklich lieber. Kind, du bist an der Augenbraue wahrscheinlich unsanft mit der Scheibe aneinandergeraten, das blutet nicht schlecht, ist aber glaube ich nicht so schlimm. Für einen Moment dachte ich, der alte Ford kippt zur Seite. Dann hätten wir ein hübsches Paar abgegeben, Ole, wobei ich oben gelegen hätte.«

Sie lachte, reichte Gitte ein Taschentuch und machte sich daran, auszusteigen. Sie sah nicht nur aus wie eine kampferprobte Wikingerfrau, sie hatte offenbar auch ähnlich starke Nerven, dachte Gitte und reckte vorsichtig ihre Glieder. Oles Hand lag noch immer auf ihrem Arm, jetzt rutschte er tiefer und griff nach ihrer Hand.

»Bist du okay? Sag doch mal was.«

Er nahm ihr das Taschentuch ab und tupfte vorsichtig

über ihrem Auge herum. Das Licht im Auto war angegangen, und Gitte sah das Blut am Tuch. Ole begutachtete ihr Gesicht und stellte fest: »Es ist nicht so schlimm, das muss jedenfalls nicht genäht werden.«

»Ich bin okay, glaube ich. Haben wir wirklich ein Reh überfahren?«

Ole nickte und strich ihr zärtlich über die Wange. »Ja, lass uns mal nachschauen.«

Gitte stieg vorsichtig aus. Den Schock spürte sie noch deutlich in den Beinen. Und im Magen. Kaum stand sie, wurde ihr speiübel, und sie kam nur zwei Schritte weit, dann musste sie sich übergeben. Aus den Augenwinkeln sah sie, dass Emma tatsächlich neben einem Reh hockte und nach einem Lebenszeichen suchte, aber offenbar keines mehr fand.

»Das Tier hat es leider nicht geschafft. Meinst du, ihr könnt den Rest des Weges laufen?«, wandte sie sich schließlich an Ole. »Ist ja nicht mehr weit. Lass uns den Wagen an die Seite schieben und das Autofahren für heute Nacht lieber sein lassen. Ich stelle ein Warndreieck auf.«

Ole telefonierte, um den Unfall zu melden, und Emma holte zwei Decken aus dem Auto. Eine schlang sie um sich, die andere gab sie Ole in die Hand. Auch Gitte fühlte sich allmählich wieder halbwegs handlungsfähig.

»Nach einem solchen Schrecken ist einem oft kalt. Ich laufe mit euch bis zu einer alten Kollegin, die am Strandpark wohnt, und lass mich morgen früh von meinem Mann abholen. Es ist ja zum Glück nur die Scheibe kaputt, und die zahlt die Versicherung.«

Also schoben sie zu dritt den Wagen an den Rand und marschierten los. Emma verabschiedete sich von ihnen am Ortseingang überraschend vergnügt. »Ich werde mir jetzt mit meiner Freundin noch einen heißen Kakao mit viel Rum gönnen und mich auf ein Level bringen, das eine behagliche Nacht verspricht.«

Im Ortskern selbst sah man noch immer einige Nachtschwärmer, meist mit einer Bierdose in der Hand. Trotz der Decke, die Ole um sie gewickelt hatte, fror Gitte ganz erbärmlich.

»Schade, dass ich keine Badewanne habe«, sagte sie zu Ole, als sie endlich den Anemonenvej erreicht hatten und vor ihrer Haustür standen. Es war klar, dass Ole bei ihr übernachten musste. Wie sollte er in dieser Nacht auch noch nach Gedesby kommen? Schließlich war es auch nicht das erste Mal, fraglich war nur, wo er dies zu tun gedachte. Auf dem Sofa oder in ihrem Bett.

Ole hatte mit keinem Wort mehr den Streit erwähnt, den sie beide nach Weihnachten begonnen und nie ganz ausgetragen hatten. Und Gitte würde ganz sicher auch nicht davon anfangen.

»Ich würde dir ja meine Wanne zur Verfügung stellen, aber wenn ich heute Nacht noch fahre, haben wir ziemlich sicher einen weiteren Unfall. Aber ich mache dir ein Fußbad. Das hält warm und beruhigt die Nerven«, bot Ole fürsorglich an.

Als Gitte wenig später, mit den Füßen in einem Eimer mit warmem Wasser und eingehüllt in eine dicke Decke, in ihrem Wohnzimmer saß, erzählte sie Ole doch noch von der Anzeige gegen Nora.

»Ich werde dem nachgehen«, meinte Ole nur und setzte sich auf den Stuhl ihr gegenüber. Sacht nahm er ihre Füße aus dem Eimer und trocknete sie mit dem bereitliegenden Handtuch ab. Dann beugte er sich vor, umfasste ihr Kinn mit der rechten Hand und küsste sie ganz zart auf den Mund.

»Lass uns ins Bett gehen, Gitte. Es wird sich zwar alles drehen, aber ich kann mich ja an dir festhalten.« Er grinste sie jungenhaft an und küsste sie erneut, bevor er sie sanft hochzog.

8

Als sie am nächsten Morgen aufwachte, war Ole bereits aufgestanden. Eigentlich wollte Gitte sich nicht wieder auf etwas einlassen, was mit einem Anruf aus dem Pflegeheim, in dem Oles Frau Anita lebte, wieder ins Wanken geraten könnte. Daher erwähnte sie die Nacht, in der Ole sie zärtlich geliebt hatte, mit keinem Wort.

Ole hatte Frühstück gemacht und war bereits bei *Jacks Kiosk* gewesen, um Brötchen zu holen. »Ich habe auch noch Kopfschmerztabletten gekauft, du hast wohl gar nichts da?«

Gitte sah eine Packung Ibuprofen auf dem Küchentisch liegen. Zwei Tabletten fehlten im Blister. Für Gitte war es noch immer merkwürdig, dass man Medikamente in Dänemark im Supermarkt oder im Kiosk bekommen konnte.

»Hast du etwa Kopfschmerzen?«, fragte sie, dabei brummte auch ihr Schädel hinter den Augen ganz erheblich.

»Ich habe Kopfschmerzen, Rückenschmerzen, und beim Geruch von Gebratenem muss ich mich übergeben. Deshalb gibt es auch kein Rührei zum Frühstück.«

Gitte trat an den Tisch und nahm sich ebenfalls eine Tablette, die sie mit Wasser herunterschluckte.

»Sollten wir nicht Emma mit ihrem Auto helfen?«

»Ich habe mich schon darum gekümmert, der Wagen dürfte bereits auf dem Weg in eine Werkstatt sein. Ich weiß durchaus, was sich gehört, Gitte Madsen. Und wenn es dir nichts ausmacht, würde ich gerne gleich mit dir nach Nykøbing fahren, Emma nach Hause bringen und mein Auto holen. Auch wenn es Sonntag ist, fürchte ich, dass ich heute noch arbeiten muss. Ich habe zwei Beamte nach Christiania geschickt, die dort Fotos von Nora und August herumzeigen. Wir müssen jeder Spur nachgehen.«

»Mich würde wirklich sehr interessieren, was da für eine Anzeige gegen Nora lief«, sagte Gitte und schenkte ihnen beiden Kaffee ein. Das Wetter war eigentlich schön genug, um draußen zu frühstücken, aber irgendwie brachten sie beide nicht die Energie auf, groß zu decken oder mit Kopfschmerzen in die Sonne zu gehen. Gitte beobachtete, wie die gesamte Familie von Nachbarin Heike in leichter Kleidung und mit Strandtasche die Straße hinunterging. Hoffentlich laden sie mich nicht zu einem Sandburgenwettbewerb ein, dachte Gitte.

Ole schmierte sich ein Brötchen mit Honig und sagte: »Nora und August müssen jemandem ganz schön auf die Füße getreten sein. Dabei kann es sich auch um eine alte Geschichte gehandelt haben. Auf den Kameras im Eingangsbereich der Klinik, von denen wir das Videomaterial sichten konnten, war nichts zu sehen. Kein ominöser Mann im schwarzen Kapuzenpullover, keine verdächtigen Gestalten oder gar Bekannte von Nora. Keiner auf der Station hat gesehen, wie jemand Noras Zimmer betreten hat. Und keiner will August am Abend zuvor gesehen haben, als er sich auf den Heimweg gemacht hat. Der Mann muss sich doch von irgendjemandem verabschiedet haben. Es ist zum Verrücktwerden. Dieser Fall erfordert gründliche Recherche und akribische Polizeiarbeit. Aber darauf hat kein dänischer Beamter jetzt in der Urlaubssaison Lust.« Mit trotziger Miene biss er in sein Brötchen.

»Ich hätte schon Lust auf eine kleine sommerliche Mörderjagd. Und Kate, die Frau von Erik, beteiligt sich bestimmt auch gerne daran. Sie kommt in zwei Tagen. Dann kannst du entspannt Urlaub machen.«

Ole hustete in gespielter Verzweiflung. »Wenn du und diese morbide Schwedin auch nur drei Schritte gemeinsam durch den Ort laufen, ist es vorbei mit meinem Urlaub. Ihr beiden seid eine fatale Kombination. Beim letzten Zusammentreffen habt ihr dafür gesorgt, dass Marielyst sich in eine schießwütige Kleinstadt aus dem Wilden Westen verwandelte. Versteh mich nicht falsch, Gitte, ich bin froh, dich zu kennen. Aber seitdem du nach Dänemark zurückgekehrt bist, mehren sich hier die Todesfälle.«

»Kann auch sein, dass ich gerade noch rechtzeitig gekommen bin, um hier für Ordnung zu sorgen.« Gitte schob ihr Brötchen appetitlos auf dem Teller hin und her. Ole gab ihr mit einem Grinsen liebevoll einen Kuss auf die Nase.

In diesem Moment klopfte es an der Tür, und gleich darauf stand ihr Nachbar Erik im Zimmer. Die Hände in die Hüften gestemmt, brachte er gerade noch ein *»Godmorgen«* zustande, bevor er lospolterte: »Gitte, ich hoffe sehr, dass du nicht gewusst hast, zu wem du mich da gestern Abend geschickt hast. Diese ganze Familie ist komplett durchgeknallt. Ich musste erst gemeinsam ein Tischgebet mit ihnen sprechen, auf Deutsch wohlgemerkt. Dabei hielt man sich an den Händen und dankte für ein Essen, von dem nicht mal eine vierjährige Schwedin satt geworden wäre. Kein Fleisch, nirgends, nicht eine Spur. Zum Glück gab es danach einen Kuchen. Jetzt muss Heike eben noch einmal backen. Zwischendurch habe ich mich echt vor ihr gefürchtet. Ständig nimmt die Frau jemanden in den Arm und beteuert, wie schön sie alles findet. Ich bin zu alt, um noch adoptiert zu werden.«

Ole sah verwundert von einem zum anderen, und Gitte musste herzlich lachen. Nachdem sie ihm von der überaus kontaktfreudigen neuen Nachbarin berichtet hatte, meinte Ole schulterzuckend: »Hetz deine Frau auf Heike, ich wette, innerhalb kürzester Zeit hat sich ihre Kontaktfreudigkeit erledigt. Deine Kate mit ihrer düsteren Ausstrahlung wird mit einer harmoniesüchtigen Deutschen bestimmt ganz schnell fertig.«

Erik tat empört, ließ sich dann aber schnell zu einem gemeinsamen Kaffee überreden, bevor Ole und Gitte sich auf den Weg nach Nykøbing machten.

Als Gitte eine Stunde später wieder zu Hause war, wusste sie noch immer nicht, wie es zwischen ihr und Ole stand. Außer Geplauder über das schöne Wetter, die sanfte Landschaft und andere Nichtigkeiten war während der Autofahrt nichts passiert. Der Abschiedskuss war warm und herzlich, aber ebenso unverbindlich gewesen. Daher saß sie nun unmotiviert auf ihrer Veranda in der Sonne, die sie immer träger machte, und trommelte auf der Lehne ihres Gartenstuhls herum. Denn auch Tante Stine schien auf einem merkwürdigen Solotrip unterwegs zu sein und meldete sich nicht. Um halb vier Uhr begann ihre Stirn unangenehm zu brennen, offenbar hatte sie das Sonnenbaden übertrieben.

Sie hatte gerade eine zweite Kopfschmerztablette geschluckt, als es ziemlich laut an ihrer Haustür klopfte. Froh, ihren trüben Gedanken eine Abwechslung zu bescheren, stürzte sie zur Haustür und war einigermaßen erschrocken, als vor ihrer Tür ein junger Mann stand, der mit seiner vornehmen Blässe einem Vampir alle Ehre gemacht hätte.

Sie schaltete schnell. Noch bevor der hochgewachsene, schlanke Mann sich vorstellte, wusste sie, wer da vor ihr stand. Sie hielt die Luft an.

»Artjom Wolkow, guten Tag, Gitte Madsen. Darf ich hereinkommen?«

Mit diesen Worten trat er auch schon ein und zeigte dabei jenes selbstsichere Benehmen, wie man es aus Büchern und Filmen vom Adel des neunzehnten Jahrhunderts kannte. Da er bei seiner Begrüßung die Hände tief in den Taschen seines feinen hellen Mantels stecken ließ, streckte auch Gitte ihm keine Hand entgegen. Sie verschränkte die Arme vor der Brust und blieb mit ihm im Flur stehen. Da dieser schmal war, stand sie recht nah vor ihrem unverhofften Besucher und roch ein frisches Aftershave.

Die dunklen Augen des Mannes musterten sie mit einem prüfenden Blick. »Können wir uns irgendwo setzen?«, fragte er und bat Gitte mit einer ausholenden Armbewegung voranzugehen.

Gitte wurde ärgerlich. Der benahm sich ja wie der Hausherr und nicht wie ein Besucher. Sie blieb stehen und sah zu, wie Artjom Wolkow an ihr vorbeiging und auf einem Stuhl im Wohnzimmer Platz nahm. Seine Hände lagen nun gefaltet auf dem Tisch. Er trug einen großen Siegelring am rechten Ringfinger. Seine schwarzen Haare waren ungewöhnlich lang und umrahmten das schmale Gesicht.

Gitte kam sich plötzlich albern vor und setzte sich ihm gegenüber an den Esstisch. »Wie geht es Mathilda?«, fragte sie in dem Versuch, die Kontrolle über das Gespräch zu erlangen. Als sie Artjoms gerunzelte Stirn sah, ahnte sie, dass das Gespräch unangenehm werden würde.

Artjom Wolkow war der Sohn von Wladimir Wolkow, dem Mann, der damals Geschäfte mit Gittes Vater getätigt und den sie lange für Mads' Verschwinden verantwortlich gemacht hatte. Mathilda war Wladimirs zweite Frau und damit die Stiefmutter von Artjom. Sie lebte noch immer in Sakskøbing, während ihr Mann in einem russischen Gefängnis saß. Wegen Mordes.

Gitte hatte Artjom einmal vor Mathildas Haus gesehen, mit einer Rose in der Hand. Ein anderes Mal hatte sie ihn im Haus von Mathilda zwischen Tür und Angel getroffen, als sie selbst gerade aufbrechen wollte. Doch damals hatte Artjom nicht gewusst, wer sie war. Mathilda hatte sie als eine Nachbarin ausgegeben. Was wollte er nun von ihr?

»Wir beide haben ein Problem, Gitte Madsen. Und zu meinem Bedauern ist Mathilda daran nicht unschuldig.«

Seine Stimme hatte einen weichen, melodischen Klang, und er sprach mit leichtem Akzent. Trotzdem spürte Gitte die subtile Bedrohung, die von dem jungen Mann ausging. Er war nicht so muskulös wie Ole, aber drahtig, und sein Körper war angespannt.

»Ich kenne dich kaum. Was für ein Problem sollte ich mit dir gemeinsam haben?«, sagte sie ein wenig schnippisch.

Artjom schnalzte mit der Zunge und lächelte. »Du hast einen großen Fehler begangen, als du deine Tante in die Ferne geschickt hast. Du hättest deinen Vater besser begraben sollen. Das machst du doch sonst auch, oder? Leute begraben.«

»Ja, wenn sie tot sind. Mein Vater lebt aber noch, wie wir beide wissen. Er sollte selbst entscheiden können, was er will und mit wem er Kontakt haben möchte«, entgegnete sie.

Artjom stand auf und ging zum Fenster, als wollte er die Aussicht genießen. Doch plötzlich stand er hinter ihrem Stuhl. Sie spürte seine Hände, die ihre Haare streiften und die Stuhllehne umfassten.

»Wie kommst du darauf, dass er das nicht selbst entscheidet? Er hat sich all die Jahre nicht bei dir gemeldet, weil er sich nicht melden wollte«, sagte er eindringlich.

»Er hat sich nicht bei uns gemeldet, weil dein Vater ihn bedroht hat.« Gitte ballte die Hände zu Fäusten und atmete tief durch.

»Das ist auf jeden Fall eine Version der Geschichte, die für dich leichter zu ertragen ist. Mein Vater ist kein Heiliger, da stimme ich dir zu. Er befindet sich noch immer in Haft, wird aber hoffentlich in ein paar Monaten ein freier Mann sein. Was glaubst du, wie es ihm gefällt, wenn Mads' einstige Familie in Kiew herumspioniert und seinen Schwager bedrängt?«

Gitte glaubte nicht recht zu hören. Was bildete dieser arrogante Russe sich ein?

»Ich bin überzeugt davon, dass dein Vater meinen Vater erpresst hat. Mads hätte uns nicht einfach so verlassen, es sei denn, er hätte sich Sorgen um unser Wohlergehen gemacht«, fuhr sie ihn wütend an.

Artjom schürzte die fein geschwungenen Lippen. »Ich bitte dich, Gitte. Sei doch nicht so theatralisch. Du bist nicht die erste Tochter, die von ihrem Vater sitzen gelassen wurde, weil ihn ein neues Leben mehr lockte. Und falls es dir um deinen Halbbruder geht, vergiss ihn. Besser, du lernst ihn nie kennen. Dein Vater liebt ihn sehr, aber er ist ein Scheusal.«

Gitte zuckte zusammen, als Artjom ihre Schultern ergriff und Druck ausübte. »Also, hol deine Tante zurück nach Dänemark, bevor sie noch weitere Dummheiten anstellt. Das ist alles, was ich dir sagen wollte.«

Gitte sprang zornig von ihrem Stuhl auf und schlug dabei so heftig seine Arme weg, dass Artjom für einen Moment seine Contenance verlor und Gitte verdutzt ansah.

Dann lächelte er süßlich und machte einen Schritt auf sie zu. Der Mann überragte sie um mindestens eineinhalb Köpfe.

Gitte blickte sich nach einer möglichen Waffe um, doch

auf dem Tisch stand nur eine Kerze. »Weiß Mathilda, dass du hier bist? Und mich bedrohst?«

Gitte wusste, dass die dänische Frau von Wladimir Wolkow ein gutes Verhältnis zu ihrem Stiefsohn hatte.

»Nein. Sie weiß es nicht. Und ich bedrohe dich nicht. Ich warne dich, denn ich ahne, wozu meine Tante und ihr Sohn fähig sind.«

Sein Blick wurde nachdenklich. »Ich hätte es wissen müssen. Du bist niemand, der sich leicht von etwas abbringen lässt. Ich mache dir einen Vorschlag. Du rufst deine Tante zurück, und ich sorge dafür, dass Mads einen Brief von dir erhält. Du kannst ihm schreiben, was du willst, du kannst das Kuvert versiegeln, wenn du meinst, aber ich werde es sicher nicht öffnen, sondern deinen Brief Mads persönlich überbringen. Ich werde in ein paar Wochen in seiner Nähe sein und kann ihn aufsuchen. Du kannst Mathilda besuchen und ihr deinen Brief geben.«

Ehe Gitte sichs versah, drehte Artjom sich um und ging die wenigen Schritte zur Haustür allein. Die Tür fiel mit einem leisen Klacken ins Schloss, und sie sah seiner großen Gestalt nach, die in einen dunklen Wagen stieg.

Gitte atmete tief durch, ihr Puls raste. Was für ein merkwürdiger Besuch. Artjom Wolkow hatte sie kalt erwischt. Traute sie ihm?, fragte sie sich, während sie noch immer reglos am Tisch stand. Nein, entschied sie aus dem Bauch heraus.

Ein Spaziergang und ein Eis würden ihr guttun, beschloss sie und verließ mit einer Baseballkappe gegen die Sonne ihr Grundstück. Am Eisstand ließ sie sich eine große Kugel Himbeereis geben und setzte sich auf eine Bank im Schatten, von wo aus sie einen guten Überblick über das Treiben im Ort hatte. Sie spürte, wie die Anspannung allmählich von ihr abfiel.

»*Hej*, Gitte. Schön, dich zu sehen. Es ist mir bislang noch nicht gelungen, an deine Nummer zu kommen, aber wenn ich störe, sag es bitte.« Louie Svendsen, der Architekt, den sie beim Richtfest kennengelernt hatte, stand vor ihr.

»Nein, schön, dass wir uns hier treffen.« Gitte machte Platz, damit er sich neben sie setzen konnte. »Wie geht es euch auf dem Bau? Das muss ja ein ganz schöner Verlust sein, wenn ausgerechnet der Polier verstirbt.«

»Verstirbt klingt so harmlos. Ermordet wird, meinst du wohl. Ja, es ist gerade keine gute Stimmung dort. Jeder verdächtigt jeden, und alle wollen plötzlich etwas von angeblichen Feindschaften gewusst haben. Es ist erschreckend, wie schnell Menschen zu Hyänen werden, wenn sie sich bedroht fühlen. Dabei habe ich das Fest wirklich genossen.«

»Ja, es war eine schöne Stimmung, wenn man von dem Fauxpas zu Beginn absieht«, meinte Gitte nachdenklich.

»Gitte, hast du Lust, heute Abend mit mir eine Kleinigkeit zu essen? Lass uns doch einfach ganz zwanglos ins *Larsens Plads* gehen.«

Gitte war verblüfft. Das *Larsens Plads* eignete sich eigentlich nicht so gut dazu, um eine Kleinigkeit zu essen, eher verleitete es regelmäßig zu einer Völlerei, bei der schon gestandene Männer auf dem Rückweg damit zu kämpfen hatten, alles bei sich zu halten, was sie zuvor in sich hineingestopft hatten. Sie überlegte einen Augenblick zu lange für Louie, der ihr Zögern falsch verstand.

»Entschuldigung, Gitte, ich habe dich überrumpelt«, sagte er lächelnd.

»Nein, nein. Ich gehe gerne mit dir zu *Larsens*. Es ist nur so, dass ich gestern Abend auf einer Feier war und gerade noch überhaupt nicht an Essen oder Alkohol denken kann. Ich werde einfach einen Milchshake probieren. Um sieben Uhr?«

Die Gelegenheit, jemanden auszuhorchen, der einen so engen Kontakt mit Arne und seinem toten Polier gehabt hatte, wollte Gitte sich nicht entgehen lassen. Außerdem tat es ihr gut, wenn Louie sie ein wenig umwarb.

»Einen Milchshake bei *Larsens*?«, meinte Louie zweifelnd. »Na, hoffentlich schicken sie dich dafür nicht gleich zum Spülen in die Küche. Die sind in diesem Laden sehr stolz auf ihr Bier. Treffen wir uns dort, oder soll ich dich abholen?«

Sie lachte. »Ich werde den Weg dorthin schon schaffen, ohne unterwegs verloren zu gehen. Versprochen.«

Irgendwie liegt da gerade eine ganz eigenartige Stimmung in der Luft, fand sie, als sie zurück nach Hause schlenderte.

Spät am Nachmittag rief sie bei Sofie an, um sich für die schöne Feier zu bedanken. Die Freundin erzählte ihr gut gelaunt, wie fürsorglich sich Liam um sie gekümmert hatte, als sie am Morgen danach verkatert aufgewacht war.

»Hat Liam eigentlich noch etwas von Nora erzählt?

Kannst du ihn nicht noch mal bitten, seine Mutter nach ihr zu fragen? Die Sache mit der Anzeige könnte eine heiße Spur sein«, drängelte Gitte.

Jetzt lachte Sofie und erzählte dann stolz: »Das habe ich natürlich schon getan. Ich erlebe dich ja nicht zum ersten Mal bei der Jagd nach einem Mörder. Er ist noch unterwegs. Ich ruf dich an, wenn ich etwas erfahre. Bei Liam muss man da sehr diplomatisch vorgehen. Ich bin überzeugt davon, dass er russische Gene hat. Misstrauisch ist er wie ein alter KGBler und melancholisch wie ein Kasache, dem man die Steppe weggenommen hat. Bis später.«

Gitte kochte sich einen Tee und tätigte mit der Tasse in der Hand den Anruf, der ihr bereits seit dem Besuch von Artjom Wolkow unter den Nägeln brannte. Sie musste Tante Stine erreichen. Gitte wollte sich lieber gar nicht vorstellen, dass ihr Tantchen in Gefahr schweben könnte, aber die Ukraine war ein fernes Land, und Wolkow würde bald aus der Haft entlassen werden. Nach dem dritten Klingeln meldete sich eine muntere Stimme auf Dänisch mit den Worten: »Kind, du hast schon daran gedacht, dass wir hier in einer anderen Zeitzone sind, nicht? Ich esse gerade ein Kiewer Kotelett, und ich bin nicht allein. Das ist übrigens ein gebackenes Hähnchenschnitzel, köstlich.«

»Entschuldige, Tantchen, aber ich muss dringend mit dir reden. Artjom Wolkow war heute bei mir. Ist alles in Ordnung bei dir?«

»Natürlich ist bei mir alles in Ordnung. Ich bin in einer modernen Großstadt in einem sehr noblen Hotel untergebracht. In dem Hotel wird sogar Deutsch gesprochen, aber natürlich kein Dänisch und …« Sie unterbrach sich und klang plötzlich erschrocken. »Einer von den Wolkows war bei dir? Warum? Bist du bedroht worden?«

Im Hintergrund hörte Gitte eine weibliche Stimme, tief und rauchig. Mit wem saß Stine da nur beim Abendessen zusammen?

»Dieser Artjom ist der Sohn von Wladimir Wolkow, das habe ich dir doch erzählt. Er lebt die meiste Zeit in Dänemark. Er sagte mir, dass du nicht weiter nach Mads suchen sollst, weil es zu gefährlich sei. Er traut seiner Tante und seinem Cousin offenbar einiges zu. Wie ist die Lage denn bei dir?«

Daraufhin hörte sie Stimmengemurmel, Tante Stine sprach Englisch, aber Gitte verstand nicht den Inhalt der Worte.

»Du brauchst dir um mich keine Sorgen zu machen«, beruhigte Stine sie schließlich. »Die Frau deines Vaters ist ganz sicher nicht gefährlich. Ich treffe Mads in zwei Tagen, er ist derzeit noch geschäftlich unterwegs. Dann melde ich mich wieder. Sag Ole, er soll auf dich aufpassen. Und wenn dieser Bengel noch mal wiederkommt, rufst du die Polizei, hörst du, Kind?«

Das war ja interessant. Stine warnte sie vor Artjom, und Artjom warnte sie vor seiner Tante in Kiew. Saß Stine vielleicht sogar gerade mit dieser Tante – also mit Mads' neuer Frau – beim Essen?

»Hast du mit Mads gesprochen?«, bohrte sie nach.

»Nein, aber mit seiner Frau – oder seiner Lebensgefährtin – ich weiß nicht, welchen Stand die beiden haben. Diese

Galina ist eine überraschend vernünftige Frau, die leider kein Wort Dänisch und nur ein bisschen Englisch spricht. Sie sagt, Mads habe sich freiwillig für das Kind und für sie entschieden. Sie habe es nicht nötig, einen Mann an ihre Seite zu zwingen. Und sorry, Gitte, da muss ich ihr recht geben. Sie ist sehr attraktiv und stolz. Ich glaube, wir müssen aufhören, deinen Vater immer nur als Opfer zu sehen.«

Das tat weh. Gitte musste schlucken und ahnte, warum ihre Tante sich mit Informationen zurückhielt. Aber würde die Frau, die Mads nach Russland und dann in die Ukraine gelockt hatte, nicht genau das behaupten? Dass er freiwillig ein neues Leben begonnen habe?

Gitte entschied sich, ihren Vater nicht vorschnell zu verurteilen, und sagte nur: »Wo triffst du Mads?«

»Er wird zu mir ins Hotel kommen. Wir sind zum Essen verabredet. Galina hat das arrangiert. Ich muss jetzt Schluss machen. Ich kann meinen Gast nicht so lange warten lassen. *Hej hej*, Gitte.«

Aufgewühlt stellte Gitte fest, dass sie sich in einer halben Stunde bereits auf den Weg machen musste, um Louie zu treffen. Sie öffnete die Tür, um die Temperatur draußen zu prüfen. Es war deutlich wärmer als am Abend zuvor. Und es roch nach Sommer und Meer. Tief sog sie die würzige Luft ein, in der immer auch ein Hauch von Nadelhölzern mitschwang.

Sie hatte gerade den Anemonenvej verlassen und befand sich noch in einer Gegend, in der der abendliche Trubel nur zu hören, aber noch nicht zu sehen war, als sie Schritte hinter sich hörte. Gitte drehte sich um und sah einen Jogger mit langer Sportkleidung und tief ins Gesicht gezogener Baseballkappe. Er war viel zu warm angezogen zum Joggen, wunderte sie sich.

Sie hörte schon die Musik, die aus den Lautsprechern von *Larsens Plads* schallte, und sah rechts von sich die alte, etwas verkommene Villa, vor der neuerdings ein Schild stand, dass sie zu verkaufen sei. Ein paar Minuten hatte Gitte noch bis zu ihrer Verabredung, daher bog sie ab und ging auf das zugewucherte Grundstück zu. Sie spielte schon seit einiger Zeit mit dem Gedanken, ihr bisher nur gemietetes Ferienhaus käuflich zu erwerben, doch es konnte nicht schaden, sich auch andere Objekte anzuschauen. Dieses hier war einst sicher ein herrschaftliches Haus gewesen, doch nun war es heruntergekommen, und der Glanz vergangener Zeiten war nur noch zu erahnen. Da würde sie eine Menge Geld hineinstecken müssen, das sie nicht besaß. Außerdem war das Haus doch etwas zu groß für sie allein. Andererseits war der Garten urig und abgeschottet. Man merkte kaum, dass man sich mitten im Ortskern befand. Gitte presste ihre Stirn gegen die nächstgelegene Fensterscheibe und erschrak heftig. In dem verstaubten Spiegel, der sich in dem Zimmer an der Wand befand, tauchte plötzlich ein schemenhaftes Gesicht auf.

Gitte wich zurück und prallte gegen einen Körper. Bevor sie sich umdrehen konnte, erhielt sie einen heftigen Schlag in den Rücken. Ihr Kopf schlug gegen die Scheibe. Noch benommen von dem Aufprall und völlig überrascht, versuchte sie sich aufzurichten, doch die Gestalt beugte sich von hinten über sie und schlang etwas um ihren Hals. Gitte spürte

Stoff auf ihrer Haut und trat wild um sich. Aber die Schlinge zog sich zu, und sie wurde hart gegen die Hauswand gepresst. Panisch und nach Luft japsend, griff sie mit beiden Händen nach dem Tuch, das sich um ihren Hals schnürte. In ihren Ohren rauschte es. Sie sammelte sich und trat mit voller Wucht ihre Hacke auf die Zehen des Angreifers. Ein heller Schrei ertönte, und kurz darauf rief jemand: »*Hej*, was macht ihr da in dem Garten?«

Das Tuch um Gittes Hals lockerte sich, und gleichzeitig flüsterte jemand nah an ihrem Ohr: »Lass das Schnüffeln sein!« Dann hörte Gitte sich schnell entfernende Schritte, begleitet von raschelndem Gestrüpp. Sie drehte sich schnell um die eigene Achse, sah aber nur noch, wie eine Gestalt mit Baseballkappe im Gebüsch verschwand.

Von der Straße her näherte sich ein Paar. Gitte musste husten und griff sich an ihren schmerzenden Hals. Als sich jetzt erneut eine große Person ihr zuwandte und ihr eine Hand auf die Schulter legte, schlug Gitte instinktiv zu und traf. Die Person trat einen Schritt zurück und hielt sich die Nase. Gittes Beine fühlten sich an wie Pudding, und sie lehnte sich mit dem Rücken an die Hauswand.

»Ich kann dir helfen, wenn du aufhörst, mich zu schlagen.« Ein kräftiger Mann Anfang fünfzig stand einen Meter von ihr entfernt und hob beruhigend beide Hände. Hinter ihm stand seine Partnerin mit vor Schreck weit aufgerissenen Augen.

»*Hej*, ich bin Leif und das ist Mira. Bist du okay?«

»Verdammt, wir müssen dem Kerl hinterher.« Gitte spürte beim Sprechen einen hinderlichen Kloß im Hals und rang noch immer nach Luft. Leif blickte zur Hecke, die nicht so aussah, als wäre erst vor wenigen Sekunden jemand durch sie hindurch verschwunden, und sprintete los. Mira blickte ihm besorgt hinterher. »Er ist kein guter Läufer. Bist du überfallen worden?«

»Nein, aber ich wurde gewürgt.« Gitte musste heftig husten und schluckte mehrfach. Sie wankte ein wenig, die Knie wollten ihre Beine noch nicht ganz halten. Es ärgerte sie maßlos, dass sie kein Gesicht gesehen hatte. Mira fasste sich erschrocken selbst an den Hals und rief: »Wir müssen sofort die Polizei verständigen.«

»Ich weiß nicht. Habt ihr den Kerl gesehen?«, fragte sie. Als Erstes müsste sie unbedingt Ole sprechen.

Mira blickte sie besorgt an. »Wir sollten auch einen Arzt rufen. Du siehst kreidebleich aus. Ich habe nur gesehen, dass er wie ein Jogger bei schlechtem Wetter angezogen war. Aber ich habe kein Gesicht gesehen, nur eine grüne Baseballkappe.«

Leif kam nun, völlig aus der Puste, durch den Garten wieder zu ihnen und konnte zunächst nur den Kopf schütteln. Der Angreifer war entkommen.

Was war das für eine Aktion gewesen? Hatte der Mann sie nur einschüchtern wollen, oder war sie gerade einem Mordversuch entkommen? Hin- und hergerissen zwischen dem Wunsch, Louie zu treffen, und dem Wissen, dass sie sofort über diesen Angriff mit Ole reden musste, stand sie unschlüssig vor dem Pärchen und nagte an ihrer Unterlippe. Dann zog sie kurz entschlossen ihr Handy aus der Tasche und schrieb Ole eine Nachricht.

Bin gerade auf dem Weg zu Larsens Plads angegriffen und beinahe erwürgt worden. Habe Person nicht erkannt, gehe nun zum Restaurant und treffe Louie dort. Kannst du dort hinkommen? Gruß, Gitte

Damit hatte sie Fakten geschaffen. Sie dankte ihren beiden Helfern, die sie noch immer erschrocken ansahen.

»Ich habe gerade die Polizei informiert, ich kenne den hiesigen Kommissar persönlich. Macht euch keine Sorgen mehr um mich, und vielen Dank für euren Einsatz.«

Ihr Gehirn funktionierte tatsächlich noch nicht ganz richtig, denn erst als sie bei *Larsens Plads* ankam und die Menschentraube draußen sitzen sah, wurde ihr klar, dass sie die beiden als wichtige Zeugen nach ihren Kontaktdaten hätte fragen müssen. Doch es gab einen Grund, warum sie dringend mit Louie sprechen musste. Nur er hatte von ihrer heutigen Verabredung gewusst. Falls ihr der Jogger also aufgelauert hatte, musste er darüber informiert gewesen sein, dass Gitte um diese Zeit dort entlanggehen würde.

9

Sie sah den schlanken Architekten bereits am Eingang auf sie warten. Er trug eine enge Jeanshose und ein weißes Hemd und hatte sich locker einen Pullover um die Schultern gelegt. Als er Gitte sah, lächelte er und begrüßte sie mit einer flüchtigen Umarmung. Mit Blick auf einen freien Tisch fragte er: »Gitte, willst du draußen sitzen?«

Sie schüttelte den Kopf, denn ihr steckte das Zittern noch immer in den Knochen. Aus den Boxen schallte in voller Lautstärke »Hotel California« von den Eagles über den Platz, und eine Gruppe junger Leute sang mit.

»Dann lass uns eine gemütliche Ecke suchen«, schlug Louie vor.

Sie brachte nur mit Mühe ein Lächeln zustande und folgte ihm ins Innere des Restaurants. *Larsens Plads* war rustikal eingerichtet und versprühte den zweifelhaften Charme eines Westernsaloons oder einer alten Hafenkneipe, je nachdem, an welchem Platz man saß. Es galt hier, möglichst viele Leute unterzubringen und satt zu bekommen. Sie fanden einen kleinen Tisch in einer Nische.

Gitte war noch immer in ihre Gedanken versunken. Irgendwem musste Louie erzählt haben, dass er sich heute hier mit ihr treffen wollte, und nur deshalb war sie überfallen worden.

Sie kam gleich zur Sache. »Louie, wem hast du erzählt, dass wir uns heute Abend hier treffen? Ich bin gerade überfallen worden. Und wenn mir nicht ein Paar zu Hilfe gekommen wäre, dann müsstest du dein Bier jetzt allein trinken.«

Der Architekt blickte sie an, als habe sie sich an seinen Tisch verirrt. »Was soll das heißen, du bist überfallen worden? Wo denn? Dieser Ort hier ist doch voller Menschen.«

Er deutete aus dem Fenster auf den gefüllten Platz. So richtig schien er ihr nicht zu glauben.

»Schau her!« Gitte hielt ihm ihren Hals hin, auf dem sich mittlerweile bestimmt ein paar Würgemale gebildet hatten. »Kann man da etwas sehen? Da war so ein Typ in Joggingklamotten, der mich von hinten angegriffen und mir einen Schal um den Hals gezogen hat.«

»Ach du meine Güte. Hast du schon die Polizei verständigt?« Louie zog sogleich sein Handy hervor. Dann hielt er inne und fragte empört: »Moment mal, du glaubst doch nicht etwa, dass ich dir den Typ auf den Hals gehetzt habe, oder?«

»Nein, warum solltest du? Aber vielleicht hast du es jemandem erzählt, der nicht gut auf mich zu sprechen ist.«

Louie starrte sie an und schien nachzudenken. »Vielleicht war es aber auch ein ganz gewöhnlicher Raubüberfall, und der Typ hätte dir noch dein Handy und Portemonnaie abgenommen, wenn dir nicht jemand zu Hilfe gekommen wäre. Ich habe niemandem von unserer Verabredung erzählt. Lass uns jetzt bitte erst den Kommissar anrufen, Gitte. Du musst eine Personenbeschreibung abgeben, solange das Ereignis noch frisch ist.«

Gitte wusste, dass er recht hatte. »Soll ich dir einen Schnaps holen?«, bot er an.

»Einen warmen Kakao, bitte.«

Louie nickte und marschierte zur Theke, um sich in die Schlange zu stellen.

Gitte beobachtete, wie Louie mit dem Mann hinter der Theke sprach. Sie schloss für ein paar Minuten die Augen. Schließlich kehrte der Architekt mit einer dampfenden Tasse Kakao und einem weiteren Bier zurück.

»Das war nicht einfach. Der Typ am Tresen meinte, wenn du einen Kakao brauchst, sollte ich dich lieber ins Bett bringen.«

»Danke«, sagte Gitte und meinte es ehrlich. Sie wollte nicht weiter über den Überfall nachdenken, sondern bat Louie, ihr von der Baustelle zu erzählen. »Gibt es Verdächtige?«, fragte sie geradeheraus.

»Wenn du mich fragst, jede Menge. August war ein fähiger Polier, aber kein einfacher Mensch. Er nahm immer schnell alles persönlich und war nachtragend bis in die letzte Haarspitze. Was er privat getrieben hat, weiß ich nicht. Aber er geriet häufig mal mit jemandem aneinander.«

»Mit dir auch?«, fragte Gitte spitzbübisch und setzte ihre Tasse an die Lippen.

Louie sah sie nachdenklich an und bestätigte: »Ja, mit mir auch. Er ließ sich einfach nichts sagen, wusste alles besser, nannte mich aber einen Besserwisser. Schließlich hatte ich das letzte Wort als Architekt, und das hat ihm enorm gestunken.«

»Hast du mitbekommen, dass er mit Cannabis gedealt hat?«, fragte Gitte weiter.

»War er für so einen Mist nicht schon zu alt? Nein, davon wusste ich nichts. Aber wenn August bekifft auf der Baustelle erschienen wäre, hätte ich ihn weggeschickt. Die Männer müssen sich aufeinander verlassen können. Das ist ja kein Schreibtischjob, den die da machen. Von wem weißt du das?«, wollte er wissen und runzelte die Stirn. Er schien verärgert, vielleicht, weil er nicht gut genug über die Männer auf dem Bau unterrichtet war.

Gitte registrierte jede Geste und jede Veränderung seiner Mimik. Harmlos sagte sie: »Das hat mir eine Freundin der Ehefrau erzählt.« Und nach kurzem Überlegen fügte sie hinzu: »Wie ist Arne eigentlich an das Grundstück gekommen? Also von wem hat er es gekauft?«

Louie trank ein Grimberger, ein belgisches Bier mit tief dunkler Farbe, und setzte es mit einer betont langsamen Bewegung ab. Dann räusperte er sich. »Gitte, kann es sein, dass du dich nur mit mir triffst, um an Informationen zu kommen? Ich weiß mittlerweile, dass du gerne bei diversen Mordfällen als Bestatterin und Kriminologin mitmischst. Mein männliches Ego fühlt sich soeben missbraucht.«

Gitte lächelte zerknirscht. »Entschuldige, Louie, ich kann einfach nicht anders. Ole beschwert sich auch immer darüber. Aber ich bin gerade erst überfallen worden, natürlich beeinflusst das jetzt gerade meine Gedanken, und ich suche nach Zusammenhängen.«

Das hatte sie fein hinbekommen, denn nun sah Louie ganz betroffen drein. »Entschuldige bitte, jemand anders wäre wahrscheinlich völlig aufgelöst ins Krankenhaus oder nach Hause gefahren, statt eine Verabredung wahrzunehmen. Ich bin ein Egoist. Möchtest du eine Kleinigkeit essen?«

Gitte bekam beinahe ein schlechtes Gewissen wegen seiner Fürsorge und bemerkte, dass sie wider Erwarten einen ungeheuren Hunger entwickelte. Daran mussten der Schreck und das Adrenalin schuld sein. Sie bestellten beide einen üppigen Salat und eine Portion Pommes dazu, die sie sich teilen wollten.

Gerade als sie die gefüllten Teller vor sich stehen hatten, kam Ole ins Lokal gestürmt. Ohne auf Louie zu achten, beugte er sich zunächst zu Gitte herunter und fasste sie sanft an der Schulter. »Geht es dir gut? Du hast mir einen ganz schönen Schrecken eingejagt mit deiner Nachricht. Was ist denn passiert?«

Während Gitte ihm von dem Vorfall erzählte, sah Ole zu Louie hin und runzelte kurz die Stirn, als müsste er überlegen, wer der Mann war, der ihr gegenübersaß. Das konnte an seinem Gedächtnis liegen oder an einer gewissen Kurzsichtigkeit, die Gitte schon des Öfteren aufgefallen war.

Er nickte Louie kurz zu und stöhnte nach Gittes Bericht gequält auf: »Ich nehme mal an, dass wir uns eine Fahndung sparen können. Wie viel Zeit ist seit dem Überfall vergangen?«

Statt auf eine Antwort zu warten, hielt er eine Bedienung auf und bat sie, ihm eine Cola zu bringen. Ein schlechtes

Zeichen, wenn er nicht einmal entspannt ein Bier trinken wollte, dachte Gitte und blickte auf die Uhr.

»Es ist ungefähr eine halbe Stunde her. Der Typ hatte Joggingsachen an und eine grüne Baseballkappe tief ins Gesicht gezogen. Die Kleidung kam mir merkwürdig vor, viel zu warm für das Joggen im Sommer. Er war mindestens einen Kopf größer als ich. Mehr kann ich nicht sagen. Wahrscheinlich hat er mein Haus beobachtet und ist mir gefolgt.«

In diesem Moment kam ein schlaksiger junger Mann die Treppe herunter, hielt einen Beutel in die Höhe und rief laut durchs Lokal: »Hat jemand seine Sportsachen vor dem Klo vergessen?«

Ole reagierte sofort. Er sprang auf, lief zu dem Jungen hin und entriss ihm die Baumwolltasche. »Das Zeug wird beschlagnahmt und untersucht«, knurrte er.

»Es gibt bestimmt den einen oder anderen hier im Lokal, der nach Hause joggen möchte oder in der Sportkleidung hergekommen ist, Ole. Dieser Beutel kann allen möglichen Leuten gehören oder auch schon seit Tagen daliegen«, kommentierte Gitte seinen Eifer.

Der Kommissar reagierte nicht, sondern knallte eine grüne Baseballkappe mit Emblem auf den Holztisch. »Hatte er so eine Kappe auf dem Kopf? War das dein Angreifer?«

Gitte nickte nur.

Ole blickte kurz zu Louie und fragte beiläufig, während er in dem Beutel nach Schuhen suchte: »Seit wann sind Sie hier?«

»Ich bin fünf Minuten vor Gitte gekommen, aber ein

Mann in Joggingsachen ist mir nicht aufgefallen. Tut mir leid«, entschuldigte sich Louie.

»Die Sachen werden auf DNA-Spuren hin untersucht«, meinte Ole und legte den Beutel zur Seite. »Und ich denke, du brauchst Polizeischutz, Gitte. Immerhin trachtet dir jemand nach dem Leben.« Er holte sein Handy aus der Tasche und hielt erst inne, als Gitte den Kopf schüttelte.

»Ich werde mich ganz sicher nicht bewachen und verfolgen lassen. Hier im Ort ist doch viel zu viel los, als dass jemand mir wirklich auflauern könnte. Ich passe schon auf, und zu Hause habe ich Erik neben mir wohnen. Und der Täter wollte mir ja auch nur Angst einjagen. Ich soll das Schnüffeln lassen.« Sie blickte Ole herausfordernd an.

Der riss seine Augen weit auf und fragte ungläubig: »Und das macht dir keine Angst?«

Sie zuckte mit den Achseln. »So was in der Art hat er gesagt. Genau weiß ich das nicht mehr, ich war zu überrascht und außer Atem.«

»Da bist du dir sicher, dass er das wollte?«, wiederholte Ole. »Hat er nicht vielleicht gesagt, dass er dein Geld will? Es muss ja nicht gleich alles mit diesem Mordfall zu tun haben.«

»Ich bin mir sicher, dass das kein Raubüberfall war.«

Louie wollte gerade etwas anmerken, doch Ole hielt ihn zurück und zog einen kleinen Gegenstand aus der Hosentasche. »Hier, das ist ein Warnsignal, trag es bitte immer bei dir. Wenn du auf den Knopf drückst, ertönt ein sehr lautes Schreien. Und zu Hause schließt du bitte alle Türen und Fenster zu, egal wie warm es noch wird.«

Gitte lachte gequält. »Besser ist es, wir erwischen den oder die Täter. Immerhin ist auch Nora noch in Gefahr. Weißt du, wie es ihr geht?«

»Sie liegt weiterhin im Koma, aber ihre Werte sind stabil, wie mir ihr Schwager, Hans Borg, mitgeteilt hat.« Ole blickte Gitte forschend an, dann stand er auf und sagte zu ihr: »Ich bringe dich jetzt nach Hause, da können wir weiterreden. Es tut mir leid, euer Date zu unterbrechen, aber ich finde, dass du eine Anzeige gegen Unbekannt stellen solltest. Und ich möchte mit Erik sprechen. Er soll mal ein Auge auf dich haben.«

Louie hatte die meiste Zeit des Gesprächs nur zugehört und sich auf sein Essen konzentriert. Nun wischte er sich den Mund ab und setzte ein gequältes Lächeln auf, blieb aber sitzen und tastete nach Gittes Hand. »Gitte, ich bringe dich natürlich auch nach Hause, falls du noch bleiben möchtest. Hier wird dir sicher nichts geschehen, und ich verbürge mich bei Kommissar Ansgaard für deine Sicherheit.« Seine blauen Augen funkelten sie an, und sie starrte auf das Grübchen in seinem markanten Kinn.

So ein Mist, dass ihr Date nun derart kompliziert geworden war. Vorsichtig entzog sie Louie ihre Hand und lächelte ihn entschuldigend an. »Wir holen das nach, Louie. Aber ich fürchte, jetzt muss ich mich in Polizeigewalt begeben.«

Der Architekt rang sich ein tapferes Lächeln ab, stand auf und umarmte Gitte kurz, aber herzlich, während sie förmlich die Blicke von Ole in ihrem Rücken spürte.

Herausfordernd sagte Louie: »Ich melde mich bei dir. Pass auf dich auf, Gitte.«

Kaum waren sie draußen auf dem Torv, da fragte Ole sie auch schon genervt: »Was genau willst du mit diesem Lackaffen nachholen? Ganz abgesehen davon, dass er zu meinen Verdächtigen im Mordfall gehört. Das fehlte mir noch, dass wir den Fall in seiner Anwesenheit besprechen.«

Missgelaunt stapfte er neben ihr her und hielt die Arme vor der Brust verschränkt, als sei ihm kalt. Es kamen ihnen einige Menschen entgegen, die gut gelaunt den Abend genossen und sie freundlich anlächelten, doch Ole war für Freundlichkeit gerade wenig empfänglich.

»Wie sieht es denn mit Arne Hansen aus, dem Veranstalter des Richtfestes? Ich habe gehört, dass auch er verdächtig ist?«, fragte Gitte trotzig. »Selbst ich könnte die Täterin sein. Ich kann doch deshalb nun nicht den Kontakt zu allen möglichen Leuten einstellen.« Sie kickte mit dem Fuß einen Stein weg und blickte Ole herausfordernd an.

Abrupt blieb ihr Begleiter stehen. »Von wem hast du gehört, dass der Bauherr verdächtig ist? Von mir sicher nicht.«

»Einer der Bauarbeiter hat wohl so was gegenüber seiner Mutter geäußert.« Gitte biss sich auf die Lippen, sie wollte Arne Hansen keine Schwierigkeiten bereiten. »Es ist sicher nur Gerede, aber bei dem Kauf des Grundstückes soll es mit unlauteren Mitteln zugegangen sein.«

Von Ole kam zunächst ein unverständliches Murren, und er ging weiter, dann wandte er sich ihr abrupt zu und sagte: »Man könnte meinen, dass du jeden einzelnen Bauarbeiter von Arne vernommen hättest. Ich sag dir jetzt mal was dazu, denn auch ich habe mich umgehört. Arne Hansen ist bei den Arbeitern beliebt. Er ist ein fairer und großzügiger Arbeitgeber. Der Tote, August Borg, wurde von der einen Hälfte gemocht, von der anderen Hälfte nicht. Deinen feinen Architekten jedoch kann kaum einer leiden, außer Arne und seiner Freundin. Und dir.«

»Ach Ole, klar können die meisten Bauarbeiter den Architekten nicht leiden. Er kommt auf die Baustelle, um ihnen zu sagen, was sie tun sollen und was sie besser machen müssen. Louie ist ein charmanter Kerl, und er hat eine Zeit lang in Deutschland, in Köln, gelebt. Da haben wir natürlich gemeinsame Themen.«

Gitte fand es entzückend, dass Ole so offensichtlich eifersüchtig war. Sie kamen vor ihrem Haus an, und Gitte ging zur Terrassentür, die noch offen stand.

Prompt hielt Ole sie zurück. »Du bist so leichtsinnig, dieser Typ könnte mittlerweile zu deinem Haus geschlichen sein und dir auflauern. Lass mich zuerst reingehen.«

Er schob sie hinter seinen breiten Rücken und marschierte vor ihr in die Wohnung. Die anschließende Hausdurchsuchung bedachte Gitte mit einem spöttischen Lächeln, während sie aus dem Kühlschrank Saft für sich und Ole holte.

Als sie wenig später an ihrem Glastisch saßen, sahen sie Erik mit einer Zigarre auf seiner Veranda stehen. Ole ging zur Tür und bat ihn, doch einmal herüberzukommen. Das ließ der Hüne sich nicht zwei Mal sagen, und er brachte auch gleich noch eine Zigarre für Ole mit. Bei geöffneter Terrassentür standen die Männer draußen, während Gitte mit einer Decke neben der Tür saß und die stinkenden Glimmstängel verfluchte. Ole erzählte gerade von dem Angriff auf sie, und Erik wirkte ehrlich erschrocken.

»Klar pass ich auf das Mädel auf, aber ihr habt es hier anscheinend mit wirklich gefährlichen Tätern zu tun. Ein Toter, eine Frau im Koma und eine mit Würgemalen am Hals.« Besorgt hing sein großer Schnurrbart nach unten. »Wie soll ich Kate da nur raushalten? Sie kommt morgen.«

»Oh, bitte nicht, Erik. Schick sie zu den warmen Quellen nach Island oder auf Kulturreise nach Athen, aber hier kann ich sie nicht gebrauchen«, stöhnte Ole und musste gleich darauf wegen der Zigarre husten. Erik grinste schief.

In der Gewissheit, dass Kate morgen kommen und sie sicher bei allen Aktivitäten unterstützen würde, wagte Gitte zu fragen: »Fahrt ihr mit mir nach Christiania?«

»Wohin soll ich?«, fragte Erik, während Ole schon wieder hustete. Er als Nichtraucher sollte besser die Finger von den dicken Zigarren lassen, dachte Gitte. Er war schon ganz blass um die Nase, und wenn er Nikotin ähnlich schlecht wie Alkohol vertrug, würde ihm sicher bald übel werden.

»Christiania ist ein altes Hippiedorf in Kopenhagen, in dem das Faustrecht herrscht«, erklärte Ole. »Auf einem über dreißig Hektar großen Areal leben dort eine Menge Menschen, die sich kaum an Recht noch Ordnung halten und auch keine Steuern zahlen. Dieses Projekt ist der Regierung leider entglitten, und seit 1971 existiert sozusagen ein eigener Staat innerhalb Dänemarks, in dem gedealt und konsumiert wird, was das Zeug hält.«

Gitte fand Oles Bericht über die alternative Siedlung ein wenig einseitig, und sie verdrehte die Augen.

Der Schwede hörte erstaunt zu. »Du willst mir erzählen, dass die sonst so strengen Dänen, denen ihre Gesetze heilig sind, keine Macht über ein paar Hippies haben? Wie muss ich mir das vorstellen? Ich betrete das Gelände und kann dann machen, was ich will? Einen Joint rauchen, in die Ecke pissen und ohne Führerschein Auto fahren?«

»Spar dir das selige Lächeln auf deinem Gesicht«, mahnte Ole. »Die haben dort durchaus eigene Regeln, anders kann keine Gemeinschaft existieren. Wie gesagt, in vielen Dingen herrscht das Faustrecht, aber falls jemand sich komplett danebenbenimmt, wird er von der Gemeinschaft sanktioniert. Und wenn da steht, keine Fotos machen, dann würde ich auch keine Fotos machen. Denn andernfalls findet deine Kamera oder dein Handy ein trauriges Ende in den Flammen eines alten Ölfasses. Diesbezüglich erhalten die Kollegen aus Kopenhagen ständig Anzeigen, denen sie nicht nachgehen können.«

»Warum eigentlich nicht?«, fragte ihn Gitte und griff nach ihrem Saftglas.

»Weil die uns dort leider nicht ernst nehmen. Man braucht eine Hundertschaft, um sich Respekt zu verschaffen. Ohne mich.« Ole drückte die Zigarre aus.

»Aber du trägst doch gar keine Uniform.«

Ole schüttelte vehement den Kopf und setzte sich nun zu Gitte im Wohnzimmer auf das Sofa. »Die erkennen einen Polizisten, ob in Zivil oder in Badehose. Und dann ist es denen scheißegal, einen Mann des Gesetzes zu verdreschen und auszurauben.«

Erik stand der Mund offen vor lauter Erstaunen, und

Gitte musste beinahe lachen wegen der anscheinenden Hilflosigkeit der Behörden. »Dann fahre ich eben allein hin, oder noch besser, mit Kate. Wir beiden Frauen werden dort sicher nicht weiter auffallen.«

»Nein, ihr fahrt auf gar keinen Fall. Ole, tu etwas!«, stöhnte Erik und ergänzte: »Wenn Gitte meiner Frau davon erzählt, wird sie sofort ihre Koffer packen und aufbrechen.«

»Okay«, meinte Ole ergeben. »Gib mir einen Tag Zeit, mein Testament beglaubigen zu lassen und eine Patientenverfügung fertigzustellen, dann fahre ich mit dir nach Kopenhagen, aber nur wir beiden. Und du stellst auf keinen Fall irgendwelche Fragen nach Nora oder August Borg: Das ist *mein* Fall und *meine* Aufgabe. Du kannst dafür dann meine sterblichen Überreste entsorgen: Das ist *dein* Job.«

Bevor die beiden Männer sich später verabschiedeten, kontrollierte Ole noch alle Fenster und Türen in Gittes Haus. Er verstand es hervorragend, sie in Sorge zu versetzen, fand Gitte und verbrachte daraufhin eine unruhige Nacht.

10

Am Montagmorgen hatte Gitte verschlafen. Mit einem Toast in der Hand fuhr sie auf ihrem Fahrrad gehetzt die wenigen Meter bis zum Beerdigungsinstitut. Die Sonne schien von einem so strahlend blauen Himmel, wie sie ihn lange nicht gesehen hatte. Trotz der frühen Stunde spazierten bereits einige Urlauber mit kleinen Kindern auf der Suche nach guten Brötchen über den Torv.

Als Gitte die Tür zum Beerdigungsinstitut öffnete, spürte sie gleich, dass dort dicke Luft herrschte. Ihr Chef saß mit mürrischer Miene am Schreibtisch und starrte auf das Display seines Computers. Er sah blass aus.

»*Hej*. Alles in Ordnung, Chef?«

»Nein, gar nicht. Ich habe einen Scheißsonntag hinter mir, und heute geht es munter weiter mit den Schwierigkeiten. Und damit nicht genug, mein lieber Sohn feiert mit seiner unsäglichen Frau große Versöhnung. Ich musste gestern mit ihnen zusammen essen und mir anhören, wie Axel ihr von dem Leben in Nykøbing vorschwärmte und wie viel entspannter er geworden sei. Über das Angeln mit seinem Vater hat er kein Wort verloren. Pass auf, Gitte, diese Frau zieht wieder bei ihm ein, und ich habe das Nachsehen.«

»Aber eigentlich ist es doch schön für Axel, wenn die Scheidungspläne nun vom Tisch sind. Du musst ja nicht mit Svenja leben«, versuchte sie zu schlichten. »Und wieso hast du gestern gearbeitet? Gab es einen Todesfall?«

Sie verschüttete vor Schreck beinahe ihren Kaffee, den sie sich gerade eingeschenkt hatte, als Paul erbost ausrief: »Einen Todesfall? Es gab ein Gemetzel!«

Gitte, die noch am Morgen im Bad die aktuellen Nachrichten im Radio gehört hatte, zog eine Augenbraue hoch und drehte sich zu ihrem Chef um. »Ein Gemetzel? Mord und Totschlag auf Falster? Dafür bin ich zuständig«, versuchte sie zu scherzen.

»Es haben sich zwei Frauen hier eingefunden und wie die Furien ein Heidentheater gemacht, weil sie sich von August Borg verabschieden wollten. Die standen hier vor dem Institut und klopften an die Scheiben. Zigmal habe ich den beiden erklärt, dass der Leichnam noch gar nicht freigegeben ist. Was sollte ich noch sagen? Dann haben sie sich gegenseitig mit Vorwürfen bombardiert. Ich musste sie hereinlassen, denn so ein Streit vor meiner Tür ist keine schöne Werbung.«

Paul fuhr sich über die perfekt rasierten Wangen und stöhnte.

Gitte lauschte ihm gespannt, denn hier offenbarten sich anscheinend zwei Frauen, mit denen August ein Techtelmechtel gehabt hatte. »Und weiter?«, fragte sie begierig und hoffte auf Namen.

»Ich konnte die beiden besänftigen, ohne dass Blut floss. Und ja, ich habe zumindest den Namen der einen Frau notiert. Ich kenne ja deine Vorliebe für exzentrische Zeugen. Hier.« Er reichte ihr einen kleinen Zettel.

»Tina Sörensen«, las Gitte laut vor. »Rosenvaenget in Nykøbing. Klingt vornehm.« Sie starrte so lange auf den Zettel, bis Paul sich erbarmte.

»Fahr halt hin und frag sie nach August Borg. Aber danach wird gearbeitet.«

Der Rosenvaenget war eine ziemlich breite Straße mit einigen herrschaftlichen Anwesen. Vor einem Haus mit großem Garten hielt Gitte schließlich an und bewunderte die knallrote Eingangstür. Sie klingelte, ein junges Mädchen mit rot gefärbten Haaren öffnete und blickte sie verwirrt an.

»*Hej*, ich bin Gitte Madsen und komme vom Bestattungsunternehmen Larstsen. Darf ich hereinkommen?«

Statt einer Antwort trat das Mädchen zwei Schritte zurück und zeigte den Flur entlang, der zu einem großen Wohnzimmer führte. Sie erinnerte Gitte mit ihren zwei Zöpfen ein wenig an Greta Thunberg.

»Mama, Besuch für dich, eine Bestatterin.« Das klang belustigt.

»Guten Tag und mein herzliches Beileid«, sagte Gitte. »Ich bin Gitte Madsen, und ich würde mich freuen, wenn ich dir ein paar Fragen zu August Borg stellen darf. Vertraulich, versteht sich. So von Frau zu Frau. Du warst mit ihm befreundet, nicht wahr?«

Gitte spürte das dünne Eis, auf dem sie sich befand.

Die schlanke Dame in einer edlen Batikbluse hielt sich filmreif die Hand an die Stirn. Doch sie wartete erst, bis die Tochter den Raum verlassen hatte. »Ich bin Tina. Wie schön, darf ich ihn nun doch noch sehen?«

Gitte schüttelte bedauernd den Kopf. »Nein, das geht nicht. Der Leichnam ist noch in der Gerichtsmedizin. Aber ich habe gehofft, dass du mir etwas über August Borg erzählen kannst.«

Wenn Tina sich wunderte, zeigte sie es nicht. Es schien ihr eher ein Anliegen zu sein, über ihre Liaison zu reden.

»Ich war ein klein wenig verliebt in August, aber er ist verheiratet, während ich schon lange geschieden bin.« Mit einem dramatischen Augenaufschlag wandte sie sich Gitte zu, wobei sie auf ihrer Couch sitzen blieb.

Gitte blickte sich um. Das Haus zeigte einen gewissen Komfort und eine eindeutig weibliche Hand bei der Einrichtung und Dekoration. Schon allein die rosafarbenen Kissen wären Gitte zu viel gewesen.

»Setz dich, Gitte. Also, August hat meine Terrasse gepflastert. Unter der Hand.«

Tina blickte leise lächelnd in den Garten.

»Der Typ sprang hier bei strahlendem Sonnenschein mit gebräuntem Oberkörper im Garten herum und stellte seine Muskeln zur Schau. Meine faule Nachbarin hat noch nie so viel im Garten gearbeitet wie in jener Woche, als meine Terrasse gemacht wurde.«

Gitte nickte nur und ahnte, was sie gleich hören würde. Nicht nur die Nachbarin hatte auf August geschielt. Sie betrachtete die schlanke Frau mit der hohen Stirn, den blassblauen Augen und den vollen Lippen. In den nächsten zehn Minuten durfte sie sich anhören, wie sich Bauarbeiten mit einer Bettgeschichte vereinbaren ließen. Aber eine feste Beziehung war daraus nicht entstanden.

»Seine Frau hatte ihn an sich gekettet«, seufzte Tina und blickte auf ihre fein manikürten Finger. »Für August war ich leider nur eine Affäre, dabei hätte ich sonst was für ihn getan. Vielleicht sogar seine Frau umgebracht.« Sie lachte über ihren Scherz, biss sich dann aber sogleich auf die Lippen. »Entschuldigung, wie taktlos von mir. Ich habe gehört, dass sie tatsächlich beinahe erwürgt worden wäre. Aber nach Augusts Tod auch noch die Ehefrau umzubringen, macht ja nun gar keinen Sinn, selbst für einen gehörnten Ehemann nicht. Ich hätte ihr eher einen Selbstmord zugetraut, aber dann hätte sie sicher Tabletten genommen.«

Gitte stimmte ihr zu. »Wann hast du August das letzte Mal gesehen?«, fragte sie die Frau.

Tina zwinkerte ihr verschwörerisch zu, wandte aber gleich darauf den Blick traurig ab. »Ach, das war vor drei Wochen. Ich habe ihn mit einem Trick hergelockt, eine Fliese im Bad war locker. August hatte wenig Zeit, war unentspannt und stöhnte über die viele Arbeit an dem neuen Bau und über Ärger mit dem Architekten, den er, Entschuldigung, zum Kotzen fand. Der sei nicht echt, meinte August. Gestern überkam mich dann der Blues, also die Trauer, und ich musste ihn unbedingt noch mal sehen. Und soll ich dir was sagen, da fährt meine Nachbarin mir doch einfach nach! Sie hat mitbekommen, wie ich mich von meiner Tochter verabschiedet habe, um nach Marielyst zu fahren. Der

August war zwar ein Casanova, aber mich mit meiner Nachbarin zu betrügen, das ist schon der Gipfel! Dabei ist sie verheiratet. Nach alldem bin ich überzeugt davon, dass eine Frau ihn umgebracht hat.«

Nachdem Gitte den Autoschlüssel bei Paul auf den Schreibtisch gelegt hatte, setzte sie sich zu ihrem Chef und machte ein wichtiges Gesicht.

»Paul, bevor ich dir erzähle, wie ich gestern überfallen wurde, möchte ich dich etwas fragen. Kannst du dir vorstellen, dass August von einer Frau erwürgt worden ist? Oder dass Nora sterben wollte und sich deshalb nicht gewehrt hat?«

Ihr Chef zog nur die Augenbrauen hoch, lehnte sich zurück und verschränkte die Arme vor der Brust. Doch er schwieg.

Gitte kannte dieses Gesicht und erzählte der Reihe nach, was gestern Abend geschehen war und was sie von Tina Sörensen gehört hatte.

»Ich weiß, ich sollte vorsichtiger sein, aber ich denke, der Kerl, der mich überfallen hat, wollte mich nur warnen. Der Kerl, der bei Nora war, wollte offenbar mehr.«

Paul hatte mit ernster Miene zugehört. Nun stand er wortlos auf, ging in den Nebenraum an den Kühlschrank und kehrte mit einem Glas Aquavit zurück. »Es macht mir Magenschmerzen, dass du wieder so tief in einen Mordfall verwickelt bist und sogar tätlich angegriffen wirst. Wenn ich dich nicht besser kennen würde, würde ich dir nun freigeben und dich für zwei Wochen in den Urlaub schicken.«

Lächelnd nickte sie. »Ja, ich hätte sehr gerne Urlaub, Chef, aber nur für einen Tag, Mittwoch oder Donnerstag. Ich möchte mit Ole nach Kopenhagen. Und mit Kate. Und Erik.«

»Einfach so? Zum Bummeln?«

Misstrauisch nippte er an seinem Aquavit. Gitte erklärte ihm ganz offen, was sie nach Kopenhagen trieb, und beruhigte ihren Chef zeitgleich damit, dass sie ja den Kommissar und ihren Nachbarn dabeihaben würde, wenn sie nach Christiania gingen.

»Ich war vor zwanzig Jahren mal mit einem Freund dort«, erinnerte er sich schmunzelnd. »Himmel, was waren wir bekifft und naiv. Wir haben dort ein paar Typen getroffen und mit ihnen den ganzen Tag abgehangen, revolutionäre Gedanken gesponnen und die Bewohner um ihre Freiheit und die bunten Häuser beneidet.«

Gitte rechnete nach. Vor zwanzig Jahren war ihr Chef auch kein junger Spund mehr gewesen. Seine Kinder waren jetzt um die dreißig Jahre alt. Plötzlich setzte sich Paul aufrecht in seinen Stuhl und starrte sie an: »Du willst dort aber nicht mit einem Foto von Nora und August Borg herumlaufen und nach Kontakten fragen, oder? Das hat doch jetzt bestimmt etwas mit den Gerüchten über den Cannabishandel von diesem Ehepaar zu tun.«

»Blödsinn, so ungeschickt werde ich nicht sein, ich will die Atmosphäre schnuppern, durch die Straßen mit den bunten Häusern ziehen und Inspirationen bekommen. Wenn man in einem Fall nicht weiterkommt, muss man Eindrücke und Informationen sammeln. Wie gesagt, ich bin ja nicht allein dort.«

»Du kannst am Donnerstag freibekommen. Aber ich möchte einen ausführlichen Bericht, Gitte. Und, bitte, bitte, wenn du daran vorbeikommst, im Café *Europa 1989* gibt es einen Kuchen, Danish Layer Cake. Ich wäre glücklich, wenn du mir zwei Stücke davon mitbringen würdest.«

»Diesen Kuchen kenne ich«, sagte Gitte. »Meine Tante Stine schwärmt auch so für die Komposition aus Biskuit, englischer Creme und Aprikosenmarmelade.«

Und im gleichen Moment fiel Gitte siedend heiß ein, dass Stine morgen ihren Bruder Mads treffen würde. Nach beinahe zwanzig Jahren. Gitte schluckte einen Kloß im Hals hinunter. Wenn das schiefginge, würde sie ihren Dad vielleicht für immer verlieren.

11

Das Wetter hielt die nächsten Tage Sonne und warme Temperaturen bereit. Nach einem Arbeitstag, den Gitte mit Kopfschmerzen und innerer Anspannung verbracht hatte, stand sie am Dienstag bei bestem Wetter am Strand. Sie hielt es kaum aus, bis sie von Tante Stine etwas über das Treffen erfahren würde. Allein der Gedanke daran führte seit Montagabend bei ihr zu einer dauerhaften Nervosität. Sie streckte den rechten Fuß vorsichtig ins Wasser, doch schon die nächste Welle umspülte ihre Knöchel. Etwas von der Anspannung fiel von ihr ab.

Keine zehn Meter von den seichten Wellen entfernt, entdeckte sie plötzlich einen kleinen Jungen im Sand spielen, der ihr bekannt vorkam. Das war doch Niko, der deutsche Junge, den sie bei ihrer Ankunft im letzten Jahr mehrfach getroffen hatte. Niko war ein selten kreativer und aufgeweckter kleiner Kerl von vielleicht neun Jahren, der sich mit einer Ernsthaftigkeit so manchen Blödsinn überlegte, ohne dass man ihm etwas übel nehmen konnte. Er hatte Gitte im letzten Sommer die Freundschaft angeboten, weil sie doch gerade erst aus Deutschland ausgewandert war.

»*Hej*, Niko«, rief sie ihm zu.

Überrascht hob er den Kopf und überlegte. Dann ging ein strahlendes Lächeln über sein Gesicht mit den nassen braunen Haaren. »*Hej*, du bist doch die Frau aus Deutschland, die Dänisch spricht, oder? Hast du mittlerweile Freunde gefunden? Und hast du den Mordfall aufgeklärt?« Er stand auf und kam näher. »Wer war es? Meine Mama sagt, es sei ein Unfall gewesen.« Jetzt klang seine Stimme enttäuscht.

Gitte lachte. »So viele Fragen auf einmal. Die Sache mit dem toten Griechen war kompliziert. Das erkläre ich dir, wenn du größer bist. Und ja, ich habe ein paar Freunde gefunden und fühle mich in Marielyst sehr wohl. Wie lange bleibt ihr hier?«

Niko zuckte mit den Schultern. »Weiß ich nicht genau, wir sind ja grad erst angekommen. Am Sonntag. Ich habe deinen Namen vergessen.«

»Gitte. Wo ist deine Schwester?«

»Ach, die hat heute Ohrenschmerzen und ist mit Mama am Haus geblieben. Wir wohnen dieses Mal im Strandpark.«

Niko setzte sich zu Gitte in den Sand, und seine leicht gebräunten Beine waren sofort wie gepudert. »Neben uns wohnen ganz komische Frauen. Die gehen nie im Hellen raus.«

Gitte hörte gespannt zu. Niko konnte nur das Haus mit der Nummer 39 meinen, von dem auch Noras Freundin Lene berichtet hatte.

»Wie kommst du darauf, Niko? Beobachtest du das Haus etwa? Ihr seid doch gerade erst angekommen.«

Niko schüttelte empört den Kopf. »Das hat uns eine andere Frau erzählt. Sie wollte von Mama wissen, ob sie etwas gesehen hat. Denn bei den Frauen war letzte Woche die Polizei.«

Er nickte wichtig. Was für einen Klatsch und Tratsch doch so eine Wohnsiedlung mit sich brachte. Niko fuhr fort: »Jill hat schon geweint, sie hat Angst vor Vampiren. Ich nicht. Ich habe schon Dracula gesehen, aber heimlich bei einem Freund.«

»Also Vampire gibt es in Marielyst bestimmt nicht. Aber vielleicht haben die beiden Frauen eine Krankheit und können das Sonnenlicht nicht vertragen. Oder sie mögen es einfach nicht, rauszugehen.«

»Nachts gehen sie raus«, meinte Niko wichtigtuerisch. »Aber keiner hat je mit ihnen gesprochen.« Der Junge war offenbar wieder auf der Suche nach Geheimnissen.

Gitte hütete sich, den Mord zu erwähnen. Wie sie Niko und seine Eltern einschätzte, würden sie es dennoch bald erfahren. So etwas blieb in dem Ferienpark sicher nicht geheim. Zumal August Borg ebenfalls dort gewohnt hatte. Niko wurde von seinem Vater gerufen und verabschiedete sich.

»Wenn du wieder Hilfe bei einem Mordfall brauchst, sag Bescheid. Doch jetzt muss ich erst das Geheimnis der Frauen herausfinden. Dafür brauche ich die Quallen.«

Belustigt und ein wenig besorgt sah Gitte ihm dabei zu, wie er einen Eimer holte und ein paar Quallen in etwas Wasser transportierte. Sie wollte lieber nicht wissen, was er damit vorhatte.

Gitte ging zurück zum Wasser, spritzte sich nass und ließ sich dann in die kühle Ostsee fallen. Im ersten Moment blieb ihr die Luft weg, doch schließlich gewöhnte sich ihr Körper an die Temperatur und sie schwamm eine Runde, blickte blinzelnd zur geraden Horizontlinie und dachte daran, dass sie bis vor Kurzem noch gedacht hatte, ihr Vater sei in diesem Meer ertrunken. Die Vorstellung war so real gewesen, dass ihr das Eintauchen ins Wasser dort kaum mehr gelungen war, ohne dass sie Bilder von ihrem ertrinkenden Vater vor sich gesehen hatte.

Doch nun war alles ganz anders. Gitte schwamm so weit hinaus, dass die Stimmen am Strand kaum mehr zu hören waren, und sie erschrak selbst, als sie die Menschen nur noch als kleine Punkte wahrnahm. Himmel, da hatte sie die ganze Zeit an ihren Vater gedacht und wie töricht es gewesen war, an sein Ertrinken geglaubt zu haben, und nun würde sie selbst ein ewig vermisstes Opfer der Fluten werden.

Die ersten Schwimmzüge zurück zum Strand schienen den Abstand kein bisschen zu verringern. Falls gerade Ebbe einsetzte, gab es Strömungen, die einen weit in die Ostsee hinausziehen konnten. Hektisch paddelte sie auf den Strand zu, doch sie schien sich nicht einen Millimeter vorwärts zu bewegen. Die Strömung zog bereits an ihr.

Hatte der kleine Niko mitbekommen, dass sie ins Wasser gegangen war? Etwas Glitschiges streifte ihr Bein, und sie geriet beinahe in Panik. Doch dann überwand sie den Moment und erinnerte sich an die Dinge, die sie gelernt hatte. Gemäßigt und ein wenig schräg zum Strand schwamm sie mit kräftigen Zügen zurück. So bekam sie nicht die volle Wucht der Strömung ab und verfehlte ihr Handtuch als Zielmarke nur um wenige Meter.

Erschöpft gelangte sie schließlich ins seichte Wasser, sie stützte ihre schwachen Arme im Sand auf und ließ ihn durch ihre Finger quellen. Die meisten Strandbesucher wandten sich bereits zum Gehen, packten Handtücher und Sandspielzeug ein.

Leider hatte Gitte keine Ahnung, wann ihre Tante sich mit Mads treffen wollte, nur dass es an diesem Dienstag geschehen sollte. Sie war in einer merkwürdigen Stimmung, als sie nun fröstelnd nach Hause ging. Einerseits konnte sie es gar nicht abwarten, endlich den Bericht von Stine zu hören, andererseits hatte sie Angst. Angst, dass ihr Vater sich gar nicht mehr für sie interessierte. Angst, dass er ein egoistischer Mistkerl war, der über Leichen ging und sich als Wolkows rechte Hand missbrauchen ließ. So wurde sie immer langsamer, je näher sie ihrem Häuschen kam.

Sie erschrak, als vor ihrer Eingangstür ein hünenhafter Mann unbeholfen versuchte, eine Notiz auf einen Zettel zu schreiben, indem er das kleine Papier gegen die Tür hielt. Ein dünner Zopf hing ihm über den Nacken, und an seinem Gürtel baumelte ein riesiges Messer.

»*Hej*, Toni, suchst du mich?«, fragte Gitte, als sie ihren Vermieter Toni Asgersen erkannte. Er reagierte einigermaßen erschrocken, was Gitte so nicht von ihm kannte. Der Stift entglitt seiner Hand, und er lächelte sie verlegen an.

»*Hej*, Gitte, ja, ähm, ich habe dir eine Nachricht geschrieben, willst du sie lesen?«

»Aber Toni, ich stehe doch jetzt vor dir, da kannst du mir

doch besser persönlich sagen, was du willst«, ermunterte Gitte ihn.

Doch er schwieg, und eine dunkle Vorahnung machte sich in ihr breit. »Willst du kurz reinkommen?«

Sie ging am Eingang vorbei zur Terrassentür, die sie trotz Oles Warnung offen gelassen hatte, und der Hüne folgte ihr. Etwas brannte ihm wohl unangenehm auf den Nägeln, das sah Gitte, denn Toni war ansonsten ein lauter, lockerer Geselle, der noch nie so schüchtern hinter ihr hergeschlichen war. Sie holte wortlos eine Dose Bier aus dem Kühlschrank und lehnte sich an die Küchenzeile.

»Was ist los, Toni? Bekomme ich eine Mieterhöhung? Habe ich die Nebenkosten nicht bezahlt?«

»Nein, das ist es nicht. Gitte, wie lange wohnst du nun schon hier in dem Haus?«

»Etwas über ein Jahr. Das weißt du doch.«

»Ja, stimmt. Und ich glaube, du fühlst dich hier wohl, nicht? Aber vielleicht wäre ja auch mal Zeit für was Neues? Kannst du dir vorstellen, umzuziehen? Ich habe noch ein Haus in Væggerløse.«

Væggerløse war ein Stadtteil von Marielyst, knapp zwei Kilometer vom Zentrum entfernt, und bestand eigentlich nur aus ein paar Wohnhäusern, Ämtern und der Glasbläserei. Der Ort lag nicht direkt am Strand und hatte wenig von dem Charme Marielysts.

»Nach Væggerløse?«, fragte sie und zog den Ortsnamen extra lang. »Nein, da möchte ich eigentlich nicht hin. Warum soll ich ausziehen? Hast du das Haus etwa verkauft?«

Er trank aus seiner Bierdose.

»Jetzt sag schon, was los ist, Toni«, drängelte sie.

Toni blickte sie nicht an. »Ich will das Haus verkaufen, so bald wie möglich«, gestand er endlich. »Ich war auch schon bei der Bank, und es steht ab morgen zur Besichtigung bereit. Mein Sohn wartet wie ein Geier darauf, dass ich bald abtrete oder ihm das Haus jetzt schon übertrage. Ständig hat er Geldschulden. Und ich möchte auf Reisen gehen, ich habe dir ja davon erzählt.«

Das hatte er, auf eine Art und Weise, wie viele Leute das taten: *Irgendwann mache ich eine Weltreise.* Solche Sätze nahm man doch nicht ernst.

»Aber warum verkaufst du nicht das Haus in Væggerløse?« Gitte blickte sich in ihrem gemütlichen kleinen Wohnzimmer mit dem Kaminofen um. Sie wollte hier nicht weg.

»Das geht nicht so einfach.« Toni schüttelte den Kopf. »Das ist eine Erbengemeinschaft.«

Gitte musste sich erst mal hinsetzen. »Wie viel willst du für das Häuschen haben?«

»Gitte, es hat eine Toplage, auch wenn es nicht besonders geräumig ist, aber der Garten ist groß, und das Dach wurde erst vor fünf Jahren erneuert. Als Nächstes wären natürlich die Fenster mal dran, aber sonst ist es gut in Schuss.«

»Wie viel, Toni?«

»Eins Komma drei Millionen.«

Gitte seufzte. Das waren knapp hundertsiebzigtausend Euro. Wo sollte sie so viel Geld hernehmen? Die Erbschaft ihrer Mutter war nicht so groß gewesen. Zusammen mit dem Geld auf ihrem Konto könnte sie eventuell einen Kredit aufnehmen. Oder sie könnte ausziehen.

»Toni, kannst du nicht noch etwas warten, und ich erkundige mich mal bei der Bank nach meinen Möglichkeiten? Ich sollte doch wenigstens ein Vorverkaufsrecht bekommen.«

Toni lächelte sie an, doch dann wurde seine Miene ernst. »Ich würde mich sehr freuen, wenn du das Haus kaufst, Gitte, das weißt du. Aber zurückziehen kann ich das Angebot bei der Bank nicht mehr. Die wollen auch Geld verdienen. Wir beide hatten ja schon mal darüber gesprochen, im letzten Herbst, doch ich habe dann nie wieder eine ernsthafte Kaufabsicht von dir gehört, und ich wusste nicht, wie ich es ansprechen sollte.«

Gitte runzelte die Stirn. Toni war ein Feigling. Er hatte ihr schlichtweg nicht sagen können, dass sie ihr Zuhause verlieren würde, bis es unumgänglich wurde. So ein Mist.

»Ich kläre das mit meiner Bank, Toni«, sagte sie nun, und ihr Ton wurde merklich kühler.

Er nickte wie ein nasser Pudel und verabschiedete sich schnell. Die Dose Bier nahm er einfach mit.

Und dann kam der Anruf, auf den sie sehnlich gewartet hatte und vor dem sie sich zugleich fürchtete. Es war Tante Stine. Mit der Überzeugung, dass man nicht zwei schlechte Nachrichten kurz hintereinander bekam, ging sie an ihr Handy. »*Hej*, Tantchen.«

Stines Ton klang kontrolliert. »*Hej*, Gitte.«

»Und, sieht mein Vater noch so sportlich aus wie vor

zwanzig Jahren?«, fragte sie und versuchte, sich mit ihrer betont munteren Art Mut zu machen.

»Nein. Er sieht erfolgreich, aber alt aus. Doch das kann daran liegen, dass ich ihn zwanzig Jahre lang nicht gesehen habe. Wahrscheinlich sagt er über mich das Gleiche. Er hat sich nicht wie mein Bruder benommen, sondern wie mein Geschäftspartner. Die einzige Regung, die ich bei ihm wahrnehmen konnte, war der Moment, als ich ihm Bilder von dir gezeigt habe. Vom Tod deiner Mutter hat er gewusst, auch von deiner Rückkehr nach Dänemark. Er hat mich sofort gefragt, ob du etwas brauchst. Ich habe ihm wortwörtlich gesagt: einen Vater. An seinem Gesichtsausdruck habe ich gesehen, dass sich seine Frage auf materielle Dinge beschränkt hatte. Geld scheint bei ihm jedenfalls keine Rolle zu spielen.«

Gitte lauschte Stines Bericht wie gebannt. »Hat er irgendein Wort zu seiner Verteidigung gesagt? Warum er seine Familie einfach so im Stich gelassen hat?«, fragte sie nervös.

Was wollte sie hören? Dass er sich all die Jahre nach seiner Familie gesehnt hatte? Dass er bedroht worden war und ihr Leben hatte retten wollen? Ja, gestand Gitte sich selbst ein. Genau das wollte sie jetzt erzählt bekommen.

Sie hörte Tante Stine tief einatmen und wusste, dass ihr Tantchen nun die Dinge beschönigen würde. »Nun, Mads räumte ein, dass er es für sicherer hielt, Wolkows Wunsch nachzugeben. Alles, was er in der kurzen Zeit damals über den Russen herausgefunden habe, hätte ihm Gewissheit verschafft, dass ihr beiden, du und deine Mutter, ernsthaft in Gefahr geraten könntet. Hör zu, Gitte, ich glaube ihm das sogar. Er hätte sich damals ganz bestimmt für euch entschieden, wenn er gekonnt hätte, aber nach einigen Jahren hatte er sich ganz gut in der neuen Situation eingerichtet. Entweder man arrangiert sich in einem fremden Land mit den Gegebenheiten und Mentalitäten, oder man geht eben unter. Und dein Vater hat schon früh die Vorteile seines neuen Lebens entdeckt. Dabei hat er sicher einige moralische Grundsätze über Bord geworfen, aber Wladimir Wolkow sitzt schon seit langer Zeit im Gefängnis, und seine Schwester, Mads' Frau, ist kein schlechter Mensch. Sie hat deinem Vater ein Zuhause geschaffen und einen Sohn geschenkt. Als die Gefahr für euch zunächst gebannt schien, hatte Mads zwei Familien, eine davon würde er zwangsweise unglücklich machen. Also hat er alles gelassen, wie es war. Seine Familie in Deutschland kam klar, und der Zeitpunkt, sich zu melden, war lange verpasst.«

»Jeder Zeitpunkt, es Mama zu sagen, wäre besser gewesen als sein Schweigen«, protestierte Gitte. »Meine Ma ist nie wieder glücklich geworden, ihr Kummer hat sie krank gemacht, und sie ist viel zu früh gestorben.« Gitte öffnete das Fenster und ließ die kühle Brise herein. Ihr war plötzlich viel zu warm.

»Gitte, Kind, wir reden, wenn ich wieder zu Hause bin. Ich reise morgen ab. *Mange hilsener fra Kiew*, Schatz.«

Mit »vielen Grüßen aus Kiew« hatte ihre Tante das Gespräch beendet und dann einfach aufgelegt.

Gitte blickte verdutzt auf ihr Handy. Sie hatte noch viel zu viele Fragen. Wann würde sie selbst denn nun ihren Vater und ihren Halbbruder kennenlernen? Was war nur mit ihrem Tantchen los, dass sie so wenig erzählte? Das war doch sonst gar nicht ihre Art.

Gitte saß beinah eine Stunde bewegungslos auf dem Sofa und starrte vor sich hin. Sie dachte nach und versuchte herauszufinden, welche Gefühle sie ihrem Vater Mads noch entgegenbrachte. Wut, ja auf jeden Fall. Liebe? Die wurde von Enttäuschung und einer gewissen Traurigkeit überlagert. Erst ihr knurrender Magen löste sie aus ihrer Erstarrung, und sie entschied, das Thema ruhen zu lassen, bis Tante Stine zurück war. Spätestens am Donnerstag würde sich ihr Tantchen bei ihr melden.

12

Schneller als gedacht, war es Donnerstagmorgen. Und zwar ein ganz bezaubernder Morgen mit Sonne und fünfundzwanzig Grad. Der Mittwoch war mit Arbeit, Sonnenbaden und Grillen mit Erik und seiner Frau Kate ausgefüllt gewesen. Kate hatte direkt nach ihrer Ankunft eine große Bereitschaft gezeigt, sich in jedes Abenteuer zu stürzen, das Gitte plante.

»Christiania, oh mein Gott, das wird ein Kunstgenuss, meine Lieben. Dort gibt es zahlreiche Graffiti-Meisterwerke zu besichtigen und wunderbare Cafés«, hatte Kate begeistert ausgerufen und in die Hände geklatscht. »Ich freue mich darauf.«

Das war nicht ganz das, was Ole äußerte, als er sie alle am Donnerstagmorgen abholte. »Also doch zu viert, verstehe«, brummte er und begrüßte Kate dementsprechend verhalten.

Nichtsdestotrotz stiegen sie alle gut gelaunt in seinen Wagen ein. Gitte bewunderte Kates Outfit. Zu einer engen Jeanshose trug sie ein buntes, langes Hemd, und um ihre schwarz gefärbten Haare hatte sie ein grünes Tuch geschlungen, dessen lange Bänder ihr auf die Schultern fielen. Die Augen waren wie gewohnt schwarz umrandet und blickten hellwach in die Welt. Erik trug seine geliebten kurzen Jeanshosen und ein schwarzes T-Shirt, während Ole eher geschäftsmäßig aussah mit langer Hose, einem Hemd und sauberen Turnschuhen.

»Du bist selbst schuld, wenn die Bewohner von Christiania dich für einen Bullen halten und dich attackieren«, bemerkte Gitte nach ihrer Musterung.

»Es ist ein Freistaat, da werde ich doch wohl anziehen dürfen, was ich mag«, maulte Ole und startete den Wagen. Bis nach Kopenhagen waren es gut eineinhalb Stunden Fahrzeit.

»Es ist in der Vergangenheit immer wieder schiefgegangen, wenn Polizisten in diesen rechtlosen Staat eingegriffen haben«, wusste Kate zu berichten. »Sie tauchten dann mit zig Beamten auf, setzten Schlagstöcke und Tränengasbomben ein und haben so auch schon spielende Kinder verletzt. Kein Wunder, dass die Bewohner dort nicht so gut auf deine Zunft zu sprechen sind, Ole.«

Der Angesprochene saß hinter dem Steuer und brummte: »Ich fahre heute nur unter Protest dorthin, um das Überleben einer gewissen Bestatterin zu sichern, auch wenn ich dafür mein eigenes Leben aufs Spiel setze.«

Bis auf Ole mussten sie alle schmunzeln und plauderten miteinander voller Vorfreude über die gemeinsame Unternehmung. Nur Ole wurde immer wortkarger, bis sie schließlich nach Kopenhagen hineinfuhren und am Hafen von

Christiania parkten. Von hier konnten sie bequem zu Fuß dorthin gelangen.

Bereits der Eingangsbereich lockte mit bunt bemalten Mauern, Häusern und Mülltonnen. Kate zückte sogleich ihr Handy, um Fotos zu machen, trotz der Warnung von Ole. Schon zu Beginn fielen ihnen die vielen Grünpflanzen, Büsche und Wiesenflächen auf. Gitte war überwältigt von der Geschäftigkeit dieses Bezirks – zahlreiche Restaurants, ein Badehaus, viele Schmuckstände und andere Angebote gab es hier – nur ihr Anblick war ein wenig chaotischer, bunter und eigensinniger.

Auf einem Schild wurden sie gleich darauf aufmerksam gemacht, dass es hier drei Regeln gebe: Man solle das Leben genießen und daher nicht rennen, da es zu Panik führen könne, man dürfe keine Fotos machen, und das Kaufen und Verkaufen von Cannabis sei noch immer illegal. Letztere Regel führte bei Erik zu einem Schmollen. »Echt jetzt? Wir dürfen doch wohl einen kleinen Joint rauchen, oder?«

»Ja, aber sie müssen dich halt darauf aufmerksam machen, dass es illegal ist. Mit einer Dosis Hasch würde ich mich nicht beim Verlassen von Christiania erwischen lassen, und es als Tourist hier zum Kauf anzubieten, grenzt an Selbstüberschätzung. Die hiesigen Dealer würden dich an die nächste Hauswand pinnen.«

Ole legte eine Hand auf Kates Arm und bat sie dringend, das Handy wegzustecken. »Es ist ein altes, ich habe es extra für solche Zwecke billig erstanden«, meinte sie grinsend. »Vielleicht geht es gut.«

Für den Moment ging es gut, doch sie standen noch

am Anfang ihrer Besichtigungstour. Je tiefer sie in den sogenannten Freistaat vordrangen und die architektonisch interessanten bunten Bauwerke bewunderten und entspannte Leute bei bestem Wetter antrafen, desto besser wurde auch Oles Laune. An der Pusher Street wanderten sie die Marktstände ab, an denen auch diverse Genussmittel mit Cannabis angeboten wurden.

»Diese Straße war lange Zeit recht verrufen, und Touristen wurde empfohlen, sie zu meiden«, erklärte Kate, die sich am Vortag diverse Berichte über Christiania im Internet angeschaut hatte. »Der Drogenhandel hatte hier vor einigen Jahren ziemlich zugelegt, sodass auch gefährliche andere Substanzen auf dem Markt auftauchten und damit leider auch die ersten Drogentoten zu beklagen waren. Doch dann wurde durchgegriffen, und nun gibt es nur noch Cannabis.«

»Das ist den Behörden außerhalb des Bezirks dennoch ein Dorn im Auge«, bemerkte Ole und hob die Augenbrauen, als sie zu einem Stand kamen, an dem Joints und Gebäck angeboten wurden.

Während Kate mit hungrigen Augen das Angebot prüfte, schaute Gitte sich interessiert den Betreiber des Standes an. Er sah aus wie ein Althippie, lange Haare, schlaksige Figur und Stirnband, die Arme tätowiert. Seinen Mund umspielte ein leicht amüsiertes Lächeln, und seine Augen blickten wach auf seine Kundschaft. Er schien genau zu wissen, wer nur neugierig guckte und wer einen Joint kaufen wollte. Als sein Blick bei Ole hängen blieb, der mit strengem Blick auf die Auslagen schaute, fragte er freiheraus: »*Hej*, bist du ein Bulle? Die rieche ich meilenweit, auch bei Regenwetter.«

»Nein«, log Ole verdattert, fing sich aber schnell. »Ich hätte gerne einen Joint. Was kannst du heute empfehlen?«

Gitte staunte nicht schlecht, als Kommissar Ole Ansgaard nun fachmännisch beraten wurde und eine sogenannte Tüte erwarb.

»Hier rauchen, Meister, sonst bekommst du draußen Ärger mit den Kollegen«, feixte der Dealer. Und da er einen netten und sehr entspannten Eindruck machte, erzählte Gitte, ohne lange nachzudenken: »Meine Freunde Nora und August Borg haben uns die Pusher Street empfohlen. Kennst du sie?«

Ole machte ein erschrockenes Gesicht, während Kate aufgeregt Gittes Hand drückte.

Der Dealer tat so, als habe Gitte nichts gesagt. »Wir haben hier in der Pusher Street schon einiges an Ärger gehabt, weil jeder dahergelaufene Dealer meinte, er könnte in unserer Gemeinde seine harten Drogen verkaufen. Doch der Konsum wird auch hier nicht geduldet. Steck die Kamera weg, Mädel«, befahl er barsch, an Kate gewandt. »Auf dieser Straße lässt keiner seinen Schatten einfangen.«

Kate steckte ihr Handy wieder tief in die Tasche. Sie hatte die bunten Tücher, die an einem Teil der Stände im Wind flatterten, im Visier gehabt. Ole schüttelte nur den Kopf und blieb stehen, um seinen Joint anzuzünden. Dann zog er daran, während sie weitergingen.

»Mensch, Ole, du musst uns doch noch nach Hause fahren.« Gitte blickte entrüstet auf den Joint, streckte dann aber selbst die Hand danach aus. Sie nahm einen langen Zug und musste ausgiebig husten. Die Tüte machte die Runde, wobei Ole sich deutlich zurückhielt. Gitte verlor innerhalb kürzester Zeit den Kontakt zum Boden, das Kopfsteinpflaster kam ihr entgegen und wölbte sich ganz merkwürdig. Sie griff nach dem Arm von Kate, doch die kicherte neben ihr und zeigte in die Luft. Der Schwindel wurde schlimmer, also hängte Gitte sich an Ole. Der Kommissar marschierte derweil auf eine Gruppe Jugendlicher zu, die ganz offensichtlich Bewohner von Christiania waren. Gitte zog er dabei nun einfach hinter sich her.

»Ich zeige dir mal, wie man viel einfacher und unauffälliger an Informationen kommt«, verkündete er. »Die drei dort werden uns kaum Probleme machen, aber Jugendliche haben ihre Ohren und Augen überall. Die wissen mehr von der Erwachsenenwelt, als sie zugeben.«

Es waren drei schlaksige Jungen in bunten Hemden und verwaschenen Jeanshosen, die er nun ansprach. Sie rauchten eine Zigarette und standen vor einer Hausfassade mit beeindruckenden Graffiti.

»*Hej*, ihr drei. Ich habe eine Frage. Kennt ihr ein Ehepaar aus Nykøbing, Nora und August Borg? Es sind Freunde von mir, und ich dachte, ich könnte sie hier treffen.« Kate und Erik kamen neugierig näher und beobachteten die Szene gespannt.

»Wer soll denn das sein? Hast du eine Ahnung, wie viele Schaulustige hier täglich herkommen?«, fragte einer der Jungen mit blonden, fransigen Haaren.

»Sie machen hier gewissermaßen Geschäfte.« Ole grinste zweideutig.

Das war natürlich ins Blaue gelogen, denn bislang

wusste ja auch Ole noch gar nicht, woher Nora und August ihr Cannabis bezogen hatten und ob es da überhaupt ein lukratives größeres Geschäft gab, dachte Gitte und hielt aufgeregt die Luft an.

Die drei sahen sich gegenseitig an, zogen dann die Schultern hoch, und alle schüttelten die Köpfe. Dann sagte ein anderer der drei: »Wir brauchen hier keine Leute von außerhalb. Bist du ein Bulle?«

Leider wurde Ole immer viel zu schnell wütend, und nun trat er noch einen Schritt vor und sagte: »Hört mal zu, ihr Neunmalklugen. August Borg wurde ermordet, seine Frau angegriffen und schwer verletzt. Ich frage hier nicht aus Spaß. Wenn ihr also etwas wisst, dann raus mit der Sprache.«

Kate lächelte zwar noch immer beseelt vor sich hin, aber obwohl sie kein Dänisch sprach, war Oles Ton eindeutig. »Oh, oh, jetzt fängt der Streit an. Gitte, tu etwas«, flüsterte sie. Doch ehe jemand beschwichtigen konnte, drehten die Jungen sich um und gingen schnellen Schrittes davon.

»Die wussten nichts«, sagte Gitte und bemühte sich um eine ordentliche Aussprache trotz der gefühlten Watte im Mund. »Aber geschickt war diese Aktion sicher nicht. Bald weiß hier jeder, dass du ein Bulle bist. Lass uns etwas essen gehen. Ich muss diesen Schwindel loswerden und mich hinsetzen.«

Gitte hatte sich vorher schlaugemacht und empfahl ihren Begleitern nun das rustikale Restaurant *Spiseloppen*. So standen sie bald vor einem Gebäude, das an ein altes Bahnhofsgebäude aus Kriegszeiten erinnerte. »Hier sieht man ganz gut, dass das alles mal militärisches Gelände war«, gab sie altklug von sich.

»Sieht wenig einladend aus«, meinte Erik. Sie brauchten eine Weile, um den etwas versteckten Eingang zu finden, doch innen wurden sie überrascht von dicken Holzbalken und einem warmen Licht. Auch Tische und Stühle waren aus Holz, und das ganze Lokal verströmte eine rustikale Gemütlichkeit. Sie fanden einen Tisch in der Mitte des großen Raumes und bestellten ihr Essen.

Die Bedienung erkannte ohne Probleme vier Touristen, die ein wenig Haschisch ausprobiert hatten und nun im Herzen von Christiania etwas essen wollten. Die junge Frau blieb geduldig, als Ole sich nicht entscheiden konnte und Kate bei einer hektischen Bewegung ihr Wasserglas umkippte. Erik war sehr bedacht darauf, dass seine Frau nicht noch Alkohol auf den Joint kippte, und die beiden hätten sich beinahe gestritten.

Schließlich saßen sie alle vier vor ihrem Essen, das eine unglaublich gute Küche erkennen ließ und auch beim Anrichten der Speisen mit den besseren Lokalen mithalten konnte. Ole und Erik stöhnten vor Genuss. Die Männer hatten sich für das Ribeye-Steak entschieden, mit Rahmkartoffeln, grünen Speckbohnen, Topinamburpüree und Calvadossauce mit Wildpilzen. Kate und Gitte aßen Kräuterpfannkuchen mit Meeresfrüchtemousse, serviert mit grünem Spargel und weißem Trüffeldressing. Beim Essen wurde das weitere Vorgehen besprochen.

»Ich möchte gerne noch ein paar Boutiquen besuchen«, sagte Kate und hielt eine kleine Krabbe in die Luft.

»Oh ja«, meinte Erik begeistert. »Ich brauche ein buntes Hemd. Und ich möchte in einen Pub. Nicht wahr, Ole? Auf ein Bier?«

Ole nickte und winkte der Bedienung, dass sie zahlen wollten. Gitte blickte sich noch einmal erstaunt um. Hier saßen eine Menge Menschen, die bestimmt keine Bewohner von Christiania waren. Männer in Anzug und Krawatte, Frauen im Kostüm. Die gute Küche lockte auch jede Menge Kopenhagener an.

Vor der Tür erwartete sie jedoch eine unangenehme Überraschung. Denn wenige Meter entfernt standen drei große, kräftige Männer mit tätowierten Armen, buschigen Bärten und einem Gesichtsausdruck, der wenig Raum für Interpretationen ließ. Grimmig musterten sie die vier Restaurantbesucher und blieben dann an Ole hängen. Alle drei hatten die Arme vor der Brust verschränkt. Leider zeigte bei Ole inzwischen der Joint Wirkung, denn er lachte den drei Männern frech ins Gesicht. »Wer hat euch denn engagiert?«

Erik stellte sich neben Ole, doch das nützte gar nichts. Schneller als Gitte blinzeln konnte, hatten zwei Männer Ole in die Mitte gezerrt und der dritte boxte ihm kräftig in den Magen. Ole hustete und wollte sich gerade aufregen, da erhielt er noch rechts und links zwei Ohrfeigen. Erik stürmte vor, und Ole konnte sich losreißen und verteilte nun seinerseits ein paar Hiebe. Erik nahm den erstbesten Schläger in den Schwitzkasten. Kate schrie auf, und Gitte rief um Hilfe. Als niemand zu sehen war und sich eine handfeste Schlägerei zu entwickeln drohte, trat Gitte zwischen die Streithähne und rief: »Was wollt ihr von uns? Ist das ein Überfall? Wir haben kaum Bargeld dabei.«

Die Männer hielten für einen Moment inne.

»Das, Schätzchen, ist kein Überfall, sondern ein Rauswurf. Ihr benutzt jetzt alle vier das Tor da vorne und lasst euch nicht mehr blicken. Schnüffler dulden wir hier nicht.«

Mit diesen Worten schubsten sie Ole und Erik von sich, und der Sprecher zeigte demonstrativ in die Richtung, in die sie verschwinden sollten.

Ole zeigte ihm ähnlich wie Erik die Faust und schimpfte: »Ihr Feiglinge, drei gegen zwei.«

Bevor noch mehr passierte, nahm Gitte Ole am Arm und zerrte ihn von den Kerlen weg, Erik wurde von seiner Kate eingefangen.

»Da haben die drei Jugendlichen wohl ihre Väter geholt.« Kate wirkte tatsächlich eher amüsiert, auch wenn sie die Männer mitfühlend fragte: »Alles okay bei euch?«

»Das hat ein Nachspiel«, echauffierte sich Ole weiter. »Ich werde eine offizielle Untersuchung in Christiania vornehmen lassen. So leicht kommen die mir nicht davon. Offensichtlich gefällt denen das Thema August und Nora Borg überhaupt nicht.«

Ole riss sich von Gittes Arm los und stapfte wütend in Richtung Ausgang. Eine andere Wahl blieb ihnen nicht, denn die drei Männer gingen in gebührendem Abstand hinter ihnen her, bis sie durch eines der bunten Tore Christiania verließen.

»Schade, ich wäre gerne noch geblieben«, sagte Kate. »Ich glaube, die wollten einfach nicht ausgefragt werden, und sie wollen keine Polizisten hier haben, auch nicht undercover. Mit dem Mord muss das trotzdem nicht unbedingt etwas zu tun haben.«

Gitte stimmte Kate zu.

»Ich hatte dich gewarnt, Gitte, dass ich nicht unversehrt aus diesem verruchten Ort rauskomme«, knurrte Ole nun Gitte an. Auf seinem Gesicht sah man noch die roten Abdrücke, die die Ohrfeigen hinterlassen hatten.

»Ja, aber ich konnte doch nicht ahnen, dass du so ungeschickt deine Tarnung gefährden würdest«, konterte Gitte.

Kate nagte an ihrem Daumennagel. »Also, ich schlage vor, Gitte und ich gehen wieder hinein und beenden unser Shopping, und ihr beiden geht ein Bierchen trinken. Wir treffen uns dann in zwei Stunden irgendwo. Was haltet ihr davon? Wir nutzen natürlich einen anderen Eingang.«

Gitte und Kate zogen von dannen, bevor die Männer Einwände äußern konnten. Sie gingen um die bunte Mauer des Geländes herum zum nächsten Eingang und betraten den Freistaat erneut als harmlose Touristinnen. Es war mittlerweile sehr warm geworden. Gitte stopfte ihre leichte Bluse in ihren Rucksack und trug nun ein Top und eine hochgekrempelte Jeanshose. Kate fiel in ihrer bunten Tunika schon eher auf. Aber wahrscheinlich würden sie mit den drei Männern gar nicht wieder zusammentreffen, denn das Gelände war groß genug, um sich aus dem Weg zu gehen.

Unbeeindruckt bummelten Kate und Gitte durch die Straßen und fanden sich bald in einem Laden mit bunten Stoffen, Souvenirs und Dekoartikeln wieder. Während sie in den Auslagen stöberten, unterhielten sie sich über Nora Borg.

»Ich hoffe sehr, dass Nora bald wieder aufwacht, und bin gespannt, wer ihr Angreifer war. Oder glaubst du, dass jemand so verzweifelt sein kann, dass er sich den eigenen Schal bis zur Ohnmacht um den Hals legt und dann zuzieht?«, fragte Gitte ihre Freundin.

»Ja, das kann ich mir schon vorstellen. Schau nur, wie viele Menschen sich vor den Zug werfen und damit einen unheimlich brutalen Tod in Kauf nehmen. Ich kann mir schon vorstellen, dass Nora Borg in einem Akt der Verzweiflung so etwas versucht hat. Es kann aber auch gut jemand anderes gewesen sein. Ich weiß nicht …«

Weiter kam Kate mit ihrem Satz nicht, denn ein kleines Mädchen von vielleicht fünf Jahren zupfte sie am Ärmel. Kate sah hinunter und blickte in zwei blaue Kinderaugen. Gitte sah sich um, woher das Mädchen plötzlich gekommen war. Die blonde Frau, die bis eben noch im Laden gewesen war, schien in den hinteren Räumen verschwunden zu sein.

»Woher kennst du die Nora?«, fragte das Mädchen neugierig. Kate blickte sie verblüfft an.

Gitte ging in die Hocke. »Kennst du denn auch eine Nora Borg?«

Das Mädchen nickte.

»Woher kennst du sie?«, fragte Gitte vorsichtig weiter.

»Sie kommt oft her und bringt mir Geschenke und Süßigkeiten mit.«

Gitte war perplex. Ein junges Mädchen wurde nun also ihre Informantin. Sie bekam ganz heiße Wangen und vergaß dabei völlig, was für einen merkwürdigen Eindruck es machen musste, dass sie ein fremdes Kind ausfragte.

»Und du bist sicher, dass diese Nora, die du kennst, Borg mit Nachnamen heißt?«

Das Mädchen nickte heftig. »Frag meine Schwester, die kennt sie auch. Meine Schwester ist schon dreizehn Jahre alt, und wir beide bekommen immer Geschenke von Nora. Aber Mami will das nicht. Wir sollen uns verstecken, wenn Nora kommt. Und dann streiten sie und Nora immer.«

»Alma, hier versteckst du dich also. Was wollt ihr von meiner Tochter?« Die Frau mit den blonden Haaren, die den Laden führte, stand vor ihnen und blickte sie misstrauisch an.

»Entschuldigung.« Gitte stand auf. »Wir hatten gerade über unsere Bekannte Nora Borg gesprochen, als deine Tochter uns etwas fragte. Kennt ihr diese Nora wirklich, oder verwechselt deine Tochter da etwas?«

Alma hatte sich nun hinter ihre Mutter gestellt und streichelte eifrig einen kleinen Mischlingshund, der mit der Mutter in den Laden getappt war.

Ihre Mutter machte eine abschätzige Miene. »Wer will das wissen? Seid ihr etwa von der Polizei?«

Gitte schüttelte den Kopf.

Kate, die ja nur wenige Brocken Dänisch verstand, sagte nun auf Englisch: »Ich bin Schwedin, wir sind lediglich als Touristen hier.«

Gitte zögerte kurz und gestand: »Ich komme aus Marielyst, und dort ist der Mann von Nora ermordet worden. Weißt du, ob die beiden in Schwierigkeiten steckten?«

Plötzlich lachte die Frau auf. »Also doch zum Schnüffeln hier. Macht, dass ihr rauskommt, sonst seid gleich ihr es, die in Schwierigkeiten stecken. Los, raus hier.«

Das war kein schönes Gefühl, zweimal und so kurz hintereinander hinauskomplimentiert zu werden.

Gitte und Kate verließen den Laden, in dem sie eigentlich ein paar schöne Dinge hatten kaufen wollen. Beim Verlassen der Boutique sah Gitte, wie die Frau bereits ihr Handy in der Hand hielt und tippte. Die interne Buschtrommel funktionierte in Christiania bestimmt bestens. Es war sicher besser, sie würden ihre Shoppingtour abbrechen. Kate ließ es sich jedoch nicht nehmen, an einem offenen Marktstand einen Regenschirm mit den typischen Farben des Freistaates, rot mit drei gelben Punkten, zu ergattern. »So viel Zeit muss sein, meine Liebe. Sonst glaubt mir zu Hause wieder keiner meine Abenteuer. Ich würde hier gerne mal für ein paar Tage bleiben und mich in das Nachtleben dieses Ortes stürzen. Wusstest du, dass viele Bands durch Auftritte in Christiania bekannt geworden sind? Es war sozusagen ein Sprungbrett, denn an diesem Ort bekommt jeder eine Chance. Gibt es hier eigentlich Hotels?«

»Du willst wohl noch ein drittes Mal rausfliegen, oder?«, meinte Gitte und lachte. »Aber nein, es gibt hier kein Hotel.«

Kate und Gitte schlenderten noch eine Weile durch die Straßen von Kopenhagen und erstanden für Paul zwei Stücke Danish Layer Cake. Beim Anblick dieser geschichteten Leckerei kaufte auch Kate zwei Stück für den abendlichen Nachtisch. Nun mussten sie nur noch Erik und Ole finden und ihren Füßen bei der sommerlichen Hitze endlich eine Pause gönnen.

»Warum bringt eine Frau wie Nora Geschenke für zwei junge Mädchen nach Christiania, wenn die Mutter der Kinder sie nicht mal leiden kann? Woher kennt sie die Kinder?«

Diese Frage stellte Gitte wenig später, als sie mit Erik und Ole zusammen in einem Biergarten saßen. Das *La Banchina* war ein beliebter Treffpunkt, denn man saß hier direkt am Wasser. Beide Männer hatten ein Bier vor sich stehen, und man sah ihnen ihre Erleichterung an, dass Gitte und Kate so früh und unversehrt wieder aufgetaucht waren. Gitte bestellte Eistee für sich und Kate und blickte dann fragend in die Runde.

Ole zuckte mit den Schultern und hielt sein Gesicht in die Sonne. »Nun, es kann doch sein, dass die Kinder verwandt mit ihr sind? Nichten oder Kinder einer Cousine, was weiß ich.«

Er schaute Gitte an. »Viel spannender wäre es, herauszufinden, was die Mutter gegen Nora Borg hatte. Das erinnert mich wieder daran, dass ich einen Kollegen auf diese Strafanzeige angesetzt habe, die es angeblich mal gegen Nora gegeben hat. Ich muss im Übrigen bald zurück.«

»Geht es dir nicht gut? Du hast ja ganz schöne Schläge einstecken müssen.« Mitfühlend blickte Gitte zu Ole, doch der winkte ab.

»Da bin ich von meinem Boxverein mehr gewohnt. Mit ein bisschen Bauchmuskulatur steckt man solche Schläge leicht weg. Ich muss noch arbeiten.«

Gitte glaubte ihm nicht so recht, umso mehr, als er sich

nicht mal Erik anschloss, um einen dänischen Hotdog zu essen. Gitte vermutete, dass ihm der Schlag in den Bauch doch zu schaffen machte.

Im Auto saß Ole dann mit schlechter Laune hinter dem Steuer und brummte auf halber Strecke: »Ein Würgeangriff auf Gitte, eine Schlägerei und zwei Rauswürfe aus dem Freistaat Christiania, unsere Ermittlungsmethoden sind offenbar dilettantisch, und wir haben bislang nur diffuse Erkenntnisse. Wenn ich doch nur wüsste, ob August Borg wegen seines Jobs auf der Baustelle von Arne Hansen umgebracht wurde oder ob es etwas mit dem Dealen zu tun hat, das er mit seiner Frau zusammen betrieben haben soll, oder gar mit seinen Seitensprüngen. Kann übrigens gut sein, dass aus dieser Ecke die Anzeige gegen Nora Borg kam.«

»Aber du weißt es noch nicht«, meinte Gitte.

»Nein, wie gesagt, ich habe noch keine Info darüber, bin aber dran.«

»Was ist eigentlich mit der Bettnachbarin von Nora, dieser älteren Dame? Die muss doch mitbekommen haben, wer Nora besucht hat. Die beiden haben immerhin mindestens zwei Tage zusammen in einem Krankenzimmer verbracht und sich bestimmt auch über das eine oder andere unterhalten. Ich würde sie an deiner Stelle dringend mal befragen.« Gitte beugte sich von hinten vor und umfasste die Fahrerlehne.

»Danke für den Tipp, doch die Idee hatte ich tatsächlich schon selber. Aber keine Chance«, erwiderte Ole, »wenn die Dame sich nicht von selbst meldet. Die ärztliche Schweigepflicht darf nur dann verletzt werden, wenn es gilt, eine Straftat zu verhindern, nicht aber zur Aufklärung einer Straftat. Die dürfen uns im Krankenhaus also nicht die Adresse dieser alten Dame rausgeben.«

»Aber ich könnte doch versuchen, sie herauszubekommen. Ich habe da so eine Idee.« Die hatte Gitte tatsächlich, und sie war nun ganz ungeduldig, endlich in Marielyst anzukommen. Noch blieben ihr ein paar Stunden von ihrem Urlaubstag.

»Wenn du dich damit in Gefahr begibst, dann lass es lieber. Ich kann nicht überall gleichzeitig sein«, stöhnte Ole, als er sie, Erik und Kate am Anemonenvej absetzte.

»Wunderbar«, meinte Kate mit einem Blick zum strahlend blauen Himmel. »Jetzt können wir noch zum Strand gehen, Schatz.«

Gitte winkte der Gruppe mit harmloser Miene zu und marschierte ins Haus, um sich frisch zu machen.

13

Statt zum Strand fuhr Gitte zehn Minuten später mit ihrem Wagen nach Nykøbing zum Krankenhaus. Sie hatte sich ein Notizbuch eingesteckt und hielt es in der Hand, während sie auf den Fahrstuhl wartete. Auf der Inneren Station angekommen, hielt sie nach einer Schwesternschülerin Ausschau. Die Station war jetzt am späten Nachmittag relativ leer, ein paar Besucher verabschiedeten sich von ihren Angehörigen, und Gitte erspähte ein junges Mädchen mit kurzen strubbeligen Haaren, die ein Tablett aus einem Zimmer trug. Gleich würde das Abendessen verteilt werden.

Gitte wandte sich mit einem hilflosen Blick an die junge Frau. »Hallo, ich bin Gitte Madsen vom Bestattungsinstitut Paul Larstsen. Ich habe ein kleines Problem und hoffe, du kannst mir helfen.«

»Ja bitte?« Die Schwesternschülerin, deren Namensschildchen sie als Ruth auswies, stellte das Tablett in eine kleine Küche und sah Gitte fragend an.

»Nun, hier zunächst unsere Karte und mein Ausweis.« Gitte hielt ihr beides vor die Nase. »Bei Nora Borg lag eine ältere Dame, die mir ihre Telefonnummer gegeben hat, damit ich sie wegen einiger Fragen bezüglich der Urnenbestattung eines Angehörigen anrufe. Sie ist bereits am Freitagmorgen entlassen worden. Nun erreiche ich die Dame nicht, was einen schlechten Eindruck bezüglich unseres Services hinterlässt. Ich fürchte, ich habe einen Zahlendreher. Kannst du mal in den Unterlagen nachschauen und wir vergleichen?« Demonstrativ hielt sie ihr Notizbuch in den Händen.

»Ich darf dir keine Namen von Patienten nennen.«

»Nein, natürlich nicht, aber der Name ist grad gar nicht so wichtig, ich brauche nur die Telefonnummer für einen Anruf bei der Dame. Bitte. Mein Chef meint sonst wieder, ich hätte es vermasselt.«

Unentschlossen kaute das junge Mädel an der Unterlippe und nickte dann. Gitte musste an der Tür zum Dienstzimmer warten, was ihr recht war, denn dann konnte die Schwester nicht sehen, dass sie gar keine auch nur halbwegs ähnliche Telefonnummer notiert hatte. Das Mädchen rief im Computer eine Seite auf und las dann vor: »056 513 947.«

»Aha, da ist ja der Fehler, ich hatte am Ende eine 74 stehen. Vielen lieben Dank.«

Mit einem erleichterten Seufzer verabschiedete sich Gitte und konnte es kaum erwarten, im Telefonbuch die Nummer durch die Rückwärtssuche laufen zu lassen. Doch im Foyer des Krankenhauses wurde sie aufgehalten.

»Du lungerst hier ja schon wieder wie ein Aasgeier herum. Nora braucht Ruhe.«

»Hej, Hans. Wie geht es Nora? Ist sie aufgewacht?«

Hans wirkte angespannt, und seine Haut war gerötet. »Sie ist noch nicht aufgewacht. Die Leiche meines geliebten kleinen Bruders ist heute Morgen freigegeben worden, aber das weißt du ja sicherlich. Wir haben uns entschlossen, die Beerdigung auf Samstag anzusetzen, auch wenn das jetzt etwas kurzfristig ist, aber dein Chef meinte, das kriegt ihr hin.«

»Oh«, sagte Gitte überrascht. »Hoffentlich erreicht ihr bis dahin alle Gäste. Ich hätte diesbezüglich auch noch ein Anliegen, das ich mit Nora besprochen habe. August hing der Alten Sitte an, und Nora wollte, dass dies Beachtung findet.«

Hans brummte, hörte aber zu.

»Malthe, ein Bekannter von deinem Bruder, ist bereit, auf der Beerdigung ein paar Worte gemäß seiner Religion zu sprechen. Ich hoffe, das ist in Ordnung für dich.«

Die schlechte Prognose für Nora, die nun wahrscheinlich gar nicht auf der Trauerfeier ihres Mannes dabei sein konnte, sprach sie lieber nicht an.

»Mir soll das recht sein, solange er nicht heidnisch im Wald verscharrt oder gar verbrannt wird. Und dann jage ich seinen Mörder«, ereiferte sich Hans Borg und rollte zornig mit den Augen, als er ergänzte: »Die Spur führt eindeutig zu seinem Chef.«

Gitte schob Hans Borg vorsichtig aus der Mitte des Foyers in eine Ecke, wo sie nicht so auffällig im Weg herumstanden.

»Etwa zu Louie Svendsen?« Sie war überrascht, dass Hans sich so sicher war, den Mörder auf der Baustelle zu finden.

»Quatsch, das ist doch der Architekt. Hansen heißt der

Mann. Der Typ, der sich den Prachtbau leisten kann. Der hat doch das Grundstück nur bekommen, weil er jemanden bestochen hat. Da sollte eigentlich ein Ferienhaus für Heimkinder entstehen. Mein Bruder hat von diesem krummen Geschäft erfahren und dafür gesorgt, dass er als Polier eingestellt wurde.« Hans Borg steckte sich eine Zigarette zwischen seine vollen Lippen.

»Willst du mir damit sagen, dass dein Bruder Arne Hansen erpresst hat, um an den Job zu kommen? Und dann ist ausgerechnet August derjenige, der mit seinem missglückten Richtspruch Pech über den Bau gebracht hat? Woher weißt du das auf einmal?«, fragte Gitte ihn.

Hans Borg nickte. »Mein Bruder wurde vielleicht umgebracht, weil er wirklich Leute erpresst hat. Ich habe das auch erst jetzt erfahren, ein Kollege von August hat es mir erzählt. Er will aber nicht mit der Polizei reden«, antwortete er, ohne seine Zigarette aus dem Mund zu nehmen.

»Und warum vergreift der Täter sich dann an Nora? Hast du dazu auch eine Theorie?«

»Weil er glaubt, dass sie zu viel weiß. Ich gehe jedenfalls nicht davon aus, dass August wegen seines kläglichen Cannabishandels umgebracht wurde.«

Hans Borg blickte auf seine Armbanduhr, nickte ihr zu und wandte sich Richtung Ausgang.

Gitte lief ihm nach. »Es gab mal eine Anzeige gegen Nora. Weißt du, weshalb und warum sie wieder zurückgezogen wurde?«

Sie wich zurück, als Hans sich abrupt umdrehte und sie

zornig anfunkelte. »Du kleine Schnüfflerin, was für ein Unsinn ist das denn?«

Entschlossen schritt er davon und versuchte, sich im Gehen die Zigarette anzuzünden.

Nachdenklich wandte Gitte sich dem Parkplatz zu und rief mit ihrem Handy das Telefonbuch von Nykøbing auf. Ida Lund, so lautete das Ergebnis ihrer Suche. Sie wohnte nicht weit vom Krankenhaus entfernt.

Kurz entschlossen fuhr Gitte los und parkte fünf Minuten später vor einem Mehrfamilienhaus. Ida Lund wohnte im Erdgeschoss. Zögerlich hob Gitte den Zeigefinger, um zu läuten, brauchte aber drei Anläufe. Sie musste sich erst die passenden Worte zurechtlegen. Es dauerte eine kleine Weile, bis sich nach ihrem Klingeln die Tür öffnete und Gitte in das Gesicht der älteren Frau blickte, die sie bereits bei Nora im Krankenzimmer kennengelernt hatte.

»Guten Tag, mein Name ist Gitte Madsen, und ich komme wegen deiner Bettnachbarin Nora.«

»Ach herrje. Geht es ihr nicht gut?« Ida Lund zog den Kopf ein, als erwarte sie ein Donnerwetter.

»Ida, ich möchte dir gerne ein paar Fragen stellen. Nein, es geht Nora nicht gut. Darf ich für einen Moment hereinkommen?«

»Na gut, dann komm herein. Was hat sie denn? Ich habe nicht gelauscht, aber man bekommt ja so einiges mit, wenn man nur zwei Meter entfernt im Bett liegt.«

Ida Lund führte Gitte in eine kleine Einbauküche mit einem Tisch, an dem höchstens zwei Personen Platz hatten. Es roch nach Currysuppe.

Gitte setzte sich mit einem fragenden Blick auf den einfachen Holzstuhl, Ida setzte sich gegenüber.

»Was hast du mitbekommen? Du weißt, dass ich beim Bestattungsinstitut arbeite, das ihren Mann beerdigen wird. Aber ich arbeite auch mit dem Kommissar zusammen, und wir versuchen, einen Mord aufzuklären.«

Ida Lund schaute sie mit großen Augen an und nickte. »Die Frau war völlig fertig, sie weinte im Schlaf und starrte oft apathisch aus dem Fenster. Dann wieder zitterte sie am ganzen Körper, wurde aggressiv und forderte die Schwestern auf, ihr etwas gegen die Unruhe zu geben. Einmal hat sie im Schlaf einen Namen gerufen, Karla oder Clara, das weiß ich nicht mehr genau. Ist das ihre Tochter?«

Gitte schüttelte den Kopf. »Nora hat keine Kinder. Machte sie auf dich den Eindruck, dass sie lebensmüde war?«

Ida Lund nestelte an der gelben Tischdecke mit Blüten darauf und starrte nach unten. Ihre grauen, kinnlangen Haare fielen nach vorn und verbargen teilweise ihr Gesicht.

»Ich weiß es nicht genau. So was ist immer schwer zu sagen. Aber ich war fünfzehn Jahre als Krankenschwester in einer psychiatrischen Abteilung beschäftigt, und ich hatte ein ungutes Gefühl. Ich glaube gar nicht mal, dass sie sich bewusst umbringen wollte, aber sie wollte Entspannung, Ruhe im Kopf, wie sie sagte. Sie hat mich sogar gebeten, ihr eine Flasche Korn zu besorgen. Und dann habe ich sie erwischt, wie sie sich den Schal um den Hals gezogen hat. Das war am Tag meiner Entlassung.«

Sie hob den Kopf.

»Wie bitte? Sie kann sich doch schlecht selbst erwürgen. So etwas funktioniert doch nicht.«

Ida lächelte traurig. »Nein, obgleich ich mal erlebt habe, dass ein Jugendlicher bei diesen Strangulationsspielen gestorben ist. Es geht um die selbst herbeigeführte Ohnmacht, um schöne Gefühle im Kopf, aber durch den Sauerstoffmangel kannst du auch ins Koma fallen.«

Gitte war tief betroffen. »Hast du Noras Handy benutzt, um ihren Schwager anzurufen? Hast du ihm erzählt, dass Nora in Gefahr ist?«, fragte Gitte leise.

Ida Lund nickte.

»Warum hast du nicht die Ärzte oder Schwestern informiert?«

»Ich wollte nicht, dass Nora es mitbekam. Sie ist duschen gegangen, ganz plötzlich. Vorher war es ihr beinahe egal, wie sie aussah. Doch sie hat sich frische Wäsche und einen Samtanzug aus dem Schrank genommen und wollte sich zurechtmachen. Da sind bei mir die Alarmglocken angegangen, aber ich hatte meinen Koffer schon gepackt und wartete auf das Taxi. Also habe ich ihr Handy genommen und die letzte Nummer gewählt. Dann kam mein Taxi, und ich bin gegangen. Das war sicher nicht die klügste Aktion in meinem Leben. Was ist denn passiert?«

»Aber das klang doch normal, dass Nora sich frisch machen wollte. War es nicht ein Zeichen, dass es ihr besser ging?«, fragte Gitte verblüfft.

»Nicht unbedingt. Es war diese Aufbruchstimmung, die mich stutzig machte. Es wirkte wie eine Vorbereitung. Sie hat sich aber nicht das Leben genommen, oder?«

Ida Lund stand auf, griff nach einem Glas und hielt es unter den Wasserhahn. »Verzeihung, ich bin noch nicht ganz auf der Höhe. Ich hatte eine Gallenoperation. Willst du auch etwas zu trinken?«

Gitte schüttelte den Kopf. Erst jetzt fiel ihr der leichte Akzent auf, mit dem Ida Lund sprach. Wahrscheinlich war sie Schwedin, dem Nachnamen nach zu urteilen. »Nora Borg ist mit ihrem eigenen Schal gewürgt worden. Alle denken, dass es ein Mordanschlag war, aber nach dem, was du erzählst, hat sie sich wohl einfach nur auf bizarre Weise beruhigen wollen. Was für Leute haben sie besucht?«

»Du, ihr Schwager und seine Frau und eine Freundin, eine etwas hektische Frau mit kurzen Haaren. Sie kümmerte sich ganz liebevoll um Nora, war aber nur kurz da. Sie haben beinahe geflüstert, sodass ich nicht viel verstanden habe. Wollte ich natürlich auch nicht. Ach ja, und ein gut aussehender Mann, der sich als Kommissar vorstellte und ihr mitteilte, dass ihr Mann ermordet worden sei.«

Ida Lund setzte sich wieder hin und hielt ihr Glas in den Händen. »Wie geht es ihr denn nun?«

»Leider ist sie noch nicht wieder aufgewacht. Sie liegt im Koma.«

»Oh.« Die alte Dame war sichtlich betroffen. »Ich hätte doch besser das Personal informieren sollen.«

»Vielleicht war sie es gar nicht selbst. Dich trifft nun weiß Gott keine Schuld, Ida. Entschuldige noch mal den Überfall und vielen Dank.« Damit stand Gitte auf und verließ die kleine Wohnung.

Während der Fahrt rief sie Ole an. Es dauerte lange, bis er an sein Mobiltelefon ging. Und natürlich hörte er ihre Fahrgeräusche im Hintergrund. »Gitte, du hast keine Freisprechanlage!«

»Ich habe die alte Dame ausfindig gemacht, die Nora Borgs Bettnachbarin im Krankenhaus war.« Den Triumph in ihrer Stimme durfte Ole ruhig hören.

»So schnell? Ich will lieber nicht wissen, wie du das gemacht hast. So etwas wie Datenschutz interessiert dich eh nicht.« Gitte hörte ein Plätschern. »Bist du bei dem warmen Wetter in der Badewanne?«

»Nein, ich halte meine Füße in einen Bottich mit kaltem Wasser und trinke dazu ein alkoholfreies Weizenbier. Immerhin musste ich halb Kopenhagen zu Fuß erkunden. Dabei studiere ich die Unterlagen zum Mordfall, denn für mich ist dieser Donnerstag ein Arbeitstag. Ich nehme an, du hast die Dame aufgesucht? Übrigens werde ich dir morgen fünfzehnhundert Kronen abnehmen, wenn du nicht gleich rechts ranfährst zum Telefonieren.«

Gitte dachte gar nicht daran, anzuhalten, und befuhr gerade den Kreisverkehr, der sich kurz vorm Ortseingang befand.

Ole erkundigte sich: »Wen muss ich also verhaften?«

»So einfach mache ich es dir nicht. Die Dame, sie heißt übrigens Ida Lund, meinte, dass Nora so ein blödes Strangulationsspiel gemacht hat. Sie wollte sich nicht umbringen, sondern wegbeamen. Hat ja auch geklappt, aber sicher anders als geplant. Diese Ida hat bei Hans Borg angerufen, kurz bevor sie selbst entlassen wurde.«

Jetzt wurde Ole doch noch hellhörig. »Sie hat Hans Borg gewarnt? Wie kann man denn auf die Idee kommen, sich selbst in die Bewusstlosigkeit zu würgen? Hat sie vielleicht noch mehr über Noras Leben erfahren, was für den Fall wichtig sein könnte?«

»Nein, offenbar nicht.«

»Schick mir mal Namen und Adresse der Dame zu, ich werde sie morgen noch mal befragen«, erwiderte Ole. Er seufzte dabei. »Es ist einfach ein großer Unterschied in der Ermittlungsarbeit, ob Nora einem Mordversuch zum Opfer fiel oder selbst für ihren Zustand verantwortlich ist.«

Gitte überlegte, ob sie Ole auch von dem Zusammentreffen mit Hans Borg erzählen sollte. Es missfiel ihr, Verdachtsmomente gegen Arne Hansen vorzubringen. Sie mochte den alten Schulfreund ihres Chefs und kam sich dabei wie eine Verräterin vor. Also sagte sie nur müde: »Im Augenblick denke ich eher, dass der Mord an August berufliche Hintergründe hat. Wenn Nora aufwacht, wissen wir mehr.«

»Falls Nora aufwacht. Pass auf dich auf und schließ dein Haus ab.«

Er legte auf, ohne dass sie ihm noch von Tante Stines Anruf erzählen konnte. Sie wünschte sich, dass Ole danach gefragt hätte. Er könnte doch verdammt noch mal mehr Anteilnahme zeigen.

Sie hatte allerdings auch Kate und Erik nichts von dem Anruf erzählt. Und während sie nun allein ihr Haus betrat, erkannte sie plötzlich, warum nicht. Sie schämte sich für ihren Vater. Damals war sie in der festen Überzeugung nach Marielyst gekommen, dass Mads Madsen etwas Schlimmes zugestoßen war, als er vor achtzehn Jahren verschwand. Jedem, den sie nach alten Erinnerungen gefragt hatte, hatte sie weisgemacht, ihr Vater sei einem Verbrechen zum Opfer gefallen. Und nun war das Gegenteil der Fall. Er war ein Täter. Ein Mann, der seine Familie im Stich gelassen hatte.

Der Abend war mild, und so setzte sie sich mit einer Flasche Bier aus der Brauerei Krenkerup und einem Käsebrot auf die Terrasse. Sie hörte die Grillen im hohen Gras und ein Signal von ihrem Handy: eine Nachricht von Tante Stine.

> Komm morgen bitte zum Essen.
> Alles Liebe, Tante Stine

Gut, ihre Tante war also sicher heimgekommen. Gitte atmete tief durch und schloss die Augen. Leise strich der Wind durch einige umstehende Nadelbäume, und Gitte musste kurz weggenickt sein. Sie schrak auf, als sich ein Schatten über sie beugte. Es war ihre Nachbarin Heike Werner.

»Oh, Entschuldigung. Ich habe dich hier eben so allein sitzen gesehen und dachte, du magst vielleicht ein Glas Wein mit uns trinken. Es ist ein so schöner Abend.«

Gitte hatte keine Lust mehr, noch irgendwen heute Abend zu sprechen, der Tag, der hinter ihr lag, kam ihr schon endlos lang vor.

»Nein, danke schön, ich genieße tatsächlich mal die Ruhe, und ich muss morgen auch wieder arbeiten.« Es musste bereits kurz vor zehn Uhr sein, denn die Dämmerung war hereingebrochen.

»Ach so, dann vielleicht am Wochenende?« Das volle Gesicht der deutschen Frau strahlte sie verschmitzt an: »Du wartest sicher noch auf deinen Verehrer. Er hat eben schon mal nach dir gesucht.«

Jetzt setzte Gitte sich aufrecht hin und war hellwach. »Ich habe keinen Verehrer. Wer war denn hier?«

Glücklich, dass Gitte sich doch noch auf ein Gespräch einließ, schob Heike sich einen Stuhl zurecht und setzte sich ihr gegenüber.

»Ach, das war so ein sportlicher Typ im Laufdress und mit einer Baseballkappe auf dem Kopf. Ich habe ihn nur von Weitem gesehen, aber er stand hier und schaute durchs Fenster.«

Gitte wurde mulmig zumute, als sie daran dachte, dass sie zumindest die Terrassentür gar nicht abgeschlossen hatte. Gegen den ausdrücklichen Rat von Ole.

»Hast du gesehen, ob der Typ das Haus betreten hat, oder war er nur im Garten?« Wenn diese Heike schon andauernd ihr Haus beobachtete, konnte sie ihr Wissen auch wenigstens nutzen, dachte Gitte.

»Ich habe noch gefragt, ob er dich sucht und ob ich etwas ausrichten könne, aber er ist einfach weitergejoggt.«

Gitte dankte ihr. »Keine Ahnung, wer das gewesen sein könnte. Ich gehe jetzt rein, mir wird kalt, und ich bin müde.«

Heike ignorierte diesen Rausschmiss. »Hast du von dem Mord gehört, der hier passiert ist? Das ist unser erster Urlaub, an dem es eine Leiche am Ferienort gibt. Ich traue mich gar nicht, meine Kinder alleine laufen zu lassen, obwohl das natürlich Quatsch ist. Wer einen Maurer umbringt, hat es ja nicht gleichzeitig auch auf deutsche Kinder abgesehen. Markus, mein Mann, arbeitet ja auch auf dem Bau, also als Elektriker. Und der sagt, wenn jemand auf dem Richtfest umgebracht wird, hat es etwas mit dem Job zu tun, und der Mann hätte wahrscheinlich zu viel gewusst. Es gebe ja so viele Seilschaften und Korruption in der Baubranche, sagt mein Mann.« Sie strich sich über ihre kräftigen Oberschenkel, die in engen weißen Leggins steckten, und sagte: »So, jetzt muss ich mal wieder rüber, sonst denkt Markus noch, ich wäre mit einem Wikinger durchgebrannt.«

Sie lachte über ihren zweifelhaften Scherz und marschierte winkend davon.

Unglaublich, dachte Gitte, was diese Frau für eine gute Laune und Zufriedenheit an den Tag legt. Eigentlich beneidenswert.

Im Haus schloss Gitte dann, entgegen ihrer Gewohnheit, Haustür und Terrassentür ab und wünschte sich, Heike hätte nichts von dem Typen auf ihrem Grundstück erzählt. Kurz vorm Schlafengehen erzeugte ihre Fantasie nämlich alle möglichen Schreckensbilder.

14

Als Gitte am Freitag bei bedecktem Himmel und etwas kühleren Temperaturen mit ihrem alten Drahtesel zum Beerdigungsinstitut fuhr, erwartete ihr Chef sie bereits in der offenen Tür.

»*Hej*, Gitte, stell dir vor, wir haben eine weitere Leiche.«

Sie stoppte ihr Rad und sprang vom Sattel.

»Das hier ist ein Beerdigungsinstitut, Paul. Wir haben öfter neue Kunden. Oder ist Nora Borg gestorben?« Jetzt sah sie ihn erschrocken an.

»Nein, nicht Nora Borg, aber ich konkretisiere: Wir haben einen weiteren Mord!«

»Oh nein. Wo ist Ole?«

Gitte stellte ihr Rad achtlos an die Hauswand und blickte Richtung Polizeirevier. Doch sie sah nur ein paar verfroren aussehende Urlauber, die nicht glauben konnten, dass das Wetter dermaßen abrupt umgeschlagen hatte. Mit zwanzig Grad war es zwar nicht sonderlich kalt, aber es setzte jetzt ein leichter Regen ein. Paul und Gitte gingen schnell ins Büro und zogen die Tür hinter sich zu.

»Ole kommt gleich«, sagte Paul. »Heute Morgen um

sechs Uhr hat ein Jogger eine Leiche im Wasser gefunden und die Polizei verständigt. Ein Kollege aus Nykøbing wurde zum Tatort gerufen. Dieser Polizist hat mich dann schon um kurz nach sechs Uhr informiert und meinte, ich solle schon mal zu der Stelle kommen, denn einen Tod durch Ertrinken müsse man ja nicht noch obduzieren.«

Gitte sah ihn ungläubig an. »Was für eine interessante Ferndiagnose. Klingt irgendwie nach dem Kollegen Peter Jensen. Der hat so seine ganz eigenen Denkmuster.«

»Keine Ahnung, wie der hieß, aber ich habe ihn schon öfter mit Ole gesehen. Ich konnte ihn gerade noch davon abhalten, unseren Zeitungsmann Nils anzurufen.«

»Was?« Gitte machte große Augen.

»Ja, weil die Tote doch keine Papiere dabeihatte. Der Beamte meinte, wir bräuchten ein Foto, damit wir sie identifizieren lassen können. Damit hat er ja recht, aber das Foto sollte doch besser nicht unser sensationslustiger Journalist Nils machen, oder? Ole würde durchdrehen. Ich habe die tote Frau nun bei uns aufgebahrt und so weit hergerichtet, dass Ole ein brauchbares Foto machen kann. Er müsste jeden Augenblick kommen.«

»Nils ist schon in Ordnung, aber du hast natürlich recht. Ihn noch vor Ole an die Leiche zu lassen, wäre für Nils zwar ein Triumph gewesen, für unseren Kommissar aber ein No-Go. Dann hätte er Peter Jensen endgültig nach Grönland versetzt. Aber ich kann mir die Tote doch ansehen, oder? Und warum gehst du schon wieder von einem Mord aus, Paul?«

»Sieh selbst genau hin.«

Gitte konnte es kaum erwarten zu sehen, wen man da am Strand gefunden hatte. Es gab in der Ostsee zwar deutlich weniger Ertrunkene, als dies in der Nordsee der Fall war, aber es war auch nicht unmöglich. Manche Menschen überschätzten sich beim Schwimmen im offenen Meer. Sie selbst hatte vergangenen Dienstag noch Probleme gehabt, weil sie zu weit hinausgeschwommen war. Paul sah zum Fenster, durch das man im Eiltempo Ole Ansgaard die Straße entlanglaufen sah.

»Schnell, Paul, ich will die Leiche noch vor Ole sehen. Er lässt mich sonst vielleicht nicht.«

Paul zeigte nach hinten. »Okay, sie liegt auf der Bahre. Ich halte Ole auf.«

Gitte ging in die Leichenhalle, in der die Toten aufgebahrt und für die Angehörigen hergerichtet wurden. Es roch noch ganz leicht nach Meerwasser und Algen, aber die tote Frau war kein schockierender Anblick. Sie hatte mit Sicherheit nicht lange im Wasser gelegen.

Gitte trat näher. Das Alter der schlanken Frau war schwer zu schätzen, vermutlich zwischen vierzig und fünfzig Jahren. Sie hatte rotblonde kurze Haare und eine schmale Adlernase, doch erst als Gitte die Narbe über der Augenbraue sah, wusste sie, wer da vor ihr lag. Schockiert trat sie einen Schritt näher und entdeckte die rote Spur am Hals. Auch Lene, die Nachbarin von Nora, war erdrosselt worden.

Im Nachbarraum hörte sie Ole schimpfen: »Wieso bin ich eigentlich nicht zum Tatort gerufen worden? Laufen jetzt alle Ermittlungen in einem Mordfall bei euch im Beerdigungsinstitut zusammen? Und wo steckt Gitte schon wieder?«

»Ich habe Fotos gemacht, wo und wie die Leiche im Wasser lag, das ging aber auf die Schnelle nur mit dem Handy«, sagte Paul. »Sollte ich vielleicht mit dem Transport der Leiche warten, bis die Flut sie sich geholt hätte?«

»Nein, danke, Paul. Ich denke, du bist der Einzige, der fast immer mitdenkt. Tut mir leid. Also, wo ist die Leiche? Ich habe eine gute Kamera dabei und mache das Foto zur Identifizierung selbst.«

»Das kannst du dir sparen. Ich kenne die Frau.« Gitte trat ins Foyer. »Es ist Lene, Noras Nachbarin. Du hast sie doch auch schon kennengelernt.«

Oles blaue Augen funkelten sie an, und sie dachte schon, er würde wieder wütend schimpfen, aber er schob sie nur sanft zur Seite und ging zu der aufgebahrten Leiche.

»Du hast recht, Gitte. Mist. Sie scheint ebenso erwürgt worden zu sein wie August Borg. Vielleicht sollten wir den Cannabishandel der Borgs doch ernsthaft unter die Lupe nehmen, denn ich hielt diese Lene für eine eifrige Abnehmerin. Ich hatte zunächst sogar vor, ihr Haus durchsuchen zu lassen, aber dann habe ich Gnade walten lassen. Leider. Jetzt werde ich ihr Haus auf den Kopf stellen. Es ist immerhin gut möglich, dass sie es als Akt der Nachbarschaftshilfe empfunden hat, den Handel von Nora und August weiter zu betreiben. Ein anderes Motiv fällt mir gerade nicht ein.« Er wandte sich an Gitte. »Bitte, bitte, lass die Finger von diesem Fall. Wir haben es hier mit einem skrupellosen Täter zu tun.

Ach, was rede ich. Du hörst eh nicht auf mich. Pass einfach auf bei dem, was du tust.«

Gitte nickte überrascht.

Ole holte die Kamera aus der Tasche und machte ein paar Aufnahmen von der Toten. Dabei fiel ihm die Narbe an der Augenbraue auf. »Weißt du, woher sie die hat?«, fragte er Gitte. Die schüttelte den Kopf.

»Wir müssen es ihrer Familie mitteilen. Die armen Leute, was für ein Schock«, sagte Paul, der hinter ihnen stand.

»Ja, ich kümmere mich darum«, erwiderte Ole. »Ich hoffe, der Gatte hat ein paar Hinweise für mich. Mist, der ist doch Fernfahrer. Hoffentlich kann man ihn erreichen. Bringt ihr derweil bitte die Leiche in die Gerichtsmedizin nach Nykøbing? Euch brauche ich ja hoffentlich keinen Beamten zur Seite zu stellen.«

Ole sah die beiden vielsagend an. »Es steht eh nur Peter Jensen zur Verfügung. Und den habe ich mir so zur Brust genommen, dass er nun kerzengerade nebenan in der Dienststelle sitzt und den Telefondienst macht. Aber bis morgen früh hat er das alles vergessen. Ach, Gitte«, sagte er im Gehen, »könntest du diesen Mord noch ein wenig für dich behalten, bevor du deinen Freund von der Presse anrufst?«

»Ich habe keinen Freund bei der Presse. Nils hat immer mich aufgesucht, nicht umgekehrt. Außerdem habe ich für diesen Mordfall gar keine Zeit. Ich habe meine eigenen Probleme.«

Und damit machte sie auf dem Absatz kehrt und verschwand in den hinteren Räumen. Ole hatte noch immer kein Wort über Tante Stine und ihre Reise in die Ukraine verloren, geschweige denn gefragt, wie es ihr ging. Es wurmte sie mehr, als sie zugeben würde, dass Ole sich gerade so wenig um sie kümmerte.

Paul und sie vereinbarten, dass Gitte allein nach Nykøbing fuhr. Nachdem sie die Leiche in der Gerichtsmedizin abgegeben hatte, parkte sie kurz entschlossen am frühen Mittag vor dem Krankenhaus und ging hoch zur Intensivstation. Doch die war geschlossen, und Gitte musste klingeln. Eine Stimme aus dem Lautsprecher fragte sie nach ihrem Anliegen.

»Gitte Madsen hier, ich möchte zu Nora Borg.«

»Bist du angerufen worden?«

Was für eine merkwürdige Frage, dachte Gitte und antwortete einfach mit »Ja, man hat mich angerufen«.

Ein Summen war zu hören, und die Tür schwang auf. Gitte desinfizierte sich die Hände an den bereitgestellten Vorrichtungen und ging über den Flur. Eine ältere Schwester stellte sich ihr in den Weg.

»Bitte stell nicht zu viele Fragen auf einmal, sie ist erst seit zwei Stunden wach und muss unbedingt geschont werden. Ich mach das nur, weil es der Aufklärung eines Mordes dient, damit ihr das wisst. Die arme Frau braucht Ruhe und Zuwendung.«

Gitte nickte stumm und konnte ihr Glück kaum fassen. Die Krankenschwester hatte also die Polizei informiert, weil Nora Borg aufgewacht war. Sie musste sich beeilen, denn sicher würde Ole hier bald auftauchen. Gitte redete sich ein, dass sie dem Kommissar einen Gefallen tat, denn Ole hatte ja selbst schon bemerkt, dass Nora Angst hatte, wenn er mit ihr sprach.

Sie betrat das Zimmer.

Nora lag halb aufgerichtet und weiß wie ihr Kissen unter ihrer Bettdecke und war an alle möglichen Überwachungsgeräte angeschlossen. Sie löffelte gerade eine Suppe, die auf dem ausklappbaren Brett ihres Nachttischs stand, und reagierte zunächst wenig erfreut, als sie Gitte sah.

»Wer bist du? Was willst du von mir? Ich habe dich doch schon mal gesehen.«

»Ich bin die Bestatterin, die deinen Mann beerdigen wird. Wir haben darüber gesprochen, dass er einer anderen Religion anhing und ich darauf Rücksicht nehmen sollte. Weißt du noch?«

Jetzt lächelte Nora zaghaft. »Ich erinnere mich, du wolltest mit Malthe darüber reden. Was hat er gesagt?«

»Oh, Malthe will ein paar Worte am Grab sprechen, wenn du das möchtest, und er will ein paar Rituale abhalten. Ist das in deinem Sinn?«

Nora nickte und schlürfte vernehmlich ihre Suppe. »Nora, wie geht es dir? Kannst du dich an irgendetwas erinnern?«

»Ja.« Sie warf den Kopf zur Seite, und etwas von der Suppe schwappte über.

Gitte tastete sich vorsichtig an das Gespräch heran.

»Nora, du musst dich nicht schämen, wenn du eine Dummheit gemacht hast. Du bist in Trauer um deinen Mann. Keiner kann ermessen, was du gerade durchmachst. Du bist nicht wirklich angegriffen worden, oder?«

Unwillkürlich blickte Gitte zu Noras Hals. Das rote Band, das sich um den schmalen Hals zog, war immer noch deutlich zu sehen.

»Alle fragen mich auf einmal, wer mich attackiert hat und wie der Angreifer ausgesehen hat. Dabei wollte ich mich nur wegbeamen, ohnmächtig werden, ich hab das Gefühl nicht mehr ausgehalten. Sie überlegen nun, ob ich eine Weile in die psychiatrische Abteilung wechseln soll. Damit es mir wieder besser geht.« Nora nestelte an ihrer Bettdecke.

Gitte setzte sich zu der Frau ans Bett und drückte ihre kalte Hand. »So schlecht ist die Idee nicht. Du kannst dort zur Ruhe kommen, vielleicht eine Therapie machen. Nora, die Polizei weiß, dass ihr, du und August, Cannabis verkauft habt und …«

»Haben wir nicht. Wie kommst du denn darauf? Nur weil ich ab und an etwas zu viel trinke? Ist man dann automatisch auch ein Dealer?« Nora zog ihre Hand weg, aber sie sah nicht wirklich zornig aus.

Gitte überlegte kurz. Nora war gerade erst aus einem Koma erwacht und ohnehin sehr labil. Auf der anderen Seite gab es noch immer einen frei herumlaufenden Mörder und einen Typen, der Gitte tätlich bedroht hatte.

»Nora, ich bin vor einigen Tagen überfallen worden. Jemand wusste offenbar genau, dass ich in diesem Fall Nachforschungen anstelle. Jedenfalls hat der Mann mich gewürgt und gesagt, ich solle mich raushalten. Meinst du nicht, es ist besser, die Wahrheit zu sagen?«

Nora starrte vor sich hin, so lange, dass Gitte schon überlegte, auch noch nach dem kleinen Mädchen in Christiania zu fragen, doch plötzlich begann Nora zu zittern, als hätte man sie aus einem eisigen Fluss gerettet. Ihre Lippen bebten, aber sie brachte kein Wort heraus. Es war erschreckend mit anzusehen. Die schmalen weißen Hände lagen auf der Bettdecke und schlugen einen gespenstischen Rhythmus.

»Nora, wenn es irgendetwas gibt, was zu dem Mord an deinem Mann geführt haben kann, musst du das der Polizei mitteilen. Nur dann können sie dich beschützen und den Täter finden.«

Die Schale mit der Hühnersuppe bekam einen Stoß, und der Inhalt ergoss sich über Noras Bettdecke. Gitte schob den Nachttischwagen zur Seite und nahm ein Tuch, um Nora zu helfen. Doch die reagierte nicht.

Mist, dachte Gitte, da hatte sie sich wohl zu sehr hinreißen lassen. Sie drückte mit schlechtem Gewissen die Klingel und behielt Nora besorgt im Blick. Gleich darauf erschien die Schwester und blickte sie vorwurfsvoll an. Resolut schob sie Gitte zur Seite, als sie die zitternde Nora sah, und wandte sich zu einem Kollegen im Flur um. »Ich brauche ganz schnell ein Kühlpack. Dalli.«

Sekunden später bekam sie das Geforderte gebracht und drückte es Nora ans Handgelenk. Es dauerte eine kleine Weile, bis Nora reagierte, tief einatmete und sich mit geschlossenen Augen aufs Kissen sinken ließ.

»Ich will allein sein«, sagte sie matt. Die Schwester strich Nora sanft über die Stirn und versprach ihr, gleich das Bett neu zu beziehen. Dann fasste sie Gitte am Ellbogen und schob sie auf den Flur.

Frustriert ließ sich Gitte die Behandlung gefallen. Verdient hatte sie es. Wenn sie daran dachte, dass gleich noch die echte Polizei die Witwe besuchen und dabei unter Umständen noch ganz andere Fragen stellen würde, bekam sie ganz weiche Knie. Dieser Alleingang wäre beinahe schiefgelaufen. Sie musste Ole dringend beichten, was sie getan hatte. Er würde sich nach dem Besuch bei Nora sicher zornig bei ihr melden.

»Und du willst von der Polizei sein? Ihr seid doch alle gleich, kein Taktgefühl, keine Schonung. Hier kommt heute keiner mehr in ihre Nähe, verdammt noch eins.« Schwester Rabiata, wie Gitte sie soeben heimlich taufte, war noch nicht fertig mit ihr. »Wie ist dein Name?«

»Gitte Madsen, und ich bin eigentlich nicht von der Polizei, sondern ich bin die Bestatterin ihres Mannes.«

Die Reaktion der Krankenschwester war bühnenreif. Sie blickte an Gitte herunter, als habe sie eine Außerirdische im Flur stehen. »Das kannst du unseren naiven Assistenzärzten so verkaufen, aber nicht mir. Raus hier.«

Die Schwester ging kopfschüttelnd von dannen, und Gitte wollte lieber nicht wissen, wie sie Ole empfangen würde, wenn der hier auftauchte. So ein verdammter Mist. Da war die Person, die über den Cannabishandel, über die Mädchen in Christiania und über die Anzeige damals gegen sie aussagen konnte, endlich aufgewacht, doch Gitte war keinen Deut schlauer geworden.

Sie verließ das Krankenhaus und zog den Kopf ein, als ihr draußen Wind und Regen ins Gesicht schlugen. Was für ein mieser Tag, dachte sie und fuhr den schwarzen Bestatterwagen zurück nach Marielyst.

Unterwegs hielt sie bei dem Blumenladen *Strandgården's Flowers* und kaufte für Tante Stine einen kleinen Strauß, den sie bei Paul im Kühlraum in eine Vase stellte. Er bestand aus pinkfarbenen Geranien und rosa Rosen.

Eine Stunde später saß sie am Schreibtisch und schrieb Rechnungen, da stürmte Ole ins Institut, als verfolge er einen Flüchtigen. Er stellte sich mitten in den Raum und verschränkte die Arme vor der Brust. Seine Haare waren vom Regen nass, und auch sein T-Shirt wies feuchte Stellen auf. Frieren tat Ole offenbar nie, denn er trug kaum je eine Jacke, und Regenschirme kannte er nur von den Touristen im Ort.

Gitte bemühte sich um ein harmloses Gesicht und wartete auf das Donnerwetter, das nun zweifelsfrei kommen würde.

»Hast du irgendetwas von Nora Borg erfahren? Dann sag es mir bitte.« Das klang eher nach einer gewissen Hilflosigkeit.

»Nein, nur dass sie sich selbst stranguliert hat, um in eine Bewusstlosigkeit zu kommen. Die Arme ist ziemlich durch den Wind, und das hängt sicher nicht nur mit dem Mord an ihrem Mann zusammen. Du warst bei ihr?«

»Ha«, machte Ole freudlos. »Es passiert mir nun schon zum zweiten Male, dass Menschen mir nicht glauben, der ermittelnde Kommissar zu sein. Weil eine gewisse Bestatterin schon vorher da war und so getan hat, als käme sie direkt im Auftrag des Kommissariats. Ich könnte dich dafür verhaften lassen.«

»Ich kann doch nichts dafür, wenn die Leute mich verwechseln.« Gitte hob bedauernd die Hände.

Ole setzte sich auf einen Stuhl und fuhr sich durchs nasse Haar. »Die fühlen sich auf der Intensivstation ganz schön wichtig. Diese Krankenschwester dort hatte Haare auf den Zähnen, und ich musste wirklich sehr dienstlich werden. Ich hoffe, ich gerate niemals als Notfall in ihre Hände. Nach meinem Auftritt vorhin wird sie mich nur noch als Organspender behandeln. Nora Borg hat sie dagegen beschützt wie eine Löwin ihr Junges. Und ich muss dir recht geben, die arme Witwe befindet sich wirklich in einem desolaten Zustand, und die Verlegung in die psychiatrische Abteilung macht sicher Sinn. Hast du einen Kaffee für mich? Bei uns hat wieder keiner daran gedacht, Kaffeepulver zu kaufen. Peter Jensen wollte ich nicht damit beauftragen.«

»Du hast doch noch die blonde Kollegin mit dem Zahnpastalächeln?« Gitte fragte es beiläufig, aber in Wahrheit hatte sie die hübsche Kollegin schon mehr als einmal weit weggewünscht.

»Die ist auf einer Fortbildung in Kopenhagen. Keiner kümmert sich um mich.« Er grinste sie charmant an.

»Wir haben hier zwei Supermärkte direkt in der Nähe, wo du was zu essen bekommst, aber ich gebe dir natürlich einen Kaffee von uns aus.«

Gitte stand auf und schaltete die Maschine ein. Das war insgesamt glimpflicher abgelaufen, als sie befürchtet hatte.

Ole war schwer einschätzbar. Mal regte er sich über Kleinigkeiten auf, mal nahm er die Dinge gelassen.

»Hast du Nora nach den beiden Mädchen und der Frau aus Christiania gefragt?«, wollte Gitte wissen, als sie ihm den Kaffee zusammen mit ein paar Zuckerstückchen und einer Tüte Milch hinstellte.

Ole bediente sich und schaute Gitte empört an. »Gitte, die Frau hat überhaupt nicht mit mir gesprochen, und die Krankenschwester hat sie darin bestärkt, als sei sie ihre Anwältin. Ich habe nicht eine Frage beantwortet bekommen. Nora Borg hat lediglich vor sich hin gestarrt und an der Bettdecke herumgezupft. Wenn ich es nicht besser wüsste, würde ich behaupten, sie hat ihre gefährlichen Selbstversuche mit einer Demenz bezahlt.«

»Nein, sicher nicht. Sie hat ganz normal mit mir gesprochen, und es war eindeutig ihr Entschluss, dass sie nicht mehr sagen wollte. Einen desorientierten Eindruck machte sie auf mich nicht. Ich habe sie auch nach dem Cannabishandel gefragt, den sie übrigens vehement abgestritten hat, aber sie hätte sich ja sonst auch selbst belastet. Und als ich ihr von dem Überfall auf meine Wenigkeit erzählt und ihr gesagt habe, was mir der Angreifer zugezischt hat, bekam sie eine Art hysterischen Anfall. Ich glaube, sie hat Angst.«

»Warum zum Teufel sagt sie es mir dann nicht? Ich bin froh, wenn sie morgen auf der psychiatrischen Abteilung ist und wir damit etwas aus der Verantwortung für sie heraus sind. Zumindest was Angriffe von außen angeht. Gegen ihre eigenen inneren Dämonen kann ich eh nichts machen.«

Ole rührte in seiner Tasse herum und starrte in die nun

milchig braune Brühe. »Trotzdem, ich schlage vor, du fährst morgen noch einmal ins Krankenhaus. Wenn du Glück hast, spricht sie doch noch mit dir. Hat ja heute anfangs auch geklappt. Was die Anzeige angeht, die mal gegen Nora lief, so kann ich dir sagen, dass es sicher nichts mit dem Mordfall zu tun hat. Alles andere obliegt meiner Schweigepflicht. Ich hoffe, dass der Mord an Lene uns weiterbringt. Es ist verrückt. Immer wenn ich mich gerade entschieden habe, innerhalb des Bauhandwerkerteams von Arne Hansen nach dem Täter zu suchen, geschieht etwas, das mich in eine andere Richtung lenkt. Ich habe gehört, dass morgen die Beerdigung von August Borg ist. Wir sehen uns dann dort.«

Er trank den Rest seines Kaffees aus und erhob sich, um artig die Tasse wegzubringen. Dann blieb er vor Gittes Schreibtisch stehen. »Gitte, ich mache mir ernsthaft Sorgen, dass der Täter auch dich im Visier hat. Pass bitte auf, und ruf mich immer sofort an, wenn du etwas herausgefunden hast. Lass bitte mich entscheiden, wie wichtig es ist. Bitte.«

Beinahe machte er den Eindruck, als wollte er sie in den Arm nehmen, doch dann drehte er sich um, ohne sie nach ihrem Vater oder Tante Stine zu fragen.

Sie wollte nicht, dass er ging. »Tante Stine ist übrigens zurück aus Kiew, danke der Nachfrage«, rief sie ihm in einem bissigen Tonfall hinterher und kam sich albern vor.

Ole hatte die Türklinke bereits in der Hand, es regnete noch immer, und ein kühler Wind kam durch den Türspalt. »Das weiß ich schon, Gitte. Ich habe bereits mit Stine telefoniert. Grüß sie heute Abend schön von mir.«

Gitte starrte ihm mit offenem Mund hinterher. Sie

wusste nicht, ob sie auf ihre Tante oder auf Ole zornig sein sollte, und entschied, dass man beiden zurzeit nicht trauen konnte. Wieso redeten beide hinter ihrem Rücken miteinander? Ole kannte Tante Stine flüchtig, aber bislang waren die beiden nie so vertraut miteinander gewesen, dass dies ein solches Telefonat erklären würde.

Die Blumen würde sie selbst behalten, entschied sie in ihrem Zorn.

Gittes Zorn hatte auch nicht nachgelassen, als sie am Abend in ihren alten Volvo stieg, um zum zweiten Mal an diesem Tag nach Nykøbing zu fahren. Der Regen hatte aufgehört, und die ersten Sonnenstrahlen brachen durch die Wolken. Morgen sollte es wieder Strandwetter geben, pünktlich zum Wochenende. Gitte schmiss ihre Handtasche auf den Beifahrersitz und erschrak, als hinter ihr ein Schatten auftauchte.

»*Hej*, Gitte. Hast du noch einen Augenblick Zeit für ein paar Fragen?«

Nils Jansen stand hinter ihrem Auto und grinste. Seine Kamera trug er an einem Gurt vor der Brust.

»Tut mir leid, Nils, ich weiß auch nicht viel. Es gibt eine weitere Leiche, eine Frau. Mehr kann ich dir nicht sagen.«

»Aber du hast sie doch gesehen. Du kannst mir wenigstens sagen, wie sie zu Tode gekommen ist. Das war kein unglückliches Ertrinken, oder?« Er blickte sie forschend an.

»Wieso nicht?«, fragte Gitte harmlos zurück.

»Weil es sich bei der Toten um Lene Dahl handelt, und die war eine Freundin von Nora Borg. Das ist doch kein Zufall, dass ausgerechnet diese enge Freundin der Familie nun tot ist.«

Nils war gar nicht so schlecht informiert, wie Gitte anerkennend feststellen musste. »Das glaube ich auch nicht, Nils, aber die Leiche ist noch in der Gerichtsmedizin.« Womit Gitte nicht mal gelogen hatte. »Wir sind erst danach zuständig. Woher weißt du über Lene so gut Bescheid?«

»Ach, als Reporter habe ich so meine Quellen. Schade, dass du mir nichts erzählen kannst. Eine tote Frau am Sandstrand von Marielyst ist natürlich erschreckend und wird so manche Touristen beunruhigen.« Nils schob seine Schirmmütze nach hinten. »Ein wenig Aufregung stört im Urlaub ja nicht, aber sobald sich die Leute bedroht fühlen, hört der Spaß schnell auf. Dann fahr ich jetzt in mein Vogelparadies. *Hej hej*, Gitte.«

Vielleicht sollte sie es auch mal mit diesem Hobby versuchen, dachte Gitte. Hervorragend geeignet, um sich dem alltäglichen Ärger zu entziehen. Als sie von ihrem Grundstück fuhr, fiel ihr jedoch siedend heiß ein weiteres Problem ein: Wenn sie nicht bald etwas unternähme, würde sie schneller auf der Straße sitzen, als ihr lieb war. Bei der ganzen Aufregung über Tante Stine und den neuen Mord hatte sie diese Tatsache tatsächlich erfolgreich verdrängt.

15

Gitte war schon mal in deutlich besserer Stimmung zu ihrer Lieblingstante gefahren. Nervös und noch immer verärgert stand sie wenig später vor der großen Haustür und klingelte. Signe, Tante Stines Haushaltshilfe, öffnete ihr die Tür und zog sie in ihre Arme. Die krausen dunklen Haare kitzelten Gitte an der Stirn.

»Gitte, komm herein. Gut, dass du da bist. Ich fürchte, deine Tante hat sich etwas viel zugemutet. Ihr Blutdruck spielt verrückt. Der Hausarzt war eben schon da. Ich musste ganz schön schimpfen, damit ich ihr das Kochen abnehmen durfte. Die Blinis zum Nachtisch sind gestrichen, dass du es gleich weißt. Fettiges Hefegebäck ist kaum das richtige Essen für eine Herzkranke mit Übergewicht.«

Im Nachbarzimmer erklang vernehmlich Tante Stines Stimme: »Ich kann dich hören, Signe, mein Übergewicht ist kaum der Rede wert und geht dich außerdem nichts an.«

Gittes Wut war verflogen, und sie eilte ins Wohnzimmer, wo Tante Stine auf dem Sofa lag und gerade ein Buch auf die Seite legte. Jetzt setzte sie sich aufrecht hin und nahm Gitte lange in den Arm. Signe stand, die Hände in die Hüften gestemmt, im Türrahmen. »Ich mach jetzt Feierabend und komme übermorgen wieder. Bis dann.«

»Jaja, nun lass uns schon allein, ich bin doch kein Pflegefall.«

Signe grinste nur breit und winkte Gitte zu.

»Es gibt Borschtsch«, sagte Tante Stine und erhob sich, um in die Küche zu gehen. Der Tisch im Esszimmer war schon gemütlich gedeckt. Daneben stand Stines alter Sekretär, ein Refugium ihrer Tante, an den niemand anderes ran durfte außer sie selbst. Man sah ihm an, dass Stine längere Zeit nicht davorgesessen hatte, denn er war überraschend aufgeräumt. Ein eigentümlicher Geruch stieg Gitte in die Nase, und sie linste misstrauisch auf die rote Suppe.

»Rote Bete, Rindfleisch und Weißkohl. Das ist eine ganz typische russische Spezialität und wärmt hervorragend«, sagte Tante Stine und bat zu Tisch.

»Draußen sind es noch immer neunzehn Grad.«

Gitte mochte eigentlich keine Rote Bete, und Weißkohl war Salat und keine Suppenzutat, fand sie. Doch schon nach den ersten Bissen in zartes Rindfleisch schmeckte ihr der Borschtsch hervorragend.

Tante Stine hingegen schien kaum Appetit zu haben, was man von der fülligen Dame sonst nicht kannte. Ihr lag offensichtlich etwas auf dem Herzen.

»Dein Vater wird sich bei dir melden, Gitte.«

»Wozu diese Umstände? Das hätte er vor achtzehn Jahren tun sollen.« Gitte biss sich auf die Lippen und nahm sich vor, Stine erst mal erzählen zu lassen.

»Er wird sich also bei dir melden«, fuhr diese unbeirrt

fort. »Es fällt ihm schwer, denn alles, was er als Erklärung liefern kann, wird dich verletzen.«

Gittes Tante erzählte von ihrem Aufenthalt in Kiew und von dem Treffen mit ihrer jetzigen Schwägerin. Galina sei eine elegante und sehr stolze Frau, gebildet und höflich, die Mads aufrichtig liebe.

Von all diesen wertschätzenden Eigenschaften wollte Gitte jedoch nichts wissen, hatte sie sich doch schon vor einiger Zeit entschieden, die Frau zu verabscheuen, die ihren Vater auf hinterhältige Weise in die Ferne gelockt hatte.

Schließlich hatte Stine ihren Bruder dann persönlich getroffen und in einem Nobelrestaurant mit ihm zu Abend gegessen. Mads sei ein erfolgreicher Unternehmer, er betreue viele Geschäfte, komme mit einem Chauffeur vorgefahren und werde vom Personal mit viel Aufmerksamkeit behandelt. Nachdem Wladimir Wolkow vor Jahren im Gefängnis verschwunden sei, habe Mads die legalen Geschäfte übernommen. Das habe er betont: nur die legalen Geschäfte.

»Gitte«, Tante Stines Stimme wurde eindringlich, »Mads hat immer gewusst, wie es dir geht, er hat nie den Kontakt zu dir verloren oder gar aufgegeben. Ich habe zig Fotos von dir gesehen. Er hat diverse Privatdetektive damit beauftragt, zu beobachten, ob es dir gut geht. Als deine Mutter starb, wäre er beinahe zu dir nach Münster gekommen, aber er fürchtete, es würde deinen Schmerz nur verstärken. Er hat dich immer begleitet und liebt dich, wenn auch aus weiter Entfernung. Das weiß ich jetzt, und das musst du mir glauben. Mads besitzt ein ganzes Album von dir.«

Gitte schluckte. Tränen schossen ihr in die Augen. Was

für eine Riesendummheit ihr Vater doch begangen hatte. So viel Kummer hatte diese eine Nacht hervorgebracht. Aber für Mads hatte sie neben Kummer und Leid auch einen Sohn, eine erfolgreiche Zukunft und eine schöne Frau bereitgehalten. Zu hören, dass er eine nette Familie in Kiew besaß, war nicht das, was Gitte erwartet hatte.

»Und mein Halbbruder? Wie ist er so?« Die Vorstellung, weit weg in der Ukraine einen Blutsverwandten zu haben, war sehr merkwürdig. Gitte war sich noch nicht sicher, ob sie diesen Halbbruder unbedingt kennenlernen wollte oder auf gar keinen Fall. Ihre Antwort schwankte je nach Stimmung.

»Ich habe ihn nur kurz gesehen, er sieht Mads recht ähnlich und scheint sehr höflich zu sein. Ein bisschen zu kontrolliert für einen fast Achtzehnjährigen, wenn du mich fragst«, antwortete ihr Tante Stine.

Gitte schob ihren Teller zur Seite. »Artjom, Wladimirs Sohn, meinte zu mir, er sei schwierig.«

»Ach Quatsch, wieso sollte Mads' Sohn schwierig sein? Nach allem, was du erzählt hast, trifft das wohl eher auf Artjom selbst zu.«

Da musste Gitte ihrer Tante recht geben. Noch nicht geklärt war allerdings das Gespräch zwischen Ole und Tante Stine – hinter ihrem Rücken oder zumindest, ohne dass einer ihr davon erzählt hatte. Tante Stine reagierte auf die Frage, warum sie heimlich mit Ole telefoniert hatte, verschnupft.

»Ich wusste nicht, dass du meine Privatgespräche kontrollierst, Gitte. Ich habe bei meiner Ankunft natürlich von dem Mord gehört und wollte von ihm lediglich wissen, inwieweit du wieder involviert bist. Seine Antwort hat meinem Blutdruck wesentlich mehr geschadet als die Begegnung mit deinem Vater. Das kannst du mir glauben.«

Gitte blickte ihre Tante prüfend an. Dann entschied sie sich für einen ausführlichen Bericht und ließ auch ihre Rolle im Kontakt mit Nora Borg nicht unerwähnt.

»Cannabishandel mitten in Marielyst? Du glaubst doch nicht wirklich, dass das ein lukratives Plätzchen für irgendwelche Drogenbosse ist«, rief Tante Stine eher amüsiert aus. »Nein, der Mord hat andere Gründe, da bin ich mir sicher. Vielleicht wollte die Frau ihren Mann loswerden und hat sein Ableben in Auftrag gegeben. Und jetzt spielt sie die trauernde Witwe, die beschützt werden muss. Ich würde mir immer als Erstes die engsten Verwandten vornehmen, aber sicher tut Ole das bereits. Er wird dir nicht jedes Detail seiner Ermittlungen verraten können.« Ihr Gesicht bekam wieder eine lebendigere Farbe, die Erschöpfung war wie weggeblasen.

»Wo haben Nora und August denn gewohnt, bevor sie nach Marielyst gezogen sind? Du hast doch erzählt, sie hätten das Haus im Ferienpark noch nicht lange gehabt. Hol mir mal vom Schreibtisch das Telefonverzeichnis von Nykøbing. Das ist vom letzten Jahr.«

Gitte stand auf, griff nach dem kleinen Buch und blätterte auch gleich darin. Es gab eine Menge Borgs, doch nur einen Eintrag mit den Initialen A. und N. – August und Nora. »Norgesvej«, las Gitte vor. »Wo ist der denn?«

»Das muss ein Stück weit vom Ortskern entfernt sein,

aber das finde ich raus. Und dann werde ich mich mal umhören.« Tante Stine grinste und aß nun doch noch ihren kalt gewordenen Borschtsch auf.

Gitte musste lachen und wusste, dass ihr Tantchen morgen zu einem Friseur gehen würde, und zwar in der Nähe des Norgesvej mit hoffentlich alteingesessenem Personal.

Es war schon spät, als Gitte sich halbwegs versöhnt auf den Heimweg machte. Mit Tante Stine, nicht mit ihrem Vater. Sie hatte ihre Tante zum Abschied gefragt: »Werde ich Mads je wiedersehen?« Und Tante Stine hatte mit gesenktem Blick geantwortet: »Ich weiß es nicht. Ich denke schon.«

Sie war nach Marielyst gekommen, um das Verschwinden ihres Vaters aufzuklären. Das war ihr nun gelungen, aber das Ergebnis fühlte sich irgendwie falsch an. Sie musste mit Sven Træborg darüber reden. In seinem Restaurant *Schou's* war ihr Vater damals mit einigen Russen zusammen gesehen worden. Sven hatte Gitte im letzten Jahr einige wichtige Hinweise gegeben. Er hatte ein Recht darauf, zu erfahren, wo diese Spuren hingeführt hatten. Sie schrieb seinem Sohn Malthe eine Nachricht, obwohl sie mit ihm wegen Augusts Beerdigung am morgigen Tag bereits telefoniert hatte.

Hej, Malthe, hast du Lust, morgen, also Samstag, bei deinem Vater essen zu gehen? Ich möchte ihm von meinem Vater erzählen und dir für deinen Einsatz bei Augusts Beerdigung

danken. Ich lade dich also ein. *Kærlige hilsener,*
Gitte.

Sie hatte sich gerade so richtig schön in ihre Kissen gekuschelt, während draußen der sanfte Sommerregen an die Scheibe tröpfelte, als diese Gemütlichkeit durch lautes Klopfen an ihre Verandatür jäh unterbrochen wurde.

Fluchend und beunruhigt eilte sie ins Wohnzimmer. Es war schon bald elf Uhr, aber im Sommer blieb es jetzt lange hell, und sie konnte die Person draußen gut erkennen. Vor der Tür stand ihre Nachbarin Heike in einer Regenjacke und gestikulierte wild. Diese Frau war wirklich eine Nervensäge.

Gitte ging zur Tür und öffnete sie. »Was ist denn? Ich war schon im Bett.«

»Entschuldige die Störung, aber mein Sohn hat Fieber, er ist heute Mittag bei dem Schietwetter richtig nass geworden, und nun fürchte ich, dass er sich erkältet hat. Hast du ein Fieberthermometer im Haus?«

Gitte musste nicht lange überlegen. »Nein, ich habe nie Fieber, und Kinder habe ich auch keine. Es wird schon nicht so schlimm sein.«

Heike stand noch immer im Regen, und nun sah Gitte auch, dass sie nicht einmal Schuhe trug, sondern mit bloßen Füßen über die Wiese gerannt war. Sie schien wirklich sehr besorgt zu sein. »Er war doch gerade erst so krank«, sagte sie hilflos.

»Komm erst mal herein. Ich habe Paracetamol da, gib ihm eine davon und mach ihm dazu noch kalte Wadenwickel. Das senkt das Fieber immer ein wenig, und mehr würde ein Arzt jetzt auch nicht tun. Er ist doch ansprechbar, oder?«

»Ja, natürlich. Er liegt vorm Fernseher und schaut *Ice Age*.«

Heike hatte schnell das Haus betreten und die Tür gleich hinter sich geschlossen, als wollte sie noch Stunden bleiben. Neugierig schaute sie sich um.

Na, dann konnte es so schlimm nicht sein, dachte Gitte und drückte Heike einen Blister Tabletten in die Hand. Dann versuchte sie, die deutsche Frau in der zu großen Regenjacke vorsichtig zurück zur Verandatür zu locken. Doch kaum war sie eingetreten, fielen die Sorgen anscheinend von ihrer Nachbarin ab.

Heike schob die Kapuze nach hinten, und ihr volles Gesicht verzog sich zu einem Lächeln. »Schön *hyggelig* hast du es hier. Das Häuschen in dieser Toplage würde ich an deiner Stelle nicht mehr hergeben.«

Nett, dass die Frau sie mitten in der Nacht an eines ihrer größeren Probleme erinnerte. Gitte zog hörbar die Luft ein. »Der nächste Arzt ist in Nykøbing. Ich denke, es reicht, wenn du morgen früh dorthin fährst. Viele Ärzte sprechen dort Deutsch.«

»Oh wow, du hast eine Schildkröte!«, rief Heike beim Anblick des Terrariums aus, als habe sie einen Koalabären entdeckt. Sie kniete sich vor Hieronymus auf den Boden und hielt ihm ihren Finger vor die Nase. Schildkröten waren keineswegs nachtaktiv, und so reagierte Hieronymus herzlich wenig. Jetzt würde man ihn nur mit einem Stück Tomate aus seiner Trägheit locken.

»Ich würde dann gerne wieder ins Bett gehen, Heike«, murmelte Gitte, als ihre Nachbarin sich weiter umschaute und dabei verkündete: »Heute war schon wieder jemand für dich da. Ein ziemlich smarter Typ.«

Gitte dachte als Erstes an Artjom und erschrak. »Wie sah er aus? Wie ein Vampir?«, rutschte es ihr heraus.

Heike lachte. »Was kennst du denn für Leute? Er sah aus wie ein Verehrer, groß, schlank, mit einem charmanten Lächeln und einer Flasche Wein in den Händen. Er war enttäuscht, als du nicht da warst.«

Was die Nachbarin nicht alles mitbekam, obgleich man von ihrem Ferienhaus aus Gittes Grundstück gar nicht einsehen konnte. Das war dann wohl Louie Svendsen gewesen, der sie spontan besuchen wollte. Schade, sie hätte sich gerne mit ihm unterhalten. Sie sollte ihn morgen mal anrufen, wenn diese Frau sie heute noch ins Bett ließe.

Sie gähnte, sehr überzeugend, wie sie fand, und tatsächlich wandte Heike sich endlich zur Tür, schob die Kapuze über ihren Pagenkopf und verabschiedete sich mit einem dankbaren Lächeln und dem Hinweis: »Wir revanchieren uns, Gitte. Schlaf gut.«

Bloß nicht, dachte Gitte und ging wieder ins Bett.

16

Die prächtige Væggerløse Kirke wurde um 1100 erbaut, aber daran erinnerte nur noch der alte Turm. Mehrere Anbauten waren in den letzten Jahrhunderten dazugekommen, und der Bau erinnerte Gitte an eine Kathedrale aus einem mittelalterlichen Film. Das Innere wies einige Schätze auf. Ein Kruzifix aus dem 13. Jahrhundert und Fresken aus dem 15. Jahrhundert, die man 1906 im Turm freigelegt hatte. In diesem altehrwürdigen Gotteshaus fand heute die Beerdigung von August Borg statt.

Gitte beobachtete gerade die Ankunft seines Bruders, der mit unbeholfenen Bewegungen einen Rollstuhl aus seinem Kombi holte, ihn aufklappte und seiner Schwägerin dann aus dem Auto in den Stuhl half. Nora sah blass, aber gefasst aus und ließ sich von Hans' Ehefrau Maja in die Kirche schieben. Gitte hätte nicht erwartet, sie heute hier zu sehen. Sie beeilte sich, noch vor Hans und seiner Familie in die Kirche zu kommen.

So schnell die hohen Absätze ihrer schwarzen Schuhe es zuließen, eilte sie zum Eingang und grüßte die Gäste, die nun zur Andacht strebten. Paul stand bereits neben dem

Sarg, auf dem zwei Kränze lagen. Auf einem prangte der Satz: *In Liebe, deine Frau.* Der andere war von Hans und Maja.

Mit Erleichterung nickte Gitte auch Malthe zu, der mit einigen Anhängern der Alten Sitte ebenfalls bereitstand, um am Grab ein paar Sätze für August zu sprechen.

Langsam füllte sich die Kirche. Gitte entdeckte Arne und seine Freundin Lærke sowie ein paar bekannte Gesichter, die ihr vom Richtfest noch in Erinnerung geblieben waren. Louie Svendsen tauchte jedoch nicht auf, auch nicht, als die Trauergäste nach der Messe zum Friedhof gingen. Nora vergoss immer wieder ein paar Tränen und reagierte auf die Beileidsbekundungen einiger Gäste sehr einsilbig. Gitte vermutete, dass man Nora ein Beruhigungsmittel gegeben hatte.

Am Grab übernahm nun Malthe das Wort, und der Pastor trat einen Schritt zur Seite. Gitte rechnete es dem Kirchenmann hoch an, dass er nun mit aufmerksamem Gesicht und einer respektvollen Haltung verfolgte, wie Malthe über die Religion von August sprach und am offenen Grab ein paar Kräuter und Pflanzen verbrannte sowie einen Holzpfeil als Grabbeigabe in die Grube warf. Malthe und zwei andere Anhänger der Alten Sitte sprachen auch ein Gebet zusammen und übergaben dann das Wort wieder an den Pastor.

»Eigentlich eine gelungene Zeremonie«, flüsterte Paul ihr einigermaßen beeindruckt zu. »Es schadet bestimmt nicht, wenn man mehrere Götter anruft.«

Als nun einige der Trauernden Erde auf den Sarg warfen, wurde es Nora doch zu viel. Sie machte Gitte ein Zeichen, dass sie den Ort verlassen wollte, während Hans und Maja als nächste Angehörige am Grab stehen blieben. Gitte schob den Rollstuhl langsam über den kleinen Friedhof.

»Danke, Gitte, dass du Wort gehalten hast. Es war eine sehr schöne Aktion von diesem Malthe. Das hätte August gut gefallen.«

Gitte fragte Nora nach ihrem Befinden. Die Witwe hielt sich tapferer, als sie es gedacht hätte. Anfangs noch stockend, doch dann immer flüssiger berichtete Nora über ihre nächsten Pläne. Ihr Schwager Hans würde sie gut unterstützen. Nora hielt ihr Gesicht in die Sonne und erzählte ausführlich, wie sie August kennengelernt und sich sogleich in ihn verliebt hatte. Weil er so stark gewesen sei und vor nichts und niemandem Angst gehabt hätte.

»August hat sich sogar mit Arne Hansen, dem Bauherrn, angelegt«, sagte sie schließlich, und Gitte spitzte die Ohren. »Arne wollte sich einen Prachtbau an den Strand setzen, aber es gab kein passendes Grundstück. August und er kannten sich schon länger von anderen Bauprojekten. Besorg mir ein gutes Grundstück, August, und du bekommst einen super Auftrag, hat er zu meinem Mann gesagt. Und August hat sich umgehört und dieses Grundstück für Arne ausfindig gemacht.«

Bei der Erinnerung an ihren Mann lächelte Nora voller Stolz. Die Geschichte klang genau andersherum, als Gitte sie von Nils gehört hatte. Sie nagte an ihrer Unterlippe und wagte dann aber doch eine Frage: »Ich habe gehört, dass das Grundstück eigentlich für den Bau eines Kindererholungsheims vorgesehen war.«

Schon bei dem Wort Kinder verzog Nora das Gesicht,

und Gitte befürchtete, sie würde gleich in Tränen ausbrechen.

»Wie schrecklich, wenn Kinder kein richtiges Zuhause haben und nicht mit den Eltern in den Urlaub fahren können. Glaubst du wirklich, mein August hätte den Kindern das Grundstück weggenommen? Eher hätten wir unser eigenes Haus zur Verfügung gestellt. Nein, die Stadt hatte nicht genug Geld für das Projekt. Aber Arne hat viel Geld.«

Gitte nickte nachdenklich. »Nora, entschuldige die Frage, aber warum habt ihr mit Cannabis gehandelt? Ging es ums Geld?«

Heute kam die Antwort sehr schnell und ohne Ausflüchte. »Nein. Ein Freund baut das Zeug an. Erst haben wir ihm nur etwas für den Eigenverbrauch abgekauft, dann mal für eine Freundin und so weiter. Es hat sich irgendwie ergeben, aber wir haben keinen großen Kundenstamm.«

Sie stockte und warf Gitte einen entschuldigenden Blick zu. »Ich glaube, Gitte, dass dieser Freund dich überfallen hat. Er hat aufgrund deiner Schnüffelei wohl Angst bekommen. Es tut mir leid.« Kurz griff sie nach Gittes Hand und blickte dann ihrem Schwager entgegen, der sich zusammen mit Maja näherte. Auch Lærke gesellte sich zu ihnen.

Als Nora von Hans zum Auto begleitet wurde, nutzte Gitte die Gunst der Stunde. »Schön, dass du auch mitgekommen bist, Lærke. Kanntest du August persönlich?«

»Na klar, ich war ja einige Male auf der Baustelle, und August hat stets ein wenig mit mir geflirtet, ganz harmlos und nett. Das war gerade seine Frau, nicht?«

Gitte nickte und wagte einen frontalen Vorstoß. »Lærke,

es gibt mehrere Gerüchte, wie Arne an das Baugrundstück gekommen ist. Warum erzählen einige Leute, es sei nicht ganz korrekt abgelaufen? Nora erzählte mir, August habe ihm das Grundstück besorgt. Weißt du es genauer?«

Lærke schob sich eine blonde Haarsträhne aus dem Gesicht und musterte Gitte.

»Arne hat mich bereits gewarnt, dass du gern ermittelst. Ich denke, es ist lediglich Neid, der zu allerlei Gerüchten führt. Arne hat niemanden übervorteilt. Aber um deiner Neugier neue Nahrung zu geben: Ich habe gewisse Spannungen unter den Bauhandwerkern mitbekommen. Da gibt es eine ungesunde Cliquenwirtschaft, das habe ich Arne auch schon gesagt. Wie der neue Mord an der armen Frau dazu passt, weiß ich leider auch nicht.« Über den Mord an Lene war auf der Beerdigung natürlich immer wieder leise getuschelt worden.

Lærke nickte Gitte, als sie sich von ihr verabschiedete, freundlich zu und ging dann Arne entgegen. Die Trauergäste strebten zu ihren Autos, die Zeremonie war beendet, und nur ein ganz kleiner Kreis war eingeladen, sich bei Hans und Maja zu Hause zum Essen einzufinden. Da der Mörder noch nicht ermittelt war, wollte Hans auf keinen Fall eine große Beerdigungsfeier veranstalten und womöglich den Mörder seines Bruders verköstigen. Das hatte er bei der Planung lauthals verkündet.

Für Gitte endete der Bestattungsauftrag hier. Mit Ole hatte sie kaum ein Wort gewechselt, aber ihr waren durchaus seine wohlwollenden Blicke aufgefallen, mit denen er sie in ihrem schwarzen, engen Hosenanzug gemustert hatte.

Die Farbe passte wunderbar zu ihren blonden hochgesteckten Haaren und ließ auch ihre Figur schlanker und größer erscheinen, das wusste sie. Paul würde noch kurz mit zu Hans nach Nykøbing fahren, und Gitte hatte nun frei, immerhin war es Samstagmittag.

Erik und Kate kamen gerade mit nassen Haaren und in warme Strickjacken gehüllt vom Strand zurück, als Gitte sich mit einem Kaffee nach draußen auf die Veranda setzte.

»*Hej*«, grüßte sie fröhlich. »Habt ihr gestern einen Mann vor meiner Tür gesehen?«

Kate sprang vom Fahrrad und schüttelte die dunklen Haare. »Nein, wir waren im *Schou's* essen. Gitte, das ist mal ein feines Restaurant, sehr lecker, sehr vornehm.«

»Wirst du wieder bedroht?« Erik machte sich sofort noch größer, als er ohnehin schon war.

»Nein, ich glaube nicht. Der vermeintliche Angreifer tauchte mit einer Flasche Wein und einem charmanten Lächeln hier auf«, sagte Gitte lachend. »Das weiß ich von Heike. Ich möchte heute Abend auch ins *Schou's* gehen, aber meine Begleitung hat sich noch nicht gemeldet.«

Erik freute sich. »Du gehst mit Ole essen?«

»Nein, ich habe Malthe gefragt, und es wird kein Date, sondern eine Verabredung unter Freunden. Wie ist das Wasser heute zum Baden?«, fragte sie Kate.

»Kalt, aber wunderbar. Am Strand sind schon die ersten Sensationstouristen und machen Fotos. Die scheuen nicht einmal davor zurück, sich wie eine Wasserleiche an den Strand zu legen und sich so fotografieren zu lassen. Du hast erzählt, die tote Frau, die gestern dort aufgefunden wurde, war eine Nachbarin des ermordeten Poliers?«

Gitte nickte. »Sie war eine interessante, aber sehr unruhige Frau, die eventuell etwas zu häufig Cannabis konsumiert hat. Und sie ist ermordet worden. Ole hat mächtig zu tun. Diese ganze Sache wirft ein schlechtes Licht auf unseren idyllischen Ferienort. Was habt ihr heute vor?«

»Wir gehen ins Vogelschutzgebiet. Ich muss unbedingt diesen Bartgeier sehen und Fotos machen«, erwiderte Kate. »Man nannte diese Vögel früher auch Knochenbrecher oder Kinderräuber. Klasse, nicht?«

Erik schüttelte den Kopf über seine Frau, und sie neckten sich leise, als sie im Haus verschwanden.

Gitte stand gerade auf, als sie mehrere Nachrichten gleichzeitig auf ihrem Handy erhielt. Ping, ping machte es. Eine Nachricht kam von Ann Brixen, der Schwester von Ole.

> Hej, Gitte. Kannst du mal vorbeikommen? Ich
> bin bis fünfzehn Uhr in der Glasbläserei.
> Lieben Gruß, Ann.

Die zweite Nachricht kam von Malthe, der ihr noch die Uhrzeit für ihr Essen am Abend mitteilen wollte. Um halb sieben Uhr sollten sie sich vor dem Restaurant treffen. Perfekt.

Doch was lag Ann wohl auf dem Herzen? Hoffentlich hatte sie sich nicht wieder mit ihrem Bruder gestritten. Angesichts des sonnigen Wetters holte Gitte ihr altes Fahrrad aus dem Schuppen und radelte die wenigen Kilometer bis zur alten Mühle in Væggerløse. Sie begegnete vielen Radfahrern, und auch der Ort war jetzt am Samstagvormittag ziemlich belebt. Die Boutiquen hatten geöffnet und lockten mit Strandkleidern, die Eisverkäufer boten immer kreativere Sorten wie Gurke oder Kürbis-Nougat an.

Besser gelaunt als gedacht, radelte Gitte durch den Ort und strampelte den Berg zur Mühle hoch. Auf dem Parkplatz davor standen viele Autos, und Ann hatte gut zu tun. Samstags blieb der Ofen kalt, und Ann war nur zum Verkaufen, nicht aber zur Vorführung ihrer Glaskunst im Laden.

Die Glasbläserin bediente gerade Kunden im vorderen Teil der Werkstatt. Dort standen Vasen, Lampen und Schalen oder auch kleine Glastiere. Ann strahlte Gitte herzlich an und machte ihr ein Zeichen, dass sie noch warten solle. Freundlich und routiniert beantwortete sie ein paar Fragen und wickelte die gekauften Glasobjekte in Papier ein. Ihre dunklen Haare hatte sie zurückgebunden. Sie war ein paar Jahre älter als Ole, besaß aber die gleichen markanten Gesichtszüge. Als der letzte Kunde gegangen war, schloss sie die Tür.

»Hoffentlich war's das für heute, in einer halben Stunde mache ich eh zu. Schön, dass du sofort gekommen bist, entschuldige bitte die Art und Weise meiner Nachricht. Aber ich dachte, wenn ich es etwas geheimnisvoll mache, kann ich dich eher herlocken.« Sie grinste Gitte schuldbewusst an. »Lass uns nach draußen gehen, da ist es wärmer.«

In der Tat war es in dem relativ dunklen Verkaufsraum eher kühl, wenn der Brennofen nicht heizte. Mit Blick auf die alte Mühle legte Ann los: »Ich mache mir Sorgen um Ole. Wie ist euer Kontakt gerade?«

»Geht so. Er ist schon recht distanziert und immer auf dem Sprung. Was ist mit ihm?«

»Frag lieber, was mit Oles Frau ist. Anita verweigert schon seit drei Tagen die Nahrung. Sie trinkt nur etwas Möhrensaft und schläft viel. Ich glaube, sie will nicht mehr leben. Schon lange nicht mehr. Mein Bruder fühlt sich noch immer für jeden Stimmungswechsel verantwortlich, was natürlich Nonsens ist. Jeder andere hätte sich bereits eine neue Partnerin gesucht. Das geht doch auch, ohne dass man Anita gleich im Stich lassen muss. Sie führen doch seit Jahren keine Ehe mehr.«

Ann drehte sich zu Gitte um und sagte: »Gitte, du musst Ole verführen. Oder mit ihm reden, ihn retten, was weiß ich. Er wirft seine besten Jahre weg. Jeden Abend sitzt er bei Anita und überredet sie, etwas zu essen.«

»Vielleicht liebt er sie noch«, bemerkte Gitte, die sich von der direkten Ansage überrumpelt fühlte. Sie bezweifelte ihren Einfluss auf Ole. »Du bist seine Schwester, rede du mit ihm. Ich bin nicht seine Partnerin, Ann.«

»Ich habe schon mit ihm geredet. Ich habe auch mit Anita gesprochen. Ich fürchte, dass sie deshalb nichts mehr isst. Wenn Ole von dem Gespräch erfährt, wird er wieder drei Jahre nicht mehr mit mir reden, fürchte ich. Ich wollte doch nur, dass Anita Ole endlich freigibt. Ihm sagt, dass er sich neu verlieben kann. Doch das Ergebnis ist nun, dass sie sterben möchte.« Ann griff nach Gittes Hand. »Gitte, ich bin überzeugt davon, dass mein Bruder dich sehr mag, aber er ist so verdammt stur. Lass es dir durch den Kopf gehen.«

Gitte wusste nicht, was sie dazu sagen sollte, also fuhr

Ann fort: »Ich habe dich aber noch aus einem weiteren Grund hergebeten. Ole geht nicht ans Telefon, also erzähle ich dir jetzt den neusten Klatsch und Tratsch, den ich mitbekommen habe. Er betrifft nämlich den Mord an Lene.«

Jetzt war es Gitte, die Ann erwartungsvoll ansah, wie ein Kind, das gleich ein Eis bekam. Viele Touristen und auch Einheimische besuchten die alte Mühle und die Glasbläserei. Ann kannte viele Leute, und sie bekam eine Menge mit. Doch sie war keine Klatschtante. Wenn Ann etwas zu erzählen hatte, war es mit Sicherheit von Bedeutung.

»Lass hören«, bat sie.

»Es geht um Lenes Mann.«

»Er ist Fernfahrer, nicht wahr? Lene hat mir erzählt, er sei in der Woche meist unterwegs.«

Ann schüttelte den Kopf. »Das ist nur die halbe Wahrheit. Lenes Mann ist vor einem halben Jahr arbeitslos geworden und arbeitet nun angeblich auf derselben Baustelle wie August Borg.«

»Was?«, rief Gitte nun wirklich überrascht aus. »Dann hätten die beiden doch an dem Abend zusammen heimfahren können. Und August würde eventuell noch leben. Oder willst du mir gerade erzählen, dass wir Lenes Ehemann verdächtigen sollen?«

»Nein, hör zu. Ausgerechnet am Tag des Richtfests hat Lenes Mann, er heißt Pelle, vertretungsweise eine Fahrt nach Schweden unternommen. Er war drei Tage fort, hatte sich dafür Urlaub genommen, denn er hoffte, durch die Fahrt wieder in seinen alten Job zu kommen. Ich denke, er hat für den Mord an August ein Alibi. Ich frage mich nur, ob die Spur nicht doch zu dem Bauvorhaben dieses reichen Geschäftsmannes führt.«

»Du meinst zu Arne Hansen. Ich kenne ihn ganz gut. Er ist ein netter und großzügiger Mann, mit dem man leicht auskommen kann. Oh, da kommt Karl.«

Gitte blickte in Richtung der Werkstatt, die sich gegenüber der Glasbläserei befand. Dort lebte und arbeitete der Maler Karl Mortensen. Karl war vor einiger Zeit aus seinem alten Leben geflohen und bei Ann gelandet, erst als Mieter, dann auch als Freund und Geliebter. Zusammenwohnen wollten sie jedoch nicht. Jetzt kam er lässig auf die beiden Frauen zu, gab Ann einen Kuss und lächelte Gitte flüchtig an.

»Entschuldigt, wenn ich störe. Ich habe gerade das Bild von dem Kiefernwald verkauft und möchte dich heute zum Essen einladen, meine Liebe. Hast du Zeit?«

Ann griff nach seiner Hand. »Sehr gerne! Gitte Madsen kennst du ja, oder?«

»Die Bestatterin mit der Spürnase für Mord und Totschlag, ich erinnere mich. *Hej*.« Karl hob grüßend die Hand. »Du bist doch die Freundin von Anns Bruder Ole, nicht?«

»Nein, nur eine Bekannte«, stellte Gitte richtig, freute sich aber merkwürdigerweise über Karls Einschätzung.

»Ach so«, wunderte sich der Maler. »Warum ist er denn dann Hals über Kopf weggestürmt, als er von einem Unfall im Zusammenhang mit einer Gitte erfahren hat? Er sah nach dem Anruf aus wie eins der Leichentücher, mit denen ihr arbeitet«, fügte er an Gitte gewandt hinzu, und seine blauen Augen blitzten amüsiert. Ole war also mit Karl und Ann zusammen gewesen, als sie vom Richtfest nach Hause geradelt war.

Ann beantwortete Karls Frage in nüchternem Ton. »Ole war deshalb so aufgelöst, weil er gedacht hat, dir wäre etwas zugestoßen. Der Beamte am Telefon hatte sich wohl nicht klar genug geäußert. Im Ernst, Gitte. Ich dachte, der kippt mir vom Stuhl, und ich wollte ihn in dem aufgewühlten Zustand erst gar nicht ans Steuer lassen.«

Sie rutschte enger an Gitte heran, sodass Karl sich neben sie auf die Bank setzen konnte. Er nahm seine Zigarette, die er hinters Ohr geschoben hatte, und zündete sie an, hielt sie aber nach dem ersten Zug höflich weit weg von den beiden Frauen.

»Es ist eine weitere Frau ermordet worden, nicht wahr?«, erkundigte sich Karl bei Gitte. »Werdet ihr euch auch um ihre Bestattung kümmern?«

»Ja, es sieht erst mal so aus – falls sich der Ehemann nicht anders entscheidet.«

»Ich habe mal ein Bild an zwei ihrer Nachbarinnen im Ferienpark verkauft. Das sind ja schon hübsche Häuser dort, aber mir wäre das Wohnen dort zu eng aufeinander. Man bekommt zu viel von den Touristen mit. Es gibt aber erstaunlich viele, die dauerhaft da wohnen.«

Gitte wurde hellhörig. »Deine Lieferung ging nicht zufällig an das Haus Nummer neununddreißig?«

»Das kann sein, es war etwas mit dreißig, ich habe es mir irgendwo aufgeschrieben. Die beiden Frauen haben das Bild eines Sonnenaufgangs am Strand gekauft, ein bisschen kitschig, aber sehr inspirierend. Sie meinten, sie kämen selten raus und hätten dann wenigstens im Haus etwas Sonne und Strand.«

»Erzähl mir was über deine Kundinnen«, bat Gitte ihn.

Ann grinste. »Sag nicht, die hängen in dem Mordfall mit drin. Sind sie verdächtig?«

»Nein, aber Ole ist wegen eines Vorfalls zu ihnen gerufen worden und macht ein großes Geheimnis daraus. Es gibt Leute, die halten die beiden für Vampirschwestern, weil sie kein Sonnenlicht hereinlassen und nur abends mal rausgehen.«

Ann lachte herzlich, und Karl schüttelte den Kopf. »Als sie bei mir im Atelier waren, war es jedenfalls am helllichten Tag. Ich zeige meine Bilder doch nicht im Dunkeln. Aber es stimmt. In der Wohnung war alles zugezogen, und sie haben mich auch nicht hereingebeten. Ich habe das Bild abgeliefert und mein Geld kassiert, dann durfte ich gehen.« Er zuckte mit den Schultern. »Mir ist das egal, leben und leben lassen. Vielleicht bauen sie in der Wohnung Cannabis an, warum sollte man sonst so ein Geheimnis um das Innere machen?«

Ah!, dachte Gitte. Dann wüsste man ja, woher Nora und August Borg das Zeug bezogen haben könnten. Oder wem sie in die Quere gekommen waren. Doch als Nächstes fiel Gitte ein, dass Ole sehr wohl in der Wohnung der beiden gewesen war. So schnell hätten die beiden ihre Pflanzenwelt sicher nicht verstecken können. Es musste einen anderen Grund für die Geheimniskrämerei dieser Frauen geben.

Gitte stand auf, verabschiedete sich von Karl und Ann und versprach, ein Auge auf Ole zu haben. Dann ließ sie sich mit dem Fahrrad die Anhöhe herunterrollen. Von der alten

Mühle neben der Glasbläserei aus hatte man einen schönen Ausblick auf Felder mit bunten Blumen am Wegesrand. Die frische Luft tat gut, ihre Arme hatten bereits etwas Farbe bekommen und die Wangen Sommersprossen, wie sie später vorm Spiegel feststellte, als sie sich frisch machte.

Gitte freute sich auf das Treffen mit Malthe und das gute Essen im Restaurant seines Vaters. Sie wollten sich vor dem Lokal treffen, aber zehn Minuten bevor Gitte aufbrechen wollte, klopfte Malthe bereits bei ihr an die Verandatür.

»Ole meinte, ich solle dich abholen. Du wärst allein so sicher wie ein Kaninchen bei der Treibjagd.« Er grinste sie an.

»Und woher weiß der Herr Kommissar, dass wir beide heute zum Essen verabredet sind?« Gitte blickte ihren Freund streng an. Ole schien momentan immer zu wissen, wie sie die Abende verbrachte.

»Vielleicht lässt er dein Telefon abhören«, antwortete Malthe. »Aber um die Wahrheit zu sagen, weiß er es von mir. Ich habe es ihm auf der Beerdigung erzählt und mit meinem Date mit dir geprahlt. Lass uns losgehen, ich hab Hunger.«

Sie brauchten nur fünf Minuten bis zum *Schou's*. Beim Eintreten wurden sie stürmisch von Sven Træborg empfangen, und Gitte verschwand für einen Moment in seiner Umarmung. Seine tiefdunklen Augen strahlten sie an, als er sie wieder losließ. Malthe war praktisch die jüngere Ausgabe seines Vaters, auch er trug seine Haare lang, und er hatte die gleichen dunklen Augen. Allerdings band Sven seine graue

Mähne immer mit einem Gummi am Hinterkopf zusammen.

Sie setzten sich in der gemütlichen Gaststube an einen Tisch am Fenster, von dem aus man auf den Bøtøvej blickte, eine der beiden Hauptstraßen in Marielyst, die parallel zum Strand verlief. Es war dieselbe Straße, an der August Borg außerhalb des Ortes erwürgt worden war. Daran musste Gitte gerade denken, als sie nach draußen blickte. Sven brachte ihnen die Speisekarte, und Gitte wählte einen Krabbensalat als Vorspeise und Vollkorncrêpes mit wilden Pilzen und Ricotta auf heißem Tomatenchutney als Hauptgang. Malthe entschied sich für eine Spezialität des Hauses, gebratenes und gehacktes Schweinefleisch mit rotem Zwiebelkompott, frischen Kräutern und Knoblauchcreme und danach ein Steak.

Sven war wieder in der Küche verschwunden. Davor hatte er noch erzählt, dass Malthes Mutter zu ihrer Schwester nach Jütland gefahren war und ihm die Arbeit über den ergrauten Schädel wachse. »Aber so ist das, wenn der Sohn lieber Musik spielt und lieber in einer Firma für alternative Energien arbeitet, statt in einem gut gehenden Familienunternehmen zu kochen.«

Gitte blickte ihm hinterher. »Ich wusste gar nicht, dass es Sven so viel ausmacht, dass du nicht in seine Fußstapfen trittst.«

»Immer mal wieder, meistens ist er friedlich und freut sich, dass ich klarkomme. In meinen wilden Zeiten während der Pubertät sah das nämlich nicht so aus.«

Sie lachten und machten sich über ihre Vorspeisen her.

Dazu tranken sie beide ein dunkles Grimbergen, ein süffiges, leicht süßliches Bier aus Belgien.

»Erzähl mal, wie August so war.« Gitte schob das Glas mit dem Krabbencocktail zur Seite. Köstlich, aber sättigend.

Also schilderte ihr Malthe den Charakter des Bauhandwerkers August, der anpacken konnte wie ein Berserker und der zugleich unglaublich strenge Prinzipien hatte. »Werte wie Ehre, Tapferkeit und Loyalität haben für ihn eine große Rolle gespielt. Er verehrte seine Wikingervorfahren für ihren Mut. Für ihn war jede Herausforderung wichtig, denn daraus könne man nur lernen. Daher liebte er eine ganz bestimmte Rune. Er trug sie bei unseren Treffen immer um den Hals. *Hagalaz.* Sie vereint alle Kräfte und fordert dich auf, zu wachsen und dich weiterzuentwickeln«, berichtete Malthe. »Dabei war er ein Mensch, der sich schnell langweilte. Und so, wie er bei den Frauen mit dem Feuer spielte, tat er dies auch in anderen Lebensbereichen. Ich kann mir sehr gut vorstellen, dass er sich in Gefahr begeben hat und dafür sterben musste. Und ich ahne, wie sehr ihm der verpatzte Richtspruch zugesetzt haben muss. Wir Anhänger der Alten Sitte neigen nun mal zu einem gewissen Aberglauben, weißt du?«

Ein Kellner kam und räumte die Teller der Vorspeise ab.

»Hast du mal mitbekommen, dass August mit Cannabis gehandelt hat?«

Malthe schüttelte energisch den Kopf. »Nein, nicht bei unseren Treffen, auch wenn sicher der eine oder andere etwas konsumiert hat. Aber das hätte unsere Gemeinschaft nicht geduldet. Wir sind schon wegen harmloserer Dinge in

Verruf geraten. Wir gelten ja schnell als spleenig und wild. Was weißt du über die andere Tote?«

Gitte erzählte Malthe von Lene und wie sie Noras Nachbarin kennengelernt hatte. »Ihr Mann hat auch bei Arne auf dem Bau gearbeitet, hatte aber an dem Abend des Richtfests eine Lkw-Fahrt für einen alten Kollegen übernommen. Irgendwie läuft also alles bei Arne und seinem Grundstück und seinem Bauprojekt zusammen.« Gitte dachte dabei auch an Louie, bei dem sie sich seit ihrem Überfall nicht mehr gemeldet hatte.

Malthe trank einen Schluck Bier und wischte sich den Mund ab. »Es gibt schon ein paar kritische Stimmen zu diesem Bau. Arne hätte sich jedes Haus leisten können, aber er wollte wohl genau dieses Grundstück haben und hat dafür sicher auch eine Menge finanzieller Mittel eingesetzt, um die Genehmigung zu erhalten. Das nehmen ihm einige übel.«

Gitte nickte. »Das, und die Tatsache, dass dort ein gemeinnütziges Projekt geplant war, wie ich gehört habe. Aber nun ist nicht Arne ermordet worden, sondern sein Polier und die Frau von einem seiner Bauarbeiter. Ich bin übrigens auch überfallen worden.«

Gitte erzählte ihm von dem Vorfall, und Malthe blickte sie erschrocken an. »Ich denke, dass der Typ durchaus gefährlich ist, Gitte. Der hat ja einiges in Kauf genommen, um dich zur belebtesten Tageszeit mitten im Ort zu überfallen. Jetzt verstehe ich, warum Ole dich nicht allein ausgehen lässt.«

»Als ob der gute Ole das verhindern könnte«, meinte

Gitte schnippisch. »Ich muss übrigens noch mit Sven sprechen, wenn er mal einen Augenblick Zeit hat.«

»Was hältst du davon, wenn wir unser Essen abarbeiten? Sven freut sich bestimmt, wenn wir ihm gleich noch in der Küche helfen.«

»Hoffentlich werde ich auch dann noch als Hilfe verstanden, wenn ich das erste Tablett mit Gläsern fallen gelassen habe«, meinte Gitte.

Mit viel Gelächter und Eifer deckten Gitte und Malthe Tische ab, dekorierten neu für den nächsten Tag und machten die Küche sauber. Als sie dann gegen halb elf zusammen noch einen Gin Tonic tranken, erzählte Gitte Sven und Malthe von den neusten Erkenntnissen zu ihrem Vater Mads.

Der Gastwirt schüttelte nachdenklich den Kopf, als sie geendet hatte. »Vor zehn Jahren hätte ich wohl genauso geschimpft wie du jetzt, Gitte. Aber mit dem Alter bekommt man eine andere Sicht auf die Dinge. Ich denke, es ist schwer, das Handeln einer Person, die unter einem solchen Druck gestanden hat wie dein Vater, so zu verstehen, dass ein Richtig oder Falsch dabei herauskommt. Ich habe diesen Wolkow gesehen und erinnere mich auch achtzehn Jahre später noch an den Mann. Der wollte, dass die Dinge nach seiner Vorstellung laufen. Freu dich, dass dein Vater noch lebt.«

Das war nicht die Antwort, die Gitte hatte hören wollen. Aber was wollte sie überhaupt hören? Dass Sven über ihren Vater Mads schimpfte und herzog? Oder ihn als Schwächling darstellte? Ganz sicher nicht. Das Thema Eltern war so eine

Sache. Nur man selbst durfte über diese schlecht reden, ein anderer nicht. Gedankenverloren schlürfte sie ihren Gin Tonic aus.

Malthe brachte sie schließlich nach Hause. Er spielte mit seinem Schlüsselbund und wollte noch etwas loswerden.

»Gitte, heute Morgen bei der Beerdigung ist mir noch etwas eingefallen, das mir nun immer wichtiger erscheint. Bei einem unserer letzten Treffen hat August sich sehr abfällig über den Architekten des Bauvorhabens geäußert. Er meinte, der Mann sei nicht echt und hätte sein Studium sicher beim Pokern gewonnen. Das übliche Lästern über Männer, die mehr zu sagen haben, dachte ich zunächst. Aber als du eben meintest, dass viele Fäden bei der Baustelle zusammenlaufen, fiel es mir wieder ein. Kennst du den Mann?«

»Ja«, Gitte nickte nachdenklich, »und ich bin mir sicher, dass Ole ihn überprüft hat. Danke.«

Sie erinnerte sich daran, dass der Kommissar Louie von Anfang an zu den Verdächtigen gezählt hatte, während sie selbst Louies Charme genoss.

Malthe nickte ihr zu und machte erst kehrt, als sie im Haus verschwunden war und er gehört hatte, wie innen der Schlüssel im Schloss herumgedreht wurde.

17

Gitte stand fluchend vor den zahlreichen Aushängen einer Immobilienfirma am Strandvej. Sie hatte sich lediglich ein Brötchen bei *Jacks Kiosk* kaufen wollen und war eher gedankenverloren an dem Schaufenster vorbeigeschlendert, als ihr ein Foto ihres eigenen Häuschens ins Auge sprang. Am liebsten wäre sie sofort in die Büroräume gestürmt, aber am Sonntag hatten Banken und Immobilienmakler geschlossen.

Bislang hatte sie noch niemandem von ihrer Sorge um ihre Wohnsituation erzählt und das Thema auch selbst mehr oder weniger erfolgreich verdrängt. Tante Stine würde nur denken, sie müsse ihr mit Geld aushelfen, was Gitte nicht wollte. Die Vorstellung, nicht mehr so nah an der Polizeistation, dem Beerdigungsinstitut oder ihrem treuesten Nachbarn Erik zu wohnen, missfiel ihr deutlich. Würde Toni, ihr Vermieter, Ernst machen und das Haus an den besten Bieter verkaufen? Das könnte jeden Tag geschehen, denn sein Angebot hing nun öffentlich bei den Banken und Immobilienanbietern in Marielyst aus.

Sie musste dringend nach einem Kredit fragen. Ihre Ersparnisse würden für die Anzahlung draufgehen. Die Ummeldung ihres Volvos im letzten Jahr hatte sie bereits ein Vermögen gekostet, da die Steuern auf Autos in Dänemark horrend waren. Da der Tag heute zu kalt für den Strand und der Himmel auch ziemlich bedeckt war, würde der Ort sicher voll mit Touristen sein. Sie würden den Tag zum Shoppen nutzen, und alle würden an den Aushängen mit den Häuserangeboten vorbeigehen. Mist.

Ihre Stimmung hellte sich erst auf, als Ole wenig später plötzlich und unangemeldet mit einer Brötchentüte vor ihrer Tür stand. Zum Frühstück hatten sie also genug zu essen. Mit einer großspurigen Geste und wichtigem Gesicht teilte er ihr mit: »*Hej*, Gitte. Ich bin gekommen, um mir deine Sorgen und Nöte anzuhören und um mit dir meine Erkenntnisse zum neusten Mordfall zu teilen. Dabei hoffe ich natürlich auf deinen fachmännischen Rat. Und das alles tue ich freiwillig.« Mit einem strahlenden Lächeln trat Ole ein.

»Wer hat dich denn angerufen und zu dieser altruistischen Tat gedrängt? Ich habe sehr stark meine Tante in Verdacht, dabei kennt sie nur die Hälfte meiner Sorgen.«

Gitte setzte Kaffee auf und bat Ole, den Kamin anzufeuern, um es bei dem grauen Wetter draußen wenigstens drinnen etwas gemütlicher zu machen.

»Ich werde mein Haus verlieren«, teilte sie Ole mit, als er gerade in sein Wurstbrötchen biss. »Kann sein, dass ich am Ende des Sommers ohne Bleibe bin.«

Bei Gittes Worten hätte er sich beinahe verschluckt. »Wenn Toni dich vor die Tür setzt, nehme ich ihn in Beugehaft«, erklärte er ernsthaft.

Gitte erklärte ihm die Sachlage sowie ihren Rettungsplan.

Ole machte ein skeptisches Gesicht. »Ich kann dir Geld leihen, Gitte, aber ob du es für diese Hütte ausgeben solltest, weiß ich nicht. Es gibt viel schönere Häuser zu kaufen, und in Gedesby ist es sogar ein wenig günstiger als hier mitten am Torv.«

Gitte schüttelte energisch den Kopf. »Ich will dieses Haus, diese Nachbarschaft und dieses Grundstück behalten. Ich kann ja nach und nach ein wenig renovieren, aber dazu muss es mir dann auch gehören.«

Während sie sich mit Ole austauschte, spürte sie zum ersten Mal, seit sie vom Verkauf erfahren hatte, so etwas wie Energie und Tatendrang. Sie würde es schaffen und sich das Häuschen einfach kaufen. Und damit gleichzeitig sicherstellen, dass sie nicht beim erstbesten Problem wieder nach Münster zurückkehren konnte.

In diesem Moment war sie sich sicher, dass Marielyst ihre neue Heimat war. Egal, ob ihr Vater sie hier besuchen würde oder ob er in Kiew seinen Schwager zum Tee empfing. Und mit diesem Entschluss kam ihr ein weiterer Gedanke, den sie aber für sich behielt. Stattdessen erklärte sie: »Ich werde gleich morgen früh zur Bank gehen und mich beraten lassen. Danke schön, aber ich hoffe, ich muss mir von niemandem Geld leihen. Ich habe nur Sorgen, dass Toni das Haus vorher schon verkauft. Es ist immerhin eine Toplage.«

»Quatsch, der wird dir schon das Vorverkaufsrecht lassen.« Ole nickte ihr aufmunternd zu und goss Gitte einen weiteren Kaffee ein. »Nora ist übrigens seit gestern Abend auf der psychiatrischen Station und wird dort therapeutisch behandelt. Ich bin froh darüber, denn nun fühle ich mich nicht länger verantwortlich, wenn ihr etwas passiert.« Ole zog eine Grimasse. »Ich bin nicht gut darin, feinfühlig und vorsichtig mit kranken Seelen umzugehen.«

»Nein, das bist du wohl nicht. Wie geht es eigentlich deiner Frau?«

Wenn er sich über die Frage wunderte, so ließ er sich nichts anmerken. »Bis vor drei Tagen schlecht, sie wollte nichts mehr essen. Doch vorgestern gab es einen Neuzugang im Pflegeheim, und dieser Herr hat einen überraschend guten Draht zu ihr. Der Mann ist um die fünfzig und hat schlimm Parkinson.«

»Deine Schwester macht sich Sorgen um dich«, sagte Gitte und hoffte, dass er nicht gleich wieder wütend würde.

»Ja, das mache ich mir auch ab und an um sie, weil sie ihre besten Jahre an diesen Künstler verschwendet.« Ole machte ein betont gleichgültiges Gesicht und bestrich ein weiteres Brötchen mit Butter und Himbeermarmelade. Die dritte Tasse Kaffee stand dampfend vor ihm, und er rührte fleißig Zucker hinein.

Gitte erwiderte: »Nun, Karl ist doch ein interessanter Kerl ...«

»... der sie ganz sicher nicht bis ins hohe Alter oder gar als Ehemann begleiten wird«, beendete Ole ihren Satz. »Wenn der sich langweilt, ist er weg. So einer wie Karl wird immer abhauen, wenn ihm irgendetwas zu viel oder zu wenig wird.«

»Was bist du doch für ein Menschenkenner und so zuverlässig und konservativ. Meinst du nicht auch, dass ich mir langsam einen Ehemann anlachen sollte, anstatt allein in ein Haus zu investieren? Da fällt mir ein, Louie war gestern Abend wieder hier und hatte eine Flasche Wein dabei.«

Das war sehr ungeschickt, was sie da trieb, aber mitunter saß einem nicht nur der Schalk im Nacken, sondern der Teufel auf der Schulter. Ole trank seinen Kaffee aus und stand auf. Hatte sie es zu weit getrieben? Doch dann beugte er sich plötzlich vor, und seine warmen Lippen drückten ihr einen langen Kuss auf den Mund. Und dieser Kuss hinterließ ein angenehm warmes Gefühl bei Gitte.

»Du musst wissen, was du tust, Gitte Madsen.« Mit diesen Worten marschierte er einfach zur Verandatür hinaus und verließ das Feld.

Einigermaßen verwirrt räumte Gitte auf. Und sie tat es leicht lächelnd und mit einem leisen Summen. Erstaunlich, was so ein Kuss bewirken konnte, dachte sie und kümmerte sich um einen weiteren Punkt auf ihrer Liste. Sie rief bei Arne Hansen an. Seine Nummer besaß sie, seit ihr Institut die Beerdigung seines Vaters übernommen hatte. Er meldete sich sofort, und zwar wie ein Mann, der Langeweile hatte und sich begeistert auf jeden Anruf stürzte.

»*Hej*, Gitte, womit kann ich dienen?«

Gitte erklärte ihm, dass sie ihn gerne wegen einer persönlichen Angelegenheit besuchen wollte und seinen Rat brauchte.

Arne war nur zu gern dazu bereit. »Ach Gitte, dann lass uns doch an meinem neuen Haus treffen. Ich wollte mir dort eh einiges ansehen. Gestern waren die Heizungstechniker da. Und wir haben es windgeschützt und trocken.«

Also fuhr Gitte mit dem Wagen die wenigen Kilometer bis zum Hundeskov, wo sie parkte, um noch ein paar Meter zu Fuß zu gehen. In dem kleinen Waldstück tummelten sich einige Leute mit ihren Hunden. Im angrenzenden Gelände grasten ein paar Wildpferde, die das diesige Wetter zu genießen schienen. Sie hoben kurz den Kopf und schnaubten.

Es war kühl, und Gitte zog sich eine Windjacke an. Nach einem kurzen Fußmarsch sah sie den Neubau von Arne Hansen, an dem das Dach nun schon fertig gedeckt war. Seit dem Richtfest hatte sich viel getan. Die Räume konnte man nun deutlich erkennen, auch wenn noch keine Fenster oder Türen eingesetzt waren. Der mittlerweile ziemlich verwelkte Richtkranz mit seinen bunten Bändern hing noch immer an einem Balken.

Gitte blickte sich um, aber von Arne war noch keine Spur zu sehen. Sie ging über die Wiese bis zu einem Törchen, von dem aus man direkt zum Strand gelangen konnte. Am Ende des Grundstücks standen ein paar Nadelbäume, und auf der anderen Seite stand das nächste Haus erst in ausreichender Entfernung.

Sie ging zurück und wanderte durch den Rohbau, bis sie in den Raum gelangte, der später einmal die Küche werden sollte. Zumindest vermutete sie hier diesen Bereich, da einige Anschlüsse zu sehen waren. Von hier blickte man direkt in den Garten und konnte bei entsprechendem Wind das Meer hören.

Sie beobachtete gerade ein Rotkehlchen, das aus einer Pfütze trank, als ein Geräusch ihre Aufmerksamkeit auf sich zog. Es klang so, als würde eine Böe eine der vielen Planen in die Luft heben. Sie rief in die Stille: »Arne?« Doch es antwortete niemand.

Sie fror nun ein wenig in den kalten Räumen und fühlte sich auf der einsamen Baustelle wie ein Eindringling. Vorsichtig bewegte sie sich durch den Rohbau und hörte ein Rascheln, gefolgt von leisen Schritten. Sie war nicht mehr allein.

Im nächsten Moment donnerte es draußen, und ein unverhoffter Platzregen prasselte auf die Dachpfannen und Planen nieder. Gitte fluchte innerlich, weil sie ihr Auto nicht direkt vor dem Grundstück geparkt hatte. Nun saß sie hier in den kalten Räumen fest, zumindest, wenn sie nicht vollkommen durchnässt werden wollte.

Die Schritte näherten sich. Jemand schlich durch den Raum rechts von ihr. Doch warum hatte er nicht auf ihr Rufen reagiert? Sie konnte das vorsichtige Aufsetzen der Füße hören und schaute sich nach einem Versteck um. Es gab keins. Gitte wurde unruhig, und ihr letzter Überfall trat ihr ins Bewusstsein. Sie blickte sich nach einer möglichen Waffe um und ergriff eine Maurerkelle, die spitz zulief. Als sie langsam um die Ecke schaute, um in den nächsten Raum zu gelangen, stieß ihr jemand von hinten in den Rücken und drehte ihren Arm mit der Kelle schmerzhaft nach hinten. Mit gesenktem Kopf starrte sie auf ein Paar Bauarbeiterschuhe.

»Was treibst du dich hier auf Privatbesitz herum?«

Gitte stöhnte auf vor Schmerz. »Lass mich los, du Idiot. Ich bin mit Arne Hansen hier verabredet.«

Sofort lockerte sich der Griff und Gitte stand einem langen, schlaksigen Kerl gegenüber, der dennoch einen Bauchansatz besaß. Er trug Arbeitskleidung und einen Bauarbeiterhelm.

»Ich auch. Was willst du von ihm? Bist du von der Polizei?«

Gitte schüttelte ihren verdrehten Arm aus und hob die Kelle wieder auf. »Nein, ich war auf dem Richtfest und kenne Arne persönlich. Ich treffe mich privat mit ihm.«

Jetzt grinste der Kerl frech. »Aha, der Chef trifft sich hier mit einer Frau.« Er trat einen Schritt zurück. »Geschmack hat er.«

In diesem Moment fuhr hörbar ein Wagen vor. Gitte schüttelte empört den Kopf. »Ich habe ein paar Fragen an Arne. Dein Chef hat es kaum nötig, sich auf einem staubigen Bau mit Frauen zu treffen. *Hej*, Arne, ich bin hier«, rief sie, als sie eine Autotür hörte. Der Typ war ihr unsympathisch, und sie war froh, dass Arne nun offenbar auch da war.

»Warum arbeitest du an einem Sonntag hier?« Gitte trat an dem Mann vorbei und legte die Kelle zurück an ihren Platz.

»Tu ich ja gar nicht. Das da drüben ist mein Kollege Stieg, seinen alten Ford hört man meilenweit gegen die See.« Jetzt grinste der Bauarbeiter noch dreister. Ein weiterer Mann mit Arbeitsklamotten betrat den Rohbau, seinen Helm trug er in der Hand. Er war kleiner und stämmiger als der andere.

»Was wollen wir denn mit einer Frau auf dem Bau, Lasse?« Er haute seinem Kumpel auf die Schulter und zog eine Zigarette aus der Brusttasche. Dann lächelte er Gitte herausfordernd an. »Na, willst du uns erklären, wohin die Abwasserrohre gehören?«

Gitte ignorierte die Bemerkung. Sie kannte den Mann. Er war ebenfalls auf dem Richtfest gewesen.

»Ich warte auf Arne. Aber wenn wir hier schon mal zu dritt sind, könnt ihr mir vielleicht etwas über den Architekten Louie erzählen oder über einen Mitarbeiter namens Dahl.«

»Also doch von der Polizei, hab ich's mir doch gleich gedacht«, sagte Lasse und spuckte verächtlich aus.

»Nein.« Gitte schüttelte den Kopf. »Ich räume hinter der Polizei auf. Ich bin Bestatterin und war mit der Beisetzung von August Borg beauftragt.«

Stieg ergriff das Wort: »Der verkorkste Richtspruch war schuld. War ja klar, dass was passiert. Ich bin der neue Polier hier auf dem Bau, und ich sorge nun für Ordnung. Jetzt wird gearbeitet, damit der Bau bis zum Herbst fertig wird. Dieser Louie, der will doch durch Verzögerungen und neue Detailarbeiten nur sein eigenes Honorar in die Höhe treiben. Und August hat die gleiche Taktik verfolgt. Der verdiente auch daran. So was rächt sich immer.«

Gitte spitzte die Ohren und schrieb gedanklich mit. Auf der Baustelle lief offenbar nicht alles so rund, wie Arne einem immer weismachen wollte. Der kleinere Mann, der sich gerade als Polier vorgestellt hatte, streckte die Brust raus und drückte seine Zigarette in einer kaputten Dachpfanne aus.

»Und wer hätte eurer Meinung nach ein Interesse daran gehabt, August zu ermorden?« Gitte hatte sich so hingestellt, dass sie den kürzesten Weg zum Ausgang und zur Straße hin hatte. Sie bekam immer mehr den Eindruck, dass die beiden mit ihr spielten.

»Ich, weil ich nun als neuer Polier mehr verdiene«, meinte Stieg grinsend.

»Ich auch, weil er mit meiner Frau geschlafen hat.« Lasse, der größere von beiden, grinste nicht, als er das sagte. Aber seine Fäuste schlossen und öffneten sich im Wechsel, als wollte er gleich die nächstbeste Person erdrosseln.

Gitte nickte und tat beeindruckt. »Und wer von euch beiden hatte auch ein Interesse daran, Lene Dahl umzubringen?«

Beide guckten sich ratlos an, und Stieg meinte schließlich: »Sie war die Busenfreundin von Augusts Frau. Wahrscheinlich wusste sie etwas, was sie nicht wissen durfte. Ihr Frauen steckt eure Nasen ja ständig in Dinge, die euch nichts angehen. August hat ihren Mann irgendwann hier angeschleppt. Er war arbeitslos, fuhr eigentlich Lkw, aber auf dem Bau ist immer was zu tun, auch für einen Ungelernten. Dem Chef war es recht.«

»Mit Arne kann man gut auskommen, oder?«

Die beiden Männer nickten. »Ja, kann man, wenn man sich nicht ganz doof anstellt. Ah, da kommt er ja endlich.« Ein großer Wagen fuhr vor, und wenig später stand Arne in langem Mantel und einem grauen Hut im Raum. Er schüttelte ein paar Regentropfen ab, denn noch immer prasselten die Tropfen auf das Dach.

Sein Blick war eher düster, beinahe misstrauisch, wie Gitte interessiert feststellte. »Was macht ihr beiden denn schon hier? Wir waren doch erst in einer Stunde verabredet.«

Gitte nickte er nur knapp zu, sie hielt sich deshalb auch noch zurück.

»Wir wollten noch eine Sache durchsprechen. Es gab ein bisschen Ärger zwischen zwei Arbeitern, die wollten wir jetzt anders einteilen.« Der Polier machte ein harmloses Gesicht und warf seinem Kumpel immer wieder einen Seitenblick zu. Gitte war sich sicher, dass er log.

»Aha, und wer sind die zwei, die Ärger miteinander hatten?«

Lasse schüttelte jetzt den Kopf und sagte: »Nee, Chef, das machen wir unter uns aus. Wenn du mit der Dame etwas zu besprechen hast, setzen wir uns kurz ins Auto und reden dort weiter. Kein Problem.«

»Ich bitte darum«, sagte Arne knapp. Dann ging er zu Gitte, nahm sie kurz in den Arm und führte sie in einen kleineren Raum, den sie noch nicht gesehen hatte und in dem offenbar die Pausen verbracht wurden. Es gab eine Kaffeemaschine und einen kleinen Kühlschrank, den Arne öffnete. »Möchtest du ein Bier oder eine Limonade, eine Cola?«

Gitte nahm eine Cola, Arne wischte mit einem lindgrünen Taschentuch über die staubige Bank, und sie setzten sich. Er war ein Gentleman durch und durch, stellte Gitte wieder einmal amüsiert fest.

»Tut mir leid für den Zwischenfall, aber hier auf der Baustelle sind wir alle etwas paranoid. Ich mag es nicht, wenn sich Leute außerhalb der Arbeitszeit hier herumtreiben, auch nicht, wenn es die eigenen Arbeiter sind. Auf dem Bau verschwinden schnell mal gute Maschinen. Ich muss dir sagen, ich vermisse August sehr. Er war stur, aber ein Profi, dem man nicht viel erklären musste. Außerdem konnte ich ihm blind vertrauen. Aber deshalb bist du vermutlich nicht hier, oder?«

Gitte hatte gar nichts dagegen, dass Arne so plauderte. Sie lächelte ihn an und erzählte ihm von dem Dilemma mit ihrem Haus. »Und nun möchte ich es gerne kaufen, aber ich kann sehr schlecht einschätzen, wie viel es wert ist und wie die Zinsen gerade stehen und was ich sonst noch alles beachten muss. Kannst du mich beraten?«

»Ich kann mir dein Haus gerne mal anschauen und dir ein paar Tipps geben, aber der Profi für den Wert des Objektes wäre natürlich Louie, mein Architekt. Ihr habt euch doch gut verstanden, nicht? Soll ich ihn mal fragen?« Und schon zückte Arne sein Handy.

Angesichts der wenigen Zeit, die Gitte noch blieb, nickte sie also nur, fragte sich aber, ob sie überhaupt wollte, dass Louie heute noch bei ihr vorbeischaute. Und mit ihr flirtete. Sie spürte erneut den warmen Kuss von Ole auf ihren Lippen, den er ihr bei der Erwähnung von Louie frech auf den Mund gedrückt hatte.

Arne redete über die Zinsen und Steuern, und Gitte musste sich zwingen, zuzuhören. Das waren wichtige Informationen. Sie würde auch einen Rechtsanwalt brauchen, aber eine notarielle Beurkundung, wie in Deutschland üblich, brauchte sie in Dänemark nicht. Als Arne schließlich Louie erreichte und ihm von Gittes Problem erzählte, meinte der Architekt sofort und laut genug, dass Gitte ihn verstehen konnte: »Gib sie mir mal.«

»*Hej*, Gitte. Ich kann in einer Stunde bei dir sein. Und eine Flasche Wein mitbringen. Bei einem Glas Wein lässt es sich doch viel schöner planen. So ein Hauskauf ist aufregend.«

Gitte überlegte nicht lange und sagte zu. Sie bedankte sich bei Arne und hätte nur zu gern gehört, was der Bauherr nun noch mit seinen beiden Handwerkern zu besprechen hatte. Ihr waren die Männer verdächtig vorgekommen, und es hatte die beiden sichtlich gestört, Gitte dort anzutreffen. Hatten sie über die Morde sprechen wollen? Oder wollten sie gar den Bau sabotieren?

Der Regen hatte genauso plötzlich aufgehört, wie er begonnen hatte, und Gitte machte sich auf den kurzen Heimweg. Unterwegs kaufte sie beim Sparladen am Bøtøvej einen Apfelstrudel für den Backofen. Dieser relativ kleine Laden besaß fast alles, was man als Tourist brauchte. Neben dem Fahrrad, das man leihen konnte, über Lockenwickler und jeder Art von Adaptern fand sich im Laden ein reichliches Angebot, das eine gewisse Fantasie und Kreativität des Betreibers verriet.

Zu Hause angekommen, stellte Gitte den Strudel sofort in den Ofen. Auf der Veranda nebenan sah sie Kate, die genussvoll eine Zigarette rauchte. Gitte nutzte die Aufbackzeit des Strudels und schlenderte zu ihrer Nachbarin hinüber.

»*Hej*, Gitte. Hast du eben den Wolkenbruch mitbekommen? Es wurde ganz plötzlich so düster, als habe der liebe Gott das Licht für einen Moment ausgemacht. Es sah fantastisch aus, wie dann die Blitze am Himmel zu sehen waren. Ich werde ein Bild davon malen.«

Kate zog den Rauch tief ein und stieß ihn in kleinen Wolken wieder aus. Dabei lehnte sie sich lässig über die Verandabalustrade, und ihre schwarz umrahmten Augen blitzten vergnügt.

Gitte berichtete der Schwedin, dass sie bei Arne auf der Baustelle gewesen war und nun ein Date mit seinem Architekten hatte. Nun endlich erzählte sie Kate auch, dass ihr Haus zum Verkauf stand und sie es erwerben wollte. Kate freute sich über ihren Entschluss und fragte dann verschmitzt: »Und weiß der Architekt, dass es ein Date wird?«

»Leider macht er es zu einem, denn er will eine Flasche Wein mitbringen. Mir ist gerade gar nicht nach Flirten zumute, Kate.«

Ihre Nachbarin lachte. »Ich nehme an, er ist der falsche Mann, hab ich recht? Das war doch Ole, der heute Morgen zwar nicht mit Wein, aber mit frischen Brötchen vor deiner Tür stand.«

Gitte nickte und zog die Schultern hoch. Ihr war kalt, so ohne Sonne. »Ja, das war Ole. Er wollte Informationen von mir und die Beratung einer ortskundigen Bestatterin und erfahrenen Schnüfflerin.«

»Der wollte dich sehen, meine Liebe.« Und mit diesen

Worten drückte Kate ihre Zigarette aus und wickelte sie in Küchenpapier. »Ich habe übrigens gestern mit Erik jede Menge Stelzenläufer, Teichwasserläufer und zwei Falken, aber keinen Bartgeier gesehen. Und ich weiß nach drei Stunden Ausharren zwischen Schilfgras und meinem Ehemann, dessen Magen knurrte, dass die Ornithologie ohne mich auskommen muss. Das ist mir entschieden zu langweilig.«

Plötzlich richtete sich Kates Aufmerksamkeit auf die Straße, denn es näherte sich ein schicker Audi. Das knirschende Geräusch des Schotters war zu hören, dann fuhr der Wagen auf Gittes Grundstück, hielt an, und Louie Svendsen sprang fröhlich aus dem Auto. Er winkte Gitte und Kate zu, und die Schwedin musterte ihn auf ihre sehr direkte Art.

Gitte ging zurück in ihren Garten. In der Hand hielt Louie tatsächlich eine Flasche Weißwein. Er schnupperte mit der Nase in der Luft und sprang mit einem eleganten Satz über eine kleine Hecke, die ihn noch von Gitte trennte. Den Sprung hatte er bestimmt schon oft auf seinen Baustellen geübt.

Und dann bekam Gitte ihren zweiten Kuss an diesem Sonntag, dieses Mal auf die rechte Wange. Der Wein, ein Pinot Gris aus Frankreich, war gut gekühlt. Warum also nicht mal einen Weißwein zum Apfelstrudel?

Doch zunächst machte Gitte für ihn eine kleine Hausführung, und Louie nahm seine Expertenrolle sehr ernst. Er klopfte an Wände, besah sich die Fußböden, die Statik und vor allem das Badezimmer und auch die Küche, er prüfte sogar die Rohre, soweit möglich. Dann marschierte er um das

Haus herum und setzte seine Begutachtung fort, während Gitte drinnen den Tisch deckte.

Louie beschönigte nichts. »Gitte, du hast hier eine wunderbar zentrale Lage, aber ein Haus mit mäßiger Bausubstanz. Es hält, auch das Dach ist noch ein paar Jahre gut genug, aber es besitzt ein paar Mängel. Die Fenster würde ich austauschen, die Außentüren sind marode, und du musst mehr Heizkosten aufbringen als notwendig. Das Grundstück ist sehr schön, deine Terrasse dagegen muss mal erneuert werden, aber das ist kein so großer Kostenpunkt. Also, meiner Einschätzung nach darf das Haus nicht teurer sein als etwas über eine Million. Auf keinen Fall würde ich anderthalb dafür bezahlen. Biete ihm eins Komma zwei Millionen an.«

Gitte war beeindruckt, wie nah an dem ausgeschriebenen Preis Louie das Haus geschätzt hatte. »Toni will eins Komma drei Millionen haben, und da der Verkauf bereits über ein Immobilienbüro läuft, können wir kein eigenes Geschäft mehr aushandeln.«

Louie nickte wissend. »Biete ihm eins Komma zwei wegen der mangelhaften Fenster und Türen. Die Konkurrenz ist groß, viele Häuser stehen gerade zum Verkauf. Ehrlich gesagt habe ich nicht verstanden, warum Arne sich nicht eine der Villen gekauft hat, die gerade angeboten werden. Er ist vollkommen besessen von diesem Grundstück. Dabei ist doch gerade Arne Hansen ein Mann, der durchaus Publikum und Nachbarschaft genießt. Wer soll ihn dort täglich bewundern?« Louie lachte und prostete Gitte zu. »Aber er ist ein netter Kerl«, fügte er hinzu.

Spannend, wie Louie über Arne sprach, dachte Gitte. »Heute waren zwei Handwerker auf der Baustelle und meinten zu Arne, es habe Ärger gegeben.« Gitte beschrieb ihm die beiden Männer und sagte, einer von ihnen sei der Nachfolger von August.

»Ja«, nickte Louie, »es gab Streit. Nicht alle wollen Stieg als neuen Polier anerkennen. Er hat sich hochgearbeitet. Aber das machen die Männer meistens unter sich aus. Als Architekt gehörst du nicht zu denen. Der Mann dieser ermordeten Frau ist ja eigentlich auch kein Bauarbeiter, und er ist mit den Nerven am Ende. Da ergibt schnell ein Wort das andere, und Muskelkraft haben die alle.« Louie sah aus, als wollte er gleich den Puderzucker vom Teller lecken, doch ein weiteres Stück Strudel lehnte er ab.

Gitte dachte nach. Wenn sie Louie richtig verstanden hatte, dann hatte Lenes Mann sich mit dem Polier oder mit einem anderen Mann angelegt. Aber warum? Am Freitagmorgen war Lenes Leiche gefunden worden, danach hatte er doch sicher gleich die Arbeit niedergelegt. »Wann war denn der Streit?«

»Ich glaube am Freitagmorgen. Wochenendkoller, was weiß ich. Und kurze Zeit später wurde ja die Leiche von Pelles Frau gefunden. Angeblich haben die Beamten aber gar nicht genau gewusst, wo sie ihn erreichen konnten.«

Gitte erinnerte sich an Oles Worte, dass der Mann als Lkw-Fahrer schwer zu erreichen gewesen sei. Dabei hatte Pelle ganz in der Nähe auf dem Bau von Arne gearbeitet, aber das hatte Ole erst später erfahren. Es war schon auffällig, dass man im Zuge der Ermittlungen und Recherchen immer wieder beim Bau von Arnes Haus landete.

»Gitte, ich muss noch fahren, aber darf ich dir nachschenken?« Louie stand plötzlich hinter ihr und legte seine Hände auf ihre Schultern.

Sie stand unbeholfen auf, da sie es nicht auf solche Intimitäten hinauslaufen lassen wollte, und sagte schnell: »Ich hol mal noch eine Flasche Wasser für dich. Danke, Louie, ich nehme noch ein halbes Glas. Der Wein ist gut.«

Louie stand etwas steif im Raum und fragte dann, ob er ihre Toilette benutzen dürfe. Den Weg kenne er ja nun nach der Hausbesichtigung.

Schade, dachte Gitte, es wäre alles etwas einfacher, wenn Ole nicht jeden Mann in ihrem Umkreis wie einen Verdächtigen behandeln würde, denn er beunruhigte sie damit. In Bezug auf Louie musste sie Ole insgeheim aber recht geben. Alle Personen, die mit Arnes Bau zu tun hatten, gehörten zum Kreis der Verdächtigen.

Louie kehrte zurück und war sich offenbar unsicher, ob er noch bleiben sollte. Die Entscheidung wurde ihm abgenommen, als ein kleiner Wagen vorfuhr, dem Tante Stine in all ihrer Pracht entstieg. Sie trug ein buntes langes Hemd über einer schwarzen Leinenhose, und ihre blondierten Haare waren zu einer Zwanziger-Jahre-Kurzhaarfrisur geschnitten. Eine längere Strähne fiel ihr keck in die Stirn. Bei der Entscheidung über ihre Frisur zeigte sich Tante Stine stets wandlungsfähig und mutig, dachte Gitte, der ganz entfallen war, dass ihr Tantchen diesen Besuch bei ihr ja geplant hatte.

»Louie, du musst meine Tante Stine kennenlernen. Sie ist ein absolutes Original. *Hej*, Tantchen.« Gitte öffnete die Terrassentür und ließ ihre Tante herein. »Das ist Louie, der Architekt von Arne Hansen. Er hat mich bei einer Sache zu diesem Haus beraten.«

Tante Stine nahm erst Gitte in den Arm und streckte dann dem schlanken Mann ihre Hand hin. Ihr prüfender Blick sprach Bände, und ein leises Lächeln umspielte die geschminkten Lippen.

»Oh, ich störe euch«, sagte sie und setzte sich an den Tisch, um den Apfelstrudel genauer zu betrachten. »Ich hätte sehr gerne ein Stück davon, Gitte.«

Während Gitte in der Küche hantierte, lehnte Tante Stine sich zurück und fragte Louie: »Was gibt es denn zu Gittes Haus zu besprechen? Darf sie sich endlich vernünftige Fenster einsetzen lassen? Der nächste Winter kommt bestimmt.«

Louie stimmte ihr eifrig nickend zu. »Du hast eine kluge Tante, Gitte, die sich offenbar auskennt. Die Fenster und die Außentüren sind ein Problem an diesem Haus.«

Gitte wollte gerade ihrer Tante von der neuen Situation berichten, doch Louie kam ihr eifrig zuvor: »Ansonsten scheint das Haus ja in einem annehmbaren Zustand, und die Lage ist auch top. Ich denke, der Preis ist also okay. Ich habe Gitte vorgeschlagen, dass sie ihrem Vermieter eins Komma zwei Millionen anbieten soll.«

Gitte stand mit einem Teller und einer Tasse vor ihrer Tante. »Ja, das wollte ich dir neulich schon erzählen. Ich möchte Toni das Haus abkaufen. Er will auf Weltreise gehen und braucht Geld.«

»Aha.« Mehr sagte Stine nicht, doch Gitte war sich sicher, dass das nur an der Anwesenheit ihres Besuchers lag.

Wenige Minuten später verabschiedete sich Louie mit einer Umarmung von Gitte. Sie brachte ihn zur Haustür, auch um Zeit zu gewinnen. Louie blickte sie einigermaßen zerknirscht an, doch Gitte beruhigte ihn. »Das hast du nicht wissen können, Louie. Alles gut. *Bare rolig.*«

Ihre Tante saß am Tisch, hielt die Gabel in die Luft und starrte aus dem Fenster der Terrassentür auf die Wiese. »Sorry, Tantchen, das hat sich vor wenigen Tagen ganz plötzlich ergeben, und ich musste mir erst darüber klar werden, was ich mache. Mein Vermieter Toni tauchte hier auf und erklärte, dass mein Haus sogar schon auf den Angebotsseiten der Makler auftaucht.«

»Nun, ganz offensichtlich ist es noch gar nicht dein Haus, meine Liebe. Du bist erwachsen. Du musst nicht alles mit mir besprechen, aber umgekehrt erwartest du das von mir schon. Habe ich recht?«

Gitte setzte sich wieder auf ihren Platz und nahm ihre leere Tasse zwischen beide Hände. »Ja, ich war sogar beleidigt, weil du mich nicht über jeden Schritt in Kiew unterrichtet hast. Aber lass uns nicht streiten. Ich möchte dieses Problem gern allein lösen und will nicht, dass du dich genötigt fühlst, mir Geld leihen zu müssen.«

»Was ich gerne täte, Gitte. Ich verstehe zwar nicht, warum du dieses Haus willst, aber ich werde dich unterstützen, und nun kein Wort mehr davon. Ich war beim Friseur.«

Stine drehte ihren Kopf nach rechts und links und zwinkerte ihr zu. »Mir wurde auf der Straße zum ersten Mal seit zwanzig Jahren wieder hinterhergepfiffen. Jawohl.« Beide Frauen lachten.

»Und ich habe tatsächlich so einiges über Nora Borg herausgefunden.«

Gitte hing an Stines Lippen.

»Nora Borg hat ein Kind, ein Mädchen.«

Gitte schüttelte den Kopf. »Das kann nicht sein, da liegt eine Verwechslung vor. Hans Borg hat mir erzählt, dass Nora und August lange probiert haben, ein Kind zu bekommen, es aber nie geklappt hat.«

Stine schob sich in aller Ruhe ein weiteres Stück Strudel in den Mund, kaute lange und trank einen Schluck Kaffee. »Ich irre mich nicht«, sagte sie dann. »Hör erst mal zu. Nora wurde als Jugendliche ungewollt schwanger, und sie hat das Kind damals bekommen und abgegeben.«

»Abgegeben?« Gitte machte große Augen.

»Ja, sie gab es zur Adoption frei. Und Jahre später, als sie mit ihrem Ehemann zusammen keine Kinder bekommen konnte, wollte sie das Kind zurückhaben. Das geht aber natürlich nicht, zum Wohl des Kindes. Man kann eine Adoption, zumal nach so langer Zeit, nicht einfach rückgängig machen. Also nahm Nora unerlaubt Kontakt zu dem Mädchen auf. Sie hat sich also ohne Genehmigung oder Besuchsrecht dem Kind genähert, das zu diesem Zeitpunkt bereits seit neun Jahren bei den Adoptionseltern lebte. Für das kleine Mädchen war Nora eine fremde Frau, die es plötzlich ansprach und ihm Dinge schenkte. Als Nora auch auf wiederholte Aufforderung nicht damit aufhörte, zeigte die Adoptionsfamilie sie an, zog aber schon nach einer Woche die Anzeige wieder zurück. Irgendwie haben sie sich dann wohl geeinigt.«

Gitte lauschte den Ausführungen ihrer Tante. Das war also die Verbindung zu dem kleinen Mädchen in Christiania. Ihre ältere Schwester musste das Kind von Nora sein. Jetzt verstand Gitte auch die offenkundige Abneigung der Mutter der beiden Mädchen, als sie den Namen Nora Borg genannt hatte. Nur, warum hatte die Adoptionsfamilie die Anzeige später zurückgezogen? Hatte Nora sich entschuldigt? Oder waren die Adoptiveltern bedroht worden? Doch die Bewohner von Christiania wirkten nicht so, als würden sie sich von anderen bedrohen lassen.

»Hörst du mir noch zu, Gitte? Du starrst mit offenem Mund vor dich hin. Jetzt wäre ein guter Zeitpunkt, mich zu rühmen und zu loben. Ich habe übrigens alle diese Informationen, weil ich an einen klatschsüchtigen Friseur geraten bin, der dachte, ich sei die Therapeutin von Nora Borg.« Das Lächeln ihrer Tante war nun diabolisch. »Er fand, ich sollte diese heikle Vorgeschichte kennen.«

»Und warum wusste er überhaupt so viel über Nora Borg?«

»Weil er der Bruder des Mannes ist, mit dem Nora damals das Kind gezeugt hat. Die beiden sind freundschaftlich verbunden geblieben, und der Mann macht sich große Sorgen um die arme Nora. Und da er dachte, ich sei ihre Therapeutin ...« Den Satz beendete Stine nur mit einem harmlosen Achselzucken, bevor sie sich vergnügt den letzten Rest ihres Strudels in den Mund schob.

Gitte war begeistert. Ihr Gespür war richtig gewesen. Doch nicht der Cannabishandel hatte Nora nach Christiania gelockt, sondern ihre leibliche Tochter. Das musste schlimm sein, wenn man Jahre später erkannte, welch schrecklichen Fehler man mit der Weggabe eines Babys begangen hatte. Und nun bekam sie ihre Tochter nicht mehr zurück, wurde sogar angezeigt, wenn sie zu ihr Kontakt aufnahm.

Gitte fragte sich, ob sie den Fall nun bald gelöst hätten. Hatte die Familie aus Christiania August Borg umgebracht? Eigentlich ergab das keinen Sinn. Nora war doch diejenige, die damals Ärger gemacht hatte. Und das lag wohl auch schon ein paar Jahre zurück. Der Tod von Lene passte da auch nicht rein. Aber all das, zusammen mit dem toten Ehemann, erklärte Noras seelischen Zustand. Sie erinnerte sich daran, dass Ole über die Anzeige gegen Nora nicht hatte reden wollen. Aber vielleicht wusste er gar nicht alles.

»Tante Stine, wir müssen Ole davon erzählen!«

Der Kommissar wusste es, denn natürlich war diese Anzeige noch aktenkundig gewesen, wie er Gitte später am Telefon beichtete. Aber es gab eben Informationen, die durfte er nicht mit ihr teilen.

»Seit wann hältst du dich an solche Regeln? Wenn du mich in eine bestimmte Richtung locken willst, erzählst du mir doch auch alles. Hast du die Frau in Christiania denn schon gesprochen?«, fragte sie ihn neugierig.

»Nein. Ein Kollege von mir hat ihr eine Vorladung geschickt, aber bislang hat keiner darauf reagiert. Ich glaube auch ehrlich gesagt nicht, dass es so wichtig ist. Nora hat Ärger gemacht und sich wahrscheinlich entschuldigt. Aber warum sollte man ihren Mann deshalb umbringen?«

Gitte musste ihm zustimmen. So stolz Tante Stine auf ihre gute Recherchearbeit sein konnte, ein echtes Motiv ergab sich daraus nicht. Es sei denn, überlegte Gitte, August hatte eine Möglichkeit gefunden, der Adoptionsfamilie die Tochter von Nora zu entreißen, beispielsweise indem er Anschuldigungen erfand, auf die das Jugendamt hätte reagieren müssen. Doch das alles war weit hergeholt und zu spekulativ. Man durfte sich allenfalls darüber wundern, dass Hans Borg und seine Frau nicht offen über diesen Punkt gesprochen hatten.

»Ich sollte Stine einen Job anbieten«, meinte Ole gerade lachend am anderen Ende der Leitung. »Sie kommt an alle Informationen heran, die sie sucht.«

»Welche Spur verfolgt die Polizei denn gerade im Fall Lene und August?«

Ole ließ sich Zeit mit der Antwort. Dann seufzte er tief. »Gitte, ich kann dir nur dringend raten, dich von all denen fernzuhalten, die mit dem Bau von Arne zu tun haben.«

Gitte schluckte. »Zu spät, Ole. Ich habe mich heute mit Arne auf seiner Baustelle getroffen. Ich brauchte seinen Rat wegen meiner Immobilie. Und da trieben sich zwei Typen herum, sein neuer Polier und ein anderer Bauarbeiter. Arne war fast ein bisschen sauer, weil die beiden eine Stunde vor ihrem vereinbarten Termin mit ihm dort herumlungerten. Sie erzählten von einem Streit unter den Arbeitern dort.«

»Irgendetwas stimmt bei diesem Bauvorhaben nicht. Das passt mir gar nicht, dass die dich dort herumschleichen gesehen haben.«

»Ich bin nicht herumgeschlichen, sondern habe auf Arne gewartet.«

»Ja, aber vielleicht deuten die das anders. Pass bitte auf, aber wem sag ich das. Für morgen drücke ich dir die Daumen bei der Bank. Denk daran, ich kann dir auch Geld leihen. Ich melde mich morgen.«

Gitte hatte gehört, dass es bei Ole an der Tür geklopft hatte. Sie hätte sehr gern gewusst, wer dem Kommissar an einem Sonntagnachmittag einen Besuch abstattete.

Sie räumte auf und wurde beim Müllherausbringen spontan von Erik und Kate zum Essen eingeladen. Es wurde ein sehr lustiger und kurzweiliger Abend, von dem Gitte sich aber um zehn Uhr verabschiedete.

18

In der Nacht träumte sie von einer Schatzsuche am Strand. Wikinger vergruben eine Kiste mit Schmuck, und Gitte musste sie wieder ausbuddeln. Sie grub und wühlte mit ihren Händen im Sand, dabei spülte das Meerwasser immer wieder das Loch zu. Verzweifelt buddelte sie schneller in dem nassen Sand herum, während der neue Polier von Arne mit einem fiesen Grinsen neben ihr stand.

Kopfschüttelnd wachte sie am Montagmorgen auf und musste über sich selbst lachen. Da hatte Kate ihr am Vorabend von irgendwelchen Wikingerschätzen erzählt, die derzeit überall gefunden wurden, und sofort erschuf ihre Fantasie die wildesten Bilder dazu. Es wurden anscheinend gerade so viele Wikingerschätze gefunden, dass die zuständigen Ämter mit der Prüfung gar nicht mehr nachkamen. Schon 2016 hatten Hobbyarchäologen einen großen Goldfund in Jütland ausgegraben, und seitdem wurde fleißig weitergesucht. Es gab einen ansehnlichen Finderlohn, je nach Wert des Schatzes. Oft wurden aber auch nur alte Tonscherben oder Ähnliches eingereicht.

Gitte holte ihr Fahrrad aus dem Schuppen und freute

sich über das schöne Wetter. Die Strandliebhaber würden auf ihre Kosten kommen. Und sie hatte extra ihre Pumps mit kleinem Absatz angezogen, denn sie hoffte noch heute auf einen Termin bei der Bank. Sie würde dort von der Arbeit aus anrufen, so war ihr Plan.

Doch sie hatte kaum den ersten Kaffee auf dem Schreibtisch stehen und saß vor ihrem Computer, um den Plan für die Woche einzusehen, da bimmelte ihr Handy und Tante Stine war am Apparat.

»Hör zu, Gitte, ich habe mit meinem Mann viel Ärger gehabt, aber auch ein respektables Erbe erhalten, und ich werde mich nun ein ganz klein bisschen an deinem Hauskauf beteiligen. Ich habe gleich ein Gespräch mit meiner Hausbank und werde das Beste für dich aushandeln. Also bitte, sag Toni oder wie der Schuft heißt, der dich gerade so unter Druck setzt, dass du kaufst! Ich dulde keinen Widerspruch. Du hast dir in Marielyst ein Zuhause geschaffen, und das soll dir keiner wegnehmen. *Hej hej*, Gitte.«

Ehe sie auch nur einen Pieps von sich geben konnte, hatte ihre Tante aufgelegt, und Gitte starrte auf ihr Handy. Sie war sich nicht sicher, ob sie sich freuen oder wütend werden sollte. Also betrachtete sie ihre schicken Pumps und entschied, dass es Situationen gab, die man hinnehmen sollte. Alles andere wäre nun Stolz und Eigensinn an falscher Stelle und würde die Beziehung zu ihrer Tante nur verkomplizieren.

Statt bei der Bank rief sie also bei Toni an.

»*Hej*, Toni, ich habe es mir überlegt, und ich möchte dein Haus kaufen. Ich biete dir eins Komma zwei Millionen Kronen an und werde bei diesem Preis dann auch nicht mehr über die maroden Fenster und Türen jammern. Einverstanden?«

Am anderen Ende der Leitung blieb es still, auffällig still. Gitte fing gerade an, sich Sorgen zu machen, da kam ein tiefer Seufzer vom anderen Ende der Leitung. »Gott sei Dank, Gitte. Dir gebe ich es natürlich gerne. Es ist alles ein bisschen blöd gelaufen. Der Preis ist in Ordnung, ich werde einen Rechtsanwalt beauftragen. Herzlichen Glückwunsch, liebe Gitte. Du wirst mein Häuschen in Ehren halten, das weiß ich.«

Seine Stimme klang gerade so, als müsse Toni sich ein paar Tränen verkneifen. Er legte auf.

Und plötzlich hatte Gitte Lust, aller Welt davon zu erzählen. Sie hielt sich nur zurück, weil Paul gerade ein Telefonat beendete und sie suchte.

»Ich bin hier, Paul, und ich bin soeben Hausbesitzerin geworden. Was sagst du?«

»Herzlichen Glückwunsch, sage ich. Das klingt aber für mich so, als würdest du bald eine Gehaltserhöhung verlangen. Wie jammerte dein Vorgänger dann immer? Paul, die laufenden Kosten fressen mich auf.« Er lachte und schien sich ehrlich zu freuen.

Nach dem Genuss eines Gläschen Aquavits, um auf die Nachricht anzustoßen, wurde er dienstlich. »Wir müssen eine Leiche aus Gedser abholen. Eine alte Frau ist im Kreis ihrer Familie an plötzlichem Herzversagen verstorben. Die Angehörigen stehen alle noch unter Schock, aber ein Arzt hat den Totenschein ausgestellt, und die Leiche kann abgeholt werden. Der Sohn hat gerade angerufen. Der klang sehr merkwürdig.«

»Nun, er hat soeben seine Mutter verloren.« Zum wiederholten Male beäugte Gitte ihre Schuhe, die nicht dafür geeignet waren, einen Sarg zu tragen. Aber musste sie überhaupt mit, wenn es dort einen potenziellen Träger gab?

Da zog Paul die Stirn in Falten. »Das war es nicht, sondern der Ton, die Art und Weise des Sprechens klang merkwürdig, so ohne jede Variation in der Stimme. Kommst du mit?«

Wenig später machten sie sich auf den Weg. Gitte wollte den Bøtøvej entlangfahren, dann könnten sie gleich sehen, wie es mit Arnes Bau weiterging. Paul murmelte, dass er nicht scharf auf den Protzbau war, doch Gitte unterhielt ihn während der Fahrt mit den neuesten Gerüchten rund um die Arbeiten dort und weckte damit sein Interesse. So fuhr Paul langsam im Schritttempo an der Baustelle vorbei und machte selbst einen langen Hals. Man sah zwei Handwerker, die weiter das Dach deckten. Bei strahlendem Sonnenschein saßen sie mit hochgekrempelten Hosen und bloßem Oberkörper in luftiger Höhe. Auch am Gebäude sah man einzelne Handwerker emsig hin und her laufen. Arnes Wagen stand am Straßenrand, zu sehen war er aber nicht.

»Anthrazitfarbene, hochglänzende Flachziegel, wer, bitte schön, schafft sich in Dänemark solch ein Dach an? Da kostet der Quadratmeter locker mal über fünfundzwanzig Euro. Was für ein Snob Arne doch ist.«

Paul rümpfte die Nase, konnte sich aber nicht sattsehen und hielt den Wagen sogar kurz an. »Da vorne, das ist doch der Mann von Lene. Er war gestern kurz bei mir wegen der Beerdigung. Kaum zu fassen, dass der heute schon wieder arbeiten geht.«

»Für einige Trauernde ist das die bessere Bewältigungsstrategie«, meinte Gitte und reckte sich neugierig, um einen Blick auf den kräftigen, mittelgroßen Mann mit krausen roten Haaren zu werfen. Viel mehr konnte sie auf die Entfernung nicht sehen.

»Die kommen ganz schön schnell voran, trotz der beiden Mordfälle. Als Handwerker auf Arnes Bau würde ich mir zunehmend Sorgen um mein Leben machen«, brummte Paul und setzte den Wagen wieder in Bewegung.

Damit hatte er recht, überlegte Gitte und fragte sich, warum dort alles so unbeeindruckt weiterlief. Selbst Pelle Dahl machte da keine Ausnahme. Hinter ihnen hielt ein Audi und hupte.

Im Rückspiegel sah Gitte, wie Ole mit angespannter Miene auf ihren Wagen zulief.

»Ole, grüß dich«, sagte Paul unschuldig. »Gerade noch haben wir uns gewundert, weil hier gar keiner ermittelt und alle arbeiten, als sei nichts geschehen.«

Gitte nickte ihm zu.

»Was treibt ihr hier?«, wollte der Kommissar wissen.

»Wir holen einen Toten aus Gedser ab.« Pauls Stimme klang nun beinahe fröhlich. »Und ich wollte dabei mal einen Blick auf den Prachtbau werfen.«

Ole blickte von Gitte zu Paul und wieder zurück. »Du lässt dich also auch von Gitte vor den Karren spannen. Ich bin es leid, zu betonen, dass Ermittlungsarbeit außerhalb der polizeilichen Aufgabe gefährlich werden kann. Also, ab durch die Mitte, holt eure Leiche ab.«

Eine Viertelstunde später fuhren sie in die Hafenstadt Gedser ein. Durch die offenen Fenster drang der Geruch von frischem Fisch. Am Hafen herrschte ein reges Treiben. Hafenarbeiter und Touristen gingen den Kai entlang. Dem Geruch nach zu urteilen, musste die *Røgeri*, wo die Fische fangfrisch geräuchert wurden, draußen auch einen Fischgrill aufgestellt haben.

Schließlich hielten Paul und Gitte vor einem altmodisch wirkenden kleinen Haus mit schmaler Eingangstür und einem verwilderten Vorgarten. Die Tür stand einen Spaltbreit offen, und ein muffiger Geruch kam ihnen entgegen. Auf ihr Klopfen reagierte niemand, daher gingen sie vorsichtig hinein, gelangten durch einen schmalen, dunklen Flur, und Paul rief vorsichtig: »Hallo, Paul Larstsen hier.«

»Komm rein, wir sind hier.«

Sie folgten der Stimme und betraten ein kleines Wohnzimmer. Auf dem verschlissenen Sofa saßen drei Gestalten, zwei Männer mittleren Alters und eine Frau Ende siebzig. Alle drei starrten betroffen vor sich hin.

»Herzliches Beileid«, sagte Paul und gab ihnen der Reihe nach die Hand. Da die Frau ihre Hand nicht hob und keine Anstalten machte, ihm diese entgegenzustrecken, fasste Paul nur leicht ihre Schulter.

»Mein herzliches Beileid«, wiederholte er leise.

Gitte tat es ihm nach, doch als sie bei der Frau in der Mitte angekommen war, erstarrte sie, während Paul noch geschäftsmäßig nach dem Totenbrief fragte und wo denn der Leichnam liege. Er hatte noch gar keinen Blick für das Bizarre der Situation. Denn die Frau in der Mitte war ihr Auftrag! Sie wurde nur durch den Druck der beiden Männer rechts und links ihrer Schultern aufrecht gehalten. Und weil jemand sie tief in die Polster gesetzt hatte. Sie war eine schmale kleine Person ohne großes Eigengewicht. Ihre Augen standen offen und blickten starr. Liegend wäre sie deutlich schneller als Tote zu erkennen gewesen. Wahrscheinlich waren die beiden Männer ihre Söhne, die aber wahrlich eine merkwürdige Totenwache hielten.

»So, könnt ihr mich nun zu der Toten bringen? Wir holen dann den Sarg.« Paul drehte sich um und legte den Totenschein wieder auf den Tisch.

»Paul«, Gitte zupfte ihn am Ärmel. »Paul, unsere Tote sitzt da.«

Völlig perplex starrte Paul nun auf das Sofa. Der Sohn links von der Frau lächelte entschuldigend. »Unsere Mutter saß so friedlich auf dem Sofa, dass wir uns eine Zeit lang zu ihr setzen wollten, um auf euch zu warten, nachdem der Hausarzt weg war.«

Paul starrte ihn noch immer an. Seine Gesichtszüge ließen erkennen, welche Anstrengung er unternahm, um sie zu kontrollieren. Er dachte bestimmt gerade daran, dass er einer toten Frau seine Hand hingehalten hatte.

Später im Auto bekam er noch nachträglich einen Lachanfall. »Unser Respekt vor den Toten kennt keine Grenzen, Gitte. Haha, wir behandeln sie wie die Lebenden – bis zum Schluss. Himmel, wenn ich die Geschichte unter den Kollegen erzähle, das glaubt mir keiner! Also, wenn du mich fragst, stimmte mit den Söhnen etwas ganz und gar nicht.«

»Die haben beide noch zu Hause gewohnt, hast du doch gehört. Wer in diesem Alter noch bei seiner Mutter wohnt, ist ein Pflegefall oder hat irgendwie den Absprung verpasst«, gab Gitte ihrem Chef recht. »Kannst du mich bei Arne auf der Baustelle absetzen?« Gitte machte ein harmloses Gesicht. »Ich bin nach der Mittagspause wieder zurück, aber ich würde gerne mal den Mann von Lene sprechen, und ich kann ja wohl kaum zu ihm nach Hause fahren.«

»Wie willst du denn ohne Fahrrad oder Auto bitte schön zurück zur Arbeit kommen?«

»Ach, irgendeiner bringt mich schon zum Torv. Die haben doch jetzt alle Hunger, und dort sind die Pizzerien. Lass mich aber nur raus, wenn Ole weg ist.«

Oles Audi stand nicht mehr an der Straße, also sprang Gitte aus Pauls Auto, um sich erst einmal bei Arne anzumelden. Sie fand ihn über einen Plan gebeugt im Inneren des Hauses. Leider stand auch sein Polier dabei.

»Ach nee, hast du gestern etwas vergessen, Täubchen?« Halb misstrauisch, halb grinsend hob der Polier den Kopf und musterte sie.

Gitte ignorierte ihn. Sie erklärte Arne, dass Paul sie hier abgesetzt habe, weil sie sich bei ihm bedanken wollte. Und Louie Svendsen habe ihr wirklich sehr geholfen, und sie würde nun tatsächlich das Haus am Anemonenvej kaufen. »Ich würde auch gerne noch dem Mann von Lene kondolieren«, fügte sie vorsichtig hinzu.

Arne gratulierte ihr zum Hauskauf und zeigte in die Richtung, wo sie Pelle finden würde. Also marschierte Gitte an dem verblüfften Polier vorbei und fand Pelle Dahl im Hinterhof. Er schob eine Schubkarre mit Zementsäcken.

»Pelle? *Hej*, ich bin Gitte Madsen und arbeite beim Bestatter Larstsen. Ich kannte deine Frau Lene und möchte dir gerne mein herzliches Beileid aussprechen. Wenn du ein paar Minuten Zeit hast, könntest du mir ein wenig über deine Frau erzählen. Ich werde sie für die Beerdigung herrichten.«

Pelle ließ verdattert die Schubkarre stehen. »*Hej*. Merkwürdiger Ort für Geschäftsgespräche. Das habe ich außerdem schon alles Paul Larstsen erzählt.«

»Ich war gerade in der Nähe, weil ich mit Arne sprechen musste. Dass ich dich hier bei der Arbeit aufsuche, tut mir leid. Ich habe letzte Woche den toten August an der Straße gefunden und bin zutiefst erschüttert, aber auch neugierig, wie die beiden Fälle zusammenhängen könnten. Hast du eine Idee?«

»Keinen blassen Schimmer, sonst würde ich hier nicht so verzweifelt Zementsäcke schleppen. Ich werde wahnsinnig zu Hause.« Er schabte mit dem Schuh im Dreck. »Die Leute reden jetzt. August war ja nicht gerade der treueste Zeitgenosse. Und nun zählen sie eins und eins zusammen und glauben, es ergebe drei. Meine Lene hat so etwas nicht getan. Sie raucht manchmal ein wenig Hasch, ja, okay. Und das Zeug hat sie von August und Nora bekommen, aber sicher hat sie kein Verhältnis mit einem Nachbarn angefangen. Dafür lege ich meine Hand ins Feuer.« Er starrte auf seine riesigen Hände. »Aber selbst wenn, so wäre das doch kein Grund, beide umzubringen. Ich habe wirklich keine Ahnung. Und als August gestorben ist, war ich ja gar nicht da.«

Zum Glück, dachte Gitte für sich, denn er hätte bei einem Verhältnis von Lene und August wirklich ein gutes Motiv.

»Gibt es Probleme auf dem Bau?«, fragte Gitte weiter und bemerkte, dass der Polier sie beobachtete.

»Ich halte mich aus allem raus«, wich Pelle aus und fasste nach den Griffen seiner Schubkarre. Auch er hatte den Blick des Poliers bemerkt.

Gitte wollte noch nicht aufgeben. »Pelle, irgendetwas geht doch auf diesem Bau vor, und ich denke, Lene wusste etwas und musste darum sterben. Willst du der Nächste sein?«

»Lass mich jetzt besser in Ruhe«, sagte Pelle ruhig.

»Kannst du mich zum Torv fahren, wenn du gleich Mittag machst?«

»Ich kann dich fahren, Schätzchen. Ich hole gleich ein paar Pizzen beim *Tannhauser* ab. Abfahrt in zehn Minuten.« Stieg stand plötzlich direkt hinter ihr und grinste sie frech an. Er war nur zwei Zentimeter größer als Gitte und eher hager, aber sehr drahtig mit deutlichen Muskeln an den Armen. Gitte wusste nicht, wie sie das Angebot ablehnen sollte. Pelle schob die Schubkarre einfach von dannen, ohne ihr eine Antwort gegeben zu haben.

Der Polier zeigte ihr grinsend ein paar kräftige Zähne. Sie brachte nur ein kurzes Nicken zustande, und sie überbrückte die nächsten zehn Minuten damit, durch Arnes Haus zu gehen und Eindrücke zu sammeln. Die meisten Männer grüßten sie freundlich und gingen ihrer Arbeit nach, doch insgesamt war die Stimmung gedrückt, und die Gespräche waren auf das Notwendigste beschränkt. Gitte bemerkte das hochwertige Material, das verarbeitet wurde, soweit sie das beurteilen konnte.

Als sie gerade ins Auto gestiegen waren, sah sie Louie Svendsen um die Ecke kommen. Er trug eine Mappe in der Hand, die er eifrig studierte, und sah erst im letzten Moment Gittes Gesicht hinter der Autoscheibe. Verblüfft winkte er ihr zu. Mit quietschenden Reifen fuhr der Polier vom Gelände und schnallte sich dabei an. Er musterte Gitte während der Fahrt andauernd, sagte aber nichts. Da auch Gitte keine Lust hatte, mit diesem Typen Small Talk zu betreiben, schaute sie demonstrativ aus dem Beifahrerfenster.

Sie passierten den Campingplatz, wo es von Urlaubern wimmelte. Kaum hatten sie den kleinen Einkaufsladen hinter sich gelassen, wurde Stieg plötzlich langsamer und hielt am Straßenrand an. Gitte wurde es unheimlich zumute. Hier fuhren zwar Autos vorbei, doch keiner beachtete sie. »Warum halten wir hier?«, fragte sie und bemühte sich um eine feste Stimme. »Deine Pizzen werden kalt.«

Sein Grinsen war verschwunden, als er sich nun zu ihr drehte. »Pass mal auf, Mädchen. Ich weiß nicht, was du hier treibst, ob du einfach nur scharf auf Arne bist oder herumschnüffeln willst, aber ich rate dir eins: Hier läuft ein Mörder herum, und du solltest meine Truppe dringend in Ruhe lassen.«

»Du glaubst also auch, dass die Morde mit dem Bau von Arnes Haus zu tun haben?«

Er verdrehte die Augen. »Keine Ahnung, aber Bauarbeiter sind raue Kerle, und einiges spricht dafür. Entweder gibt es Geheimnisse auf dem Bau, dann wird es gefährlich zu schnüffeln. Oder es gibt sie nicht, dann hast du da sowieso nichts zu suchen.« Er trommelte ungeduldig mit den Fingern auf dem Lenkrad herum.

Gitte setzte sich aufrecht hin und antwortete trotzig. »Ich denke, es ist Arnes Angelegenheit, wer auf seinem Bau sein darf und wer nicht. Er bezahlt dich und deine Arbeiter. Und jetzt möchte ich bitte weiterfahren, ich muss noch arbeiten.«

Stieg fasste mit seiner Hand an Gittes Lehne, sodass er ihr nun sehr nahe kam. Sie konnte seinen Atem riechen, eine Mischung aus Zigarettenrauch und Pfefferminzkaugummi.

»Ich habe dich gewarnt«, stieß er hervor. Dann drehte er sich abrupt weg, löste die Handbreme und raste viel zu schnell los. Ein heranfahrendes Fahrzeug hupte laut hinter ihnen.

»Arschloch.« Stieg hob seinen Mittelfinger, als ob der andere etwas falsch gemacht hätte.

Er parkte vor der Pizzeria, in der jetzt um die Mittagszeit die Hölle los war.

Gitte bedankte sich kühl für die Fahrt und ging mit zitternden Knien zum Bestattungsinstitut zurück, wo sie sich erst einmal mit einem Kaffee an den Schreibtisch setzte. Paul kam erst eine ganze Weile später ungewöhnlich gut gelaunt herein. Er hatte eine lange Mittagspause bei Tilda verbracht, die ihm Pfannkuchen serviert hatte, wie er verzückt lächelnd erzählte. »Mein Sohn zieht wieder mit seiner Frau zusammen, sie geht weg aus Kopenhagen. Mal sehen, wie viele Fische ich und Axel noch angeln werden.«

Gitte lächelte mitleidig. Sie wusste, wie sehr Paul den Kontakt zu seinem Sohn genoss. Das Telefon klingelte, und sie hatte Hans Borg am Apparat, der nochmals darauf hinwies, dass die komplette Rechnung an ihn ginge und nicht an die Witwe.

Gitte fragte nach Nora und lenkte das Gespräch dann geschickt auf den zweiten Mord. Sie hatte Glück, Hans Borg war heute gesprächig. »Ich finde es sehr interessant, dass Lene erst mit allen Tricks versucht hat, ihren Mann an die Baustelle von Arne Hansen zu vermitteln, und dann ermordet wird. Und mein Bruder hat bei dieser Vermittlung mitgemacht und ist ebenfalls tot. Wieso macht sich der Kommissar darüber keine Gedanken?«

Gitte dachte über seine Worte nach. »Pelle ist doch arbeitslos geworden, und August hat ihn aus Freundschaft vermittelt. Das allein ist noch nicht merkwürdig, finde ich.«

Hans Borg lachte leise. »Wir unterschätzen immer wieder die Frauen. Lene hat ihren Mann gedrängt, zu kündigen, damit er für den Bau zur Verfügung steht. Dabei ist Pelle durch und durch Trucker. Er liebt es, auf seinem Bock zu sitzen. Das hat mir August noch erzählt. Und ausgerechnet als August ermordet wird, ist Pelle unterwegs in seinem Truck. Das sind mir ein bisschen viele Zufälle. Warum fällt das der

Polizei nicht auf? *Hej hej.*« Er legte ohne weitere Worte auf, und Gitte starrte aus dem Fenster.

Was hatte Lene im Schilde geführt? Es war sie gewesen, die Gitte auf den Cannabishandel von August und Nora aufmerksam gemacht hatte. Hatte sie Gitte absichtlich in eine falsche Richtung gelenkt? Auch Augusts Seitensprünge hatte Lene nochmals betont. Mist. Gitte gewann den Eindruck, dass sie sich bislang immer nur auf falsche Fährten hatte locken lassen. Und nun befand sie sich in einer Sackgasse.

Am Nachmittag stieß sie mit Kate und Erik auf den Kauf ihres Hauses an. Nachdem sie spontan ein paar Fleischstücke auf den Grill gelegt und bei einer Flasche Wein die Morde von vorne bis hinten analysiert hatten, verkündete Kate mit ihrer rauchigen Stimme: »Ich möchte die Baustelle auch sehen, Gitte. Wir könnten doch einen Spaziergang am Strand machen und uns dann zufällig dem Garten nähern. Dann wollen wir mal telefonieren, finden kein Netz, halten das Handy in die Höhe und schwups, sind wir mitten auf der Baustelle gelandet. Ganz zufällig und harmlos.«

Erik stöhnte laut und schüttelte mit einem gequälten Gesichtsausdruck den Kopf.

»Aber mich kennen dort alle. Falls uns jemand sieht, wird es peinlich für mich«, überlegte Gitte, die nichts lieber getan hätte, als sofort mit Kate diese Baustelle zu inspizieren.

»Du kannst ja am Strand im Hintergrund bleiben, und ich schleiche einmal durch den Bau. Jetzt haben wir acht

Uhr. Da ist doch keiner mehr auf der Baustelle. Und wenn doch, dann nur Spitzbuben und Verbrecher.«

Und Erik ergänzte: »Oder zwei durchgeknallte Weibsbilder.«

Kate war nicht von ihrem Vorhaben abzubringen, und mit einem unternehmungslustigen Funkeln in den Augen ging sie ins Haus, um sich für den Spaziergang etwas Wärmeres anzuziehen.

Auch Gitte holte von sich drüben einen Kapuzenpullover, damit sie ihre blonden Haare gut verbergen konnte. Schließlich verkündete Erik kurz vor der Abfahrt, dass er sie beide sicher nicht abends allein auf eine Baustelle lassen würde, bei der bereits beim Richtfest Särge herumgestanden hätten. »Ich komme mit und werde im Hintergrund auf euch aufpassen.«

Er zwängte sich in seinen Wagen nach hinten, Kate setzte sich hinters Steuer, und Gitte ließ sich auf den Beifahrersitz fallen. Sie fuhren erst an der Baustelle vorbei und prüften, ob auch kein Auto auf dem Grundstück parkte. Dann stellten sie den Wagen am Hundewald ab und marschierten zum Strand. Erik trug noch immer seine kurze Hose und hatte lediglich eine Strickjacke um die Hüften gebunden. Vor seiner Brust baumelte ein Fernglas. Er sah so harmlos aus, dass Gitte grinsen musste. Da sie vom Strand aus Arnes Grundstück betreten wollten, gingen sie einen kleinen Fußweg am Deich entlang zurück. Erik blieb oben an den Dünen zwischen Erikapflanzen und Dünengras stehen, während Gitte und Kate bis zum Grundstücksrand weiterschlenderten. Die Schwedin machte Fotos von Gräsern und Bäumen mit ihrem Handy und näherte sich dabei wie zufällig dem Eingang. Dann verschwand sie aus Gittes Blickfeld.

Auch Gitte näherte sich dem Tor, hielt sich aber immer etwas verdeckt hinter den Nadelbäumen. Es roch wunderbar nach Meeresluft und Kiefernholz.

Kate kam schon kurz darauf zurück zum Tor und erstattete leise Bericht. »Du, ich gehe noch etwas näher ran. Auf dem Grundstück wird gebuddelt.«

»Natürlich wird dort gebuddelt. Da wird sogar ein Haus gebaut«, erwiderte Gitte belustigt.

»Ja, aber es wird auch im Garten gebuddelt, weiter weg vom Haus und offenbar heimlich. So, als sollte keiner es bemerken. Ich schau mir das genauer an.«

Gitte nickte und wartete, doch dann wurde sie unruhig und entschied sich, Kate zu folgen. Sie hatte Erik versprochen, bei der geringsten Gefahr laut zu pfeifen. Sie blickte kurz zu der großen Gestalt des Schweden, die aufs Meer hinausschaute. In der Hand hielt er das Fernglas, und ganz hinten am Horizont konnte man eine Fähre sehen.

Das Tor quietschte, als Gitte es öffnete, und Kate sah auf. Sie hockte vor aufgeschütteter Erde. »Sieh nur, hier ist gebuddelt worden, und dann hat man alles wieder zugeschüttet. Aber da vorne ist ein großes Loch zu sehen, jemand hat nur eine Plane und Steine darübergelegt, damit man es nicht sieht.«

»Was das wohl soll? Will Arne sich einen Brunnen für die Gartenpflanzen bauen? Aber das macht man doch nicht mit der Hand. Dazu lässt man eine Firma kommen.«

Kate stand auf und blickte sie triumphierend an. »Die buddeln hier nach Wikingerschätzen. Ganz bestimmt. Ich habe dir doch davon erzählt. Immer mehr Hobbyarchäologen kaufen sich einen Metalldetektor und suchen die Felder ab. Auf Rügen ist letztes Jahr ein ganz erheblicher Schatz entdeckt worden. Silbermünzen und Schmuck aus dem zehnten Jahrhundert, mitten auf einem Acker! Das Zeug soll von König Blauzahn stammen oder zumindest aus seiner Zeit.«

»Und du glaubst, Arne buddelt ebenfalls?«

»Arne ist der Bauherr«, überlegte Kate laut. »Der könnte das doch ganz offen auf seinem Grundstück tun. Es sei denn, er will den Fund unterschlagen.«

»Aber so was macht man doch nicht einfach auf gut Glück. Wenn hier schon jemand sucht, dann doch sicher nur, weil etwas gefunden worden ist. Eine Tonscherbe, eine Münze, irgendetwas, nicht?«

Sie waren mittlerweile an einem Bretterstapel nahe des Hauses angekommen, als sie Autotüren hörten. Gitte und Kate starrten sich erschrocken an. Ihre augenblickliche Position war ungünstig. Sollte jemand nun das Haus betreten und in den Garten kommen, würde diese Person sie sehen, bevor sie durch das Törchen verschwunden waren. Sie duckten sich hinter einen Holzstapel und hielten den Atem an. Kate griff verstohlen nach Gittes Hand, als sie zwei Männer in dem Rohbau herumgehen sahen. Gitte sah die beiden nur von hinten und konnte noch keinen erkennen. Jetzt näherten sich Stimmen, aber mehr als ein Gemurmel war nicht zu vernehmen.

Plötzlich hörten sie Erik laut nach Kate rufen. Kate kniff vor Schreck die Augen zusammen. Gitte sah, dass Erik nur einen Meter vom Gartentörchen entfernt stand und zu ihnen hinüberschaute. Von dort waren die Frauen durchaus zu sehen, aber Erik konnte nicht wissen, dass sie nicht allein auf dem Grundstück waren. Als er sie erblickte, machten beide Frauen abwehrende Handbewegungen, dass er verschwinden solle.

Aus dem Haus trat nun der neue Polier Stieg in den Garten. Er hatte anscheinend das Rufen gehört und sah Erik erstaunt an. Wenn er zu ihm gehen würde, würde er auf dem Rückweg auch die beiden Frauen sehen. Gitte spürte, wie Kates Hand in ihrer eigenen schweißnass vor Aufregung wurde.

»*Hej*, was suchst du da? Das hier ist ein Privatgrundstück.« Stieg machte noch einen Schritt auf Erik zu. Nur noch ein paar Meter, und er würde Kate und Gitte hinter dem Stapel entdecken.

Erik schaltete endlich und rief: »Entschuldigung, ich telefoniere mit meiner Frau, aber hier ist überall die Verbindung schlecht.« Zur Demonstration hielt er sein Handy hoch. »Ich bin sofort wieder weg.« Und dann sagte er mit lauter Stimme: »Kate, ich lege jetzt auf und versuch es gleich noch mal.« Dann winkte er dem Polier freundlich zu und ging zurück zum Strand, ganz bestimmt in großer Sorge, ob Gitte und Kate ungesehen ihr Versteck wieder verlassen könnten.

Stieg kehrte ins Haus zurück und redete leise auf den anderen Mann ein. Die beiden standen so, dass Gitte nicht erkennen konnte, wer die zweite Person war. Kate und sie konnten es aber auch nicht wagen, ihren Platz zu verlassen.

Gitte fror allmählich, während Kate einen Krampf in der Wade bekam und vorsichtig auf den Boden stampfte. Sie verzog vor Schmerzen das Gesicht, und irgendwie verlor sie beim Versuch, den Krampf loszuwerden, ihr Gleichgewicht. Dabei hielt sie sich so unglücklich an einem Holzbalken fest, dass der ganze Stapel mit Getöse ins Rutschen geriet.

Wie erstarrt sahen Kate und Gitte sich an, dann griff Gitte nach Kates Arm und die beiden rannten wie der Teufel los, durch den Garten in Richtung Törchen. Der Strand bot keine guten Versteckmöglichkeiten, aber vielleicht wollten auch die Typen, die sich heimlich nach Feierabend auf dem Bau herumtrieben, nicht gesehen werden. Hauptsache, keiner der Männer erkannte Gitte. Sie waren noch nicht am Törchen angekommen, als sie schon Rufe hinter sich hörten. Würde Gitte sich jetzt umdrehen, könnte sie einen Blick auf den zweiten Mann werfen, doch dann wäre es mit ihrer eigenen Tarnung auch vorbei. Sie stieß das Gartentor auf, und sie und Kate rannten die Düne hinauf und hinunter zum Strand, sodass sie erst einmal aus dem Blickwinkel der Männer verschwunden waren.

Erik stand auf dem Dünenweg und sah ihnen mit einem erleichterten Gesichtsausdruck entgegen. »Ich wollte gerade schon zur Baustelle laufen, um den Kerl abzulenken. Gott sei Dank. Wer war das denn?«

»Der Nachfolger von August Borg, der neue Polier von Arne. Und ein weiterer Mann war dabei. Du solltest auf jeden Fall zurückgehen, Erik, und nachsehen, welche Autos vor der Baustelle stehen. Beeil dich, bitte«, drängte Gitte und drehte sich selbst vorsichtig um. Aber sie hatte richtig vermutet, den Männern war es offenbar zu heikel, sie weiter zu verfolgen. Die hatten also auch etwas zu verbergen. Erik ging los, aber eher in gemächlichem Tempo, um keinen Verdacht zu erregen, und es war ein ganz schön langes Stück bis zur Straße.

»Die sind längst weg, bis Erik dort ist«, jammerte Gitte.

Kate blickte ihrem Mann hinterher.

Dann zog sie Gitte mit sich hinunter zum Strand und ließ sich in den kühlen Sand fallen. Das Meer lag ruhig vor ihnen, und Kate begann plötzlich aus voller Kehle zu lachen.

»Das war fantastisch. Mit dir fühle ich mich immer so lebendig, einfach wunderbar«, japste sie.

Gitte setzte sich neben Kate und lachte ebenfalls. »Wenn Ole uns hinter dem Holzstapel gesehen hätte, hätte er dich verhaftet, und dann hättest du auf ewig ein Einreiseverbot bekommen. Kate, hast du den zweiten Mann gesehen? Kannst du ihn beschreiben?«

»Nein, ich habe nur gesehen, dass er eine schicke Jacke trug.«

Schlagartig war Gitte wieder ernst. Das konnte auf Louie oder auf Arne zutreffen. Oder es gab einen geheimnisvollen dritten Mann. Allerdings hätte Arne ja kein Geheimnis aus seiner Anwesenheit machen müssen.

»Meiner Meinung nach buddeln die dort nach Wikingerschätzen und wollen die Funde dann selbst behalten. Man kann so etwas bestimmt an private Sammler verkaufen. Denk nur an all die Odin-Anhänger und Neonazis in Europa.

Die sind bestimmt ganz heiß auf solche Sachen.« Kate klopfte sich den Sand von der Hose und stand auf.

»Nicht alle Odin-Fans sind Neonazis. Die Anhänger der Alten Sitte hier in Dänemark sind meist harmlos. Mein Freund Malthe gehört zu ihnen.«

»Entschuldigung, Gitte, ich wollte nicht ungerecht sein. Das stimmt, bei uns in Schweden gibt es auch viele, die ganz friedlich die alten Naturgötter verehren, aber leider haben auch die rechten Strömungen die nordischen Mythen für sich entdeckt. Ich weiß auch gar nicht, wie viel man als Finder an einem solchen Schatz verdient. Lass uns mal vorsichtig Erik entgegengehen. Mir wird kalt.«

Zusammen stiefelten sie durch den Sand und schlenderten dann oben auf den Dünen Richtung Ortschaft. Erik war nirgends zu sehen. Kate griff nach ihrem Handy und wählte seine Nummer, aber er meldete sich nicht. »Er müsste doch schon an der Baustelle angekommen und allmählich auf dem Rückweg sein«, wunderte sie sich. »Meinst du, er belauscht die Männer noch?«

»Keine Ahnung, aber was machen wir jetzt?« Gitte hatte Sorge, auch jetzt noch von dem Polier erkannt zu werden, wenn sie beide auf der Straße zurückgehen würden. Daher warteten sie noch eine kleine Weile und traten vor Kälte von einem Fuß auf den anderen, dann fasste Kate einen Entschluss. »Wir sehen nach. Wir können doch schon von Weitem erkennen, ob dort ein Wagen steht.«

Auf der Straße fuhren zwei Autos an ihnen vorbei, keines davon kam Gitte bekannt vor, aber für sie sahen dunkle Viersitzer sowieso alle gleich aus. Vor dem Grundstück stand auch kein Wagen mehr. Eilig liefen sie nun zu dem Rohbau und riefen nach Erik. Ausgerechnet an der Stelle, wo beim Richtfest die Särge mit den Getränken gestanden hatten, lag Erik mit dem Gesicht zum Boden.

Gitte erschrak zutiefst, während Kate sofort zu ihrem Mann lief und sich mit angstvollem Gesicht zu ihm kniete. Ein Stöhnen entrang sich dem massigen Körper. Erik bewegte sich und drehte sich mühsam um. Gott sei Dank! Gitte fiel ein Stein vom Herzen.

Sie zückte bereits ihr Handy, um einen Krankenwagen zu rufen, doch Erik sah sie an und zog misstrauisch die Augenbrauen zusammen. »Was hast du vor, Gitte?«

»Ich rufe einen Krankenwagen. Du hast eine blutende Wunde an der Stirn, damit ist nicht zu spaßen.«

»Lass das bitte. Ich gehe doch während meines Urlaubs nicht ins Krankenhaus. Ich habe nur einen Schlag abbekommen und war kurz benommen. Da habe ich schon Schlimmeres erlebt.« Mithilfe von Kate richtete er sich auf und kam mühsam auf die Beine.

»Was bin ich doch für ein Tölpel. Ich habe kein Auto gesehen und bin kurz rein in den Rohbau. Das ist hier richtig gute Handwerksarbeit, ich konnte mich gar nicht sattsehen. Jedenfalls wollte ich gerade wieder zu euch, als ich von hinten eins über die Rübe bekam. Leider habe ich weder etwas gehört noch gesehen, aber es kann noch nicht lange her sein. Der Kerl müsste euch doch begegnet sein.«

Gitte nagte an ihrem Daumennagel. Hoffentlich war sie soeben nicht von einem der Autofahrer erkannt worden, denn sonst wusste derjenige nun, dass sie auf der Baustelle herumgeschlichen war.

»Lasst uns zurückfahren. Es ist halb zehn, und ich muss morgen wieder früh raus. Aber wir melden es Ole. Der soll den Bau verdammt noch mal auseinandernehmen und sich morgen die Grabungen anschauen. Wer weiß, ob Arne überhaupt darüber informiert ist, was da in seinem Garten vor sich geht. Mein Instinkt sagt mir, er weiß es nicht.«

19

Ole hatte ganz andere Sorgen, als Gitte ihn am späten Vormittag auf der Polizeistation zu erreichen versuchte. Sie hatte den Polizisten Jensen am Apparat.

»Nein, der Kommissar ist heute nicht im Haus, er musste dringend nach Kopenhagen. Seiner Frau geht es nicht gut.«

»Aber die lebt doch hier in der Nähe und nicht in Kopenhagen?«, fragte Gitte erstaunt.

»Ja, aber sie musste ins Krankenhaus. Es ist etwas mit ihrem Kopf.« Gitte hörte förmlich, wie Jensen sich anstrengte, um die Informationen korrekt wiederzugeben.

»Und warum ist Ole dann nicht nach Nykøbing gefahren? Dort ist doch auch ein großes Krankenhaus.«

»Ich weiß es nicht. Vielleicht steht es besonders schlimm um sie.«

Wenn es besonders schlimm um Anita stand, dann wäre wohl das nächstgelegene Krankenhaus die bessere Lösung gewesen, dachte Gitte und verabschiedete sich. Jetzt hinter Ole herzutelefonieren, wenn er mit seiner Frau unterwegs war, hatte keinen Sinn. Peter Jensen zu bitten, auf der Baustelle von Arne Hansen nach geheimen Grabungen zu suchen und einen Mann zu finden, der gestern Erik Nyström niedergeschlagen hatte, hatte allerdings noch weniger Sinn. Sie waren auf der Polizeistation in Marielyst einfach unterbesetzt. Die Sache würde bis morgen warten müssen.

Gitte hatte sich natürlich gleich nach dem Aufstehen nach Eriks Befinden erkundigt. Der Schwede hatte nicht einmal Kopfschmerzen und war sogar schon mit Kate im Meer schwimmen gewesen.

Also beratschlagte Gitte sich mit ihrem Chef. »Paul, ich hab mal eine Frage zu besonderen Grabungen.«

Paul sah von seinem Schreibtisch auf und guckte sie amüsiert und gespannt an.

»Was für Gründe könnte es geben, heimlich auf einem Grundstück zu buddeln?«, platzte sie heraus.

»Ganz klar, jemand will eine Leiche loswerden.« Der Bestatter grinste sie über seine Lesebrille hinweg an.

»Da spricht wieder der Totengräber aus dir. Nein, ich meine kleinere Grabungen. Hast du gewusst, dass viele Leute neuerdings nach Wikingerschätzen suchen?«

Jetzt nahm Paul seine Lesebrille von der Nase und wandte sich ihr mit voller Aufmerksamkeit zu. »Ja, davon habe ich in der Tat schon gehört. Ich hatte mal einen Kunden, oder vielmehr den Sohn eines Kunden, der wollte unbedingt in das Grab seines Vaters hinabsteigen und erst mit einem Metalldetektor alles absuchen, bevor die Leiche herabgesenkt wurde. Der Typ erschien tatsächlich mit Helm und entsprechender Montur zur Beerdigung, weil er überzeugt davon war, dass der Friedhof noch ungeahnte Schätze barg.«

»Und? Hast du ihn suchen lassen?«

»Natürlich. Er zahlte gut. Es steht auch nirgends geschrieben, dass ein Probeliegen oder die Begehung der Grabstätte verboten wäre.«

Gitte lachte und erzählte Paul dann von ihren gestrigen Abenteuern.

Paul, dem Arne Hansen seit seiner Schulzeit ein Dorn im Auge war, regte sich sofort auf. »Kann der den Hals denn nie voll genug bekommen? Glaubt er jetzt, er findet auch noch eine Krone für sein arrogantes Haupt?«

»Ach Paul, ich glaube, dass Arne gar nicht weiß, dass jemand bei ihm im Garten gräbt. Immerhin wurden diese Stellen, so weit es ging, getarnt. Das müsste er als Besitzer doch gar nicht machen. Er könnte ganz offen buddeln und graben, wie es ihm gefällt. Nein, ich vermute, dass zwei seiner Mitarbeiter etwas entdeckt haben und nun heimlich suchen. Vielleicht ist August ihnen auf die Schliche gekommen, und er musste deshalb sterben.«

»Dann muss es sich aber lohnen. Wie viel ist ein Toter wert? Nur für ein paar alte Münzen sollte man nicht töten.« Als ihm auffiel, was er da gerade gesagt hatte, verbesserte ihr Chef sich schnell. »Also, man sollte natürlich auch nicht für andere Summen töten. So war das nicht gemeint, aber ich kann mir kaum vorstellen, dass irgendwer auf gut Glück solch einen Aufwand betreibt und Leute dafür über die Klinge springen lässt. Wenn es um einen Schatz geht, dann hat man sicher schon vor Baubeginn oder ganz zu Anfang beim Ausheben der Grube etwas gefunden.«

Gitte musste Paul recht geben. Und die Vorstellung, dass Arne etwas mit den Morden zu tun hatte, gefiel ihr überhaupt nicht.

Bei Feierabend hatte sie keine Lust, nach Hause zu fahren. Sie war unruhig, weil sie noch immer nicht mit Ole gesprochen hatte. Also fuhr sie mit dem Fahrrad im Ort herum und landete im Strandpark rechts vom Kreisverkehr. Auch gut, dachte sie, dann konnte sie gleich noch bei Aldi ein paar Dinge besorgen. Doch auf dem Weg dorthin radelte sie zunächst zwischen den Blockhäusern herum, beobachtete einen Schwan, der über den See schwamm, und stand plötzlich vor dem Haus Nummer neununddreißig. Das Haus der Vampirfrauen, in dem tagsüber und auch nachts dichte Gardinen vor den Fenstern hingen und deren Bewohnerinnen sich selten sehen ließen. Ein kühner Gedanke schoss Gitte durch den Kopf, und mit mehr Skrupel, als es den Anschein hatte, klopfte sie laut an die Eingangstür. Nichts geschah. Sie klopfte erneut und erreichte damit, dass eine Nachbarin neugierig den Kopf aus dem Fenster streckte.

»Die schlafen bestimmt. Sie sind häufig nachts wach. Die machen nicht auf.«

Gitte dankte und ging seitlich um das Haus herum, um einen Blick durch ein Fenster zu werfen. Aber keine Chance. Als sie gerade aufgeben wollte, öffnete sich das Badezimmerfenster. Gitte vermutete das zumindest wegen der

Milchglasscheibe. Der strubbelig blonde Kopf einer Frau erschien. Sie war in einem ähnlichen Alter wie Gitte.

»Kann ich helfen?«, fragte die Frau.

»Oh, Entschuldigung. Gitte Madsen mein Name, ich arbeite hier beim örtlichen Bestatter und kenne Karl, den Künstler von der Mühle, recht gut. Ihr habt ein Bild bei ihm gekauft, und da er mir etwas Ähnliches malen will, wollte ich mir euer Bild gern einmal ansehen. Entschuldigung, das ist vielleicht etwas dreist von mir, nicht?« Gitte bemühte sich um einen reumütigen Gesichtsausdruck. Irgendwann würde ihr noch eine lange Nase wachsen, wegen der zahlreichen Notlügen.

»Nein, tut mir leid, das geht nicht. Wir wollen hier wirklich unsere Ruhe haben.« Die Frau wollte gerade das Fenster schließen, als sie etwas hinter Gitte sah.

»Pass auf!«, rief sie unverhofft.

Aber da wurde Gitte schon von einem Ball unglücklich hart an den Kopf getroffen. Ihr wurde schwarz vor Augen. Als sie wieder etwas sehen konnte, fand sie sich auf den Knien wieder. Die Haustür öffnete sich, und wenig später stand die junge Frau mit den verstrubbelten Haaren neben ihr.

»Verdammt, das war eine ziemlich harte Kopfnuss. Könnt ihr denn nicht aufpassen?«, rief sie zwei Jugendlichen zu, die sich mit bedrückten Gesichtern näherten.

»Das hat eventuell ein Nachspiel«, setzte die Frau noch hinzu, während die beiden ihren Ball holten und sich mehrfach entschuldigten. Gitte rieb sich den Kopf, und eh sie sichs versah, führte die Bewohnerin von Nummer neununddreißig sie tatsächlich in ihr Haus. Gitte stockte der Atem, als sie durch den halbdunklen Flur in den Wohnbereich trat. Nun kam sie also so einfach dem Geheimnis des Hauses auf die Spur, und sie hätte nicht überraschter sein können. Kein Cannabisanbau, keine Blutkonserven, denn die Bewohnerinnen waren mitnichten Vampire, nein, das alles wirkte noch viel gefährlicher.

»Das, was du hier siehst, musst du unbedingt für dich behalten!« Die Stimme der blonden Frau klang sehr ernst. »Aber jetzt setz dich, ich hole dir ein Kühlpad. Hast du Kopfschmerzen oder Sehstörungen?«

Sie eilte in die offene Küche und machte sich am Kühlschrank zu schaffen. Dann kehrte sie mit einem Kühlpad zurück und gab es Gitte, nachdem sie es in ein mitgebrachtes Handtuch gewickelt hatte. »Ich bin übrigens Helle.« Sie sprach mit gedämpfter Stimme, wahrscheinlich wollte sie ihre Mitbewohnerin nicht aufwecken.

Gitte hielt sich vorsichtig das kalte Päckchen an die Stirn und sah sich mit offenem Mund um. Beinahe glaubte sie, dass sie doch so etwas wie Sehstörungen hatte.

»Was tut ihr hier?« Sie zeigte auf die zahlreichen Glaskästen, in denen sich überall Schlangen tummelten. Warnaufkleber wiesen darauf hin, dass sie tödlich giftig waren. Darunter sah man kleine, schlanke Kriechtiere, aber auch eine drei Meter lange Kobra. Als sie sich weiter umsah, las Gitte Namen wie Schwarze Mamba, Königskobra und Indischer Krait.

»Meine Kollegin und ich, wir sind Ärzte und forschen mit Schlangengift an neuen Medikamenten. Man kann sicher über den fragwürdigen Standort diskutieren, doch hier kann sich keiner ungesehen nähern oder heimlich anschleichen, wie es oft auf entfernt gelegenen Schlangenfarmen der Fall war. Solche Orte ziehen Neugierige an. Hier sind wir inkognito, zwei spleenige Frauen, die kaum rausgehen, damit auch ja niemand Bekanntschaft mit uns schließt. Keiner erwartet hier eine Schlangenfarm. Der Handel mit Exoten und vor allem mit tödlich giftigen Tieren ist enorm lukrativ.«

Helle setzte sich zu Gitte an einen kleinen Tisch. Gitte fiel der Notruf ein, durch den Ole wegen eines angeblichen Einbruchs zu diesem Haus gerufen worden war. Kein Wunder, dass die beiden Ärztinnen in heller Aufregung gewesen waren, als sie jemanden hörten, der ihre Haustür öffnen wollte.

»Von mir erfährt keiner etwas, versprochen. Ihr macht hier sicherlich sehr wichtige Arbeit.«

Beinahe ehrfürchtig betrachtete Gitte die Ärztin, die sich nun über sie beugte und ein paar Reflexe testete. »Wenn du plötzlichen Schwindel, Wortfindungsstörungen oder andere merkwürdige Symptome bemerkst, versprich mir bitte, einen Arzt aufzusuchen.«

Gitte nickte artig und fragte interessiert weiter: »Sind die Schlangen nachtaktiv und ihr geht deshalb oft tagsüber schlafen?«

»Ja, das ist ein Grund. Nachts können wir aber auch ungestörter arbeiten oder mal die Terrassentür öffnen und Luft reinlassen. Wir stehen mit Kollegen aus verschiedenen Teilen der Welt in Kontakt, und das geht wegen der Zeitverschiebung oft nachts auch besser. Aber feste Zeiten haben wir sowieso nicht, und einer muss immer zur Wache hierbleiben. Wir wollen so wenig wie möglich auffallen.« Plötzlich grinste die junge Frau. »Dein Job ist auch interessant, und du bist hier bestimmt überall bekannt, nicht? Jeder hat doch mal einen toten Angehörigen.«

»Ja«, schmunzelte Gitte, »aber noch spannender sind die Mordfälle hier. Hier wurde sogar schon einmal jemand vergiftet.«

Helle nickte wissend. »Ja, da waren wir hier gerade eingezogen. Und jetzt ist sogar eine Frau aus meiner direkten Nachbarschaft ermordet worden, nicht wahr?«

»Ja, Lene Dahl.«

Gitte mochte Helle auf Anhieb und erzählte ihr spontan einiges über die aktuellen Mordfälle.

Am Ende ihres Berichts rief Helle leise aus: »Wikingerschätze, Giftschlangen und Würgeopfer – da heißt es immer, Marielyst sei ein idyllischer Ferienort, von wegen! Du musst mich dringend auf dem Laufenden halten. Lass uns die Handynummern austauschen, denn eventuell brauchst du mich auch noch als Zeugin, wegen der Kopfnuss mit dem Ball. Aber ich denke, du kommst mit einer Beule davon.«

»Und mit einem interessanten Gespräch. Ich erzähle niemandem von euch und eurer Forschung, versprochen.«

Gitte verabschiedete sich herzlich und fuhr noch schnell einkaufen. Mit einem würde sie immerhin über die Vorkommnisse reden können. Ole war ebenfalls wegen des vermeintlichen Einbruchs vor einiger Zeit in der Wohnung gewesen und wusste von den Giftschlangen. Ole. Ihn musste sie heute dringend noch sprechen und von den Machenschaften auf Arnes Grundstück unterrichten.

Sie erreichte ihn schließlich gegen acht Uhr abends. Er klang genervt und sehr müde.

»*Hej*, ich bin erst vor einer halben Stunde nach Hause gekommen und hätte dich jetzt gleich zurückgerufen.«

Gitte entschuldigte sich für ihre Ungeduld. Sie konnte es in der Tat kaum erwarten, ihm von ihren Beobachtungen auf der Baustelle zu berichten. Aber sie ließ erst Ole reden.

»Anita hatte heute Morgen beim Frühstück einen Krampfanfall und musste ins Krankenhaus. Aber sie weigerte sich, nach Nykøbing ins Hospital gefahren zu werden, und überhaupt, in einen Krankenwagen zu steigen. Also bin ich ins Heim gefahren und habe sie nach langem Bitten dazu überreden können, sich in Kopenhagen untersuchen zu lassen. So hat sie mich schön lange beschäftigen können. Drei Stunden hatten wir allein an Fahrzeit. Ihr Hausarzt vermutete einen Schlaganfall, aber nach einem langen Tag in Kopenhagen wissen wir nun, dass wohl ein Medikament, das sie neu bekommen hat, dafür verantwortlich war. Anita ist wirklich keine einfache Patientin. Sie saß nur stur im Rollstuhl und tat so, als sei sie geistig behindert und verstünde nichts. Was zu keiner Zeit der Fall war, wie ich dir versichern kann. Sie ist verlangsamt in der Sprache und im Verstehen, aber sie hätte durchaus alle Fragen des Arztes beantworten können. Wir sind dann auch noch in den Feierabendverkehr gekommen und haben zwei Stunden bis nach Hause gebraucht.«

»Du Armer«, sagte Gitte, und sie meinte es ehrlich. »Was

ist denn mit dem netten Herrn, mit dem Anita sich so gut versteht?«

»Oh, der ist leider für eine Woche zu Besuch bei seiner Familie auf Bornholm. Sonst hätte Anita sicher nicht so einen Auftritt hingelegt. Auf dem Rückweg hat sie mir allen Ernstes erzählt, es interessiere sie nicht im Geringsten, ob sie an einem Krampfanfall oder einem Herzinfarkt sterbe, und ich solle mal meine verdammte Fürsorge sein lassen.«

»Vielleicht solltest du das tatsächlich tun«, erwiderte Gitte ehrlich und unbedacht.

»Wie meinst du das?«

»Ich glaube, es wird für euch beide einfacher, wenn du dich für eine Rolle entscheidest. Sei Ehemann oder Freund oder Betreuer, aber nicht mal so, mal so. Jeder weiß, dass ihr keine Ehe mehr führt, nur du tust in Krisen immer noch so, bist aber eigentlich froh, wenn sie allein mit ihrem Leben zurechtkommt. Also lass sie doch auch ihre Krisen allein meistern. Sie hat immer ausgebildetes Personal um sich. Ich weiß nicht, ob mein Ratschlag hilfreich oder einfach nur grausam ist, aber ich bin nicht die Einzige, die so denkt.«

»Ich lasse es mir durch den Kopf gehen. Was wolltest du mir erzählen?« Ole wechselte abrupt das Thema.

Gitte berichtete ihm von dem gestrigen Abend und ließ auch die Attacke auf Erik nicht aus. Darauf musste sie sich natürlich einiges an harscher Kritik anhören, aber Ole versprach, eine Streife auf der Baustelle vorbeizuschicken.

»Wenn die da heimlich buddeln, finden wir das schnell heraus«, versprach er Gitte. »Nur werde ich mich erst morgen darum kümmern. Die Schätze, die in Grund und Boden entdeckt werden, gehören dem Land, und es kann sehr teuer werden, wenn man solche Funde unterschlägt. Ich werde gleich morgen früh einige der Bauarbeiter von Arne durch die polizeiliche Suchmaschine laufen lassen. Mit den ersten Verdächtigen habe ich das natürlich bereits getan.«

»Diesen Stieg zum Beispiel? Den neuen Polier habe ich definitiv auf der Baustelle gesehen. Es muss er gewesen sein, der Erik eine verpasst hat.«

»Oder es war der ominöse zweite Mann, den du eben nicht erkannt hast. Ich werde diesen Stieg noch mal vernehmen, ebenso Pelle, den Mann von Lene. Solltest du recht haben, wissen die doch alle etwas über die Grabungen, oder?«

»Ich gehe davon aus. Arne weiß vermutlich nichts davon. Sprich auf jeden Fall auch mit ihm, denn er muss ja schließlich erfahren, was auf seiner Baustelle vorgeht.«

Ole brummte in den Hörer. »Danke für deine Ratschläge. Ohne dich würden wir wie Deppen im Dunkeln tappen. Aber noch sind das alles Vermutungen, Gitte. Es kann auch sein, dass Stieg ein wenig schwarzarbeitet oder sein Handy vergessen hat oder nur eine Bohrmaschine klauen wollte. Wie gesagt, ich werde morgen das Grundstück und die Arbeiter und sogar den Dreck unter ihren Fingernägeln unter die Lupe nehmen. Von jedem einzelnen. Sag mir für heute nur noch eins: Kannst du mit Sicherheit sagen, dass keiner von den beiden dich noch Kate erkannt hat?«

»Ja«, log Gitte und dachte dabei an die beiden Autos, die ihr entgegengekommen waren, als sie mit Kate nach Erik gesucht hatte.

Sie legte mit schlechtem Gewissen auf, da sie wieder zu

weit vorgeprescht war. Vor allem bezüglich der Beziehung zwischen Ole und seiner Frau. Sie brannte selbst darauf, Anita einmal kennenzulernen, doch als Ole vor einiger Zeit Gittes Namen erwähnt hatte, war Anita gleich ausgerastet.

Gitte setzte sich vor ihren Computer und googelte gerade nach Wikingerschätzen und Fundorten, als sie draußen ein Auto vorfahren hörte. Sie ging auf die Terrasse und sah Louies Audi halten. Der Architekt stieg mit einem strahlenden Lächeln aus und winkte ihr bereits von der Tür aus zu. »Gitte, zieh dir schnell eine Jacke über. Ich möchte dir etwas zeigen, was ich heute gefunden habe. Der Hammer!«

»*Hej*, Louie. Es ist schon recht spät, nicht? Wo hast du denn etwas gefunden? Und vor allem, was?«

»Auf der Baustelle. Lass uns hinfahren. Das kann man nicht mit Worten beschreiben. Es ist ein Schatz.«

Mit einem Satz war er über ihren Verandazaun gesprungen und nahm sie kurz in den Arm. Sollte das alles ein Missverständnis gewesen sein, und Louie buddelte ganz offen und mit Arnes Einwilligung nach Schätzen?

Gitte griff nach ihrem Handy, das in der Küche lag. »Ich sag eben meiner Nachbarin Bescheid. Sie macht sich immer gleich Sorgen, wenn ich abends noch wegfahre.« Dann griff sie nach einer dicken Strickjacke. Louie war ihr gefolgt, nahm ihr das Handy mit verschmitztem Lächeln aus der Hand und half ihr in die Jacke. »Nimm es mit. Deine Nachbarn sind gar nicht da, das schwedische Auto ist weg. Ruf sie von unterwegs an. Arne kommt auch zum Bau. Es wird ein historischer Moment, so viel kann ich dir sagen.«

Aufgeregt führte er sie zum Wagen. »Wir wollen den Moment noch allein feiern, bevor Arne den Fund meldet und die Presse kommt.«

Gitte stieg ein und schnallte sich an. Louie gab ihr das Handy wieder zurück. Natürlich rief sie nun Kate oder Erik nicht mehr an, sondern saß gespannt und mit leiser Vorfreude im Auto. Louie fuhr allerdings nicht den direkten Weg den Bøtøvej entlang, sondern wählte den Bøtøringvej, der in Richtung Gedser parallel zu der anderen Straße verlief.

»Du fährst ein wenig umständlich, mein Lieber«, meinte Gitte arglos.

»Ja, ich möchte noch jemanden abholen.«

Das darauf folgende Schweigen im Auto machte Gitte unruhig, und sie griff nach ihrem Handy, um Ole eine Nachricht zu schreiben, dass sie mit Louie zusammen im Auto saß und zur Baustelle fuhr. Sie kam nicht weit. Louie nahm ihr sanft, aber nachdrücklich das Mobiltelefon aus der Hand und schaltete es aus, während er die Straße im Blick behielt.

»Ich habe dich soeben nicht angelogen, als ich dir erzählte, dass ich einen Schatz gefunden habe. Schon bei der Vermessung des Baus, noch bevor Arne das Grundstück gekauft hat, habe ich dort eine einzelne Münze gefunden. Ich wusste sofort, was ich da vor mir habe und musste nur noch Arne überzeugen, dieses Grundstück zu kaufen. Er hatte Skrupel, weil dort ein Kinderferienheim gebaut werden sollte. Eigentlich sollte mein Kumpel Stieg dann den Job als Polier bekommen, aber dieser August hat es irgendwie geschafft, dazwischenzufunken. Er behauptete, er habe das Grundstück für Arne klargemacht.« Louie bedachte sie mit einem Seitenblick: »Aber er ist nicht umgebracht worden, damit Stieg Polier werden konnte. So wichtig war das nicht.«

Gitte machte sich zunehmend Sorgen darüber, ob sie heil aus diesem Gespräch hervorgehen würde. Louie nahm kein Blatt vor den Mund, und das konnte nur bedeuten, dass er nicht vorhatte, sie später einfach wieder nach Hause zurückzubringen. Sie bekam schweißnasse Hände und rieb sie an ihrer Jeanshose trocken. Wie blöd von ihr, bei Louie in den Wagen zu steigen.

Leider hielt ihre Angst sie nicht davon ab, mit ihrem Wissen zu prahlen. »Und dann hat August auch noch seinen Freund Pelle dazugeholt, richtig?«

»Ja, das war blöd. Pelles Gattin ist, sorry, *war* eine gewitzte Frau, der nicht so schnell etwas entging. Pelle hat uns beobachtet, als wir mit einem Metalldetektor auf dem Gelände unterwegs waren. Er ließ sich leicht beruhigen und hat sogar noch über unsere Naivität gelacht. Doch er hat es Lene erzählt, und die hat eins und eins folgerichtig zusammengezählt und wollte mitmachen. So, da sind wir.«

Sie hatten das Gokart- und Paintballcenter am Bøtøringvej hinter sich gelassen, und Louie bog nun rechts ab in eine einsame Straße, in der es weit und breit nur ein Haus gab. Das sollte also ihre letzte Ruhestätte werden, dachte Gitte und sah sich hektisch nach einem Fluchtweg um. Aus der Tür des Hauses trat, wie sollte es anders sein, Stieg, der Polier.

Er schüttelte den Kopf, als er Gitte aus dem Auto zerrte und meinte: »Ich hatte dich gewarnt. Aber du musstest ja weiter schnüffeln. Läufst mit deinen Freunden auf unserem

Gelände herum, als gehöre es dir. Ich glaube, ihr wolltet glatt selber buddeln, stimmt's? Wir mussten dem Kerl zeigen, dass er da nichts zu suchen hatte. Der ging zu Boden wie ein Waschbär.«

Während er sprach, schob er Gitte mit sanfter Gewalt vor sich her ins Haus und dann eine düstere Kellertreppe hinunter. Louie blieb oben. Gitte redete sich ein, dass er ein schlechtes Gewissen hatte und nicht sehen wollte, wie dieser Stieg sie eiskalt mit einem Stromkabel erwürgte oder auf ewig in den Kartoffelkeller sperrte. Sie schluckte und zog automatisch ihren Jackenkragen höher, als wäre sie dann gegen Erwürgen geschützt. Stieg öffnete eine Metalltür, und sie gelangten in einen leeren Raum ohne Fenster, in dem lauter Konserven in einem Holzregal standen. Und tatsächlich lagen da auch Kartoffeln in einer Kiste herum.

»Bitte, Stieg, das macht doch keinen Sinn. Die Polizei ist euch schon auf der Spur. Ich habe eben noch mit dem Kommissar gesprochen. Ihr habt keine Chance.«

Gitte drehte sich zu Stieg um, erhielt aber nur eine Ohrfeige und einen Schubs zu einem Stuhl, der mitten im Raum stand. Es war ein schwerer Gartenstuhl, und er war mit einer Kette an einem Heizungsrohr befestigt.

»So, du setzt dich jetzt da drauf, und ich werde dich fesseln. Und dann heben Louie und ich in aller Ruhe einen alten Goldschatz. Du hingegen kommst hier erst weg, wenn wir jemandem Bescheid geben, dass du hier bist. Für den seltenen Fall, dass hier ein Radfahrer vorbeikommt, kriegst du einen Knebel in den Mund, dein Schreien kannst du dir also sparen.« In der Hand hielt Stieg plötzlich Kabelbinder und ein Tuch.

»Und wann werdet ihr jemandem Bescheid geben, wo ich bin, oder soll ich hier verhungern?« Ein Beben in ihrer Stimme konnte Gitte nicht mehr verbergen. Sie kämpfte mit den Tränen.

»Das kommt darauf an, wie gut wir vorankommen und wie schnell wir danach über der Grenze sind. Du bist für uns erst einmal ein hübsches Pfand. Aber verhungern wirst du nicht, versprochen. Durst wird dein größeres Problem werden.«

»Ihr werdet wegen Mordes gesucht, ihr könnt euch nirgends verstecken.«

Stieg drückte Gitte unsanft auf den Stuhl. »Nein, es gibt keinerlei Beweise, dass wir, weder ich noch gar Louie, jemanden umgebracht haben. Wir haben lediglich einen Schatz außer Landes geschafft. Das ist zwar beklagenswert, macht uns aber nicht zu Kapitalverbrechern.«

Er zog Gittes Arme nach hinten und fesselte sie mit einem Kabelbinder, ebenso verfuhr er mit ihren Füßen. Zum Schluss steckte er das Tuch in ihren Mund, und erst als er den Raum verlassen hatte, spürte Gitte, dass sie durch den Mund nicht genug Luft bekommen konnte. Es war nur eine Frage der Zeit, wann ihre Nase verstopft sein würde, entweder aufgrund der einsetzenden Panik oder weil das bei ihr generell abends häufig eintrat.

Ihr wurde furchtbar heiß, der Kopf glühte, doch gleichzeitig zitterte und bebte sie innerlich, als läge sie schutzlos im ewigen Eis.

Um sich abzulenken, sah sie sich um und überprüfte die Möglichkeiten, sich zu befreien. Da ihre Fußknöchel an die Stuhlbeine gefesselt waren, konnte sie sich nicht zum Regal robben, um ein Einmachglas kaputtzuschlagen. Mit den Scherben hätte sie vielleicht einen Kabelbinder durchtrennen können. Doch sie kam aus der Mitte des Raumes nicht heraus. Das Tuch war extrem fest an ihrem Hinterkopf zusammengebunden, und sie schaffte es nicht, es abzustreifen. Auch das Atmen fiel ihr immer schwerer, sie schnappte bereits nach Luft und verspürte schon jetzt einen unerträglichen Durst. Also zwang sie ihre Gedanken in eine andere Richtung.

Wer gehörte alles zu diesem Komplott, und wer hatte August und Lene umgebracht? Auf dem Richtfest hatten alle möglichen Leute Zeit gehabt, für einen Moment zu verschwinden, um dann fröhlich trinkend wieder zum Fest zurückzukehren. In diesem Fall war die Beweislage tatsächlich schwierig. Am Tatort und auch an Augusts Leiche hatte es nach Gittes Wissen keine Spuren oder Hinweise gegeben, die auf eine Person als Täter hindeuteten.

Auch bei Lenes Leichnam, bei dem durch das Liegen im kalten Wasser nicht einmal der genaue Todeszeitpunkt gesichert war, würde die Überführung eines Täters schwer. Wenn August etwas von der heimlichen Grabung gewusst und er Stieg oder Louie erpresst hatte, dann müsste eigentlich auch Nora davon wissen. Ähnlich verhielt es sich mit Pelles Frau Lene und Pelle. Die jeweiligen Ehepartner könnten Stieg und Louie schwer belasten. Warum hatten sie es also bislang nicht getan?

Gitte sog mühsam Luft durch die Nase ein, das rechte Nasenloch war bereits kaum mehr durchgängig. Sie versuchte, an ihrem Knebel vorbei zu atmen, was nur schwer ging. Schon gar nicht, wenn man aufgeregt war.

Warum nur nahm Ole seinen Feierabend immer so ernst? Jeder Fernsehkommissar hätte gerufen: »Warte auf mich, lass niemanden rein, ich hole dich ab und wir fahren zur Baustelle!« Vor allem der Satz »Lass niemanden rein« hätte ihr sehr geholfen. Der Ehrlichkeit halber musste sie allerdings zugeben, dass Ole sie durchaus oft genug gewarnt hatte.

Sie versuchte, sich zu erinnern, an welcher Stelle der Fahrt im Auto Louie ihr Handy ausgeschaltet hatte. Es war zu weit vom Zielpunkt entfernt gewesen. Selbst wenn Ole sie über ihr Mobiltelefon orten lassen würde, was er sicher nicht einfach so tun konnte, würde er Gitte nicht so leicht in dem abgelegenen Haus finden. Dafür müsste er eher die Bewegungsdaten von Louies Handy überprüfen. Das würde er aber erst tun, wenn Louie über alle Berge war, und bis dahin wäre sie erstickt.

Sie merkte bereits, wie sie müde wurde. Das war sicher eine Folge des Sauerstoffmangels, dachte sie. Panisch blickte sie sich um und entdeckte einen dicken Draht, der an der Heizung hing. Vielleicht könnte sie damit den Stoff des Tuches zum Zerreißen bringen. Dafür musste sie allerdings mit dem Stuhl ein paar Zentimeter weiter in Richtung Heizung gelangen. Sie drückte die Zehenspitzen gegen den Betonfußboden und rutschte Stück für Stück so weit vor, dass sie sich seitlich zu dem Draht beugen konnte. Aber ihre Luft reichte einfach nicht aus für derartige Anstrengungen.

Sie beugte sich hinunter und spürte schon die ersten Kratzer von dem Draht, konnte sich aber nicht korrekt positionieren. Vor lauter Zorn liefen ihr die Tränen über die Wangen. Sie machte weiter und berührte immer wieder mit den seitlich hervorstehenden Tuchfetzen den Draht, riss sich ein weiteres Mal die Wange auf und bekam einen roten Kopf vor Atemnot und Anstrengung.

Plötzlich riss ein kleines Stück Stoff, und sogleich wurde der Knebel lockerer. Sie spürte, wie Luft durch ihren Mund in die Lungen strömte, und brach beinahe in hysterisches Lachen aus, so sehr freute sie sich über die zweifelhafte Besserung ihrer misslichen Lage.

Eine gefühlte Ewigkeit später hing ihr der Knebel in Fetzen um das Gesicht, und der Knoten im Mund war so locker, dass sie auch ein dumpfes Schreien hinbekam. Leider war sie tief in einem Keller eingesperrt, und es müsste schon jemand im Haus sein, um sie zu hören.

Sie hatte keine Ahnung, wie viel Zeit mittlerweile vergangen war, doch irgendwann hörte sie tatsächlich ein Geräusch aus der oberen Etage. Sie wollte gerade schon losbrüllen, als ihr einfiel, dass es auch Stieg und Louie sein könnten. Nicht auszudenken, wenn sie ihr wieder diesen festen Knebel in den Mund stecken würden. Also lauschte sie. Wenn jemand gezielt nach ihr suchen würde, dann würde derjenige laut ihren Namen rufen. Mit Herzklopfen hörte sie Geräusche an der Kellertreppentür. Jemand schloss auf, und die Tür quietschte leise.

»Hallo? Ist hier jemand?«

Statt zu brüllen, versuchte Gitte, nun den Stuhl gegen die Heizung zu stoßen. Mehrfach hintereinander warf sie sich mit ihrem Körpergewicht gegen die Lehne des Stuhls, und die Heizung gab artig ein lautes Dröhnen von sich.

Sekunden später machte sich jemand von außen an der Tür zu schaffen, und das Quietschen der Türangel, als diese endlich aufgemacht wurde, klang für Gitte herrlich befreiend.

Erstaunt und unendlich erleichtert blickte sie zu Ole auf, der ein blaues Auge hatte und nun mit erleichterter Miene zu ihr hinlief. Er zog ihr als Erstes den Knebel aus dem Mund und fasste sie an den Schultern.

»Bist du okay? Es tut mir so leid, ich hätte sofort kommen sollen.« Er zog ein Taschenmesser aus seiner Jeanshose und zerschnitt damit die Kabelbinder an ihren Händen und Füßen. Gitte konnte die Arme nur mühsam bewegen, so steif waren sie.

»Ich bin okay, aber was machst du hier?«

»Eine selten doofe Frage, das, was ich am Ende eines Falles immer mache – dich aus der Klemme befreien.« Er zog sie hoch in seine Arme und drückte sie eine kleine Weile. Sie spürte seine Lippen an ihrer Kopfhaut.

Als er sie zögerlich wieder losließ, fragte sie besorgt: »Du hast ein blaues Auge. Von wem?«

»Ich musste mir den Weg hierher freikämpfen. Bist du fit genug für eine Besichtigung, Gitte?«

Ohne zu überlegen, nickte sie, und beide verließen den Keller, in den Ole nun telefonisch die Spurensicherung beorderte. Während sie in Oles Auto stiegen und er mit quietschenden Reifen vom Grundstück fuhr, erzählte ihm Gitte, was passiert war.

Ole brummte ein paarmal verärgert über ihre Naivität, aber auch über Louie und seine perfide Vorgehensweise.

»Nach deinem Telefonat bin ich sofort mit ein paar Beamten zur Baustelle gefahren«, berichtete er. »Ich habe dich angelogen, als ich sagte, ich würde mich morgen darum kümmern. Das war zu deinem Schutz, denn keine zehn Pferde hätten dich doch sonst davon ferngehalten. Dass diese Halunken dich dann so rücksichtslos mit in die Sache hineingezogen haben, konnte ich nicht ahnen.« Er machte eine nachdenkliche Pause, denn die Selbstvorwürfe plagten ihn immer noch heftig.

»Am Bau habe ich mich dann mit drei Polizeibeamten positioniert«, fuhr er fort. »So mussten wir Stieg und Louie nur noch buddeln lassen und sie dann auf frischer Tat schnappen. Zu diesem Zeitpunkt wähnte ich dich noch sicher zu Hause. Bis Kate anrief und mir erzählte, du seist nicht da, aber Fahrrad und Auto würden am Haus stehen. Und deine deutsche Nachbarin wusste zu berichten, dass du von einem Audi-Fahrer mitgenommen wurdest. Da dachte Kate natürlich zuerst an mich.«

Ole machte eine kleine Pause, und Gitte schimpfte: »Diese Heike aus Deutschland scheint mich den lieben langen Urlaubstag zu beobachten. Was denkt die sich?«

»Nun, ich bin ganz froh über ihre Auskunft, sonst wäre ich nie darauf gekommen, dass Louie dich irgendwo hingebracht hatte und gefangen hielt. Er tauchte ja dann ohne dich auf der Baustelle mit diesem Stieg auf. Ich musste ihm den rechten Daumen brechen, aber vorher hat er mir noch eine gelangt.«

Ole grinste und tippte auf sein Veilchen. »Ich musste ihn provozieren, sonst hätte ich ja keine Erklärung für den Übergriff auf seinen zarten Architektendaumen gehabt, der nun bereits auf die Größe eines anständigen Maurerdaumens angeschwollen sein dürfte. Nachdem ich wortlos, aber eindringlich auf seinen anderen Daumen gestarrt habe, wusste Louie plötzlich, wo du zu finden bist.«

Als Gitte und Ole wenig später an der Baustelle hielten und Ole sie sanft an der Hand nahm, bekam Gitte nachträglich noch weiche Knie. Doch sie wurde schnell abgelenkt, denn mehrere starke Strahler beleuchteten das Grundstück hinter dem Rohbau. Leute liefen herum, und Gitte fühlte sich an das Richtfest erinnert. Erst jetzt in der Dunkelheit fragte sie sich, wie spät es wohl war. Wie lange hatte sie in dem Keller ausgeharrt? Es musste mittlerweile weit nach zehn Uhr sein.

»Stieg und Louie sind bereits in Haft, keine Sorge«, sagte Ole, der ihr Zögern falsch einschätzte.

»Und wo ist nun der Schatz? Haben die wirklich etwas gefunden?« Mit großen Augen blickte Gitte auf die vielen Polizeibeamten, die sich im Garten tummelten, Fähnchen aufstellten und Strahler zurechtrückten.

»Sieh selbst.« Ole führte sie zu einer Decke, auf der bereits einige Goldringe, Armreifen und Silbermünzen lagen. »Das hätte sich für unsere Halunken schon gelohnt, allein der Goldwert ist recht beeindruckend und erinnert an den großen Goldfund von 2016 in Jütland. Drei Hobbyarchäologen haben da fast ein Kilogramm Gold gefunden. Das ist für unser Mittelaltercenter bestimmt eine gute Nachricht, und ich hoffe, sie bekommen einen Teil für ihre Ausstellung. Ich könnte mir gut vorstellen, dass der Schatz von Piraten stammt, so nah an der Küste. Himmel, Gitte, hier bei Scheinwerferlicht betrachtet siehst du sehr müde und blass aus. Ich sollte dich ins Bett bringen.«

Gitte konnte noch einen Blick auf die rustikalen Armreifen erhaschen. Sie schoss schnell ein paar Fotos für Kate, die sie ja ursprünglich auf die Idee mit dem Schatz gestoßen hatte. Dann machte Ole Ernst und brachte sie zurück zum Auto.

»Pech für unsere Halunken, die diese Kostbarkeiten heimlich ausgraben wollten. Der Finderlohn geht nun wohl an Arne als Besitzer des Grundstücks«, sagte er, als sie im Auto saßen. »Was für ein vielschichtiger Mordfall. Wir haben zu Beginn an eine Beziehungstat gedacht und landen nun bei einem Wikingerschatz. Wer weiß, wie viele Menschen dieser Schatz bereits in uralten Zeiten das Leben gekostet hat. Ich werde wohl noch ein paar Verhöre führen müssen, bis ich den Tätern auch die Morde nachweisen kann.«

»Stieg meinte, du würdest ihnen nichts nachweisen können«, bemerkte Gitte. »Zugegeben hat er keinen der Morde.«

Ole zog die Augenbrauen hoch und starrte weiter auf die dunkle Straße. »Ich glaube auch nicht, dass es Stieg war. Louie war der Kopf des Ganzen. Ich habe gestern herausgefunden, dass Louie letztes Jahr bereits auf einer Baustelle auf

Rügen heimlich Ausgrabungen durchgeführt hat. Sein Auftraggeber hat das damals belustigt als Spleen abgetan, und Louie musste lediglich das Grundstück wiederherrichten. Es zeigt allerdings, dass der feine Architekt offenbar besessen nach solchen Fundstücken suchte und seinen Beruf dafür missbrauchte. Arne freut sich übrigens wie ein Schneekönig über den Schatz und meinte, er habe also bei der Auswahl dieses Architekten doch den richtigen Instinkt bewiesen. Ich musste ihn erst wieder an die beiden Toten erinnern, die dieser Schurkerei zum Opfer fielen. Die hatte er bei seiner triumphierenden Freude glatt übersehen. So, aber nun ab ins Bett mit dir.«

Ole hielt vor Gittes Häuschen und stellte den Motor ab, blieb aber sitzen. Sanft beugte er sich zu ihr und gab ihr einen Kuss auf den Mund.

»Schlaf gut, Gitte. Ich bin sehr froh, dass ich dich gefunden habe. Wir sehen uns morgen.«

»Fährst du jetzt wieder zur Baustelle?«

»Natürlich. Das ist mein Job.«

20

Nach einer kurzen Nacht für Gitte erwachte sie am frühen Morgen durch das prasselnde Geräusch von Regentropfen an ihrer Fensterscheibe. Der Sommer machte Pause und brachte notwendigen Regen. Kaum war sie mit ihrer Morgentoilette fertig, klingelte bereits ihr Telefon, und Kate erkundigte sich besorgt nach ihrem Befinden.

»Mensch, Kate, danke, dass du Ole angerufen hast. Du hast mir das Leben gerettet! Und mit dem Wikingerschatz hast du auch richtiggelegen.«

Gitte fasste das Wichtigste der Ereignisse kurz zusammen. Dabei empfand sie ein warmes Gefühl der Dankbarkeit für ihre Freunde.

»Am Wochenende gebe ich eine Hausinbesitznahme-Party«, verkündete sie dann so spontan, dass es sie selbst überraschte. Aber plötzlich hatte sie richtig Lust, alle um sich herum zu versammeln. Diese Woche noch würde sie die Kaufurkunde unterschreiben.

»Wer hat denn nun August und Lene umgebracht?«, wollte Kate wissen. »Warte einen Moment, ich komme schnell rüber, dann kannst du mir alles genau erzählen.«

Zwei Minuten später standen Kate und Erik mit einem Schirm bewaffnet auf der Terrasse, und Gitte ließ sie herein.

»Ole meint, Louie sei der Initiator der ganzen Geschichte gewesen, und er habe auch die Morde begangen. Doch ich glaube, dass Stieg seinen Konkurrenten ermordet hat, damit er Polier wurde und ungestört mit Louie graben konnte.«

»Die Hauptarbeit geschieht immer mit einem Metalldetektor. Man gräbt ja nicht einfach drauflos«, brummte Erik.

Gitte hielt plötzlich inne, denn ihr kam eine Erinnerung in den Sinn, die einen möglichen Zusammenhang mit dem Mord an August eröffnete. Sie sah in Gedanken August vor sich, wie er auf dem Dach gestanden, sich einmal von oben auf dem gesamten Grundstück umgeschaut hatte und dann ins Straucheln geraten war. Was, wenn er genau im Augenblick seines Richtspruchs etwas im Garten entdeckt hatte, das er besser nicht gesehen hätte? Vielleicht hatte er ja deshalb an diesem Abend sterben müssen. Und alle waren dabei gewesen, als er den Richtspruch vermasselt und sich damit eventuell verraten hatte.

Sie bekam eine Gänsehaut. Stieg und auch Louie waren dabei gewesen. Einer von beiden musste sich davongeschlichen haben, um August nur wenige Meter von der Baustelle entfernt zu erwürgen. Aber warum hatte es Lene getroffen?

»Ich muss zur Arbeit, ihr Lieben.« Gitte verabschiedete sich von Kate und Erik und marschierte mit einem Regenschirm bewaffnet los. Sie war gerade im Beerdigungsinstitut angekommen, da rannte Nils in seiner Kapuzenjacke durch den Regen auf den Eingang zu und trat hinter ihr ins Büro.

»Godmorgen, Gitte.«

»*Godmorgen*! Witterst du bereits Informationen für deine Zeitung?«, fragte sie schmunzelnd.

»Ole hat mich angerufen und meinte, du hättest sogar Fotos für mich. Das nenne ich mal eine gute Kooperation. Ich schließe Ole mittlerweile in meine Nachtgebete ein, wer hätte das gedacht. Einen Kommissar!« Er grinste jungenhaft und schob die Kapuze vom Kopf.

Auch Paul sah sich die Fotos an und war begeistert von dem Wikingerschatz. »Typisch Arne, der ist so sehr mit seinem Prunkbau beschäftigt, dass er nicht mal mitbekommt, wenn in seinem Garten archäologische Kostbarkeiten herumliegen. Aber so langsam gehen ihm die Handwerker aus.« Paul amüsierte sich schon wieder königlich über seinen Ex-Schulfreund.

Gegen zwölf Uhr kam Ole zu ihnen und verkündete stolz: »Nachdem ich den ganzen Vormittag Aussagen durchgegangen bin, konnte ich feststellen, dass Stieg für den Mord an August kein Alibi hat und Louie sich derartig in Widersprüche verstrickt, dass ich ihn für den Mord an Lene verantwortlich machen werde. Sagt euch der Begriff ›Gefangenendilemma‹ etwas?«

Alle Anwesenden blickten ihn ratlos an.

Ole fuhr fort: »Leugnen oder gestehen – beide müssen sich für die richtige Strategie entscheiden. Denn gemeinsames Leugnen verringert zwar das Strafmaß für beide, aber für den Einzelnen ist ein Geständnis hilfreicher. Zurzeit belasten die beiden sich gegenseitig, und es ist nur noch eine Frage der Zeit, bis der Fall aufgeklärt ist. August hat offenbar beim Richtfest etwas bemerkt und Pelle noch am selben Abend eine Nachricht geschrieben. Stieg oder Louie müssen das irgendwie mitbekommen haben.«

»Der Richtspruch. August stand oben auf dem Dach und ließ den Blick über den Garten schweifen. Dabei wurde er unaufmerksam, geriet ins Straucheln, und es kam zu dem unglückseligen Spruch und dem Glas, das nicht, wie es der Tradition entspricht, auf dem Boden zerschellte. Alle haben das gesehen, aber keiner außer Stieg und Louie wusste dieses Missgeschick richtig zu deuten«, erklärte Gitte, und Ole nickte.

»Hätte August seinem Bauherrn sofort erzählt, was ihm da aufgefallen war, dann würde er heute wohl noch leben, und Lene auch. Denn während Pelle zunächst vertraulich mit dem Geheimnis umging und die Bauarbeiter erst einmal beobachten wollte, wurde seine Frau gierig und drängte Louie, ihren Mann zu begünstigen. Sie drohte, andernfalls zu Arne und zur Polizei zu gehen und zu melden, dass ein historisch bedeutsamer Wikingerschatz auf dem Grundstück liege. Gefunden wurden bislang übrigens eine Menge Silbermünzen sowie Schmuck mit einem Gewicht von etwas über vierhundert Gramm Gold. Die Bauarbeiten an Arnes Haus werden vorerst ausgesetzt, und natürlich herrscht jetzt rund um den Bauherrn eine Menge Medienrummel.«

Das quittierten alle mit einem Grinsen. »Aber der schöne Name Marielyst – die Lust der Marie – taucht in der Presse gar nicht auf, denn den genauen Fundort will man zumindest vor der großen Öffentlichkeit geheim halten«, setzte Ole hinzu.

Paul rieb sich über sein glatt rasiertes Gesicht und wiegte den Kopf. Er fasste zusammen: »August hat an der falschen Stelle geschwiegen, und Lene hat bei der falschen Adresse geredet. Schon traurig.«

Zum Ende der Woche kehrte zumindest im Ferienort wieder etwas Ruhe ein, und die meisten genossen Sonne, Strand und Eiscreme. Gitte freute sich auf ihre Party. Es war mit zwanzig Grad und ein paar Wolken zwar relativ kühl am Wochenende, aber das war in Dänemark ein durchaus taugliches Gartenpartywetter. Sie war jetzt stolze Besitzerin des Hauses am Anemonenvej und hatte zu der Feier auch ihre deutschen Nachbarn eingeladen.

Die kamen eine Stunde zu früh und trieben Gitte mit dem Aufhängen von bunten Luftballons im Garten beinahe in den Wahnsinn. Ständig ging den Kindern so ein Ding kaputt, und es knallte in ihrem Garten, begleitet von fröhlichem Gekicher.

Am späten Nachmittag hieß Gitte ihre Freunde willkommen. Malthe war da, Sofie, die Bäckerin, und ihr Freund Liam, auch Toni, ihr Ex-Vermieter, durfte natürlich nicht fehlen. Für ihn ging es eine Woche später mit einem Schiff der Hurtigruten auf Kreuzfahrt. Ihr Chef Paul stand etwas steifbeinig neben seinem alten Schulfreund.

Arne hatte es sich nicht nehmen lassen, Gitte großzügig mit Grillfleisch zu versorgen. Immerhin habe sie wegen ihm einiges durchgemacht. Die beiden Männer kannten gerade nur das eine Thema: die Wikinger und ihre Raubzüge. Ole und seine Schwester Ann standen neben Gitte, und Kate und Erik schenkten eifrig den Weißwein aus.

Doch es fehlte noch Tante Stine. Sie hatte fest zugesagt, wollte aber mit ihrem eigenen Wagen kommen und nicht bei Sofie mitfahren. Das war ungewöhnlich, denn Stine trank gerne mal ein paar Gläschen guten Wein. Seit ihrer Reise nach Kiew und dem Treffen mit ihrem Bruder hatte sie allerdings noch nicht zu ihrer alten Form zurückgefunden. Das war Gitte durchaus aufgefallen.

Ausnahmsweise stand heute nicht Erik am Grill, sondern Malthe und Nils kümmerten sich darum. Bei so vielen Gästen hatte Gitte von beiden Nachbarn Stühle und jede Menge Decken für den späteren Abend leihen müssen.

»*Skål*, ihr Lieben. Schön, dass ihr alle gekommen seid und mit mir meine Ansiedlung in Dänemark feiert.« Gitte hob das Glas und musste unwillkürlich an den unglücklichen Polier August denken.

Ole hatte erzählt, dass Louie den Mord an Lene gestanden hatte. Es sei zwischen beiden ein Streit eskaliert, in dessen Verlauf Louie seine Erpresserin am Hals gepackt und im Zorn zu fest zugedrückt habe.

Louie hatte auch Stieg schwer belastet. Er war der Klügere von beiden und wollte sich damit anscheinend ein paar Jahre Haft ersparen. Doch Stieg war stur geblieben und behauptete, sich nicht vom Richtfest entfernt zu haben und ganz sicher nicht seinen Kollegen umgebracht zu haben. Damit komme er aber nicht durch, da war Ole sich sicher, denn man hatte an Augusts Leiche zwei Haare gefunden, die man nach der Untersuchung im Labor sicher eindeutig Stieg zuordnen konnte.

Gitte betrachtete ihre gut gelaunten Gäste und fand, dass man als anständiger Charakter meist mehr vom Leben hatte.

Sie ging in die Küche, um eine neue Flasche Weißwein zu holen, und stand gerade vor dem geöffneten Kühlschrank, als sie die tiefe, rauchige Stimme ihrer Tante vernahm.

»*Hej*, Gitte, herzlichen Glückwunsch zum eigenen Haus. Sei mir bitte nicht böse, mein Kind, aber ich habe noch jemanden zu deiner Feier mitgebracht.

»*Hej*, Tantchen, das ist doch kein Problem, wer ist …?«

Gitte drehte sich neugierig um und blieb dann wie erstarrt stehen. Sie stellte die Weinflasche auf die nächstgelegene Ablage und schlug die Hände vor den Mund.

Und da stand er vor ihr, keine zwei Meter von ihr entfernt in ihrer Küche. Blaue Augen mit zahlreichen Lachfältchen. Graues Haar, sehr akkurat geschnitten, wahrscheinlich von einem teuren Friseur, dachte Gitte völlig unpassenderweise. Seine Kleidung war leger, sah aber teuer aus, und an seiner rechten Hand prangte ein großer Siegelring. Der fiel ihr auf, weil Mads, ihr Vater Mads, diese Hand vorsichtig in ihre Richtung ausstreckte. Eine andere Bewegung sah sie nicht an ihm, doch seine Augen schimmerten verdächtig.

Stine trat einen Schritt zurück und legte Mads ihre Hand auf den Rücken. Die Geste sah seltsam vertraut aus, erfolgte aber doch so vorsichtig, als würde sich Stine gleich die Hand verbrennen.

Gitte erkannte ihren Vater sofort, sie machte einen kleinen Schritt auf ihn zu, und ehe sie sichs versah, lag sie in seinen Armen und begann zu schluchzen. Sie presste ihren Kopf an seine Brust, genoss den Geruch seines würzigen Rasierwassers und fühlte sich einen Moment lang wieder wie die kleine Gitte mit zwölf Jahren.

Und Mads hielt sie fest, so fest, dass sie kaum Luft bekam. Als Gitte aufblickte, hatte Stine den Raum verlassen und die Terrassentür entschlossen hinter sich zugezogen. Keiner der Gäste würde an ihr vorbei ins Haus kommen. Sie wollte Gitte und Mads ein wenig Zeit miteinander schenken. Nach über achtzehn Jahren.

Danksagung

Als Erstes möchte ich mich bei meinem Agenten Dirk Meynecke bedanken, der mich nun schon seit einigen Jahren berät und begleitet und auf jede Frage eine Antwort hat.

Tabea Horst vom Ullstein Verlag danke ich für ihr Engagement und ihre gute Begleitung. Zudem hat sie den Text als Erste bereichernd lektoriert und so manchen Fehler aufgespürt.

Für das Außenlektorat danke ich Edigna Hackelsberger. Mit ihr erhielt der Text den letzten Schliff. Vielen Dank für die gute Arbeit.

Und ich danke meinem Mann Michael, der sich als Informatiker tapfer durch meine Belletristik schlägt. Er lässt mir nichts durchgehen und ignoriert beim Lesen jeglichen Beziehungsstatus. Darüber hinaus sorgt er für ein gut funktionierendes Equipment.

Dem Ullstein Verlag danke ich für die gute Zusammenarbeit in allen Bereichen und vor allem für das tolle Cover!

Alex und Eva Christensen aus Marielyst danke ich für so manch schönen und geselligen Abend, an dem sie mir vieles über den Ort und über Dänemark beigebracht haben. Ich hoffe, wir werden auch in Zukunft das eine oder andere Grimbergen zusammen trinken!

Annelie Keckstein danke ich besonders, denn sie kümmert sich immer so wunderbar darum, dass wir schön untergebracht sind in Marielyst, und sie sorgt mit ihren Anekdoten über den Ort für Schreibideen.

Und lieben Dank an Majbritt von der Touristikinformation in Marielyst, die meine Bücher dort zum Verkauf anbietet und mir so manch spontane Frage beantwortet, die mir beim Schreiben fern von Marielyst einfällt.

Und natürlich: Dank an alle Leser, die sich auf meine Geschichten einlassen!